Distribution-diffusion : Media Diffusion / MDS
ISBN 978-2-36183-702-0

PARADIS, ANNÉE ZÉRO

CHRISTOPHE
GROS-DUBOIS

COURANT ALTERNATIF

À Deux grammes,

Le vent, le tonnerre, la tempête
Et nous, enlacés, au soleil.

Quand le jour viendra, nous sortirons
de l'ombre, enflammés et sans peur.
L'aube nouvelle s'épanouit alors que nous la libérons.
Car il y a toujours de la lumière. Si seule-
ment nous sommes assez braves pour la voir.

Amanda Gorman

1
RAGE !

CHAPITRE 1

Quarante-huit heures avant *The Dust*, Mike Daizon atterrit à l'aéroport de Narita et s'engouffre dans une limousine louée à son nom.

La tête collée contre la vitre, il regarde le paysage défiler. Il aime la ville, les architectures en béton, la pollution. Il en a soupé des camps d'entraînement perdus dans des bleds que même les vieux du coin ne supportent plus.

La limo traverse le quartier de Shibuya pour s'arrêter devant une machiya, une baraque à paravent d'un autre temps, coincée entre deux buildings en acier. Ishii Ichiban, le promoteur immobilier numéro un du Japon, l'agresse à coup de Google Translate.

« Ton agent t'a donné les consignes ? Faut casser une maison avec tes poings !

– Casser, OK, mais pourquoi moi ?

– Comme Trump, ton copain de président, j'suis dans l'immobilier. J'vends des buildings aux normes sismiques, mais les Japonais, ils restent attachés aux maisons traditionnelles, papier et bois, paravents en carton et autres conneries du passé. Si on leur montre que Mike Daizon, l'ancien champion des lourds, peut démolir leur bicoque à coups de poing, ils comprendront qu'un typhon ne leur laissera aucune chance et prendra la vie de leurs gosses. Tu fais le spot live comme tu es : casquette NYC sur le crâne. Le costume de Godzilla, ce sera pour la version télé. »

Mike tâte les piliers. Ishii n'a pas menti, tout est en bois, sans aucune vis, un vrai assemblage Mikado. L'échauffement terminé, il se présente devant les caméras en tenue de Godzilla.

« Je suis *Razor* Miiike ! Votre taudis en papier mâché, je l'atomise en 5 secondes chrono. »

À dix kilomètres de là, un gamin découvre son Kaiju[1] préféré en train de démolir une maison semblable à la sienne.

Le monstre défonce le pilier central d'un magistral coup de queue et le gosse pousse un cri d'effroi. Sa mère le rejoint, son père lève les yeux de son journal. Il ne reste déjà plus rien, à part un tas de bois, du verre pilé et des tatamis éventrés. La femme se tourne vers son mari et l'engueule. Mais c'est quoi cette histoire, bordel ? Il suffit de souffler dessus pour que notre toit s'envole !

Elle lui hurle de prendre le téléphone et de composer le numéro qui s'affiche à l'écran. En dix minutes, le standard est saturé, le promoteur a réussi son coup marketing.

Mike s'assoit dans un coin, à l'abri des regards, pour enlever son costume en vinyle. Il essuie son corps avec

1. Kaiju : terme japonais désignant des monstres géants popularisés par le cinéma. Godzilla est le plus célèbre des Kaijus japonais.

une serviette de bain, sa main droite est gonflée, elle est comme cassée.

Une ombre se profile, Ishii lui fait face. Le promoteur s'incline et tend l'enveloppe comme on présente une offrande à Bouddha – yeux fermés, visage lavé de toute suffisance. Il y a bien plus que le compte, Ishii a compris qui est le boss.

Il est temps de passer à la suite des réjouissances.

PIÈCE 201 ENTRETIEN MIKE DAIZON

< Depuis l'élection de Trump, les médias me jettent à la gueule le soutien que je lui ai apporté. Mais c'était juste un renvoi d'ascenseur, mec. Trump est le seul qui m'a tendu la main quand j'étais au fond du trou. J'espérais que les gens balanceraient toutes ces conneries à la trappe, qu'ils m'oublieraient. Faut croire que la rancune est tenace dans ce foutu pays. >

*

L'agent farfouille dans ses papiers, tend à Shane son contrat et sa paie – 200 dollars –, autant dire peanuts ! « Mais c'est Mötley Crüe en concert, chérie ! »

Fuuuck !

Et voilà Shane qui se tape la sécurité de ce putain de concert. Dans l'arène, il règne une chaleur infernale, la sono crache les décibels, à rendre folle la horde de chevelus.

Elle a tout le loisir d'observer les fans déchaînés. Quand elle enlève son blouson en cuir, le manageur du groupe la stoppe dans son geste et lui hurle que son t-shirt « *Justice For Walt* », c'est *no waaay !* Pas sûr que le tourneur apprécie le *bad buzz* sur Twitter, avec tous les millions dépensés en publicité.

L'envie de taper un scandale la submerge, mais elle ferme sa gueule, muselée par son besoin d'argent. On lui a filé ce plan comme une aumône, elle a accepté et *bam*, envolée, la dignité.

Deux heures après cette humiliation, Shane est au volant de sa bécane, elle se rejoue la scène – la punchline badass ponctuée par la claque monumentale qu'elle aurait rêvé de balancer dans la tronche de ce sale mec. Elle délire, lancée à toute blinde, une seule main sur le guidon.

Surgie de nulle part, la camionnette la percute de plein fouet. Un *back flip* digne d'une finale olympique l'envoie valdinguer dans les poubelles, la tête dans les ordures.

« Ça va ? » s'inquiète une toute petite voix.

Shane, encore K.O., a une subite envie de distribuer des claques. Elle se relève et découvre le chauffard, une mini-nana au visage d'oiseau, noire comme elle.

La fille la regarde, effarée.

« Tu es la sœur de Walter Wright ? »

Elle l'a reconnue. Mais sérieux, même dans l'obscurité crasse de la rue, comment ignorer Shane, cette femme-matador, clone upgradé de Grace Jones ?

« Tu m'offres un verre ? » murmure Shane, d'une voix cassée, des pelures de légumes encore collées au Perfecto.

La nana, effarée, lui répond par un grand éclat de rire étonné. Jamais elle n'aurait imaginé s'en tirer avec une tournée à payer !

Shane ramasse ses affaires. Elle est soulagée, mais surtout elle crève d'envie de parler à une fille. Ce soir, elle n'a aucune intention de se retrouver seule chez elle, enfoncée dans son canapé, la tête en vrille, abandonnée.

Elles se dirigent vers un bar encore ouvert et trinquent dans ce repaire de mecs bourrés, aux toilettes dégueulasses, vingt-quatre heures pile avant ce truc que les médias ont baptisé *The Dust*.

The Dust, à l'ère de la 5G, ça sonne comme la pire connerie rétro sortie tout droit de *Star Trek*. Les journalistes n'ont rien trouvé de mieux et cela n'a pas déplu, ce nom tout poussiéreux symbole d'une époque détestée de tous.

PIÈCE 524 ENTRETIEN CK, SURVIVALISTE

< CK, grand adorateur de Timothy McVeigh[2], préside un « club de réflexion », un groupe d'autodéfense proche de l'Alt-Right. Parler et échanger entre mecs leur prend autant de temps que le maniement des armes. Ce matin, il supervise une session dédiée à l'AK-47.

CK garde une image positive de Dylann Rust, un gamin venu le solliciter pour un problème qu'il qualifie de mineur.

« Franchement, dites-moi, pourquoi je me serais méfié ? Parce qu'il porte une veste militaire et des Rangers ? Des gosses habillés comme lui, tenant le même discours, il en vient au moins dix par semaine.

Rust est pareil à ces jeunes qui surfent sur le Net pour trouver la vérité et échapper à la propagande gauchiste des merdias.

Son action, ce n'est ni une attaque terroriste ni un crime raciste, mais un acte patriotique mal formulé. Vous pouvez gueuler, mais ce sont mes convictions et vous devez faire avec. Dans votre crâne de petit bobo, ce n'est pas clair ? Vous ne nous prenez toujours pas au sérieux, un premier coup de semonce n'a pas suffi ?

---

2. Timothy McVeigh est un vétéran de l'armée qui a fait exploser un bâtiment fédéral à Oklahoma City en avril 1995. Cet attentat, qui fut le plus meurtrier aux États-Unis avant ceux du 11 septembre 2001, fit 168 morts et 680 blessés. La motivation de McVeigh serait la revanche envers les actions de l'État fédéral et la tuerie de Waco.

Le jour des résultats de l'élection de Trump, vous vous êtes mis à chialer comme si subitement vous vous réveilliez le cul souillé, dans le lit d'un inconnu. Quatre ans à pleurnicher et à écrire des tribunes dans les médias. Biden au pouvoir ne changera rien, ni le clown qu'il a choisi comme colistier. Je souhaite qu'ils ne posent jamais leurs fesses dans le bureau ovale. La voilà ma période de transition idéale ! L'élection de 2020 nous a été volée, vous avez trafiqué les chiffres pour nous éradiquer, mais nous sommes là et toujours plus nombreux. Vous croyez que l'on a dit notre dernier mot ? Attendez la passation de pouvoir en janvier 2021, vous risquez de nouvelles surprises ! »

CHAPITRE 2

Quand Shane a annoncé, entre deux bières, qu'elle était cascadeuse professionnelle, Lisa a immédiatement embrayé, persuadée de lui redonner le sourire. Shane ne sait pas si Lisa est sérieuse ou si elle lui fait un numéro, comme ces clowns bénévoles qui font le tour des hôpitaux pour distraire les petits enfants cancéreux. Avec juste deux shots au compteur, elle délire, comme si elle avait vidé le stock de tequila de tous les bars du Mexique.

« Je t'apprends rien, Shane, les *studios*, ils ont peur des acteurs noirs et de ce qu'ils incarnent. Ils vont réaliser un film, dépenser l'équivalent du PIB d'un pays de l'Est et engager, pour interpréter Rodney King[3], un

---

3. Rodney King est un Afro-Américain passé à tabac par la police de Los Angeles (LAPD) au terme d'une course-poursuite. Au premier procès, les officiers de police seront acquittés par le jury composé de 10 Blancs, d'un Asiatique et d'un Latino. Deux heures après le verdict commenceront les émeutes de Los Angeles

acteur blanc. Et comme ils se sentent merdeux, ils vont remonter l'arbre généalogique de l'acteur pour dénicher un ancêtre qui a croisé, au XVIIIe siècle, un Noir, sur une route de campagne. Gagné ! Le comédien blanc se révèle légitime à retranscrire notre expérience ! Leurs conneries nous obligent à nous radicaliser, à tel point que l'on devient fous et que l'on juge qu'une Noire n'est pas assez noire pour jouer le rôle d'une Noire ! Tout ça parce que les Blancs sont bourrés de préjugés. Ces enfoirés ont peur de mon monstrueux vagin, de mes tout aussi monstrueuses fesses de négresse et refusent de me laisser les offrir au public ! Dis-moi que tu as envie d'offrir tes fesses ! Dis oui, chérie ! »

Lisa prononce le dernier mot en faisant une grimace avec ses sourcils, façon Groucho Marx, et Shane éclate de rire.

« Je suis cascadeuse, Lisa. Le public n'en a strictement rien à battre de mon cul. À part le stand-up, tu fais quoi pour gagner ta vie ? »

La jeune femme prend une longue inspiration.

« J'essaie de rendre le monde meilleur, et te marre pas, depuis ce 8 novembre 2016[4], y a du boulot. Dès que Trump a pris son décret anti-immigration, je suis revenue à Washington. Trump n'est qu'un clown dangereux et pathétique, la vraie menace se cache dans ce qu'il a libéré. Le déchaînement des passions négatives, celles qui sont enfouies dans la conscience morbide de notre pays et qui jaillissent à la moindre occasion. Je

---

qui dureront six jours, feront 50 blessés environ et un milliard de dégâts matériels. Le passage à tabac filmé par un vidéaste amateur sera un tournant. Pour la première fois, des images de violences policières sont filmées et vues par la population.

4. 8 novembre 2016, élection de Donald Trump, 45e président des États-Unis.

me suis mise au service de la communauté, je bosse pour *Heads Up, Voice On !* On monte des dossiers sur les violences policières et étatiques, on s'occupe des droits des immigrés. On a une vision globale de ce bordel. On est une équipe – que des gens bien, avocats, urbanistes, sociologues, éducateurs – on est payés que dalle, mais on tient bon. On sait bien que dix ans de boulot acharné ne viendront pas à bout d'un système qui a trois cents ans d'existence derrière lui et toute une armée de nouveaux salopards pour le maintenir sous perfusion. On espère seulement que la nouvelle administration tiendra toutes ses promesses et que notre travail sera facilité. »

Lisa marque une pause.

« Tu es la sœur de Walt ? J'étais au rassemblement. Tes interviews tournent en boucle sur les réseaux sociaux. On attend tous le verdict de demain… »

Shane a un long moment d'absence, avant de se reprendre.

« Je veux que ce flic passe demain sa première nuit en prison, Lisa. Je ne suis pas naïve au point de croire qu'il y restera tout sa vie, mais assez d'années pour que justice soit rendue. »

Lisa connaît ce regard, ce truc qui transpire des futurs suicidés. Elle a failli la tuer dans cette rue mal éclairée, mais là, elle n'a qu'une envie, lui foutre un coup de Taser pour la remettre immédiatement sur pied. Son côté maman professionnelle.

Elle lui prend la main. Shane a un mouvement de recul, elle n'a plus l'habitude que l'on fasse attention à elle. Leurs deux respirations se synchronisent lentement. Lisa, par son contact, lui offre une plage de sérénité.

Demain sera plus dur qu'aujourd'hui, pourtant, dans ce bar, on peut croire le contraire et espérer encore un peu.

*

PIÈCE 644 ENTRETIEN JUICE

< Juice, le videur bodybuildé du *Fifty-Fifty*, porte des tatouages sur tout le corps, « excepté le visage, le pénis et la raie du cul », précise-t-il dans un grand éclat de rire.

La plupart sont laids, ils s'inscrivent dans la longue tradition des scarifications carcérales, très en vogue dans les années quarante et cinquante, repris par les purs et les durs, les criminels endurcis.

Il est le leader d'un gang de motards proche du White Power. À 45 ans, il porte beau si on aime le style biker dopé.

Depuis sa sortie de prison – quinze ans pour trafic de drogue et violence – il bosse au *Fifty-Fifty*, un club de strip construit au bord de l'autoroute. Il se souvient d'avoir ouvert la porte et d'avoir laissé Dylann Rust filer sans même le fouiller. Il garde en tête l'image d'un gosse chétif s'enfonçant dans l'obscurité.

« Pourquoi j'aurais refusé l'entrée au gamin ? Si les petits gars du coin ne peuvent pas dépenser leur fric chez nous, autant fermer boutique. Ici, c'est pas Vegas ! On n'a pas comme client le connard de Wall Street qui raque pour du nichon de qualité. Nous, on satisfait les routiers et les mectons. Alors oui, je l'ai laissé passer sans faire gaffe au drapeau cousu sur sa veste militaire. Et vous, vous le connaissiez ce drapeau avant que tous les journalistes pondent une merde dessus ? » >

*

« Je te raccompagne Lisa, hors de question que tu reprennes le volant dans cet état. »

– T'as bu autant que moi, comment tu fais ?

– L'habitude de la pratique. »

Les yeux de Lisa sont subitement traversés d'un éclair.

« Je peux te faire confiance ? Qui me dit que tu vas pas m'emmener quelque part, me violer et m'enterrer vivante ? »

« Ça t'excite de penser ça ? » répond Shane, en découvrant, dans un sourire, ses dents en or.

Lisa éclate de rire, sous l'effet de l'alcool.

« J'habite à deux blocs, tout proche de Saint Elizabeth[5]. »

Shane couche sa moto en vrac à l'arrière du mini-van et s'installe au volant. Elle roule jusqu'à une maison isolée.

Lisa réussit à s'extraire seule du véhicule. Elle traverse le jardin aux herbes brûlées d'un pas hésitant. Avant de glisser la clef dans la serrure, elle frappe deux coups rapides et attend.

« Maman n'aime pas les surprises. »

L'entrée est plongée dans le noir. Elle pointe le salon du doigt. Shane a un mouvement de recul, un vieux monsieur blanc est endormi dans un fauteuil, serrant encore contre lui un catalogue de vente par correspondance. Elle entend un chuchotement.

« Maman, je suis avec une amie. »

Shane jette un coup d'œil à la déco. Les étagères parfaitement rangées, le plastique utilisé comme housse de protection pour les meubles, les cartes postales punaisées aux murs lui rappellent le logement qu'elle partageait avec sa mère et son frère des années auparavant.

Lisa réapparaît et s'apprête à faire les présentations. Une vieille dame noire, soixante-dix ans, met le nez dans le salon. Elle dévisage Shane et tourne les talons sans explication.

---

5. Saint Elisabeth est un quartier d'Anacostia, considéré par beaucoup comme le ghetto noir de Washington.

« C'est ma daronne tout craché, désolée, dit Lisa, toute gênée.

– Il est 3 heures du mat', c'est pas une heure pour m'inviter chez toi. Je ne savais pas que tu habitais avec tes parents. Elle pose les clefs de sa moto sur la table à manger. Ça te coûtera 300 dollars pour la réparation.

– Pas de problème, Shane. Comment tu vas retourner chez toi ?

– Je ne pensais pas rentrer. Si tu n'avais pas bousillé ma bécane, je serais dessus à zoner jusqu'à demain.

– Si tu veux, tu peux te poser sur le canapé. »

Shane observe Lisa et, dans le clair-obscur du salon, la vraie nature de la jeune femme apparaît subtilement. Elle fait partie de la tribu des travioles. Elle a le regard triste et cerné des gens qui gambergent la nuit.

« OK, je veux bien. »

Lisa lui apporte une couverture.

« À demain. »

Shane se glisse en petite culotte sous les draps, à côté du vieux monsieur sagement endormi dans son fauteuil en cuir. Elle a un sourire, la situation a un goût d'inédit. Son regard s'éclaire, elle tend le bras et, doucement, prend le fascicule des mains du grand-père.

C'est un catalogue de pièces détachées vendues uniquement par correspondance, aussi bien pour réparer une moissonneuse-batteuse qu'une chaîne hi-fi. Elle tourne les pages rapidement à la recherche d'un article qu'elle pourrait refourguer avec une marge.

Après quelques minutes, elle se sent partir. La maison en bois grince, et l'étrange musicalité la plonge dans un sommeil lourd et sans rêves.

⋆

À une dizaine de kilomètres de là, dans un salon semblable à celui de Lisa, John Green découvre le bandeau du journal du soir : *Walter Wright, le procès de trop pour la police ?*

« Qui est 6, l'officier auteur des tirs mortels ? Pour en débattre, nous avons invité le commissaire de *Prince George's County*… » commence la présentatrice de CNN.

Ce connard n'est même pas inquiet. Son sourire de premier de la classe est imperturbable, comme s'il connaissait déjà le verdict, se dit John.

La gueule satisfaite du flic lui donne la gerbe, mais il hausse le son de la télé.

« La police de Prince George's County a des antécédents de violences particulièrement graves envers la communauté afro-américaine. À tel point qu'une liste de douze officiers les plus corrompus a été publiée par les associations de défense de[6]…

– Ces faits sont anciens, inutiles de revenir dessus, coupe le commissaire catégorique. Nous avons engagé une réforme structurelle, réfléchi aux moyens à apporter pour que le travail policier soit encore plus sûr et respecté. Vous ne pouvez pas nous reprocher notre passivité… »

– Pourquoi avoir refusé de révéler l'identité du fonctionnaire mis en cause comme le demandaient les avocats de Shane Wright, la sœur de la victime ?

– Après concertations, il a paru évident que l'identité de l'officier ne pourrait être dévoilée. Les précédents de violence envers les forces de l'ordre, notamment

6. Durant les années 1990, plus de 147 citoyens américains furent tués par la police de Prince George, dont au moins une dizaine souffrant de troubles psychiques. Après ces débordements de violence non sanctionnés par la hiérarchie et les tribunaux, des mouvements citoyens ont lutté pour que les poursuites aboutissent.

après le massacre de Dallas et celui de Bâton-Rouge[7], nous incitent à la plus grande prudence. Ce procès sera bien sûr sous haute surveillance. Comme les audiences du prévenu nommé Dylann Rust qui doivent se tenir à quelques jours d'intervalle et dont la police de Washington assurera le bon déroulement…

– Ces deux affaires se télescopent et, à chaque fois, les victimes sont des Afro-Américains, tués par la police ou par un suprémaciste blanc. La communauté noire est la cible d'attaques…

– Je ne vois aucun lien entre ces deux affaires… » réplique le commissaire avec un geste d'impatience.

John éclate de rire – bien joué chérie, tu fais enfin ton boulot ! Tu as bien été aidée, ce gros porc a trébuché tout seul. Pourquoi évoquer ce petit crétin de suprémaciste alors qu'il doit gérer un bordel chaud bouillant ? Parce que Police et Ku Klux Klan sont tout connement synonymes !

John éteint la télévision. Ce genre de débat est stérile de toute façon. Ce policier n'admettra jamais rien, même face au Bon Dieu.

Au pire, il lui dira qu'un flic, c'est l'équivalent d'un pitbull qui garde la maison. Va-t-on reprocher au clébard les saloperies du maître ? Non, le chien, il est uniquement responsable de sa gamelle. Les coupables sont ailleurs, papa ! Cherche au sommet de l'État et laisse-moi filer au paradis !

Le cas Wright sera réglé aux petits oignons.

---

7. À Dallas, le 7 juillet 2016, Micah Xavier Johnson prend 11 agents de police pour cible et en tue cinq. Dix jours plus tard, à la suite du décès de deux hommes noirs tués par la police (le premier dans le Minnesota et le second à Bâton-Rouge), Alton Sterling, un ancien marine, tue trois policiers au fusil d'assaut.

Sur ces dernières réflexions amères, John pose ses deux pieds sur la table du salon où s'étalent des dizaines de factures impayées. Où va-t-il trouver l'argent ? Un problème de plus. Mais cette dette de quelques milliers de dollars – 4.983 exactement – n'est rien face à ce qui l'attend s'il perd demain son propre procès.

Et comme toujours, enrage John, les seuls à toucher le pactole seront les avocats. Cette semaine, au menu : banquiers véreux, flics tueurs de nègres, suprémacistes blancs. Toute cette Amérique de la crapulerie qui œuvre à nous faire disparaître !

Il balance sa canette de soda vide dans la poubelle de la cuisine et se demande s'il est déjà condamné. Si quelqu'un, quelque part, a décidé du verdict. S'il est enterré, oublié, comme ce nègre de Walter Wright.

CHAPITRE 3

« Un café ? »

Shane ouvre les yeux, prise d'un frisson.

Le coup de flip se dissipe et monte une nouvelle angoisse, l'Everest de la journée à franchir. Elle enfile rapidement son futal en cuir, passe son t-shirt dégueulasse.

« Bien serré, comme tu as demandé. Ben Goldman, inventeur de profession, et accessoirement le père de Lisa. »

Il a à peine le temps de tendre le mug qu'un *shit* monumental, crié de la pièce d'à côté, retentit.

« Ma femme, elle n'est pas du matin », s'excuse Ben, les lèvres pincées.

Shane sourit, comme si elle n'avait rien entendu.

« Merci pour le café. Désolée, hier, je me suis un peu invitée… »

Ben Goldman ajuste sa casquette élimée.

« J'ai pas trop ronflé ?
– Pour notre première nuit ensemble, ça passe. »

Ben éclate de rire, conquis. Au même moment, Lisa apparaît.

« Vous avez fait les présentations ? »

Shane observe discrètement Lisa. En veste et pantalon, son allure a tout de la jeune cadre dynamique, loin de la petite nana en Perfecto qui l'a tamponnée quelques heures auparavant.

Elle aperçoit son reflet dans un miroir, elle a la tronche de travers et des cernes à faire flipper. Son total look cuir et son afro colorée lui donnent un air de mutant motorisé, le genre à parader dans *Mad Max*. Aucune chance d'être entendue dans l'enceinte d'un tribunal avec une dégaine pareille.

« Tu pourrais me déposer chez moi Lisa, il faut que je me change.
– Pas de problème, je suis ton chauffeur pour la journée. Si tu veux, on ira ensemble au tribunal. »

Shane avale d'un trait son café. Elle apprécie de savoir Lisa à ses côtés. Elle ne la connaît pas, elle n'éprouvera aucune honte à pleurer devant elle.

PIÈCE 542 ENTRETIEN BEE

< Britney, petit bout de femme d'1 m 55 talons compris, s'est autobaptisée *Bee The Slut*, sa façon de se positionner face aux autres filles.

Bee officie au *Fifty-Fifty* depuis sa majorité. Elle trouve la paie correcte, l'ambiance sympa. « OK, on montre ses nichons et sa chatte, mais rien à voir avec les clubs où les meufs sont des tox. Nous, ça reste propre, tout le monde se connaît, c'est la famille ! »

Dylann Rust fait partie des clients qui ne lui ont « jamais causé du tort ». La veille, elle l'a vu entrer, fringué comme un bouseux – veste militaire, t-shirt noir, Rangers, le zéro look quoi.

C'est clairement pas le genre beau gosse, Rust, mais il a des yeux hallucinants. Deux calots bleus qui brillent comme ceux d'un chat dans la nuit. Le regard des allumés de la cervelle. Je sais le reconnaître, mon ex avait cette même folie, heureusement pour ma gueule, il n'était pas aussi givré. Je dis *givré* parce que je ne trouve pas d'autres mots, hein !

Rust, il n'était pas du genre à te coincer dans un couloir pour te tripoter le cul. Non, son kif, c'était de tiser devant les pole-danseuses, se casser quand le club dégueule de vicelards pour se finir à la beuh dans sa caisse.

À se monter le chou en solo, il a dû devenir frappadingue !

Quand je me suis approchée – par curiosité, je n'attendais même pas un petit billet – j'ai vu qu'il tenait un calepin et répétait un texte, on aurait dit un acteur avant une entrée en scène.

Je sais qu'avec tout le merdier que l'on traverse en ce moment, il ne faut pas trop espérer, mais vous pouvez écrire que je cherche un producteur ? Ouais, je chante, je réalise des *lives Insta*. Le strip, c'est juste pour la thune. Je suis un couteau suisse, dans la chanson, Internet, tout ce genre de trucs. Et si on me le demande, je peux être aussi sexy qu'une star de la pop. >

*

Un courant d'air glacé traverse la salle d'audience quand le juge prend la parole, mettant fin à un suspense qui dure plusieurs années.

À l'annonce du verdict, le mètre 88 et les 90 kilos de John Green se dissolvent. Quand l'info pénètre son cerveau, il comprend que tout est vraiment perdu. Il se sent minable.

Fuuuck !

Il baisse la tête en entendant des cris de rage et de frustration. Ses voisins, hystériques à l'idée de se retrouver SDF pour avoir cru aux belles paroles d'un ancien chef de gang. Ils pourraient le lyncher sur place.

Il remercie Dieu de s'être pointé seul au procès, de ne pas avoir traîné sa grand-mère dans ce bourbier. Au moins elle, elle conservera sa dignité.

PIÈCE 112 ENTRETIEN JOHN GREEN

< À l'annonce du verdict, un souvenir m'est revenu en boomerang, ma rencontre avec Monsieur Morpion.

Je créchais chez mamie depuis ma sortie de prison, vautré H24 sur le canap' à rien branler.

J'ai ouvert à ce sale type. Il a détaillé les offres de la Bank dans notre salon. Ma grand-mère a vrillé en entendant qu'elle pouvait devenir propriétaire.

« Oui, sans rien débourser, par une astuce fiscale. Les riches en profitent, sinon comment croyez-vous qu'ils construisent un patrimoine et un avenir à leurs enfants ?

Patrimoine et *avenir*, ce salaud de Monsieur Morpion blablatait avec l'enthousiasme communicatif des escrocs.

Mamie a sauté les deux pieds dans l'arnaque, trop heureuse de mettre un toit sur la tête de son petit-fils chéri. Un point essentiel à ses yeux, que je ne sois jamais SDF comme des jeunes qu'elle connaissait. Ensuite, à moi de me débrouiller, de dénicher un vrai boulot et de refaire ma vie, elle aurait assuré sa *part du marché*.

Moi aussi, j'ai complètement craqué. J'ai bondi sur le morceau de viande agité sous mon nez. Sans un sou dans mes poches, même pour le café-clopes du matin, je me suis fantasmé propriétaire de ma villa, comme les richards.

Monsieur Morpion connaissait son affaire. Il paraissait inoffensif avec ses lunettes cerclées et son costume trois-pièces, aussi rusé qu'une pute d'autoroute qui profite de ce que le feu soit au rouge pour aguicher le client et lui refourguer sa vieille chatte toute vérolée.

Alors quand Monsieur Morpion a tendu l'offre de prêt, j'ai encouragé ma grand-mère à signer.

J'me doutais de rien, je pensais tout connaître question arnaque, j'avais grandi à Anacostia où le terme a été inventé. Le seul en danger, c'était ce petit Blanc fringué comme un guichetier qui osait s'aventurer dans le quartier.

Bam, j'ai rien vu venir ! Monsieur Morpion m'a retourné la tête, d'un claquement de doigts. Il faut vraiment être le dernier des cons pour imaginer qu'un ex-taulard comme moi, qui n'a jamais eu de fiche de paie, pourra un jour investir dans la pierre. John, prix du Bisounours de l'année !

Une fois la signature gribouillée en bas de la page, Monsieur Morpion m'a soufflé à l'oreille : « Cours voir tes amis, si dix signent l'offre de prêt, je fais sauter ta première mensualité. » J'ai commencé aussitôt le porte-à-porte, heureux d'avoir le premier mois gratis, mais encore plus content d'avoir un objectif pour la journée.

Je me suis rasé, j'ai enfilé une veste et, pour la première fois de ma vie, j'ai eu l'impression de bosser.

Monsieur Morpion, plus fort que Jésus avec Lazare, m'a ressuscité dans le monde du salariat, moi, un gars allergique au trois-huit. J'ai poussé tous les voisins du quartier à signer et le SIDA financier s'est propagé à vitesse grand V[8]. >

---

8. Au milieu des années 2000, la moitié des prêts accordés aux acheteurs noirs sont des contrats subprimes. D'après le Center Responsible Lending, près de 25 % des foyers ayant acheté leur

John n'ose même pas regarder dans les yeux ceux qu'il a précipités dans la précarité pour avoir cru au sourire flatteur d'un sale petit morpion.

L'air satisfait des avocats de la partie adverse le tue. Ces enfoirés rangent leurs dossiers en se tapant dans le dos. Pour eux, c'est tout bénef. La Bank leur accordera un bonus – une bonne pipe et une coupe de champagne au réveil !

Dans trente jours, c'est l'expulsion.

John ramasse ses affaires et quitte la salle du tribunal. Les gens qu'il croise s'écartent, John vocifère, la bave aux lèvres.

« La grande tricherie des Banks ? Te faire péter plus haut que ton cul et te laisser croire que l'addition, c'est pour eux. Mais non, elle est pour toi, mon connard ! Aujourd'hui, elle solde les comptes, t'expulse de ta maison. Ta grand-mère finira à l'Armée du Salut, et toi, en prison. Quelle naïveté d'imaginer foutre en échec JP Morgan, première Bank d'investissement au monde ! »

John passe la porte du tribunal et découvre une meute de journalistes à l'affût.

Ébloui par le soleil, il se demande si les caméras sont pour lui et son procès perdu. Tout lui revient quand il lit sur une pancarte *Justice For Walt*.

Il reste un instant à contempler la jeunesse blanche tenue à bonne distance des partisans de Walter Wright par un cordon de flics surarmés. Des types en polo, en jean et casquette *Dockers*, des mecs atrocement ordinaires, à la gueule déformée par la haine, postillonnant des slogans racistes et vengeurs.

---

maison au cours de cette période sont aujourd'hui menacés de saisie. La crise immobilière a fait perdre près de 10 milliards de dollars de patrimoine immobilier, plus de 240.000 d'entre eux ayant perdu leur maison.

Si c'est ça la race blanche, je remercie Dieu d'être un nègre, pense John en s'éclipsant sur la pointe des pieds pour disparaître, loin.

PIÈCE 45 *« Les mille masques de la suprématie blanche : savoir les reconnaître pour les tacler ! »* Tract diffusé par le groupe de défense de la communauté noire *Heads Up, Voice On !*

< Il est le nouveau visage de l'Amérique raciste des années 2000. Rien à voir avec le péquenot sudiste qui se cachait sous sa cagoule, lui présente bien. Coupe de cheveux de hipsters, polo et pantalon Gap. Il passe inaperçu au Starbuck ou sur les bancs de la fac.

Pepe the Frog est sa mascotte. Me demandez pas pourquoi une grenouille se retrouve mêlée à cette sinistre idéologie.

Il adore susciter l'incompréhension.

Il sévit sur 4 Chan, repaire de trolls.

A saboté la campagne d'Hillary, a soutenu Trump.

A défilé à Richmond, fusils d'assaut en bandoulière[9]. Adepte de QAnon, il retweet Steve Bannon. Sa haine est réelle, aussi intense que celle des générations précédentes.

Elle présente mieux, c'est tout. >

⋆

« Je suis obligée de m'arrêter… » murmure Lisa.

Les rues sont bloquées, des barrières ont été dressées pour empêcher une voiture de foncer dans la foule. Shane découvre les pancartes, entend les cris de haine.

« Les enfoirés répondent présents, avec leurs slogans qui puent le nazi moisi…

9. En janvier 2020, 22.000 militants pro-armes ont défilé à Richmond, parmi eux des néo-nazis et suprémacistes américains.

–T'inquiète, on va faire bloc. On est venus en force… »

Shane ne dit rien, son téléphone sonne. Quand elle raccroche, son visage est tendu.

« J'y vais, mon avocat m'attend. On se voit au tribunal ?

–Tu peux compter sur moi ! »

Shane lui fait un clin d'œil avant de sortir de la bagnole. Elle joue la brave, mais elle se sait vide. Après une respiration, longue et puissante, une apnée complète, elle se dirige vers le tribunal.

CHAPITRE 4

Quelques minutes plus tard, *6* monte une à une les marches du palais de justice. Il traverse la foule, cagoulé et menotté.

Les flics, en gilet pare-balles, ont beau faire écran, le glaviot craché de loin trouve sa cible. En plein dans les yeux.

Cette photo fera la une du *Washington Post*.

6 enrage, il a supplié pour se présenter au dernier jour de son procès, libre et à visage découvert. Pour crier en haut des marches, « je suis flic jusqu'à l'os, j'assume tout, allez vous faire enculer ! » Il imaginait sa diatribe reprise et commentée par les JT du soir. À la place, le crachat répand sa chaleur humide sur son visage.

PIÈCE 341 ENTRETIEN *6*, EX-POLICIER

< « L'humiliation a commencé des semaines plus tôt. Une mise à l'amende en règle, orchestrée par le commissaire et le maire de Washington en personne.

Ils ont parlé d'une seule voix, un discours rodé, bien au point. « Tu bénéficies de notre soutien, nous sommes la barrière entre toi et les loups. Dis-toi que dans tout le pays des activistes mènent campagne pour embrocher ta tête de petit flic au bout d'un piquet. Sois reconnaissant. »

Ils m'ont imposé le choix de la mise en scène. Quand j'ai protesté, que je leur ai dit ne vouloir ni de la cagoule, ni des menottes – un innocent arrive les mains libres à son procès ! – mon avocat, un vieux briscard, m'a rappelé à l'ordre.

« Cette cagoule, c'est la sécurité de pouvoir boire des bières tranquille, baiser des filles avec le sourire. Tu nous remercieras. Pour les menottes, ne t'inquiète pas, tout le monde y a droit, même le patron du FMI. C'est l'unique concession offerte à ces salauds qui veulent te coffrer. »

Ils anticipaient l'avenir, ces enfoirés.

De toute façon, je m'époumonais dans le vide. Le maire et le commissaire complotaient comme si j'existais pas, genre, le problème on le règle entre adultes, toi, tu hoches la tête en signe de soumission.

Humiliation totale. J'espérais que le système, pour se protéger, m'épargne. Cette garantie, ils me l'ont agitée sous le nez. Juré, craché, on ne te lâchera pas. « Obéis et la prison, t'y poseras jamais un pied. » Un conseil qui sonnait comme un putain d'avertissement. >

Mais maintenant, sur ce banc, au milieu de la faune du tribunal de Washington, *6* se demande s'il vaut plus que cette femme noire, à qui il manque une chaussure.

Elle a les bras grêlés de traces de piqûres, une toxico. Peut-être qu'elle a fourré son gosse au micro-ondes sous l'effet de la came. Et ce mec qui s'assoit ? Son visage est défoncé de coups. Un truand, forcément. Peut-être son futur pote de cellule.

Son seul espoir, que le juge le déclare innocent de toutes les charges qui pèsent contre lui.

Son avocat le convoque, son tour est venu. Des hurlements lui parviennent de la rue.

Les loups !

*

PIÈCE 302 ENTRETIEN TÉMOIGNAGE DE SHONNA KING, RESCAPÉE

< Elle a le visage marqué, les traits tirés. Elle n'arrive pas à dormir plus de deux heures d'affilée.

Dans la journée, sans prévenir, l'odeur du sang et de la poudre lui monte à la gorge. Elle est prise de nausées si violentes qu'elle se met à vomir. Hors de question de l'appeler une survivante. Elle sait à qui elle doit la vie et cela la rend malade.

« Quand Dylann Rust a tiré, je suis tombée au sol. Mon fils s'est interposé, il l'a tué. À la fin de la fusillade, il m'a annoncé qu'il m'épargnait pour que je témoigne devant le monde entier de son action.

Deux heures plus tôt, l'entrée inopinée de ce jeune Blanc à la coupe au bol et en veste militaire nous a plongés dans la perplexité. On ne reçoit guère de visite les jeudis à la paroisse de Saint-Emanuel.

Il a prié et chanté des cantiques avec nous. Quand nous nous sommes levés et avons formé une ronde, il a tenu nos mains. Quand une assiette de cookies est passée, il en a pris un.

Nous aurions pu le questionner sur le drapeau cousu sur sa manche. Lui demander pourquoi, lui, un jeune Blanc se rend dans notre église un soir de semaine ordinaire.

Mais personne n'a voulu l'embarrasser. Chacun a ses raisons d'assister à un prêche à Sœur-Emanuel[10]. On ne juge pas, on respecte. La fin de l'office est arrivée. Il s'est levé subitement et a prononcé d'une voix claire une phrase, une seule.

« Vous prenez nos femmes, vous faites du mal au pays, vous devez partir. »

---

10. Sœur-Emanuel, nom donné à l'église de Charleston.

D'une traite, sans trébucher sur les mots.

Il a sorti son arme et a tiré.

Il m'a abandonné là, vivante, couchée auprès des cadavres de mon fils, de mes amis.

Paraît-il que la peine de mort sera confirmée lors de ce second procès. Moi, je ne la souhaite pas. Je lui ai accordé mon pardon. Je ne veux pas d'une vengeance, je désire la justice, rien de plus. >

PIÈCE 201 ENTRETIEN G, POLICIER

< Dylann Rust était très calme lors de son arrestation. Il a décliné son identité et a déclaré « je suis le responsable de la tuerie de l'église de Charleston. »

Aucun coup de feu n'a été échangé. Aucune violence n'a été commise.

Un quart d'heure plus tard, alors qu'on l'emmenait au commissariat, il a dit avoir faim. On s'est arrêté et on lui a acheté un menu Burger King – frites, sandwich et soda. Personnellement, je ne comprends pas la polémique. On lui a juste filé à manger[11]. >

⋆

Son second coup de poing de la journée, John se le reçoit une fois rentré chez lui. Encore plus violent que le précédent.

À la place de sa grand-mère adorée, il trouve dans son salon un voisin qui lui annonce son transport en urgence à l'hôpital.

John se précipite à l'hôpital et la découvre dans une chambre anonyme, sous assistance respiratoire. Ses

---

11. Sur le chemin du commissariat, après sa capture, Dylann Roof, le véritable tueur de l'église de Charleston, fit savoir aux policiers qu'il avait faim. Les policiers arrêtèrent leur voiture et allèrent lui acheter des burgers dans un fast-food.

yeux ne peuvent se détacher du corps allongé. Il reste debout, près d'elle, sans comprendre.

PIECE 451 ENTRETIEN JOHN GREEN

< Mais comment est-ce possible ? Ce matin, elle blaguait avec moi sur les prix de l'immobilier !

Elle prévoyait de s'acheter une vraie maison avec l'argent du procès. Un petit palace rien qu'à nous, un étage, un jardin, un garage. Payé cash, bien sûr, plus de crédit, plus de mensonges, et que les vautours aillent se faire enculer !

Sur le coup, j'y ai cru. À quelques heures de l'audience, elle avait réussi à me redonner la pêche. J'étais sur le pas de la porte, prêt à affronter le Kraken, elle a levé les poings comme un boxeur, bats-toi fiston, te laisse pas violer par ces satanés de bankiers !

Et maintenant, elle paraît minuscule, branchée à tous ces appareils. >

Les secours l'ont transportée dans la matinée, à 10 h 58 précisément. Elle était déjà dans le coma quand le verdict est tombé, mais à quelques minutes près, c'est comme si la Bank avait mis symboliquement fin à sa vie.

John perçoit la coïncidence comme un signe.

Il repense au conseil donné des années plus tôt et qui a tout précipité – signe ce contrat mamie, tu ne le regretteras pas ! Elle méritait de finir sa vie tranquillement, loin de ces charognards.

Encore dans ses pensées, John s'approche de la fenêtre. Des grains de sable adhèrent à la vitre. Ils s'accumulent, portés par le vent.

La tempête semble venir de l'enceinte sportive du *Washington* Hilton *Ballroom*.

CHAPITRE 5

Les hymnes nationaux s'achèvent et les cris de la foule obligent Ali Shabazz à hausser la voix pour se faire entendre.

« Tu n'aurais pas dû aller à Tokyo démolir cette baraque, Mike.

– Tu crois que j'ai eu le choix, j'ai tous les créanciers du monde au cul !

– Tu n'y es pas allé pour l'argent, dis la vérité.

– J'ai kiffé, j'avoue. »

Ali acquiesce. Il connaît la signification cachée de cet aller-retour à Tokyo. Pour les mêmes raisons, il y est allé affronter un catcheur du nom d'Inoki, quarante ans auparavant.

PIECE 322 Entretien Ali Shabazz

< Le Japon, c'est la destination finale de tous les fracassés de la vie qui espèrent se refaire loin de la mère patrie. Un ultime tour de piste motivé par le désir de briller d'un dernier éclat.

Le deuil de soi est impossible, le futur terrifie, autant continuer à glisser, quitte à se ramasser deux fois plus fort ensuite. À la fin, le trip se termine en inauguration de supermarchés à côté du type qui refourgue des mini-ventilos pas plus grands que la main.

J'ai tout de suite su que le boulot avec Mike risquait de se compliquer.

Quand il m'a choisi pour thérapeute, comme des dizaines de sportifs avant lui, je n'ai pas hésité une seconde. Autant pour lui venir en aide que pour entrer dans la psyché d'un Noir *fucked up* par le système, ami personnel de Donald Trump. >

Ali scrute les réactions de Daizon quand un Ukrainien, Wladimir Klitschko, le champion du moment, fait son apparition sous les cris du public, dans l'enceinte du *Washington* Hilton *Ballroom.*

Une tasse en plastoc remplie de liquide, lancée des gradins supérieurs, s'écrase sur Daizon et macule sa veste grise.

« Qu'est-ce que c'est ? s'inquiète Ali avec un mouvement de recul.

– De la pisse, répond froidement Mike après avoir humé le gobelet en connaisseur. Depuis mon soutien à Trump, c'est mon quotidien.

Une caméra s'est fixée sur lui et, en ce moment, dans tous les foyers américains abonnés à HBO, il doit y avoir cette image d'un Daizon droit et digne, insensible à cet attentat scatologique sur sa petite personne.

Ali, rassuré, voit les types de la sécurité accourir, saisir le plaisantin et le ramener de force à leur QG.

Au moins, je ne vais pas recevoir de l'urine sur la gueule, c'est déjà ça !

Daizon, qui n'a pas pris la peine d'essuyer son costume, observe les boxeurs, l'air chagrin.

« Tu voudrais être à leur place sur le ring ? »

Si c'est le cas, il est bon pour encore dix ans de thérapie.

Daizon se retourne vers son coach de vie.

« Deux fuckin' Ruskoffs se disputent le titre, voilà ce qui m'emmerde !

– Ah ouais ? »

OK, finalement, ce n'est pas un come-back, mais ça pue la remarque raciste. Six mois de divan seront peut-être nécessaires pour couper cette idée à la racine.

« Tu vois, le titre de champion du monde poids lourds, c'est notre propriété. Depuis Jack Johnson, à deux couacs historiques près, un Noir l'a possédé. Ce titre, il est passé de foyer en foyer pour, à chaque fois, offrir du rêve à un petit gosse noir. Et même si moi, j'ai joué au con, je n'ai jamais bradé la franchise. »

Ali hoche la tête, Mike oublie un peu vite qu'il a arraché le nez d'un mec sur le ring. Et cette vision ethnocentrée est réductrice. Un Noir, champion de boxe, aussi populaire que le pape, a fait du bien à tous les handicapés de la vie, pas seulement au quart-monde afro-ricain.

Un journaliste d'HBO court vers eux pour une réaction.

« J'ai rien à dire au sujet de cette pisse. »

Le journaliste tend le micro à Ali. L'ancienne star des rings n'essaie même pas de répondre. Inutile d'agglutiner des mots qui refuseront de sortir sous leur forme lexicale d'origine. On racontera encore que la maladie a progressé, rien de bon pour son image. Ali ferme sa gueule à regret.

On est à la deuxième reprise. Le champion décoche sa meilleure droite. Un coup à assommer un ours qui sort du bois. Et quand on croit le match plié, il se produit l'impensable.

Il est aspiré dans le sol. Il disparaît dans le sable, entraîné par tout son poids en muscles. Le challenger dans un réflexe pavlovien lève les bras en l'air en signe de victoire avant de voir ses deux jambes s'enfoncer dans le tapis du ring. Il crie, aligne trois pas et tombe, tête la première. Avalé.

À côté de lui, la Round Girl jette sa pancarte, enlève ses talons et sprinte en montant sur les tables des officiels.

D'origine colombienne, elle a vu en direct l'agonie d'Omayra Sanchez[12] emportée par un torrent de boue.

---

12. Omayra Sanchez est morte après l'éruption du volcan Nevado del Ruiz. Prise dans les débris et la boue, elle succombe, filmée

Sur la pointe des pieds, elle franchit vingt mètres. Elle dépasse le ring-annonceur, un obèse en smoking. Alors qu'elle croit passer la porte, une main attrape sa cheville. Le gros en smoking. Il est au sol, le torse pris. Il la serre fermement, comme si elle pouvait servir d'appui. Il l'entraîne avec lui et elle disparaît dans un tourbillon de sable fin.

Ali – 1 m 89 – tourne la tête vers Daizon – 1 m 80 – et le regarde droit dans les yeux, les jambes enfoncées. Daizon le prend par le bras et le tire vigoureusement. Son corps laissé en friche depuis dix ans est traversé par un flux soudain d'énergie. Il parvient à l'extraire du trou qui l'aspire.

« Cassos' brother ! »

Ali voit une femme disparaître avec son enfant. Un homme hurle et tourne en rond sans savoir où poser le pied. L'ancien boxeur est tétanisé, victime d'un étrange tremblement, comme une crise d'épilepsie. Un instant, il craint la paralysie, mais l'inverse se produit.

L'adrénaline coule à flots dans ses veines et chasse les miasmes de la maladie. Ali retrouve soudain la légèreté du papillon.

Main dans la main, Ali et Mike s'enfuient en courant, comme des gosses, filmés accidentellement par les caméras d'HBO qui tournent alors que les opérateurs ont depuis longtemps disparu, avalés par le sable.

*

---

par les caméras de télévision, après une lente agonie de trois jours durant lesquels les autorités colombiennes tenteront vainement de la sauver.

PIÈCE 401 ENTRETIEN SHANE WRIGHT

< Walter était cerné par les policiers. Ils se tenaient à vingt mètres, pistolets braqués sur lui.

Il a levé ses mains pour montrer qu'il était désarmé et leur a tourné le dos pour marcher jusqu'à sa voiture. Il s'est installé derrière le volant et n'a plus bougé.

Sa bagnole, comme seul refuge.

Les flics se sont approchés. C'est à ce moment que je les ai vus. Je suis sortie de chez moi, sans rien sur le dos, juste ma culotte. J'ai crié « Ne tirez pas, il n'est pas armé ! »

Le policier surnommé *6* courait, le buste plié en deux.

Il a contourné le véhicule, introduit son bras dans l'habitacle, puis il a tiré quatre fois.

Une balle a atteint Walt en pleine tête.

Quand la portière s'est ouverte brutalement, son corps a chuté sur la chaussée.

Je me suis précipitée en hurlant et un flic m'a envoyé un coup de Taser dans le dos. Je suis restée de longues minutes face contre terre, à quelques mètres de la dépouille de mon frère, à observer la flaque de sang se former et s'étendre. À le regarder mourir.

Ils m'ont balancée à moitié inconsciente dans une bagnole et direction le commissariat.

Walter est resté une heure, seul sur le bitume. Les flics n'ont même pas couvert d'un drap son cadavre. Y'a des gens qui se sont approchés pour prendre des photos. Certaines décorent des sites d'extrême droite.

La dernière image que j'ai de lui ? Son corps désarticulé et tout son sang, vitrifié.

On m'a dit de m'estimer heureuse, j'aurais pu recevoir une balle.

Comme si cette violence subie par nos familles était normale. Après tout, on nous a élevés dans la peur du bâton, de la bavure et des lynchages. On nous a convaincus que nos vies ne nous appartenaient pas. Et même qu'elles ne nous ont jamais appartenu.

Walter a été assassiné. Par un policier. Que l'État aujourd'hui s'acharne à disculper par tous les moyens.

Ma colère est immense, intraitable.

L'officier 6 affirme qu'il a tiré pour protéger sa vie, pour empêcher mon frère de retourner l'arme contre lui.

La prétendue légitime défense du pouvoir blanc. Hurler des mensonges en jurant que c'est la Vérité. Les victimes deviennent des criminels qu'il est juste de châtier.

La seule faute de Walter, la raison de sa mort ? Être noir.

Walt s'est planqué à l'intérieur de sa caisse, parce qu'il était démuni, incapable d'affronter la situation. J'imagine ce qu'il a pu ressentir.

C'est un homme submergé par la peur que la police a tué et que l'État souhaite salir et enterrer. À tout jamais. >

RESET

CHAPITRE 6

6 est tiré par son avocat vers une sortie de secours. Une exfiltration pour éviter la foule, les journalistes, une balle. L'avocat vérifie qu'un petit malin n'attend pas dehors avec une caméra. La ruelle est déserte.

Elle sert à ça, cette porte qui donne sur une rue inondée d'ordures, permettre aux salopards protégés par le système de se barrer discrètement sans rendre de comptes.

6 n'en revient toujours pas d'avoir échappé à son lynchage programmé. Un non-lieu propre et sans bavure, comme promis.

« Bon ben, merci pour tout », voilà tout ce qu'il trouve à dire.

Il n'a pas envie de le remercier, le type le méprise. Mais il se sent euphorique, boosté par sa totale liberté retrouvée.

« Il faut que vous vous présentiez devant le commissaire lundi à 9 h », prévient l'avocat, la bouche pincée.

« OK, de toute façon je ne pensais pas prendre de vacances ! »

Pressé de retrouver les collègues, le boulot, les discussions autour de la machine à café.

6 quitte la ruelle et se met à marcher, dans sa bulle. Son cerveau bouillonne.

Sa vie a failli s'arrêter. Il aurait pu finir au fond d'une cellule, son nom accolé à celui de Walter Wright pour l'éternité, avec pour épitaphe un mensonge sonnant comme une infamie. Aux yeux de tous, il n'aurait été qu'un sale flic, assassin d'un Noir innocent.

Fuck that shit ! Heureusement, la justice a eu le dernier mot. N'empêche, il a eu sacrément chaud. On a beau savoir que l'on ne fait que son boulot, qui, à part un flic, le comprend ?

Confier son sort à un jury, c'est jouer sa vie aux dés.

Une giclée de sable le tire de sa rêverie. Un vent violent charrie des milliers de grains qui s'insinuent partout, dans ses cheveux, sur ses vêtements. Une tempête fonce droit sur lui.

⋆

Ali et Daizon sont hors du Hilton *Ballroom*. Enfin ils sont sur ce qu'il en reste, une dune d'où dépassent des dizaines de corps. Pris d'un soudain coup de folie, Ali lance quelques jabs dans le vide, en gueulant.

« Yo Sucker ! »

Daizon observe son coach de vie perdre la boule. Ali s'imagine sans doute affronter un des nombreux abrutis qu'il a écrasés au cours de sa carrière. Il a retrouvé son jeu de jambes et, sur la pointe des pieds, évolue sur le sable mou.

« Fais gaffe quand même, mate autour de toi ! »

Aux fenêtres des immeubles voisins, des gens filment la scène incongrue avec leurs smartphones. Ali retrouve ses esprits. Illico presto, il repère une main qui dépasse et s'empresse de déblayer autour.

Daizon s'approche d'une jambe et tire dessus. Le type suffoque, le visage plein de sable.

« Reprends ton souffle, mec, t'es vivant ! »

★

« Shane, dis quelque chose… »

Les journalistes se sont envolés, le comité de soutien s'est dispersé, il ne reste plus que Shane et Lisa, assises sur un banc à l'intérieur du tribunal désert.

Au loin, des cris, des bruits de bousculades.

Intriguée, Lisa marche jusqu'à la fenêtre. La vitre est sale, recouverte de sable, l'on y distingue à peine ce qui se trame dehors. Des gens se hurlent dessus, s'empoignent. Son téléphone sonne sans arrêt, elle ne prend pas la peine de consulter les messages, elle l'éteint et retourne auprès de sa nouvelle amie. Elle la découvre en pleurs.

« Walter Wright, tué par la police, violé par la justice ! Voilà l'épitaphe sur sa pierre tombale. Mon frère est mort une seconde fois dans ce tribunal, de la façon la plus injuste qui soit. »

« On va se battre, rester mobilisés.

– On ? Mais Lisa, je suis seule à porter ce combat et du fric, je n'en ai pas ! Ils vont gagner, passer à autre chose, et rien ne changera. Le système triomphe et *fuck* les gens comme moi !

– Tu n'es pas seule, crois-moi…

– Les tribunes dans les médias, les comités de soutien 2.0, les *dies-in*, c'est bien joli, mais ça ne change rien ! C'est juste la soupape de sécurité pour nous laisser espérer. Ce flic est le sixième cette année. Six avant lui ont assassiné des Noirs innocents ! Même un gosse a été exécuté comme un chien errant parce qu'il jouait dans la rue avec un flingue en plastique. Et la police s'est défendue jusqu'au bout ! »

Shane essuie ses larmes. Son visage est dur, ses yeux brillent de colère.

« Je vais te dire, Lisa, ce qui se passera si les juges ne me donnent pas raison. Je traquerai ce flic pour me faire justice et rien ni personne ne m'en empêchera.

PIÈCE 231 Entretien Lisa Goldman

< Se faire justice ! Tous ceux que le système asservit ont un jour cette pensée. Je l'ai eue moi aussi. J'ai été élevée, comme Shane, à l'ombre de cette violence étatique. Pour Eux, Lisa Goldman est une criminelle en puissance, une étrangère dans son propre pays.

Oui, l'élection de Trump a libéré la parole et les actes racistes, mais l'exécution des milliers de Walter Wright était déjà possible auparavant. Trump est une nouvelle incarnation, la version updatée de George Wallace[13] et de tous les salopards qui ont creusé cette fosse d'où l'on doit continuellement s'extraire. Et même ceux qui se prétendent nos amis nous ont fait des croche-pieds.

Bill Clinton nous a mis K.O.. Il a voté la loi anticriminalité de 1994, une des plus dures d'Amérique, supervisé l'exécution de ce pauvre Ricky Rector[14], hein,

---

13. George Wallace est un homme politique américain, partisan de la ségrégation raciale. Gouverneur de l'Alabama durant les années 1963 à 1967, il est considéré comme celui qui a créé le climat de haine qui aboutira à l'attentat de l'église de Birmingham en 1963 où quatre fillettes trouveront la mort.

14. Ricky Ray Rector, Afro-Américain reconnu comme déficient mental et condamné pour meurtre à la peine capitale, en 1992. En pleine campagne électorale, sa demande de grâce fut rejetée par Bill Clinton gouverneur de l'Arkansas et en course pour la Maison-Blanche. Il supervisa lui-même l'exécution. Il déclara à la mort du condamné : « Que l'on ne pourra jamais, plus jamais, l'accuser de laxisme. »

ne l'oublions pas. Ensuite, l'hypocrite est venu nous draguer, chanter et jouer du saxo[15] avec nous – enfin avec ceux qui refusaient d'admettre qu'il nous divisait. Mais les coups les plus rudes viennent toujours de sa propre famille.

Barack nous a enterrés pour de bon quand il a déclaré ne pas être le président de l'Amérique noire. En toute décontraction, il a insufflé une nouvelle vie au cousin glandeur Pookie[16]. Claironné que l'on se foutait nous-mêmes dans la merde avec des pères absents, nos habitudes alimentaires dégueulasses et nos addictions aux émissions sportives d'ESPN. Nous aurions dû lire des histoires le soir à nos enfants pour mieux les éduquer, dénicher un vrai travail plutôt que compter sur la main trop généreuse de l'État.

Les mecs en face ont dû se taper le bide de joie. Si le premier d'entre nous nous mitraille dans le dos, ils sont légitimes à nous en mettre plein la gueule pendant encore deux mille ans.

Peut-être a-t-il déblatéré ces conneries pour passer inaperçu et avoir les coudées franches. C'est peut-être bien une stratégie. Leur laisser croire que Michelle, Melia et Natasha ont la peau noire, mais que ce sont les uniques attributs qu'elles partagent avec nous autres.

Peut-être.

---

15. Un des temps forts de la campagne de Bill Clinton a été sa participation au *Arsenio Hall Show* (show télévisé de la star afro-américaine Arsenio Hall) où il joua du saxo. Il a participé à de nombreux prêches dans des églises afro-américaines où il chanta « Lift Every Voice and Sing » (considéré comme l'hymne afro-américain). Sa façon à lui de récupérer les votes de la communauté noire.

16. Personnage imaginaire de petit délinquant des ghettos noirs. « Il faut dire au cousin Pookie qui squatte le canapé d'aller voter », déclarait Obama lors de sa campagne de 2014.

Mais la vérité, c'est que personne n'a pris soin de nous comme il fallait. À quel moment notre esprit supplicié criera grâce et exigera la vengeance ?

La mort des Walter Wright est légitime dans la construction de leur Amérique. >

CHAPITRE 7

Leila hallucine face aux imprévus de la soirée.

D'abord l'effondrement du Hilton Ballroom qui monopolise tous les journalistes du pays. Ensuite, plus grave encore, l'ingérence brutale de Mike Daizon dans sa vie.

Un joint à la main, elle s'était mise devant son *reality show* préféré, celui de la Fox, *Donald Jr & Ivanka Trump, les milliardaires débrouillards à l'assaut du monde*, quand la sonnerie de l'entrée a retenti.

Et voilà Mike qui débarque à une heure du matin, du sable plein les godasses, le costume pisseux, et qui se pose en slip sur son lit immaculé – mais putain, il ne doute de rien ce mec !

Il se branche direct' sur CNN et conduit une OPA sur la télécommande pour écouter en boucle les mêmes conneries. Leila en a marre, à deux doigts de péter un câble. Son moment de détente télévisuelle et cannabique, elle peut tirer un trait dessus.

Vient le second problème, bien plus vicieux que le premier.

Mike, sur son lit, en slip blanc, ça ne l'aide pas à rester zen. Elle est en jachère depuis des mois, le cul à l'abandon. Ce mec pourrait faire l'affaire, il connaît la boutique par cœur. Avec lui, pas besoin de lister l'inventaire. Mais il ne se décide pas, le bonhomme. Il est muet, les yeux mi-clos, la bouche entrouverte. Un côté phoque apathique posé sur son lit comme sur la banquise.

À bout, elle se jure qu'elle le baisera. D'une façon ou d'une autre.

Elle rallume son joint qui s'est éteint. La flamme du briquet éclaire son visage devenu mauvais.

« T'es sûr que t'en veux pas ? Respire au moins la fumée, t'as l'air tendu. »

Leila s'amuse à recracher et à dessiner des formes. Il ne réagit toujours pas. Leila a les nerfs, elle passe au plan B, la mise à mort de Mike Daizon.

« Tu sais ce que dit la rue… commence-t-elle.

– Elle dit quoi, la rue ?

– Que c'est le prélude ?

– C'est quoi un prélude ? »

Le stratagème a fonctionné ! Leila joue à celle qui n'en revient pas.

« Quoi, tu sais pas ce que c'est ? »

Mike hoche négativement la tête.

« T'es sérieux ? »

Devant son air bête, elle embraie.

« Le prélude, c'est comme le premier round qui annonce la couleur des onze suivants », explique-t-elle, toute contente d'elle-même.

Daizon se marre. Leila est diplômée d'une université qui accepte uniquement les immigrés tout juste capables de déchiffrer *Mickey Magazine* ! Elle fait partie de ces cons qui veulent systématiquement lui apprendre la vie par métaphores pugilistiques, comme s'il était incapable de comprendre autre chose.

« Alors elle dit quoi, la rue ? » demande Mike, histoire de pousser la maligne à développer.

« Que le Washington Ball Room représente le début des emmerdes. Et c'est rien par rapport à la suite. C'est comme la couche d'ozone, tu vois. Sans gros problème sous-jacent, personne n'en parlerait.

– Ça veut dire quoi *sous-jacent* ? » continue-t-il, histoire de passer encore pour plus con.

« Mike, tu le fais exprès ou quoi ? »

Là, son expression redevient sérieuse, Leila le dévisage comme s'il avait grandi dans un zoo, éduqué par des animaux. Elle cherche immédiatement une comparaison tirée du bréviaire de la boxe, en vain, mais elle a mieux.

« Sous-jacent, tiens, c'est comme toi et, par exemple, disons, ton homosexualité. »

Ah ouais ? La meuf va trop loin ! enrage Daizon.

Il ne s'énerve pas, il joue à fond l'étonnement.

Après tout, on attend de lui cette éternelle surprise face aux rumeurs qui courent à son sujet. Comme si sa propre vie ne lui appartenait pas.

Il se redresse brutalement et Leila prend peur. Elle le connaît depuis un bail, mais son humeur est salement imprévisible. Elle l'a vu piquer des rages inattendues. C'est ce qui rend le bougre excitant. Là, le quintal enfoncé dans le lit, le visage chiffonné par le sommeil, il ne semble pas bien dangereux. Leila savoure l'instant.

« On sait tous ce qui s'est passé quand tu étais en maison de redressement.

– Il s'est passé quoi ?

– Ben, ce que tout le monde sait, même si personne n'en parle.

– Tu veux en venir où ?

– À l'explication du mot « sous-jacent » : qui existe sans être manifesté explicitement. Comme ton homosexualité, bien réelle, mais que tu n'as jamais exprimée de façon claire et définitive. Finalement, ton homosexualité refoulée est sous-jacente à ton hétérosexualité affichée de manière brutale et ostentatoire. En clair et pour faire simple, t'es un pédé refoulé, Mike, CQFD. »

Leila éclate de rire, elle l'a eu. OK, elle ne baisera pas, c'est acté, l'animal a encore de la fierté, mais quand même, c'est un kif de malade mental. Traiter Daizon de tante sans se prendre de pain dans la gueule, certains s'y sont risqués, mais elle est bien la seule à s'en sortir indemne. Mieux qu'un coït vite expédié.

Priceless.

PIÈCE 52 ENTRETIEN LEILA J, AMIE DE MIKE DAIZON

< J'ai frappé fort, j'avoue. Mike a morflé, mais franchement, fallait pas me chercher à l'heure de la diffusion de mon show TV préféré.

Suis fan de Donald Trump. J'ai adoré *The Apprentice*. Voir tous ces candidats prétentieux se faire virer comme des malpropres m'a redonné confiance en moi.

Trump me fait marrer.

Et dans le genre gangsta, ses gosses *represent*.

J'attends avec impatience qu'ils s'envoient en l'air. Ouais, ils sont frère et sœur, mais y'a une putain de tension sexuelle entre eux. M'étonnerait pas que leur baise soit le cliffhanger qui clôture la saison. >

*

« Qu'est-ce que vous faites ?

– On doit la bouger de place !

– Vous ne la touchez pas ! »

John bouscule l'interne qui veut déplacer le lit de sa grand-mère pour la stocker ailleurs, comme un sac de linges sales !

Deux flics se matérialisent devant lui, à croire qu'ils ont reniflé l'embrouille à deux kilomètres. Affectés à l'hôpital pour assurer la sécurité, ils ont pour consigne d'arrêter la racaille.

Ils ceinturent John facilement. Quand il crie, un poing s'aplatit sur sa tronche. Brutal. Il tombe au sol et une seconde torniole lui est offerte, gratuitement. Ensuite, le trou noir.

À quatre heures du matin, John est traîné au commissariat central dans un fourgon rempli d'une dizaine de types. Il passe le reste de la nuit dans une cellule de dégrisement. Les mecs autour sont excités, y en a un en particulier qui n'arrête pas de piailler, « ouuais, le staaade s'est effooondré, comme une pièce-mooontée ! » Il assure qu'il y était, il brandit ses places pour le match. Il affirme être un miraculé, choisi par Dieu. Les rires fusent.

John reste silencieux, face au mur. Il pense à sa grand-mère, seule, abandonnée, dans un coin d'hôpital.

Il s'interroge : passera-t-il devant les juges pour s'être bagarré avec les flics ? Rébellion à agent, dans son cas, c'est huit ans, minimum. Il angoisse, puis arrive le matin et on le relâche avec les autres, un vrai troupeau de moutons remis en liberté.

Il longe les cellules contiguës à la sienne et découvre les excités, les soûlards, les dépouilleurs de cadavres du Hilton. Des mecs abjects qui ont profité d'un moment tragique. Jamais, il ne se serait abaissé à fouiller le sable pour dépouiller un cadavre.

Quand il sort du commissariat, il s'affole. L'hôpital est à six bornes, mais vu le bordel, il ira de toute façon plus vite à pied.

*

Après une douche rapide, Mike quitte Leila complètement ivre, recroquevillée sur son canapé.

Il s'était imposé cette visite comme un dernier test. Il est fier de lui, il n'a ni fumé ni baisé. Pas par manque d'envie. Face à l'intensité des conneries débitées, il a failli la retourner pour lui faire payer.

Dans la rue, il trottine sur quelques mètres, histoire de se dégourdir les jambes. Le bitume est tapissé par endroits d'une légère couche de sable. Il effleure du doigt le capot des bagnoles et s'amuse à taguer son blaze – *Razor Mike* – comme un gosse, sur une vieille Chevrolet recouverte de poussière.

Après une vingtaine de minutes de marche, il retrouve Ali dans un Starbucks à côté des bureaux occupés par l'ancienne star du ring.

Il est tôt, le café est désert. Les serveurs les laissent tranquilles, habitués à voir Ali avec des célébrités. Ils ont mieux à faire, tirer à la courte paille celui qui déblayera la tonne de sable qui obstrue l'entrée.

Ali lui prend la main, celle qui a cassé le pilier principal de la baraque japonaise.

« Mike, elle est bousillée, faut que tu la fasses soigner. »

« Ce n'est pas important, de toute façon, je ne compte pas remonter sur un ring. »

L'ancien champion est loin d'être convaincu. Avec Mike, le pire est toujours à venir. La prochaine fois, il se battra peut-être avec un ours en live à la télé.

« Ça va, mec ? s'inquiète Daizon en sucrant son expresso.

– Ouais, ouais, cool.

– T'es sûr ?

– Bon, j'ai un truc à te dire, Mike. Faut que l'on arrête de se voir. Depuis que j'ai gesticulé comme un con sur le toit du Hilton – enfin ce qui en restait –, les médias ont mis un contrat sur ma tête. La traque a commencé hier soir, la Fox m'a démoli et mate l'encart du *Washington Post* de ce matin. Si ce n'est pas une mise à mort, mec, je ne sais pas ce que c'est ! Mon petit pas de danse, il coince. C'est juste une manifestation de joie enfantine, celle d'un type subitement revenu à la vie après trente ans de maladie ! Mais ces cons ne veulent pas le comprendre. S'ils nous voient ensemble, ils te cloueront aussi au pilori. Ils se souviendront de toutes tes conneries. Et franchement, pour ta santé mentale, tu devrais éviter toute cette merde. »

Mike attrape le journal. Ali a raison, on leur fera payer, même s'ils ont sauvé une dizaine de vies. On ne retiendra que le *Ali's Shuffle*. Une vraie provocation, on ne les lâchera pas avant d'avoir leurs scalps. On remettra au tapis son soutien maladroit à Trump. Un coup à filer six mois d'insomnie.

« Laisse, conclut Mike, tu en as assez fait. J'ai la tête hors de l'eau, à moi de pas replonger. Tu as une dernière recommandation ? »

Ali réfléchit quelques secondes. Mike a un sacré passif – drogue, médocs, violence – pas facile de lui donner une ligne de conduite, au débotté. Il aurait aimé ne pas le lâcher dans la nature.

« Bon, écoute un conseil que tu connais déjà. Quand tu paniques, Mike, tu perds le contrôle, la peur te fout dans une rage et une insécurité permanentes. Rester seul avec toi-même ne te permettra pas de grandir. Trouve les raisons de ces angoisses et affronte-les. Elles sont enfouies loin, quelque part. Bats-toi ! »

Daizon garde le silence. Sa peur patiente, attend l'instant propice pour reprendre le contrôle de sa vie. Il la sait tapie dans un coin, terrifiante. Par le passé, elle a failli le détruire.

« Je te remercie pour tout ce que tu as fait pour moi. La thérapie m'a permis de ne pas me foutre définitivement en l'air. »

Mike l'étreint.

« Tu fais quoi aujourd'hui, demande Ali, pour clore l'entretien sur une note plus tranquille.

– J'ai acheté au Japon un stock entier d'imports de soul et de funk… »

Ali retrouve sa joie de gosse.

« Les Japonais sont forts, ces gars-là te sortent des inédits de dingues !

– On me livre aussi des chiens ce week-end.

– Ah ouais ?

– Les pitbulls de Gérald McLelland[17]. Tu te souviens de ce mec ? Il ne peut plus s'en occuper, sa sœur m'a dit qu'il y tenait plus que tout. Impossible de les vendre à un gars qui organiserait en douce des combats de clébards. J'ai proposé de les garder le temps qu'il retrouve la santé. »

Ali rassemble ses affaires, dubitatif.

« Autant dire qu'ils sont à toi, ce mec ne retrouvera jamais ses esprits. »

Il serre une dernière fois Daizon dans ses bras et quitte lentement le Starbuck en saluant les serveurs. À travers les vitres ternies, Mike l'observe s'éloigner, tout voûté, tenant son café Mocha dans sa main tremblante.

CHAPITRE 8

Quand John débarque au *Washington Hospital Center* en fin de matinée, couvert de la poussière de la rue, on lui assure que sa grand-mère a été transférée ailleurs.

À force d'accrocher en vain des internes, il se résout à la chercher lui-même dans les recoins de l'hôpital.

---

17. Gerald McClellan, boxeur afro-américain, ancien champion du monde de boxe. Gravement blessé lors d'un match, il est depuis sourd, muet et quasi aveugle.

L'investigation des lieux lui révèle une sacrée misère. Le plus choquant ? Les enfants allongés, sous perfusion. Le pire ? Ces minuscules grains de sable infiltrés dans les couloirs qui roulent sous les semelles. Comme si l'agent meurtrier se cachait parmi les vivants, capable de frapper à nouveau.

John finit par repérer sa grand-mère adorée, abandonnée sur un lit à roulettes.

Morte, évidemment.

John tape sa crise, il jure que les médecins pourront la réanimer. Oui, ils essaient, pour le principe, mais soudainement les soignants s'envolent comme des moineaux, happés par une autre urgence.

John reste près d'elle, seul, avant qu'on lui intime gentiment de se barrer. Quand il quitte l'hôpital désemparé, sous un déluge de sable, il ignore où aller. Il tourne en rond, le visage noyé de larmes.

Puis il se souvient qu'il a encore un lieu où crécher. Pas pour bien longtemps, mais ça suffira pour cette nuit.

PIÈCE 411 Entretien John Green

< Une fois rentré, je me suis effondré sur le canapé. Cet intérieur douillet où nous avons ri, où nous avons parlé, à imaginer des jours heureux, cette baraque bourrée de souvenirs sera saisie par la Bank pour être rasée. >

*

« Dylann Rust, auteur de la tuerie de Charleston, a été officiellement condamné à la peine de mort. Il a demandé son application, malgré les supplications de sa famille et de ses avocats… »

Sarah Goldman ne peut pas s'empêcher de serrer les poings, les larmes aux yeux.

« Calme-toi, tente Ben.

– Je suis la seule à être révoltée ? En exigeant la chaise électrique, ce con veut être rangé dans le tiroir des héros de la Confédération ? »

Elle se lève, furieuse, et quitte la pièce. Il reste seul à peine quelques minutes, la porte s'ouvre et Lisa passe la tête.

« Rien ne changera jamais », conclut Ben en pointant du doigt la télévision. Sur l'écran s'étale, en haute définition, le visage du tueur de Charleston.

PIÈCE 460 EXTRAIT DÉCLARATION DE DYLANN RUST DURANT SON PROCÈS

< J'ai choisi Charleston pour son passé. C'est une des plus anciennes villes de l'État.

Je savais que mon action ne passerait pas inaperçue. Par contre, j'ignorais tout de cette église et de son caractère *si particulier*. Je ne m'intéresse pas du tout à l'histoire négroïde. >

⋆

Shane observe le sable qui s'accumule contre la vitre. Une mini-tornade s'est formée et un homme court, plié en deux, jusqu'à sa voiture.

Le son de la télé lui parvient. Des bribes d'infos apocalyptiques sur l'effondrement du Hilton. La catastrophe paraît aussi irréelle que son espoir d'assister à la condamnation du meurtrier de son frère.

Elle se revoit, les yeux emplis de colère, quand *6* a posé le pied dans l'enceinte du tribunal. Un coup de poignard en plein cœur. Cette cagoule, un magistral *Fuck You !* à la gueule de tous ceux qui se sont battus légalement pour avoir le droit à un procès.

« Tu as de la famille, Shane ? Des parents, des amis pour être avec toi ce soir ? »

Shane fait non de la tête. Sarah se penche, pose ses mains sur ses épaules. La jeune femme frémit, ses muscles sont tendus comme des câbles sous les doigts de la vieille dame.

« Tu resteras avec nous le temps qu'il faudra. Tu prendras le canapé. On n'a pas de chambre d'amis, mais tu ne seras pas dérangée par les ronflements de mon mari. S'il ne fait pas le con, il devrait réintégrer le lit conjugal ce soir. Tu es d'accord avec ça ? »

PIÈCE 344 Entretien Lisa Goldman

< Qui peut ignorer la place de l'église de Charleston dans l'histoire de notre communauté[18] ? Certainement pas Eux. On a été touchés au cœur de notre identité et de notre fierté. >

PIÈCE 345 Entretien Sarah Goldman

< Ce type prétend avoir pris cette église au hasard. Conneries. Notre histoire s'est écrite dans ces lieux. Il les a souillés pour décupler l'impact de sa tuerie. Pour proclamer : « vos symboles n'ont aucune valeur. Vous ne possédez rien. Ni lieu sacré ni mémoire protégée. Partout, nous pouvons vous massacrer. » En plus d'être un meurtrier, cet homme est un violeur. >

---

18. Mother Emanuel, nom donné à l'église de Charleston, a été fondée en 1816 et a accueilli à l'époque plus de 75 % de la population noire de la ville. Dès sa création, elle s'est engagée contre l'esclavage. Elle a pris une part active à l'Underground Railroad, ce réseau underground portant assistance aux esclaves en fuite. Bookter T. Washington ou le révérend Martin Luther King y ont prononcé des discours importants. La lutte pour les droits civiques a été au cœur de l'engagement des membres de l'église de Mother Emanuel.

*

Trois heures plus tard, le vent s'est calmé et un timide soleil pointe derrière le voile gris des nuages. Shane et Lisa se détendent dans le jardin étroit qui entoure la minuscule maison des Goldman. Elles ont acheté de quoi bouffer – burgers, sodas – et inaugurent le repas en tapant dans les frites.

Shane ramasse le sable qui s'accumule sous ses pieds. La matière poudreuse file entre ses doigts.

Elle repense au procès, à la panique dans les rues après l'effondrement du Hilton. Une journée comme un avant-goût de fin du monde. Elle, si forte, pleurait à deux doigts d'abandonner. Elle se souvient d'avoir remercié Dieu pour la présence de Lisa à ses côtés.

« Où trouves-tu l'énergie pour aider les gens comme moi ? Le verdict m'a mise à genoux, je n'ai plus la force de rien...

– J'ai été à bonne école. Toute ma vie, j'ai vu ma mère militer. Au SNCC[19], elle a défendu la cause ouvrière, a joué des poings dans quantité de meetings. Puis un jour, elle a tout quitté...

– Pourquoi ?

– Elle n'a jamais voulu en parler. Elle a cessé de se rendre aux réunions. Certains n'ont pas compris, pour eux, elle se reniait. La lassitude, peut-être. Tu es cette vague qui se brise sur ce rocher, tu penses qu'année après année, il finira par s'effriter, mais le temps passe et il est toujours dressé contre toi. Je ne sais pas si elle a baissé les bras par épuisement ou pour éviter de se noyer dans sa colère...

---

19. SNCC : Comité de coordination non violent des étudiants – fait partie des nombreux groupes engagés dans la lutte pour les droits civiques.

– Mais toi, Lisa, pourquoi tu continues ? Qu’est-ce qui te donne la force d’y croire ? » insiste Shane.

La jeune femme sourit timidement, mais sa voix porte, claire, assurée.

« L’inaction est un aveu d’échec. C’est déclarer au monde qu’ils ont finalement réussi, qu’ils nous ont privés de notre humanité. Je ne suis pas assez folle pour espérer une société égalitaire, mais si, de mon vivant, je contribue à une justice impartiale, la première pierre fondatrice d’une société plus juste, alors j’aurai rempli ma part du contrat. »

Shane aime bien cette expression, *la part du contrat*. Les soirs où elle était au plus bas, elle se le répétait aussi, comme des milliers de femmes noires dans sa situation. Se battre pour tous les Walt, tous ceux qui croiseront un jour cette putain de police. C’est dérisoire, mais il faut bien trouver un sens à cette lutte pour la survie.

« Tu y crois vraiment, Lisa ?

– Chaque génération conclut un pacte avec la suivante. Je suis ce maillon, Shane. Ma mère imprimait des tracts. Moi, je bats le rappel sur les réseaux sociaux. Toi aussi, tu fais ta part, même si tu n’y crois plus… »

PIÈCE 418 Entretien Lisa Goldman

< À la question « Pourquoi es-tu si en colère ? », je réponds : « Si tu ne comprends pas ma colère, c’est que tu n’as jamais eu à prouver ton humanité et ton droit légitime à l’existence. » >

CHAPITRE 9

Daizon est tiré du lit par des cris perçants. Quand il sort précipitamment de chez lui, il se retrouve face à ses voisins, énervés d’avoir été réveillés un dimanche matin par des aboiements déchaînés. Ils n'en reviennent pas de la puanteur.

Les clébards, heureux d'être enfin à l'air libre après des heures de voyage confinés dans leurs cages, se sont mis à déféquer de plaisir sur les pelouses entretenues à coups de milliers de dollars. Les chiens s'en fichent d'y laisser leurs crottes, ce n'est pas eux qui règlent la facture.

Un type, un jeune acteur d'Hollywood qui a repris le rôle de Paul Walker dans *Fast & Furious*, sort de sa baraque et court vers Daizon en lui hurlant dessus. Du doigt, il désigne un tas de merde encore fumant.

« Mec, tu crois que je vais tolérer *ça* sur ma pelouse ? »

L'acteur trépigne, lâche le joint qu'il fume et se plante devant lui. Il a le physique surgonflé des fanas de *Crossfit*.

« Qu'est-ce que tu réponds ! »

Il pointe du doigt les chiens qui aboient de plus belle, excités par les spectateurs amassés autour d'eux.

« Putain, mais ouvre ta bouche ! »

Daizon reste silencieux.

Sa meuf s'en mêle, plus en rut que son mec. Elle filme avec son mobile.

«Vas-y, chéri, bouscule-le… t'as juré que tu le ferais ! »

Le type hésite. Il se souvient que Daizon a mordu et recraché un nez sur un ring, a frappé des mecs dans la rue. Il ressent ce que des centaines de types ont goûté avant lui, la peur, la vraie. Mais les années ont passé, le corps affaissé de l'ancien boxeur est une invitation à le bousculer. L'acteur se lâche, il le pousse d'une tape dans l'épaule.

« Hey baby, vas-y franco, démonte-le ! » gémit sa copine excitée.

Il se convainc que oui, la victoire se tente. Il faut juste porter ses couilles le temps d'un round. Pour un K.O. instagrammable.

Il pousse « franco » avec ses deux mains et Daizon tombe sur les fesses.

« T'as filmé ?

– C'est dans la boîte, chéri, pour l'éternité ! Compté dix, t'es le nouveau champion de la rue. Viens, j'ai envie de baiser. »

Elle embrasse son mec, qui offre une dernière grimace à la caméra. Ils s'éloignent en se tenant par la taille, oubliant les chiens, le bordel ambiant et Daizon toujours le cul par terre.

*

PIÈCE 591 Entretien *6*, ex-policier

< Quoi branler ce week-end avant la reprise du boulot ? Heureusement qu'il y a Netflix. Mater des séries, c'est génial pour mettre le cerveau sur off. Quand il y a eu le procès, comme s'abrutir devant la télé ne suffisait pas, j'ai pris un abonnement à la salle de gym. La fonte, c'est le top. Et en tant que flic, tu te dois d'inspirer le respect. La muscu apporte ce sentiment de sécurité et de toute-puissance. >

Installé dans le fauteuil en cuir de son salon, *6* ne parvient pas à décoller les yeux de son portable, connecté à la chaîne YouTube de Kenny le Geek. Des images brutes des secours sont diffusées, aucun commentaire ne parasite l'action, juste un œil numérique braqué sur la réalité.

6 suit, pas à pas, l'équipe de pompiers chargée de secourir les survivants du Hilton.

Quand un expert prend le micro, *6* attrape un calepin et commence à écrire frénétiquement. Même si les youtubeurs sont des abrutis, il se promet de débarquer lundi au bureau dans les meilleures dispositions. En alerte et moralement préparé. C'est ce que l'on attend d'un flic, qu'il soit capable de répondre dans l'instant à n'importe quelle situation.

PIÈCE 811 Entretien Kenny le Geek

< Paraît que 6, le flic-tueur, est un de mes abonnés YouTube. Ouais, ça me fait doucement rigoler, vu ma détestation absolue des poulets.

Cette chaîne, je l'ai créée à un moment où j'avais grave le seum contre l'Amérique. Bien sûr, je suis allé manifester quand ce flic a assassiné George Flyod. Les huit minutes quarante-six d'agonie m'ont révulsé. Mais qui a cru une seconde que sa mort allait sonner la fin des exécutions dans les rues américaines ? Heureusement, il y a eu cet élan, ce réveil pour dire que cela devait cesser.

L'Amérique est un tas de détritus. Trop d'injustices, de corruption. Le contrat social a été jeté dans la cuvette des chiottes y a longtemps. À se demander même s'il a existé. Juste des Blancs qui signent entre eux une convention pour exploiter la terre entière et qui jurent sur la Bible pour mettre Dieu dans leur poche.

Putains d'hypocrites. Et pourtant, j'suis blanc de chez blanc.

Pire. J'suis roux.

Je pointe à la fac et si je ne merde pas trop pour le diplôme, ça passera. Alors, pourquoi cette pulsion à tout vouloir cramer ?

Laisser les injustices prospérer, c'est être du côté des enfoirés.

D'où l'idée de ma chaîne YouTube. Inspirer les gens à se rebeller en les nourrissant d'images de l'Amérique en lutte. L'art de la rébellion par l'exemple.

Moi, j'archive tous les combats. Noirs, Latinos, Natives, LGBTQ, féministes, prolos. À chaque fois qu'un groupe d'hommes, de femmes, de gays, de trans, fait entendre sa voix, je réponds présent.

Je balance sur le Net. Sans commentaire. Brut.

Pourquoi me casser le cul et risquer la prison alors que je pourrais travailler pour Facebook, Google ou Amazon ?

Parce que les protagonistes des luttes d'aujourd'hui engagent ceux du futur. Le flambeau de la révolte passe par la mémoire des conflits antérieurs. Si personne n'archive, on oubliera les causes de nos révoltes. On oubliera même qu'il est possible d'espérer *autre chose*.

Même si mes vidéos sont éphémères, censurées par les salauds au pouvoir et qu'elles disparaissent aussi rapidement qu'elles ont été éditées.

Je suis Kenny le Geek, l'œil du Net. Archiviste d'un monde parallèle peuplé de tout un tas de créatures étranges. >

CHAPITRE 10

Une fois en cellule, Dylann Rust, l'assassin de neuf Noirs innocents, a une hallucination. Il croit percevoir une odeur, celle des sièges en cuir de la vieille Pontiac de son oncle. Une fragrance puissante, inoubliable.

Jamais plus il ne se retrouvera dans cette caisse à comater, sous l'effet du Suboxone, enivré par les vapeurs d'essence du carburateur.

La trappe s'ouvre, un plateau-repas apparaît. Rust ne bouge pas, il reste allongé, écrasé par les médicaments. Le médecin lui a refilé la dose la plus massive, une bombe chimique à fracasser la gueule de tous les toxicos d'Amérique.

Les médocs, la solution de l'institution pour le castrer. Empêcher son suicide.

Impossible de mettre fin à son existence quand le cerveau se liquéfie dans la boîte crânienne. Impossible de se défendre, de craindre l'avenir. On reste abruti, prostré sur sa couche comme un animal qui attend le coup de poinçon.

Toute sa vie, il la passera sous assistance médicamenteuse. La mort viendra, lentement.

*

Les mains pleines de terre, Daizon termine la confection des niches. Les molosses aboient autour de lui.

Beaucoup auraient chié dans leur froc à la simple vue des pitbulls. Lui a l'habitude, ses deux tigres blancs l'ont vacciné contre les crises de panique. Avec eux, la peur n'est pas une option, au risque de rester planqué dans sa baraque, pris en otage par les fauves.

Il caresse le crâne épais des bullmastiffs. Faudra leur donner un nom, à bouffer, les sortir. Mike sourit. Au moins, cela lui imposera une routine, et que les voisins aillent se faire voir !

La nuit tombe doucement. Il se lève et se dirige d'un pas tranquille vers sa villa. Au loin, le ballet des hélicos et des sirènes de pompiers résonne.

Il va se concocter un vrai programme de glandeur. Écouter du George Clinton et attendre la fin du week-end, confortablement installé dans son canap'. Demain sera un autre jour.

*

PIÈCE 29 ENTRETIEN *6*, EX-POLICIER

< Lundi, à 4 h 30, je me suis levé, euphorique, avec une seule envie, redevenir flic. >

Vêtu de son uniforme de policier parfaitement repassé, *6* boit son café et les paroles de ses voisins. Le plus gros de la tablée parle fort, pour capter l'attention de tout le Starbuck, et de lui en particulier. L'homme ressemble à un employé de bureau typique. Costume-cravate, bide serré dans sa chemise, mocassins à pompon.

« L'effondrement du Hilton ? Le dernier coup des démocrates, Obama en tête, ouais mon pote. Il s'est dit : « chouette, chions une belle crotte pour pourrir au mieux la sortie de Trump ». Le mec joue main dans la main avec Biden. Les deux sont copains, le poste de président est une chaise musicale. À chacun son tour de ruiner le pays ! Obama et son groupe de satanistes tirent les ficelles, Biden est une vieille marionnette toute grimaçante qu'ils ont placée là pour assurer l'intérim. Cet enfoiré d'Hussein[20] s'en branle de l'Amérique, il ne l'est même pas, américain. D'ailleurs, t'as vu, depuis le début du merdier, comment il se démène ? Y a pas une heure où il ne lâche pas une vidéo sur le Net, à distiller ses conseils de vie. Histoire de conforter son image de prix Nobel de la paix. Il cherche quoi ? La canonisation ? Tu verras qu'il augmentera les tarifs de ses conférences ! Pas étonnant non plus que cette merde frappe Washington, hein, tu comprends pourquoi, inutile de te faire un dessin ? Washington, c'est l'épicentre des mecs qui souhaitent casser l'Amérique, la vraie, avec leurs lois à la con. »

Le type le mate furieusement et espère avoir son approbation, mais *6* se contente de finir son café. Petit salut réglementaire et hop, il marche tranquillement, avec style, jusqu'au commissariat sous une tempête de poussières.

Une bourrasque plus forte que les précédentes l'oblige à sprinter sur les derniers mètres, un bras en

---

20. Barack Hussein Obama. Pour de nombreux Américains, Hussein, le second prénom d'Obama, est la preuve qu'il n'est pas américain.

visière pour se protéger le visage. Merde, il a foiré son entrée ! Il se met à tousser comme un asthmatique pour expectorer les grains avalés.

Le hall est bien rempli, des dizaines de personnes attendent pour porter plainte, *The Dust* a déferlé comme un ouragan dans leurs vies.

« Il va y avoir du boulot, faudra assurer », jubile *6*.

Il enlève le sable de son uniforme, secoue ses cheveux. Dans le reflet d'une fenêtre, il vérifie sa tenue, impeccable. Satisfait, il entre dans la Ruche, l'open space où se situe son bureau.

Il sourit à un collègue, tape sur l'épaule d'un autre pendu au téléphone. Il n'en fait pas trop, mais il montre qu'il est de retour, à bloc. Il s'assoit et trie les deux ou trois papiers qui traînent. Quelques minutes plus tard, il se faufile dans la salle étroite pour écouter le briefing matinal avec le reste de l'équipe. Il est question uniquement de *The Dust*.

« Cette saloperie a mis la ville à genoux, le travail va être colossal, annonce le sergent-chef. En plus des tonnes à déblayer, des morts que l'on compte par dizaines, des milliers de criminels de tout poil se sont réveillés. Deux groupes seront formés. Le premier viendra en aide à la population, le second traquera les petits malins qui osent profiter de la situation. Les chiens enragés sont lâchés, vous êtes la fourrière, alors chopez-les ! Le maire exige les premiers résultats en soirée. Défoncez-vous, y a de la promo à la clef ! »

6 jubile, du travail à se péter le crâne, parfait pour un nouveau départ. Il prie pour intégrer l'équipe de choc chargée de la traque.

Les ordres de mission sont distribués.

Rien pour lui.

Whaaat the Fuuuuck !

Il sursaute quand une main se pose sur son épaule. C'est Pat', un jeune inspecteur irlandais, ils ont bossé ensemble, de nuit surtout. Le mec paraît visiblement emmerdé.

« Tu peux me suivre, s'il te plaît ?

– Mouais, OK. »

6 retient son souffle, essaie de se la jouer cool. Le jeune flic le guide dans un dédale de couloirs. Il entre après lui dans une pièce qui sert aux interrogatoires des têtes brûlées. Des murs épais, en béton armé, parfait pour fracasser un crâne en toute impunité.

Face à lui, bras croisés, le commissaire et l'avocat du service. *6* découvre une feuille et un stylo posés sur la petite table où les prévenus sont menottés.

Une lettre de démission et le stylo pour la signer.

Il se sent tout pisseux dans son costume. L'ordre vient d'en haut, il n'y aura pas de discussion, à lui de tout avaler. Il se revoit face à eux, quelques semaines plus tôt, les types, tout sourire, lui vendaient une immunité totale.

Karchérisé, comme une crotte !

Le monde de *6* s'écroule devant tant d'hypocrisie. Balayées en une seconde, les fondations de son empire. Pire qu'une condamnation à mort, se faire lourder, comme un malpropre, par l'Organisation. Les flics, on ne les vire jamais. On garde même les brebis gangrenées par la lèpre qui se chient dessus. Il faut aller très loin pour se voir confisquer son job, et l'infamie est tombée sur lui.

6 prend une inspiration. Ils l'ont baisé, à lui de se conduire comme un homme, ne pas chialer et chercher à marchander. Il n'est pas coupable, juste martyr. Ce sont eux, les Judas.

Il saisit le stylo et signe sans dire un mot.

Il regagne son bureau, Patrick sur ses talons. La Ruche est déserte, à part une poignée de flics. Certains sont au téléphone et font mine d'être occupés, d'autres l'observent avec un air satisfait. Il les connaît ceux-là. Les mêmes qui ont mis un genou à terre lors des manifestations de soutien pour George Flyod. Certains ont même poussé le vice à chialer dans les bras des protestataires dans un acte de contrition digne des meilleures émissions évangélistes.

Bande de salopards, vous ne méritez pas l'uniforme, vous auriez dû être journalistes ou terroristes, vous ne comprenez que dalle au métier de flic !

Ces types, il ne les a jamais sentis.

Il lève son majeur et le brandit bien haut.

« Prenez votre pied, bande de connards, c'est moi qui régale ! »

Les mecs haussent les épaules et ricanent. Il regrette déjà, passer pour plus crétin encore, tu parles d'une sortie ! Honteux, il rassemble rapidement ses affaires, les fourre dans un carton. Tandis qu'il s'engage dans le couloir, une tête apparaît, puis une seconde. La moitié de l'effectif est aligné, à l'attendre. Un flic s'avance, le sourire franc.

« On voulait te dire qu'on est en désaccord complet avec la décision qui a été prise. C'est de la branlette tout ça ! »

Un jeune inspecteur embraie. « T'y es pour rien, t'es irréprochable. Les cons, ce sont les enfoirés assis toute la journée qui s'imaginent tout piger à notre métier. »

Les larmes montent, il se retient, affiche un regard de dur et serre les mains qui se tendent.

« Je vous oublierai pas les gars, prenez soin de vous. Les connards dans les bureaux ne nous comprendront jamais. »

À la porte du commissariat, *6* retrouve le sourire. Pat l'encourage une dernière fois.

« Donne de tes nouvelles, si un poste dans la sécurité se libère, on te fait signe. Les profils de flics sont pris au sérieux, tu trouveras presto du boulot ! »

6 dévale les marches, son carton sous le bras avec quasi rien dedans. Dix ans de police, un licenciement comme une exécution et une mise à la porte sans fanfare ni trompette. Le réveil s'avère difficile. Heureusement, il conserve les souvenirs.

Dehors, il trouve une poubelle. Il y jette toutes ses affaires et s'éloigne en affrontant de face la tempête.

CHAPITRE 11

Quand John raccroche, il a une certitude, l'hôpital ne lui rendra pas le corps de sa grand-mère. Il est tout simplement égaré parmi les macchabées, comme un dossier administratif rangé dans le mauvais tiroir. Après le vol de sa baraque par ces enfoirés de bankiers, manquerait plus qu'elle se retrouve sans sépulture.

Il se demande quand l'ordre d'expulsion arrivera. À cause de *The Dust*, un répit lui sera peut-être accordé, mais qu'est-ce que cela change ? Il faudra bien préparer ses valises. Autant commencer maintenant à ranger le bordel de sa vie.

⋆

« Continue sur Morris Road… »

Lisa gare son van, découvre le pâté de maisons où habite Shane. Une suite de logements entretenus au mieux, avec l'argent qui reste quand tout a été payé et le frigo rempli.

Quelques minutes plus tard, dans le salon, elle remarque les VHS rangées en nombre sur les étagères. Shane, dans la cuisine, l'aperçoit inspecter sa collection.

« Des super films, on adorait les mater avec mon frère.

– Tu as encore un magnétoscope ? » s'étonne Lisa, intriguée.

Shane a un sourire qui découvre ses dents plaquées or. Elle tend à Lisa une tasse de café.

« Plusieurs et tout un tas de trucs improbables que je remets en état.

– Tu devrais parler à mon père, lui n'arrête pas d'inventer des trucs. Il ne montre jamais ses créations, mais il passe son temps à faire je-sais-pas-quoi dans son coin... Y a des films dans lesquels t'as joué ?

– Je ne suis pas actrice, Lisa. Juste cascadeuse, quand je trouve du boulot.

– C'est dur de bosser ?

– Tu as vu mon physique ? Je ne suis pas la doublure de Charlize Theron ! »

Lisa éclate de rire. Elle s'avance vers Shane, lui caresse la joue.

« T'es très bien, change pas, y a assez de connasses blondes sur terre ! »

Ça fait rire Shane qui s'installe dans son canapé défoncé. Dehors, une tempête s'est levée. Les milliers de grains fouettent les carreaux des fenêtres. Il y en a dans la pièce, sur le tapis du salon, sur le mobilier.

« Comment l'effondrement d'un simple immeuble a-t-il pu produire autant de poussières ? » s'interroge Lisa, en retirant une pellicule de sable de l'accoudoir du fauteuil. « J'ai reçu un appel du bureau pour m'informer que toutes mes réunions de la semaine sont annulées. La mairie a demandé de limiter les déplacements, d'attendre que les rues soient déblayées de cette merde de *The Dust*. On parle de plusieurs centaines de morts, comme si le Covid n'avait pas suffi.

– *The Dust* ? Ils ont déjà trouvé un nom à cette saloperie ? Tu crois que c'est un truc de terroristes ?

– Franchement, si c'est le cas, on a du souci à se faire. Si dorénavant ils pulvérisent un bâtiment entier en claquant des doigts, on est mal. »

Lisa avale une gorgée de café, note les petits détails dans la déco que seules les femmes remarquent.

« Ce n'est pas dingue, mais c'est chez moi, précise la cascadeuse pour couper court à l'inspection.

– C'est cool, crois-moi. Parole d'une meuf qui est obligée à plus de trente piges de crécher chez ses parents. Tu vivais ici avec ton frère ?

– Ouais, il cherchait un emploi, il n'avait plus de thune… » Shane a la voix qui déraille. « Faut pas croire ce qui a été écrit sur lui, Lisa. Un ramassis de conneries… C'était juste un gosse, incapable de blesser qui que ce soit. Il avait un avenir, il allait à la fac, faisait partie d'associations… Ce flic ne pouvait pas m'infliger pire. Il m'a enlevé la source de ma joie, de ma force… »

PIÈCE 17 ENTRETIEN SHANE WRIGHT

< Quand ma mère est morte, j'ai secrètement promis de m'occuper de mon petit frère, Walt.

Quand il a eu 18 ans, j'ai pensé à un truc bête, j'avais réussi là où toutes mes copines avaient échoué. Préserver leur gosse de la rue et de la taule. La seconde d'après, j'ai pensé que tous mes efforts n'auraient servi à rien s'il devait un jour croiser la police.

Un soir où l'on était ensemble, Walt m'a prise dans ses bras. Il m'a serrée fort et m'a dit « Shane, tu sais être toi-même et tu m'as donné la force de croire en moi. » Ce soir, j'ai eu la plus belle récompense, il m'avait consacrée comme sœur-mère. >

PIÈCE 18 ENTRETIEN LISA GOLDMAN

< Quand un jeune Noir est tué par la police, on dit toujours que c'était un gamin plein d'avenir, un jeune à l'écoute de la communauté.

Peu importe qui il était, on a rien à justifier. C'est la vie d'un des nôtres qui a été prise injustement. Gangster ou paroissien, aucun gage à donner. Shane n'aura jamais à s'excuser de ce que Walt a été. >

Une bourrasque se lève et un tourbillon de sable se forme dans la rue. Shane se met à la fenêtre. L'obscurité semble être tombée d'un coup. Les allées sont désertes, pires que les villes fantômes du Far West.

« Ce n'est pas prudent de repartir Lisa, tu n'as qu'à dormir ici. Appelle tes parents pour qu'ils ne s'inquiètent pas. Mon canapé a pas l'air comme ça, mais il est pas mal du tout… »

★

PIÈCE 432 ENTRETIEN MIKE DAIZON

< La nuit est tombée et je me suis pris un coup de flip magistral. Les chiens ne cessaient de hurler, terrorisés par la tempête de sable monstrueuse.

Je suis monté sur le toit vérifier si mes pigeons tenaient bon. Je suis resté avec eux, enveloppé dans une couverture. À dormir à la belle étoile, à l'abri de mes pensées. >

CHAPITRE 12

PIÈCE 125 ENTRETIEN 6, EX-POLICIER

< Le mardi matin est arrivé, je me suis senti merdeux. Quel avenir pour un mec comme moi ? J'ai été flic toute ma vie.

Ce qui m'a tué ? Le commissaire qui regarde ailleurs alors que je signe ma lettre de démission. Un Judas ! C'est lui qui aurait dû aller au charbon et faire comprendre aux politicards que toucher à un seul de mes cheveux déclencherait une guerre avec le service entier. Mais non, c'était plus facile de me sacrifier que de leur tenir tête.

Si le boulot de flic est aussi honteux, c'est bien la faute de la hiérarchie et des politiques. Je l'ai compris dès la première année de mon service. J'avais endossé l'uniforme, plein d'illusions pour découvrir que ma plaque était en réalité un badge d'éboueur. Mon ordre de mission ? Récurer la rue ! Ai-je ne serait-ce qu'une fois évité un crime ? Jamais. On débarque, on consigne sur notre calepin l'étendue du drame. Le cadavre est fumant, la femme est en pleurs, violée et tabassée, le gosse est décédé d'overdose et l'épicerie a été mise à sac. Les flics ressemblent à la cavalerie des westerns, toujours un train de retard. On planque la poussière sous le tapis en jouant les assistantes sociales pour prétendre aux journalistes que tout est réglé. La hiérarchie exulte, les chiffres sont meilleurs d'année en année.

Les chefs m'ont pressuré pour mater les indigènes d'Amérique, tout ce que le pays compte de détritus : les toxicos, les SDF et toute la base miséreuse qui picole trop et crache par terre. Quel mal ont-ils fait, en vérité ?

Les pontes nous assurent que les tueurs en série, les terroristes, les loups solitaires qui butent toute une école, ne sont pas le vrai problème. C'est anecdotique devant le boulot quotidien : préserver le capitalisme américain, par la matraque. Les cadors des bureaux nous ont prévenus, nous sommes des chiens de berger. Malheureusement, parmi les moutons sous notre surveillance quelques-uns vont nous confondre avec les loups. Parce que les moutons sont cons, persuadés que le job de flic peut être fait à la cool, sans violence. Mais non, le boulot exige l'emploi de la force. Ils le comprennent seulement quand ils se font bouffer. >

Dehors, une clarté blafarde donne envie de se planquer sous la couette. Le premier geste de *6* en se levant aux aurores est d'ouvrir le frigo et de s'enfiler des bières, pour se fracasser le cerveau.

Il porte encore son uniforme, il a dormi avec. Impossible de se résoudre à le ranger sous un plastique, à l'abandonner dans un placard pour l'éternité. Il n'en revient toujours pas de la violence subie.

Il s'affale dans son vieux fauteuil en cuir.

6 entend le bruit léger des grains de sable tapant sur ses fenêtres. Les minutes passent. Il sombre lentement. Dans un demi-sommeil, il sent des insectes courir sur son visage…

⋆

Je suis allongé sur la plage de sable fin de Panama City Beach, les vagues me caressent les mollets. Le soleil tape fort, les filles en micro-tenues paradent devant les mecs torchés à la bière. Au loin, les hôtels – de grandes barres bétonnées, moches à pleurer – où tout le monde niquera une fois la nuit tombée…

Rust n'a jamais posé les pieds sur cette plage de Floride, il n'a même pas passé des vacances hors de la ville où il a grandi. Pas de potes pour ça. Là, allongé sur son lit sans confort – une plaque perpendiculaire au mur –, le corps engourdi, il se sent bien. Les médocs aident à s'évader.

Ce rêve tourne depuis son premier jour d'incarcération comme un gimmick neuronal. Des hallucinations si fortes qu'au réveil, il pleure. Un *fake* alimenté par les heures de *Springbreak* maté sur YouTube, au plus fort de ses déprimes.

Aujourd'hui, c'est encore plus vrai, au détail près. Il sent le sable sur sa peau, dans ses cheveux, sur son visage…

Il ouvre subitement les yeux.

Le sable coule en rigoles du plafond et les milliers de grains se répandent sur son lit. Il passe sa main sur le mur. Il la retire comme s'il avait mis ses doigts dans une prise électrique. Le ciment s'effrite dans sa paume.

Il n'a rien d'autre pour creuser que ses chaussures sans lacets. Il en prend une dans chaque main et se met à pelleter frénétiquement.

★

6 entend des cris au loin qui se transforment en hurlements de terreur, mais il n'arrive pas à bouger ses membres ankylosés. Quand il ouvre les yeux, il découvre une fissure sur le mur du salon.

La brèche s'élargit.

Il a à peine le temps de comprendre que la chaîne hi-fi dégringole de l'armoire. Les cris, ce sont ses voisins en pleine panique. Comme dans un cauchemar où l'on court sans échapper au danger, il ne peut pas lever son cul du fauteuil. Le plafond gondole, le sable se détache et un bon kilo s'effondre, *vlan*, sur sa gueule.

6 hurle, enfoncé dans son siège. Il ne va pas finir enterré vivant dans sa propre taule !

CHAPITRE 13

Au prix d'un effort surhumain, *6* arrive à bouger sa main. Tout autour de lui, des colonnes de sable, semblables à de mini-cascades, s'écoulent du plafond.

Dans quelques secondes, le logement se désintégrera. Il crèvera s'il ne se donne pas un magistral coup de pied au derrière !

Une vague déferle sur lui, il a juste le temps de sauter par la fenêtre ouverte. Il roule sur un matelas de poudre de ciment et atterrit dans son jardin balayé par les rafales. Sonné, il découvre l'étendue de la catastrophe. Les maisons finissent de se transformer, les poutrelles métalliques mutent en une pâte grisâtre.

Au loin, les cris d'une femme résonnent. Elle sort de chez elle, débrayée, en tenant ses deux jeunes enfants par la main. Elle agrippe un homme et le supplie.

« Mon bébé, il est à l'étage, je n'ai pas pu aller le chercher, aidez-moi ! »

L'homme s'écarte, effrayé à l'idée de devenir une victime de plus, que les pompiers sortiront par les pieds.

6 se remet debout et pique un sprint. Il s'introduit dans la villa en pleine mutation. Le sol est encore dur, mais par endroits des taches se forment et le revêtement disparaît, rongé par la poussière.

Il passe la tête dans une chambre. Perdu, celle des parents. Paniqué, il enfonce une autre porte, au hasard. Dans son berceau, un enfant se tient debout contre les barreaux. Il l'attrape et le serre fort contre sa poitrine.

La maison tremble, l'armoire en bois traverse le plancher. *6* sent ses chevilles s'enliser dans la pâte grisâtre, son corps est comme aspiré par une bouche avide de le digérer.

Le bébé calé contre sa poitrine, il court aussi légèrement qu'il peut et saute, les deux pieds en avant. Il traverse le mur et termine sa course trois mètres plus bas, le cul dans un monticule de poussière, le bébé sain et sauf dans les bras.

Quand il retrouve son souffle, il est entouré. La mère de l'enfant pleure de joie, les hommes lui tapent sur l'épaule. Tous sont persuadés d'avoir un authentique héros devant eux, qui a bravé la mort et le danger. Un homme en uniforme, un flic.

*

Rust explose le mur d'un coup de poing, s'extrait du sable et roule dans l'herbe de la cour.

Le vent s'est levé, impossible de voir à plus de cinq mètres. Un détenu le dépasse, lancé à toute vitesse, pourchassé par un berger allemand. Le chien n'aboie pas, il fend l'obscurité à la poursuite du fuyard.

Des détonations claquent. Rust prend peur et se colle contre un bloc de poudre.

Il reste une minute à ne pas pouvoir bouger, puis il s'élance et détale, les bras tendus devant lui.

Son cœur s'accélère, le vent de la liberté lui fouette le visage. L'excitation monte. Il court si vite qu'il franchit le périmètre de sécurité. Il n'y a ni mur ni barbelé, que la poussière et la cendre.

*

« Qu'est-ce que tu fous ?

– J'arrive ! »

Lisa l'entend dévaler les escaliers et Shane déboule dans le jardin, trois gros sacs dans les mains.

« Tout ce que j'ai pu sauver… »

Elle s'écroule au milieu du jardin, hors d'haleine. Lisa s'approche de la bâtisse et tâte les murs.

« Tu crois qu'elle va se casser la gueule ? »

Autour, les voisins se mobilisent. Certains se sont rués dans leurs maisons, histoire de sauver un peu de leur vie. D'autres gisent en pleurs, terrorisés, leurs gosses accrochés à eux. Shane se relève, le futal plein de poussière. Elle respire profondément, se reprend.

« J'sais pas si elle va s'effondrer, mais c'est pas le plus important. T'as des nouvelles de tes parents ?
– Non… Les communications ne passent pas ! » répond Lisa, terrorisée.

⋆

Juice sort d'un des salons du *Fifty-Fifty* en titubant. Il attrape une bouteille qui traîne et la vide. Boire de la bière au réveil s'intègre à sa nouvelle *diète.*

« C'est le bordel partout ! Tu étais planqué où ? » hurle Bee en le voyant débouler derrière le bar, la gueule défaite.

« Tu me cherchais pour me tailler une pipe ?
– Putain, non ! »
– Alors, qu'est-ce que ça peut te faire ? » répond le bodybuilder en posant sa main sur le cul de la jeune fille.

Bee, toute à son portable, a les yeux rivés sur une des nombreuses vidéos qui tournent en boucle – vision apocalyptique de maisons réduites à l'état de cendres, de routes encombrées de véhicules, de familles désespérées et de cadavres de Blancs sur la chaussée – elle ne réagit pas à la progression digitale. Juice mate enfin l'écran du mobile.

C'est quoi ? Le marketing viral du blockbuster de l'été ?

Il va à la fenêtre, découvre le désastre.

Qu'est-ce qui s'est passé pendant que je pionçais ?

Il comprend soudainement. La fin du monde est proche, pour de vrai.

⋆

Daizon, assis, recouvert de poussière, voit la dernière villa du quartier s'écraser vulgairement, dans un tourbillon de sableç. Aux cris et aux hurlements se mêlent les aboiements des chiens.

L'acteur qui lui a mis la honte tient sa gonzesse dans ses bras. Ils sont à poil tous les deux. Surpris en plein coït, ils ont choisi de fuir, sans enfiler de slip. Perdus, au milieu des tourbillons de poussière, ils tournent en rond. Mike éclate de rire, au moins lui a un caleçon sur le cul.

*

< Les six premières heures, tout se passait à peu près bien, vu le merdier absolu. Quand la nuit est tombée, les trucs bizarres ont commencé. Les gens perdaient la boule. Il a fallu remettre de l'ordre. >

6, ex-policier

< On habite pas Grozny, Gaza ou Kaboul. L'Amérique des guerriers n'est pas sur Capitole Avenue. Notre quotidien, on le vit une carte de crédit à la main. Au troisième jour, on voulait buter le voisin pour un biscuit. >

Dan, lobbyiste à Washington

< Trois jours sont passés, les secours ne sont jamais arrivés. Ils attendaient quoi, qu'on crève tous ? En Somalie, les sacs de riz se distribuent plus vite ! >

Mike Daizon

< Chaque matin, j'avais maman au téléphone. Elle me disait que tout allait bien, de rester chez Shane, de ne pas tenter de les rejoindre. Elle avait peur qu'on se fasse choper sur la route par des détrousseurs.

Une rumeur se répandait : des mecs de cité enragés tendaient des embuscades pour dépouiller et violer. Je lui ai dit que ces mecs devaient être nos voisins, vu qu'on créchait en plein dans le ghetto black de Washington. J'ai ajouté que je la soupçonnais de vouloir passer une petite semaine en amoureux avec mon père. Elle s'est marrée.

Ma mère, c'est The Rock. Même si une météorite défonce sa toiture, elle prendra le temps de sortir une vanne. >

Lisa Goldman

< Moi, dès que le merdier s'est déclaré, je suis sorti avec mon iPhone pour filmer et alimenter en contenu ma chaîne YouTube. Quand j'ai posté une vidéo appelant à faire le décompte des vivants parmi ma communauté – histoire d'extrapoler à toute la population de Washington – seuls 4 800 mecs sur 15 000 ont répondu. Grave flippant. >

Kenny le Geek

⋆

« On a réuni toute la bouffe qu'on a trouvée en fouillant les gravats… J'ai réussi à choper un réchaud, on bouffera chaud ce soir… J'ai dressé les trois seules tentes sauvées du sinistre, au moins, on pourra y planquer les enfants… »

En l'espace d'une semaine, 6 est passé de candidat au suicide à chef de tribu. Son uniforme agit comme un sésame, on le consulte pour s'informer sur l'imminence des secours. Il est policier, il est forcément au courant. 6 écoute et répond avec assurance, oubliée la brebis lépreuse, place au flic, le vrai, celui qu'il a toujours aimé être.

PIÈCE 237 ENTRETIEN 6, EX-POLICIER

< Les gens accouraient vers moi avec, à chaque fois, les mêmes questions à la bouche.

Je n'ai pas honte de dire que je voulais que ce bordel dure looongtemps ! J'étais incroyablement bien. Mon uniforme parlait pour moi. >

Et voilà 6 parti en éclaireur avec un voisin. Son nouveau partenaire bosse dans un de ces cabinets de lobbyistes qui pullulent dans la capitale.

Ce mec, Dan Trucmuche, ne lui a jamais parlé auparavant. Mépris de classe, le gars s'est installé dans le quartier contraint et forcé, après un divorce houleux. Sa femme s'est tirée, envolés les rêves de pondre un gosse ! Il s'est retrouvé à déménager dans un coin à pleurer, entouré de familles plan-plan qui ne connaissent pas la définition du mot *frivolité*. Cette misère sociale, il ne s'en est jamais accommodé. Depuis, il cherche à revenir à deux pas du Congrès et à récupérer son ancienne vie de branleur bobo. Les restos de la 18e rue et les bars à cocktails éphémères d'U Street lui manquent.

Dans la poussière des vestiges de sa chambre à coucher, il a retrouvé un Smith & Wesson. Et maintenant il le porte, bien en vue, à son ceinturon.

« Les gens vont se réveiller, c'est moi qui te le dis. Même les petites nanas brandiront des guns ! »

Il assure être prêt à tirer dans la tronche du premier venu, sans sommation.

PIÈCE 238 ENTRETIEN 6, EX-POLICIER

< Des hordes de mecs en furie ? En fait, on a croisé personne. Ils étaient tous crevés dans l'effondrement de leurs villas, du building où ils bossent, dans la collision de leurs voitures. Un parfum de mort flottait dans l'air. >

PIÈCE 239 ENTRETIEN DAN T, LOBBYISTE

< Quand on a quitté le quartier, on a vu l'Apocalypse. Pulvérisés les 169 mètres du *Washington Monument*. Washington transformée en une immense dune. Rien que de la poussière, partout.

Aucun secours en vue.

L'impression d'avoir été abandonnés dans le désert. Les survivants hurlaient de peur et de rage.

J'ai marché sur des cadavres ensevelis. À la fin, je ne faisais même plus gaffe. Je ne cherchais pas à savoir si les types en dessous étaient vivants. J'ai prié pour que Dieu me laisse en vie. >

PIÈCE 240 ENTRETIEN *6*, EX-POLICIER

< Je suis flic, des morts j'en ai vu. Mais là, c'était autre chose. Des membres ou des bouts de tissu dépassaient du sable, rien de plus. Nous étions des explorateurs débarquant loin de notre système solaire, sur une planète jonchée de cadavres. >

CHAPITRE 14

La peur comme carburant.

Rust court à travers les bois, traverse une rivière, a la bonne idée de la remonter sur plusieurs kilomètres. Il patauge dans une eau glacée dans l'espoir d'échapper à la traque.

Quatre nuits à jouer à cache-cache avec des ombres.

Au lever du jour, il s'effondre dans l'herbe. Il a tout juste la force de rouler sous un tronc d'arbre et de se planquer. Vaincu par le stress, il sombre. Plus de filles en bikini et d'orgie de bière, juste un trou noir. Rust dort pour la première fois d'un sommeil sans rêves.

⋆

Une file de grosses berlines fonce à toute blinde dans le sable. Une dizaine de gens à pied, armés, les suivent. *6* se positionne en travers du passage, dans l'espoir que son uniforme de flic pousse le conducteur à s'arrêter. La voiture pile net, manquant de l'écraser.

« Vous allez où ?

– Vous êtes dingue ! hurle Dan le lobbyiste en entendant la réponse du conducteur.

– Je viens avec vous ! »

L'ex-policier ouvre la portière côté passage et le véhicule démarre aussitôt dans un nuage de poussière.

*

Lisa se déplace dans tout le jardin, en tenant son mobile au-dessus de sa tête. Elle a un cri de rage.

« Pas de connexion ! »

Ce qu'elle craignait depuis des jours a fini par arriver. Communication téléphonique, out !

« Tu veux qu'on prenne ma moto et que l'on fonce chez eux ? Tu seras rassurée. »

Mais avant que Lisa ne réponde, un nuage de poussière déferle sur elles. Des milliers de grains de sable tourbillonnent, portés par un vent violent. Quand la bourrasque se calme, une forme émerge à l'horizon.

Lisa hurle de peur.

« Shane, ça vient vers nous ! »

*

Ils déferlent, armés.

En voiture, à pied. Par bande ou en famille, ils se ruent sur les bâtisses et se les disputent. Les premiers coups de feu éclatent.

Shane surprend son voisin tirer sur deux hommes blancs qui prennent d'assaut sa maison. Il arrose les assaillants qui répliquent en trouant sa bagnole de balles. Les coups de feu cessent subitement. La portière s'ouvre et l'homme se traîne sur plusieurs mètres avant d'être achevé.

Shane, pétrifiée, ne réagit pas quand une ombre se faufile à toute vitesse entre les véhicules dans leur direction. Il est quasi invisible dans l'air saturé de poussière, avec sa cagoule couleur camouflage et ses lunettes de protection spéciales « guerre en Irak ». Il a jeté son dévolu sur sa baraque et rien, mais rien, ne lui fera changer d'avis.

« Rentre, Lisa ! »

« Pas question, je ne te laisse pas ! »

« Dans le placard de ma chambre, dans le dernier tiroir… Mon flingue ! »

Lisa hésite, un instant.

« Maintenant ! »

Lisa décampe. Shane l'entend traverser le salon en se cognant aux meubles.

Un aboiement court derrière la palissade. Un doberman, dressé à l'attaque.

L'homme crache un ordre, le chien bondit par-dessus la barrière. Shane enlève son Perfecto, le noue grossièrement autour de son bras comme protection. Quand la bête se jette sur elle, les crocs prêts à la déchirer, elle esquive et lui assène un magistral fouetté du tibia. L'animal se plie en deux, explosé, comme un ballon de foot qui pète au premier coup de pied arrêté. Il couine, fouille la terre en quête d'un refuge. Shane n'attend pas, elle le chope par l'encolure. Elle l'étrangle, toutes dents dehors. Le propriétaire n'en croit pas ses yeux. Incertain, il pointe son arme, espère épargner son clébard.

Détonation !

L'homme s'écroule au sol. La balle a pulvérisé une partie de la palissade juste au-dessus de sa tête. Lisa est à la fenêtre, le pistolet braqué devant elle, tremblante.

Il se paye son chien en pleine tronche, projeté avec tant de force par Shane que l'animal terrorisé saute sur ses pattes pour filer à travers la tempête.

Le type pousse un cri, cherche des yeux un abri. Il rampe à quatre pattes dans l'espoir de s'exfiltrer.

Il chie dans son froc, le mec, face à ces deux femmes noires qui lui ont mis une belle raclée. Minable, il recule, la bedaine hors du pantalon. Shane s'approche de lui – en marcel, sans soutif. Ses muscles, compacts, brillent de transpiration. Rien à voir avec la petite meuf que tu violes et qui ferme sa gueule. Il l'entend hurler et cela lui offre le loisir d'admirer la quincaillerie en or de sa bouche.

« Enlève ta cagoule ! »

Instinctivement, le type l'expédie au loin, certain que cette saloperie d'étoffe poussera cette folle furieuse au meurtre.

« Dégage de chez moi, sinon je te cartonne ! »

Shane lui crache à la gueule. Il se le reçoit pile dans la bouche. Violé, par un jet de salive, le mec.

CHAPITRE 15

« Quelle baraque choisir ? »

Tout autour de 6, des dizaines d'hommes blancs se posent la même question. Parmi eux, l'ex-flic reconnaît des avocats croisés au tribunal et même le procureur de la chambre criminelle de Washington.

Leurs femmes attendent, planquées dans les bagnoles à 150.000 dollars garées en double file. Elles serrent leurs enfants, comme les vieilles serrent leurs bichons. Elles ne comprennent rien de la situation, elles veulent croire que leurs superhéros de maris trouveront une solution express à ce cauchemar sans fin.

Mais les époux impuissants évaluent les taudis du ghetto noir de Washington avec la grille de satisfaction d'un palace. Totalement inapproprié vu les biens à juger – des pavillons peints au caca, à la toiture défoncée. Mais ces bicoques, aussi dégueulasses soient-elles, vont être l'objet d'une incroyable spéculation qui se réglera au pistolet dans moins d'un quart d'heure. *6* le sait, il doit prendre une décision et vite.

Il opte pour une bâtisse un peu moins sale que les autres, avec moins de crottes de chien disséminées sur la pelouse. Mais avant qu'il n'accède à la barrière défoncée, une Jaguar freine et se gare à la volée.

Les portières s'ouvrent et deux types sortent, flingues à la main. Le premier a une gueule de minet – un trader – l'autre, de mafieux serbe. Il presse son Uzi contre sa jambe, le doigt sur la détente.

Dans la voiture, *6* distingue une femme planquée avec ses deux enfants. Elle suit l'opération en priant pour que tout se déroule sans accrocs, qu'elle puisse enfin se prélasser dans un bon bain chaud.

Le Serbe enfonce la porte d'un coup de pied – la planche de bois explose en milliers d'échardes – et il disparaît à l'intérieur de la maison en gueulant. Le trader patiente sur la pelouse, jambes écartées, une attitude copiée sur les gros durs des séries télé.

6 entend deux coups de feu et des cris. Les propriétaires, un couple de Noirs avec un môme, sortent en courant. Le mari est traîné au sol à sa première rébellion. Sa femme s'écroule avec son gosse, sous le regard méprisant du trader. C'est à peine s'il ne décoche pas un coup de pied au gamin.

Il fait signe à son épouse restée dans la Jaguar. Elle sort, elle et ses bijoux, ses filles contre sa poitrine. Les deux familles se croisent en silence. Choqués, les expulsés comprennent qu'ils ont tout juste gagné un nouveau statut à la grande loterie de la vie, celui de sans domicile fixe.

La famille coucou se claquemure à l'intérieur. Papa-coucou apparaît à la fenêtre, et son homme de main se poste dans le jardin, au milieu des crottes éparses, comme un coq sur son tas de fumier.

Des coups de feu résonnent. Les familles noires fuient, pourchassées par des gros bras payés à l'heure qui n'hésitent pas à flinguer pour marquer leurs nouveaux territoires.

Des affaires sont jetées dans la rue, histoire de leur laisser un truc à enfiler – mais une générosité calculée, on ne sait pas ce que l'avenir réserve.

6 glane deux ou trois oripeaux. L'uniforme de flic, il faut oublier. Un pantalon trop court, une paire de baskets trouées et une casquette qui a moisi des années sur le crâne d'un vieux. Voilà pour la nouvelle identité.

Il repart en courant, à la recherche d'un toit – même pourri – à poser au-dessus de sa tête.

*

Des bruits de pas réveillent Rust. Une voix d'enfant le rassure, juste une famille qui se débarbouille dans l'eau. Des Blancs, comme lui. Il s'extrait de son trou, sort de terre.

« Salut ! »

La femme sursaute, empoigne son fils et se réfugie près de son mari. L'homme ne semble pas le reconnaître, mais Rust a un doute. Son portrait a dû faire l'ouverture des JT, toutes les polices de l'État doivent le rechercher.

« Vous avez quelque chose à manger ?

– Non, rien. »

Le ton est sans appel et le type pose son doigt sur la détente de sa carabine, histoire de bien être compris. Rust lève les mains en signe d'apaisement.

« Je ne cherche pas les problèmes.

– Recule-toi contre l'arbre. »

Le père de famille hésite à pointer son arme. Menacer un gamin n'a rien de facile, surtout devant sa femme et son gosse.

Rust examine le couple. Dégueulasses, ils sont au bout de leurs vies. Pourtant, un détail le dérange. Ils portent des vêtements classes, ça ne colle pas.

Qu'est-ce qu'ils branlent à se désaltérer comme des animaux de la savane, crasseux et honteux ?

Le mari agrippe son épouse par le bras pour se tirer au plus vite. Il commet l'erreur de relâcher son attention un quart de seconde. La pierre lancée à bout portant lui fracasse le crâne, il chute lourdement, face contre terre. Avant qu'elle ne pousse un cri, Rust se rue sur la femme, bourre son visage de coups de poing. Elle s'effondre – dents cassées, côtes brisées.

Il lui vide les poches et pique tout – bagues, montre, pognon. Il s'éloigne de quelques pas, la carabine en bandoulière et quand il se retourne, l'enfant s'est blotti tout contre le corps désarticulé de sa mère.

PIÈCE 478 ENTRETIEN DYLANN RUST

< Ouais, j'ai cogné cette femme et franchement, je m'en fous. De toute façon, ils doivent être dead aujourd'hui. Ils n'étaient pas carrossés pour vivre bien longtemps, ces trois-là. >

CHAPITRE 16

Un nouveau lotissement, pire que le précédent. 6, éreinté, quinze kilomètres dans les pattes, cherche un logement où se planquer.

Il passe devant une berline cramée en plein milieu de la chaussée. Les vandales se sont attaqués à la voiture avant de la brûler, comme des charognards dépiautent une carcasse, morceau par morceau. À l'intérieur, un homme blanc, le crâne défoncé, les mains encore cramponnées au volant.

À une dizaine de mètres, un autre cadavre. Le type – blanc, évidemment – gît les bras en croix. Il a cherché à fuir, il a récolté une balle dans le dos.

Quand l'ex-flic relève la tête, il les repère sur leurs perrons, armes à la main, à deux doigts de tout péter, leur rage retenue seulement par le nombre limité de balles dans le magasin. Une vraie logique de guerre.

6 comprend qu'il doit se carapater quand trois Noirs s'approchent en hurlant. Il zigzague à travers la rue sans même prendre le temps de respirer. Une balle porte son nom et s'il ne disparaît pas, il se retrouvera à pourrir comme une ordure sous le soleil.

⋆

« Lisa ! »

Shane la retrouve écroulée en pleurs, au pied du lit. Dans sa main, le pistolet fumant.

« J'ai pas voulu le tuer… J'ai suivi tes ordres, j'ai appuyé sur la gâchette…

– La détente…

– C'est dangereux… si un enfant…

– Y a pas d'enfant, ici. Un flingue doit être chargé, prêt à servir dans la seconde, sinon il sert strictement à que dalle. »

La sonnerie du téléphone sort Lisa de sa torpeur.

« Maman, tu m'entends ?… »

Un flot de grésillements et plus rien. Elle examine son portable comme s'il allait lui fournir une explication.

« Merde ! Mes parents, je ne peux pas les abandonner là-bas avec tous ces salopards en liberté dans la rue !

– On prend ma moto et on y va, Lisa ! »

⋆

Shane conduit à toute vitesse. Elle slalome entre les voitures, évite au dernier moment les obstacles dressés devant elle. Des hommes, des femmes, des bagnoles et tout un tas d'autres trucs improbables. Elle est concentrée, comme pour une cascade en une prise unique.

Derrière elle, Lisa tient en équilibre, accrochée par une ceinture nouée autour de leurs tailles. Elle a l'impression qu'elle peut crever à chaque seconde.

PIÈCE 145 ENTRETIEN LISA GOLDMAN

< Des squatteurs pointaient leurs armes sur nous et Shane me criait de leur tirer dessus. Mais merde, je suis sociologue, pas sniper !

Savoir mes parents livrés à eux-mêmes m'angoissait. Peut-être que j'allais en retrouver un sur le bitume, tué par un de ces salopards qui écumaient les rues. >

PIÈCE 146 ENTRETIEN SHANE WRIGHT

< Le plus flippant n'était pas tous ces gens aussi fous que des chiens enragés, mais l'impression que le chaos le plus total s'était installé en un quart de seconde.

Mais pour rien au monde je n'aurais aimé que la police, l'armée ou la Garde nationale débarquent. On sait tous qui ils auraient défendu. >

Lisa pousse un soupir de soulagement quand elle aperçoit sa mère dans une vieille bagnole avec un groupe de voisins armés jusqu'aux dents. Une dizaine de vieux noirs excités, prêts à patrouiller à travers le quartier dans leurs caisses déglinguées.

Shane a à peine freiné que Lisa court se précipiter dans les bras de sa mère.

« Maman ! »

Elle chiale et le cœur de sa mère s'emballe.

« Tout va bien, ma petite chérie… On était prêts à débarquer chez Shane !

– Mais tu ne connais même pas son adresse !

– J'aurais reniflé le sol pour retrouver ta trace !

– Lisa ! » gueule son père en sortant de la cuisine. Il attrape sa fille par le cou et l'étreint. Elle l'entend murmurer un « putain, ça fait du bien de te voir, bordel ! » Après un long moment, à rester blottis l'un contre l'autre, il pointe du doigt un coin du jardin.

Une boule humaine, toute loqueteuse et poussiéreuse, gigote. Hilare, Sarah mime une prise de karaté.

« C'est l'imbécile qui s'est introduit chez nous et a essayé de nous expulser. J'ai tapé dans ses couilles, vlan ! »

Ben, plié de rire, embrasse sa femme sur le front.

« Chérie, t'as assuré ! Je l'ai prévenu, le mec, qu'une branlée l'attendait ! »

Sarah s'esclaffe, un vrai grognement de satisfaction. Adam et Henry, deux voisins septuagénaires, applaudissent. Dans leur dos, en bandoulière, des carabines utilisées pour la chasse au chevreuil. Shane sourit devant le spectacle de ces vieux, hargneux comme une bande de *thugs*.

Sarah s'approche de Shane, l'embrasse.

« Merci d'avoir pris soin de ma fille chérie.

– C'est normal, Sarah… »

La vieille dame reste en suspens comme si quelque chose lui apparaissait subitement. Elle se met à sourire et caresse le visage de la jeune cascadeuse.

*

« Ça va, Lisa ? »

La jeune femme assise dans la cuisine, inspire lentement.

« Trop d'émotions… Je ne suis pas habituée…

– C'est bon, tout va bien… »

Lisa, assise dans la cuisine, inspire lentement.

Shane la prend dans ses bras et Lisa retrouve son souffle. Le visage de Shane, tout en angles, est à quelques centimètres du sien. Elle se penche et embrasse la bouche pulpeuse. Elle l'attire vers elle, leurs poitrines se touchent.

Shane se dégage lentement. Elle finit par articuler.

« Je vais y aller… Voir si ma maison n'a pas été colonisée par un de ces abrutis. »

Lisa ne dit rien quand elle sort de la cuisine. Elle la regarde saluer ses parents et redémarrer sa moto. Elle demeure interdite, près de la fenêtre, à essayer de la suivre le plus longtemps possible. Elle finit par sangloter, les deux mains sur l'évier.

Et dans le jardin, déjà recouverte de poussière, la forme se recroqueville un peu plus sur elle-même.

PIÈCE 298 ENTRETIEN K, SANS DOMICILE FIXE.

< Je regrette l'agression de ces vieux, mais j'étais en panique. Le bordel prenait une tournure exponentielle, même pour un gars habitué à la rue.

J'vais pas vous mentir, *The Dust,* c'était du pain bénit, comme un ticket gagnant de la loterie, devenir enfin proprio d'un logement.

Je squatte la rue depuis un bon moment, avant même l'élection de Trump. Avec toutes ses promesses et ses coups de menton, j'ai cru que Monsieur le Président nous filerait un coup de main. Que dalle !

Ce mec n'en a rien à carrer des pauvres même s'ils sont blancs. Les petits Blancs, toujours du mauvais côté du bâton ! Harcelés par les flics, méprisés par les bourgeois, coupables d'être des bons à rien. Nous sommes la syphilis de l'Amérique. Personne ne désire cette saloperie, on la souhaite aux autres ! Si Trump avait pu nous gazer, mon cadavre pourrirait déjà dans une fosse.

Alors moi, j'ai pris les devants. Je me suis dit, « si tu veux dormir au chaud ce soir, il te faut trouver une bicoque habitée par un couple de vieux négros confit dans le jus de leur vieillesse. Trop faibles pour se rebeller, trop déglingués pour même imaginer que ça vaut la peine de se battre pour rester en vie. »

La vieille a frappé fort. Un coup sec, dans les burnes, porté avec la pointe de sa godasse. La salope m'a stérilisé, et j'suis toujours à la rue. >

PIÈCE 745 ENTRETIEN SARAH GOLDMAN

< J'ai appris à défoncer des crânes et des couilles avec les Blacks Panthers. À l'époque, on pratiquait le karaté en groupe et on sortait en meute. Pistolet à la ceinture[21] et codes juridiques dans le sac, en cas d'arrestation[22].

L'autodéfense, c'est vital. Encore plus pour une femme. Faut savoir répliquer.

Mais ça, personne ne l'admettra jamais. Les femmes, les nègres esclaves, les dominés, les colonisés, on les désarme et on leur inculque la soumission. Le privilège de l'arme appartient aux Blancs et aux hommes. Les autres ont juste le droit de mourir. >

---

21. Dans certains États des États-Unis, le port d'armes est légal si l'arme est visible aux yeux de tous.

22. Les Black Panthers encourageaient les membres de leurs sections (surtout les femmes) à avoir en permanence des codes juridiques en cas d'arrestation pour pouvoir contester la légalité des actes policiers.

CHAPITRE 17

Juice file sur sa Harley, Bee accrochée à sa taille. Le spectacle devant ses yeux décuple sa rage.

Le paysage dévasté, ces maisons transformées en châteaux de sable et la racaille, à moitié givrée, qui se balade avec des sacs volés, bourrés de produits de première nécessité piqués chez les voisins. Ce n'est pas l'Amérique qu'il aime, celle qui le rend fier et en laquelle il croit.

Quand il arrive devant la maison – un tas de poussières immonde –, six hommes jouent aux pilleurs de tombes et une femme tente de les en empêcher en leur distribuant des coups de pied.

« Maman ! »

La vieille ignore sa fille et s'agrippe au bras du biker.

« Descends-moi ces connards, ils me piquent tout ce que j'ai ! »

Bee la repousse brutalement.

« Laisse tomber, c'est pas le moment de risquer la taule pour tes fringues trouées !

– Ferme ta gueule, petite conne, t'as jamais rien compris à la vie ! »

Elle se retourne vers Juice. « Vas-y, dégomme-moi ces connards. Et si t'as pas les couilles de te les payer, file-moi ton flingue ! »

Le culturiste s'esclaffe. La femme de cinquante piges pue l'alcool – une vraie tronche de buveuse abusée par la terre entière. Malgré ses bras aussi décharnés qu'un os de poulet déjà rongé, elle n'a qu'une envie, se taper les rôdeurs. La vieille lui plaît.

PIÈCE 2311 ENTRETIEN JUICE

< J'ai aucune compassion pour les charognards. Voler pour grailler, c'est pas l'attitude d'un seigneur. >

Juice met en joue, tire. La balle emporte la rotule d'un gars qui tombe lourdement au sol.

« Premier avertissement, bande de connards ! Barrez-vous de là, la prochaine fois, je balance la bastos dans les couilles ! »

Les hommes détalent, dix secondes plus tard, il ne reste plus que l'empreinte de leur pas dans le sable.

À la tête cramoisie de la vieille, le biker devine qu'elle a joui, excitée par sa démonstration de force virile. Il range son arme fumante dans son holster et c'est en toute décontraction qu'il prend la pause, cigarette au bec, accoudé à sa Harley.

Elle a beau être un sac d'os sans charme, elle n'en reste pas moins une femme et pour le culturiste, c'est le micro-détail qui change tout. Quand le programme de la journée consiste à soulever de la fonte, en slip et en solo, face à un miroir, on ratisse large question public.

« T'as besoin de récupérer des trucs ? lui demande la brute, en lui passant sa cigarette.

– Naan, je m'en fous. »

Elle recrache la fumée en prenant tout son temps, flattée par le regard avide du guerrier. Les seuls à se comporter en gentlemen sont les habitués du bar qu'elle fréquente, des losers dont l'avis ne compte pas, alors elle profite de ce petit flirt aussi inattendu que la destruction soudaine de sa maison. Bee, excédée par son petit manège, ne tient plus, elle lui vole dans les plumes d'une voix aiguë pour couvrir les cris d'agonie de l'estropié toujours au sol.

« Alors pourquoi tu gueulais, toujours à en faire des caisses, si tu ne voulais pas récupérer tes fringues ? »

Juice s'interpose avant que la vieille ne réplique.

« Pour une question de principe ! Quand tu seras plus grande, tu comprendras ! Maintenant, grimpe sur la Harley ! »

Elle ne se le fait pas répéter deux fois. Le biker démarre, pris en sandwich entre la mère et la fille.

« Le tour est gratuit, profitez du *ride*, mes chéries ! »

PIÈCE 781 ENTRETIEN JUICE

< Quand j'ai vu le merdier, je me suis mis à cogiter. Moi, j'attends rien de personne. J'emmerde le gouvernement et Washington. La loi, je m'en branle aussi. À cause d'elle, j'ai passé plus de quinze piges à l'ombre.

Ces allumés, prêts à s'entredéchirer pour une barre de céréales, c'est des gars de chez nous. Des voisins, des potes de bar. Aujourd'hui, tous des ennemis. Le monde ne devrait pas tourner ainsi, vous ne trouvez pas ? Et si l'on s'unissait plutôt que de se taper sur la tronche ?

Moi, j'ouvre ma grande gueule surtout pour les autres. Quand on pèse 135 kilos et qu'on a tout un gang d'énervés avec soi, on flippe pas vraiment pour sa sécurité.

The Dust, c'est l'horreur pour le bourgeois, mais pour moi, c'est juste une extension du chaos naturel de ma chienne de vie. >

⋆

PIÈCE 314 ENTRETIEN SHANE WRIGHT

< J'ai quitté Lisa et tracé à toute vitesse, sur ma bécane. Quand j'ai pénétré dans le quartier, des cadavres de Blancs disséminés sur la chaussée m'ont accueillie et des voisins jouaient, surexcités, les gardes-frontières. Les derniers pillards, ils les pourchassaient à coups de fusil.

À peine j'ai ouvert la porte que j'ai senti une odeur que je ne connaissais pas. Quelqu'un était à l'intérieur, planqué, à m'attendre pour me tuer. >

L'intrus est à la fenêtre, à contempler, le merdier de la rue. Shane le charge avec une seule envie, lui faire payer l'intrusion à coups de pied au cul.

« Dégage, maintenant ! »

Daizon a un mouvement de recul.

Putain de malchance ! Faut que je tombe sur une meuf complètement barge ! On dirait moi, avec une chatte, après ma sortie de prison en 95'.

Apeuré, il l'entend grogner, un son rauque qui lui file les jetons. Il balbutie une réponse.

« J'ai pas d'endroit où aller, j'implore ton hospitalité. »

Shane reconnaît l'ancien champion. Le costaud a l'air ridicule, vêtu d'un t-shirt *Mickey* riquiqui.

Je parie qu'il a dépouillé un gosse, cet enfoiré !

« C'est uniquement pour quelques jours, je compte pas m'incruster ni t'expulser de chez toi.

– Me foutre à la porte de chez moi ? » s'esclaffe Shane de son rire de chien.

Mike tressaille, surpris.

« Personne ne me fout à la porte de chez-moi », aboie Shane, plus fort encore.

Daizon se marre. Toute la matinée, il a erré dans les rues, tête baissée, à esquiver les emmerdes. Cette fille qui jappe comme un rottweiler, c'est le petit rayon de soleil de cette journée à la con.

« Je suis désolé de m'être pointé chez toi sans invitation, mais il pleut des balles dehors. Je ne me serais pas incrusté sans ta permission. C'est pas mon style, je ne suis pas un de ces squatteurs blancs. »

Shane lui intime l'ordre de se taire.

« Trois jours, pas plus ! Tu dois avoir des amis prêts à te filer un coup de main, non ? »

Des amis, oui, il en comptait une tripotée. Après sa faillite personnelle, ils se sont tous envolés, comme des moineaux. Aujourd'hui, il a appris la leçon. Si le fric est le fuel de l'amitié, la confiance, on l'accorde à titre posthume.

L'ancien champion s'approche de Shane pour lui tendre la main.

« Mike, je me ferai tout petit. »

Une détonation les surprend et les fait sursauter. Shane regarde par la fenêtre, un Blanc gît dans le caniveau, la face explosée. Elle se tourne vers l'ancien boxeur, soudainement intéressée.

Au fond, ce n'est pas une si mauvaise idée que d'avoir Mike Daizon à la maison, c'est mieux qu'un chien méchant. Il a mordu le nez d'un mec, il sera peut-être capable de bouffer les couilles maintenant.

CHAPITRE 18

PIÈCE 62 ENTRETIEN LISA GOLDMAN

< Sur Facebook, une de mes connaissances a annoncé avoir perdu son appart'. 600.000 dollars pulvérisés, pfuit, comme ça !

Son mec a écrit : « si personne ne nous héberge, ma meuf et moi, on prend les armes, on choisit un de nos salopards « d'amis » Facebook et on le déloge ! ». Un tweet accompagné d'émojis AK-47, bâton de TNT et d'un même de Vladimir Poutine.

Autant dire que la seconde d'après, ce connard s'est fait clasher.

C'était le genre de trucs que même des gens soi-disant bien pouvaient écrire. >

*

« Shane, c'est moi... »

Lisa entend la respiration de la jeune femme et sa voix, lointaine. La ligne se brouille, grésillements. Pas terrible, mais bon, vu les circonstances, causer au téléphone, c'est du luxe.

« C'est pas ton truc, c'est ça ? »

Lisa, tendue, attend la suite.

« ... Mais on en parlera, Lisa... »

La ligne se coupe et Lisa, résignée, essuie ses larmes. Dans l'enceinte du tribunal, elle a compris qu'elle voulait partager la vie de Shane. Elle s'en veut d'avoir espéré si fort.

Je me suis encore monté la tête, suis bien la seule conne à penser qu'un moment aussi pourri pouvait accoucher d'une belle histoire. Retour à la réalité, ma petite Lisa : toujours célib' à 35 ans et condamnée à crécher chez tes parents ! Et même si la normalité repointe un jour le bout de son nez, faute de logement disponible, tu devras cohabiter avec papa-maman encore quinze piges de plus ! Merci la vie !

Quelques minutes plus tard, alors qu'elle est dans la cuisine, elle sent une présence, sa mère.

« Comment tu te sens ?

– Ça va... Je ne vais pas me plaindre non plus. On est tous vivants, en bonne santé... »

Sarah s'assoit, regarde sa fille avec tendresse.

« C'est Shane ? Tout ne roule pas comme tu veux ?

– J'ai shooté un mec.

– Tu l'as tué ? » murmure Sarah en retenant son souffle.

Lisa secoue la tête. Sa main en tremble encore.

« C'est le début de la guerre civile, Blancs contre Noirs ? Mais où va-t-on, dis-moi maman ? »

Sarah attrape sa fille et la serre fort contre elle.

« Le monde devient fou ma chérie, mais la seule peur que j'aie, c'est de te savoir en danger. Ne doute jamais de notre amour pour toi. Le merdier, on le laisse aux autres, nous, on reste forts et unis… »

*

PIÈCE 78 ENTRETIEN DYLANN RUST

< À mon procès fédéral, ma mère s'est effondrée. Tout le monde a cru qu'elle simulait. Les médecins ont confirmé qu'elle a eu un arrêt cardiaque. Elle me hait tellement que son cœur s'est arrêté. Moi, je m'en branle, elle aurait pu crever. Elle ne représente rien pour moi.

Mon père s'est pointé en touriste au tribunal. Incapable d'entendre ce que j'avais à dire et de me regarder une seule fois dans les yeux. Ce mec a toujours fui de toute façon.

Par contre, vous ne devinerez jamais les conneries que mon oncle a déblatérées aux journalistes en quittant la salle d'audience. Qu'il appuierait lui-même sur le bouton de mise à mort si la peine capitale était prononcée. Enculé de tonton ! >

Rust s'approche des ruines de la maison qu'il habitait encore le jour de son arrestation. Son oncle et sa femme pataugent dans le monticule de sable.

« Salut », fait Rust.

Sa tante émet un hoquet de surprise, tire son mari par le bras. Kurt, livide, observe son neveu sans bouger.

Je suis le dernier truc auquel tu t'attendais ? Me voir ici est encore plus improbable que tout le bordel dans lequel tu t'agites, pas vrai ?

Le gamin s'esclaffe.

« Je suis là pour ta bagnole. »

Sous une bâche, les arrondis de la voiture se devinent. Le vieux a dû s'épuiser toute la journée à déblayer le sable pour y accéder.

Bravo gugusse, c'est du boulot que j'aurai à me taper en moins !

Installé derrière le volant, il renifle l'odeur de la caisse. Le mélange de cuir usé et d'essence, lui arrache une larme. Dieu, que c'est bon ! Il ressent une bouffée euphorique de plaisir.

Dans le rétro, il voit son oncle s'avancer et sa tante essayer de le retenir. Elle est flippée, la vieille. La portière s'ouvre brutalement.

« Sors immédiatement ! »

Rust s'exécute, avec une lenteur calculée. Intimidé, son oncle manque de s'étaler. Pourtant, le vieux est costaud, il garde la forme, soulève un peu de fonte. Mais face à son neveu dressé devant lui qui le fixe avec le regard étrange qu'ont certains camés, une désagréable impression lui chatouille l'esprit. Celle d'être un gosse qui pisse dans son froc.

« Tu décampes !

– C'est le plan, t'inquiète.

– Sans la voiture. »

Sa tante vacille, s'accroche à son mari pour ne pas chuter dans les ordures charriées par le vent. Remontée, elle pointe Rust du doigt.

« Ta place est en enfer après les atrocités que tu as infligées à ces pauvres gens ! »

Le gamin la coupe d'un grand éclat de rire.

« L'enfer est ici ! Si tu as une once de pitié, tu ne survivras pas. Mes prédictions se réalisent. La Croisade blanche[23] a débuté et moi, j'ai choisi mon camp ! »

---

23. Racial Holy War, RaHoWa, « Guerre sainte raciale » ou « Croisade blanche » est un concept popularisé par Ben Klassen,

« Tu te vois déjà en leader d'une bande de dégénérés ? Mais mon pauvre, tu n'as jamais rien glandé de ta vie, tu fumais et tu te bourrais la gueule toute la journée dans notre garage ! Quand on t'a donné un boulot, uniquement parce que ta mère est quelqu'un de bien, tu n'as pas tenu vingt-quatre heures ! Alors ne me parle pas de diriger une armée ! »

Rust hausse les épaules et pose tranquillement ses fesses sur la Pontiac. Il s'interdit de réagir quand son oncle pointe son.45 sur lui. Il ne cherche même pas à attraper sa carabine passée en bandoulière dans son dos.

« Lève ton cul de ma bagnole et tire-toi ! »

Rust tend le bras lentement pour saisir l'arme des mains tremblotantes de son oncle, tout en le regardant droit dans les yeux dans une attitude de défi. Avant qu'il n'y parvienne, sa tante s'empare du pistolet et appuie sur la détente.

Le coup part, la balle fuse au-dessus de son crâne. La détonation assourdissante explose le tympan droit de Rust. Il attrape l'automatique des mains de sa tante et braque l'arme en direction du couple qui le regarde, les yeux remplis d'effroi.

Ils se prennent dans les bras, tétanisés face à l'enfant qu'ils ont élevé. Rust reste un long moment le doigt à caresser la détente, suspendue à sa décision. Les voir se chier dessus est suffisant, il abaisse le canon et monte dans la voiture.

Rust, au volant de sa toute nouvelle caisse, pense à la balle qui a failli lui fracasser le crâne. Le monde s'écroule, même les vieux dégénérés sont imprévisibles.

---

nationaliste blanc américain.

PIÈCE 514 ENTRETIEN DYLANN RUST

< J'aurais pu le tuer pour ce qu'il a dit au procès. Mais j'ai laissé couler. La famille, c'est sacré. *The Dust* euthanasiera ce vieux con pour moi. >

CHAPITRE 19

Shane est assise avec Lisa dans le jardin de ses parents. À leurs pieds, des kilos de poussière, et dans l'air, une odeur de brûlé.

« Je ne t'ai pas demandé ton avis la dernière fois… Merci pour le râteau magistral ! »

Lisa se met à ricaner nerveusement. Elle passe sa main sur la joue de Shane, histoire de dire, t'en fais pas chérie, ma vie, côté émotions, c'est les montagnes russes. Elle pioche une cigarette dans sa poche.

« Ton dernier mec, Shane, c'était quand ? »

Shane secoue la tête, un rien dégoûtée.

« Le siècle passé, sans exagérer ! De toute façon, c'était foireux. Y a toujours un truc qui cloche, jamais le même ! La mort de Walt a tout changé, j'étais devenue un zombie.

– Tu avais quelqu'un pour t'épauler ?

– Je voyais un gars, mais c'est comme si j'étais seule. Pas facile de dénicher un mec qui sache aimer malgré les dingueries de la vie… »

Lisa hoche la tête, elle aurait aimé être ce quelqu'un. Elle a un pincement au cœur, mais elle puise dans sa gentillesse naturelle et trouve la force de sourire.

« Moi, ma dernière relation était nulle et celle d'avant pire. Faut remonter à trois ans pour trouver celle qui a vraiment compté. Je l'avais rencontrée à un meeting politique, on préparait la Marche des femmes[24].

---

24. *Marche des Femmes*, marche pacifiste en réaction à l'investiture

L'étincelle s'est enflammée, dans cette *arène de la rage*. Faut que je te dise, elle est blanche. Ce n'est pas le problème, ma mère a rencontré mon père et leur mariage tient depuis un bon millénaire alors… Mais dans mon cas, je t'avoue, ça a été un beau merdier. J'imagine qu'avec moi, elle avait l'impression de cocher toutes les cases – noire, lesbienne, militante. Je te résume l'histoire alors qu'il faudrait un pavé de cinq cents pages pour démêler mes fantasmes sur les conneries relationnelles. À la fin, on se détestait vraiment. Les postures, je n'en pouvais plus. Je suis revenue vivre chez mes parents. Alors oui, cohabiter avec ses vieux, c'est un franc retour en arrière, mais manquer de thune et squatter chez les potes, ça va un temps. »

Shane sourit.

« En parlant de squatteur, tu ne sais pas qui j'ai trouvé en rentrant chez moi ? »

Lisa fronce les sourcils, décontenancée par le changement de sujet.

« Mike Daizon, clame Shane, satisfaite de l'air ahuri de Lisa.

– Tu veux dire qu'il a débarqué, comme ça, chez toi ?

– Et en t-shirt *Mickey* ! J'ai failli le passer à tabac ! »

Lisa se marre.

« Il ressemble à quoi en vrai, Daizon ?

– À une meuf ménopausée. Les muscles ont fondu, reste la carcasse.

– T'angoisses pas qu'il te pique ta maison ?

– Non, je l'utilise comme un chien méchant, tu vois. Si des squatteurs tombent sur lui, ils vont réfléchir à deux fois avant de s'installer dans mon salon. »

Les yeux de Lisa se mettent à papillonner.

---

de Trump qui s'est déroulée dans plusieurs villes des États-Unis le 21 janvier 2017.

« Il est chaud ? Il t'a sautée ? Dis la vérité !

– Personne ne me saute sans ma permission, chérie ! Pour accéder à ma chatte, tu prends d'abord rendez-vous avec mon cerveau. Le plan à la hussarde, tu me surprends dans mon sommeil, sérieux, je piétine le mec qui ose s'aventurer dans mon *bush* ! »

Lisa éclate pour de bon, les deux filles se tapent dans la main comme deux copines. La joie de se retrouver est écourtée par des cris et le claquement brutal d'une porte dans le couloir.

« Qu'est-ce qui se passe ? »

Lisa hausse les épaules.

« Mes parents, rien de grave. Se gueuler dessus, c'est leur façon de s'aimer. En ce moment, c'est à propos d'un truc que fabrique papa dans sa cave. »

Lisa tend un Sprite à Shane qui pose une fesse sur la table à manger.

« Il bricole quoi, ton père ?

– Que dalle ! Il se réfugie dans les profondeurs de la baraque pour fuir ma mère et ses dingueries. »

Lisa émet un vague geste de la main qui signifie la folie qui cimente notre famille.

« Quarante ans que je supporte ça ! » rouspète Sarah Goldman en déboulant dans le salon, Ben sur ses talons.

« Je bosse ! »

– Dis pas de conneries ! Des mois, des années que tu t'enfermes et personne ici n'a vu une seule de tes prétendues inventions !

– Un de ces connards de squatteurs a saccagé mon atelier et a détruit mon dernier prototype… » répond Ben, piteusement.

Sarah Goldman jubile.

« Benjamin Samuel Goldman, branleur en chef des États-Unis d'Amérique. Pas étonnant que tu aies choisi de crécher ici, à Washington, capitale des tripatouilleurs de nouilles ! On te verse un salaire pour tes secouages quotidiens ? »

Ben se recroqueville, il connaît sa femme par cœur. Dans le combat, elle se bat à mort, sans ménager de possibles réconciliations. La technique de la terre brûlée appliquée aux relations de couple.

Sarah prend Shane à témoin.

« J'ai toujours su que Ben Goldman rimait avec pipeau ! »

Ben se redresse, à bout.

« Quarante piges qu'on se supporte, tu dois être sacrément conne pour aimer gaspiller ton temps avec un perdant comme moi. Tu aurais dû te barrer si ça ne te plaisait pas !

– Ah ouais ? »

Sarah est presque surprise qu'il ait osé répliquer. Elle le fixe du regard, mauvaise. Avec sa casquette élimée et son pantalon en velours côtelé usé aux genoux, Ben ressemble à ces petits vieux qui radotent à l'arrêt des bus. Cette pensée lui arrache un rictus.

« Ouvre encore ta bouche et je te fous dehors. Quand tu seras à la rue, tes fesses de petit Blanc posées sur un banc public, tu verras la vie différemment. Surtout maintenant !

– Je me barre, si je veux ! Je ne me chie pas encore dessus, je peux bosser, faire les trois-huit, et même me maquer avec une meuf plus jeune, les doigts dans le nez, connasse ! » termine Ben, essoufflé.

Ils restent tous les deux à se regarder, suspendus à leurs décisions. Ben, excédé, attrape un vieux mouchoir dans sa poche pour essuyer un filet de bave qui coule de ses lèvres.

« Si on se calmait, un peu ? tente Lisa d'une voix neutre. Au lieu de se bouffer le nez, on peut se parler, vous ne croyez pas ? »

Ben saute sur l'occasion. Il prend sa fille par le cou, sa voix se fait enjouée.

« J'essaie vraiment, tu es témoin ma chérie…

– C'est ça, fais-moi passer pour la conne de service », s'énerve Sarah.

Lisa se tourne vers son père.

« De quelle machine tu parles, Pap' ? »

Sarah secoue la tête, écœurée, et murmure assez fort pour être entendue : « Elle existe autant que ma paire de couilles. »

Shane aboie subitement, un éclat de rire qui surprend tout le monde. Elle met sa main devant sa bouche comme si elle avait lâché un rot.

Lisa lui adresse un clin d'œil, elle empoigne son père par le bras.

« Dis-moi, papa, si tu partageais avec nous tous les détails de ton invention ?

– Ma chérie, commence Ben en regardant Lisa comme si sa femme n'existait plus, je te parle pas d'une vulgaire invention, mais de M+, *The* Machine ! »

*

Planqué derrière des poubelles, *6* observe un groupe de jeunes zonards s'approcher. Ils portent des foulards pour se protéger du sable et marchent la main enfoncée dans leur *baggy*, prêts à dégainer leurs armes. Il doit agir vite.

Devant lui, l'objet de toutes ses convoitises. Une bâtisse en dur, solide sur ses fondations, aux fenêtres opaques pour masquer un intérieur forcément accueillant.

Un bâtiment capable de te filer une sacrée érection et pousser Hugh Hefner à se reconvertir direct' en promoteur immobilier, voilà le seul miracle de The Dust, *pense 6 en prenant son élan.*

Il déboule de derrière les poubelles, se paye une bonne giclée de sable dans la tronche avant de tambouriner à la porte du bar, en hurlant.

« Tire-toi ! » ordonne une voix derrière la fenêtre obstruée de papiers journaux.

6 se retourne. Dans trente secondes, la meute fondra sur lui pour le démembrer.

« J'suis pote avec le patron !

– Prouve-le », rétorque la voix.

Fuuuck !

6 a un vrai réflexe de survie. Il sort de son portefeuille la carte du bar qu'il glisse sous la porte. Le sésame, elle s'ouvre.

Il se rue à l'intérieur, glisse sur une des marches. Des cris de frustration proviennent de la rue. Les mecs tapent dans la devanture, pour la défoncer. Aucune chance, le bâtiment est en béton armé, les portes sont renforcées avec des barres de fer.

6 lève bien haut ses deux majeurs.

« Allez vous faire enculer, bande de connards ! »

Applaudissements de la salle. Un guetteur passe le canon de son arme à travers la meurtrière bricolée.

« Cassez-vous, sinon je vous cartonne ! »

Par la fenêtre obstruée, *6* entraperçoit les zonards se disperser en courant.

« Bienvenue chez nous », annonce une voix.

Il se retourne et découvre des dizaines de paires d'yeux braqués sur lui. Des Blancs, abîmés et fatigués, mais en vie. *6* s'époussette, salue la cantonade. La serveuse lui tend un café chaud.

« Merci, c'est pas de refus ! »

6 retire sa capuche, défait son foulard qui voile son visage et, satisfait, porte le gobelet fumant à ses lèvres. Un gémissement strident interrompt l'instant d'extase. Une femme hurle en le désignant du doigt. Bientôt, d'autres voix s'élèvent dans un concert de panique, les gosses sont rapidement planqués sous la table. Dix canons sont braqués sur lui.

Tous fixent l'homme noir qui se tient devant eux.

6 laisse tomber son gobelet de café. Dans les yeux des Blancs brûle un feu familier, que l'ex-flic a trop souvent contemplé chez les hommes prêts à tuer. Les flammes de la peur et de la haine.

CHAPITRE 20

6 retient sa respiration quand le canon de l'arme s'arrête à quelques centimètres de son cœur.

« Enfoiré de nègre ! »

Le Blanc sent un rush de violence lui monter à la tête. Il en tient un et un beau ! Semblable à celui qui l'a humilié devant sa femme et ses gosses. Il va se rattraper, montrer à ses nouveaux potes de galère qu'il appartient au groupe des mâles alpha, qu'il n'y a aucune honte à être blanc. Son doigt presse doucement la détente…

« On se calme, il est flic ! Y a rien à craindre ! »

Le patron – blanc – sort des cuisines et se met devant *6*, bras écartés. Après un instant de sidération, les mines se détendent, les armes se baissent.

« OK, tout va bien, on reste cool, on va pas se shooter entre nous… » s'exclame le gérant du *Mighty-Mighty*.

Le entre-nous arrache un sourire à *6*. Il adresse un clin d'œil au patron, genre, c'est OK, t'inquiète mon pote, je gère. Il sort tranquillement de son sac son uniforme de flic et le brandit, comme une preuve de sa véritable identité.

« J'étais bien obligé de l'enlever, y a des excités dehors qui sont prêts à cartonner tout ce qui est bleu… C'est pas le moment de jouer les héros, on aura bien le temps plus tard, hein, quand on prendra notre revanche… »

Il entend des exclamations de satisfaction à l'évocation de la vengeance prochaine. L'homme qui le menaçait s'approche, désolé.

« Excuse-moi, je ne pouvais pas savoir. J'ai cru que tu étais dans le camp des enfoirés…

–Y a pas de blème, tu as paniqué. On n'est pas tous entraînés à affronter le danger… » lui lâche *6* faussement cool.

Il le toise avec l'air de dire « évapore-toi fissa de mon espace vital, trou du cul ».

« Est-ce que t'as de bonnes nouvelles ? » demande le patron d'un ton avenant pour clore la polémique.

Au mot *nouvelle*s, ils s'approchent tous comme des moineaux. Oubliée, sa tronche de noiraud. Une femme lui tend même une tasse de café bien chaud.

6 en prend une gorgée. Dieu, que c'est bon ! Le premier café avalé depuis le début des grosses emmerdes. Il se laisse tomber sur une chaise, mate les dizaines de visages inquiets. Il savoure le moment.

« Les quartiers blancs de Washington ont bel et bien été rasés par une force inconnue, seuls les ghettos noirs sont debout. En un mot, vous êtes tous à la rue ! »

Cris d'indignation et de colère de toute la salle. Pour le plaisir de la provocation, l'ex-flic en rajoute une couche.

« Entre nous, les Blancs qui ont tenté de prendre Anascostia de force ne nous faciliteront pas le boulot.

– Tu croyais qu'on allait rester les bras croisés ? s'indigne une voix.

– Je veux juste dire que c'est pas malin. »

Il a un rire satisfait, les Blancs sont furax d'être traités de pauv' cons.

« Avant de pouvoir sulfater tout Anacostia, il faudra évacuer toutes les familles blanches. Y aura de la casse. C'était juste une considération d'ordre tactique. »

6 termine tranquillement son café et le miracle se produit. Les femmes s'approchent et forment un cercle autour de lui. Le patron du bar tend une chaise et *6* s'assoit quasi religieusement devant ses nouveaux paroissiens. Le pape n'aurait pas été plus attendu.

Après dix minutes d'un speech archi-usé sur le dévouement des forces de l'ordre, *6* esquisse à nouveau un sourire quand une assiette se pose, comme par magie, sur le coin de la table. Hamburger, frites, pickles. *Classic*.

« Les cuistots, ils sont passés où ?

– Rentrés chez eux, répond la serveuse, une petite blonde toute mimi.

– Ah ouais ? »

La fille fait la moue.

« On les a un peu aidés… On a eu la frousse qu'ils nous assassinent avec leurs couteaux de cuisine. Bon, ce ne sont pas des Noirs comme vous, m'sieur, j'veux dire, on peut pas avoir vraiment confiance en eux…

– Quand un chien a mordu, faut s'en débarrasser vite fait, ouais.

– Exactement », conclut la fille, soulagée d'être comprise en déposant l'addition.

6 déplie ses jambes et se détend. Dehors, c'est l'apocalypse, mais là, avec un café chaud et un burger dans l'estomac, le monde semble aller mieux.

⋆

Pour se marrer, John Green tape *Donald Trump, président des États-Unis d'Amérique* sur *Google*.

J'espère qu'il pleure pour un repas chaud, ce connard ! Qu'une horde de nègres l'a dépouillé puis lynché.

John relit deux fois le titre de la vidéo postée sur YouTube sans y croire.

« *Avec The Dust, Donald Jr & Ivanka Trump, les milliardaires débrouillards trouvent encore et toujours un moyen de se faire du pognon !* »

Mais qui a le temps de poster des vidéos aussi merdiques, le service com' de la Maison-Blanche ? Et où est le père Trump ? Où est le mec in charge ? Évaporé ! Au lieu de ça, on a droit au spectacle de ses mioches en train de filouter !

John est dans tous ses états, mais ne peut lâcher son Motorola, fasciné.

Trump Jr a tiré avantage de la situation, il a trouvé où migrer. Il s'est infiltré dans une maison aux murs vierges de graffitis et sa sœur s'est mis dans la tête de refaire la déco du salon pour qu'il soit *cosy* et *Feng Shui*. Il faut la voir, tout excitée à l'idée de pimper la bicoque.

« On ne va pas vivre comme des cochons et oublier ses biorythmes ! » commente la blonde platine.

La caméra panneaute et John découvre Donald Jr en plein marchandage. Boosté par le chaos, il porte un t-shirt flanqué du slogan « You're Fired ! »[25]

Face à lui, un pauvre zig avec qui il est en affaires – John se souvient de ce mec, vu dans les vidéos précédentes, un type puant qui dit gagner des millions en vendant du matériel défectueux sur Internet.

Le Trump montre la pièce qu'il veut lui louer comme chambre à coucher. Un placard, en vérité.

« C'est 3 000 dollars la nuit et je ne fais pas crédit. Si tu ne prends pas, mec, tu dégages ! J'ai 8 chambres, elles sont toutes occupées. Si tu tardes, tu dormiras dans les chiottes avec ta femme sur les genoux pour le même prix. »

---

25. « *You're fired!* » (Tu es viré !) phrase culte prononcée par Donald Trump dans l'émission de télé-réalité *The Apprentice* au moment de virer les candidats qui ont échoué aux tests.

Gros plan du mec et de sa meuf, une jeune pétasse de Jersey City. Elle a parié sur ce vieux cheval, bourré de pognon encore une heure auparavant, mais la donne a changé, il ne vaut plus rien. Elle veut juste rester en vie pour s'accrocher à une autre mule et continuer le voyage. Elle lui hurle d'accepter s'il veut la garder. Vaincu, il sort des rouleaux de cash, planqués dans son slip. Le Trump compte les billets et sourit à la caméra.

« Sale enfoiré ! » lâche John, énervé.

Tout fier de sa saloperie, Junior articule son conseil du jour :

« L'adaptabilité ! Faites preuve d'adaptabilité et bien sûr conservez votre mentalité de cow-boy. Retenez une chose, mon père est invisible pour des raisons de sécurité, mais il bosse pour tout remettre sur les rails. Un conseil qu'il aurait pu vous donner : profitez de la situation pour gagner du pognon ! Le fric est comme les particules en suspension dans l'air. À vous de saisir les opportunités incroyables que présente *The Dust* ! Quand la situation sera revenue à la normale, je revendrai cette maison et me ferai encore plus d'argent ! *Stay tune* ! »

John n'en revient pas.

C'est le feu vert de Trump aux pilleurs blancs, le genre de message subliminal qui dope le moral des troupes ? Allez chez les nègres les dépouiller, on vous filera une médaille et une aide gouvernementale pour rénover à votre goût la bicoque négroïde ?

Il se repasse la vidéo avec arrêt sur image, histoire de passer au crible le montage.

Peut-être que c'est de l'intox. Peut-être qu'on a forcé ces deux sales gosses à réaliser une vidéo avant de les achever d'une balle. Et papa-Trump est enterré sous sa Trump Tower, illustrant l'adage : celui qui a amassé fortune dans la pierre se retrouve crevé, la tronche dans la poussière ! Peut-être bien que The Dust, *c'est la réponse de l'establishment aux frasques de Trump. Faut en finir avec ce clown, l'enterrer pour de bon. Si l'occasion se présente de bazarder à la benne son électorat de rednecks, on se gênera pas. Toute une bande de chieurs en moins à gérer ! La reconstruction du pays boostera l'économie, ensuite, on posera sur le trône un président capable d'adresser des risettes au monde entier sans refiler de l'urticaire.*

John grince des dents en se mettant à la fenêtre. Personne. Il avait espéré que des Blancs se pointent, mais les barrages en place dans le quartier ont dissuadé les plus téméraires de risquer leur peau. Fait chier ! Balancer deux ou trois bastos dans la gueule de ces abrutis l'aurait détendu.

Si grand-mère était là, elle m'aurait collé une baffe rien que pour avoir émis cette pensée. Avec sa mentalité de mère Teresa, elle aurait poussé le vice à accueillir ces salopards et à leur offrir l'hospitalité. Bien sûr, ils l'auraient expulsée manu militari de chez elle, mais gentille comme elle est, elle leur aurait trouvé des circonstances atténuantes. Je me demande si j'ai hérité de cette sale mentalité ? Se faire entuber par gentillesse, ça n'offre pas la canonisation, ça prouve juste sa nature de pigeon.

CHAPITRE 21

La nuit est tombée depuis longtemps. Le sable crépite aux fenêtres, porté par le vent. John est affalé dans son canapé, une bouteille à la main. Malgré l'alcool, il ressent encore dans sa chair la violence du procès contre la Bank. Il en veut aux dizaines de crétins en costard qui ont poussé la saloperie jusqu'à s'inviter chez lui pour le défoncer à coups de contrats frelatés.

Toute la procédure s'étale devant ses yeux. Dix mètres cubes remplis de noms, de dates, les preuves du magouillage de ces putains de bankiers.

Dans la forêt de cartons tous semblables, un a sa préférence. Aucune procédure, aucun acte d'accusation classé dans les chemises cartonnées, non, encore plus explosif. De l'essence pour rageux.

PIÈCE 851 ENTRETIEN JOHN GREEN

< Ce carton, c'est la somme de toutes mes connaissances sur la question. J'ai passé des heures à collecter les preuves.

Quand la Bank est venue m'extorquer ma signature pour le prêt immobilier, j'ignorais qu'elle était une filiale de JP Morgan. Je savais encore moins que JP Morgan avait fait fortune dans la traite négrière. Comme beaucoup, j'étais inculte.

En 2005, le PDG s'est excusé publiquement pour avoir gagné du fric sur le dos de nos ancêtres. Il a versé un peu de pognon pour financer des bourses universitaires, pour effacer, d'un tour de magie, « les maladresses » du passé. Et nous, au lieu de monter au créneau et de forcer le gouvernement à réagir, on a fermé nos gueules et laissé ce salopard continuer sa carrière d'employé modèle.

Et les Banks dans tout ça ? Elles ont concocté le petit cocktail des prêts immobiliers frelatés. Ces merdes de subprimes qui te jettent à la rue. Et à qui elles les ont proposés ? Aux négros, en priorité. Normal, nous représentons leurs victimes de choix.

Nous sommes leurs réservoirs à viande, ils se servent, on leur appartient.

Des décennies de saloperies immobilières et de ségrégations sociales les ont convaincus que l'on sera toujours bons à plumer et qu'ils ne subiront jamais aucune condamnation. Les nègres servent à faire tourner l'Amérique, nous sommes une variable d'ajustement. Et quand tu sais qui est au gouvernement, tu comprends que pas une seule voix s'élèvera pour prendre notre défense. >

*

Rust appuie de toutes ses forces sur la pédale de frein. Il manque de faire un tonneau. Le souffle court, il découvre des dizaines de familles assises sur la route, entourées de leurs sacs en plastique d'affaires volées.

PIÈCE 1892 ENTRETIEN DYLANN RUST

< Il n'y avait que des femmes et des enfants. Pas un seul mec. Intrigué, j'suis monté sur ma bagnole pour voir ce qu'ils mataient. Le quartier nègre et ses baraques en carton collées les unes aux autres. Je me suis assis en tailleur sur le capot fumant et j'ai grillé une clope. >

Des heures plus tard, alors que Rust s'est assoupi sur la carrosserie, un cri le réveille. Les gens sont debout, excités.

Une forme émerge au loin, à plus de cinq cents mètres. Un homme court comme un dératé. Un coup de feu. Il s'effondre, mais trouve la force de ramper. Une voiture jaillit du quartier noir à toute vitesse et le percute sauvagement. Les portières s'ouvrent et deux Blancs sont jetés au sol.

Nus, terrorisés.

Trois Noirs, le bas du visage couvert par un bandana, s'extraient du véhicule pour entourer leurs victimes agonisantes. Ils les abattent comme des chiens, indifférents. Puis ils se retournent face à la foule et…

Feu !

Rust se précipite au volant de sa bagnole. Autour de lui, les corps tombent comme des quilles. Il pousse le moteur à fond, l'accélération le plaque sur son siège. Il franchit, quasi, le mur du son.

*

Shane se glisse dans la cave de Ben Goldman. Elle note le bordel, les livres éparpillés au sol, les photos déchirées qui pendouillent aux murs. Elle sent aussi un relent de merde.

« Un type est venu me piquer mon invention. Et en plus, il a chié au beau milieu de mon établi secret », annonce Ben en désignant une trappe.

Il l'ouvre. Un filet d'air corrompu monte aux narines de sa femme.

« Ferme ça tout de suite ! T'as poussé le vice jusqu'à déféquer pour simuler un cambriolage !

– Naan, c'est pas vrai ! » s'exclame Ben, en laissant retomber la trappe.

Il se dirige vers le fond de la cave, écarte deux ou trois meubles, et fait coulisser une fausse cloison. D'un signe de la main, il indique à Lisa de l'aider. Elle découvre dans le réduit une coque opaque assez grande pour y tenir en position couchée. En se tordant dans toutes les positions, elle réussit à l'extraire de sa cache. Sarah Goldman regarde l'objet qui ressemble à un œuf dur XXXL.

« Qu'est-ce que c'est ?

– Un prototype plus évolué que celui qu'on m'a volé. Je l'ai baptisé M+, *The Hyper Machine*. Bon, je l'ai jamais testé, mais il devrait marcher… »

Shane éclate d'un rire qu'elle réprime aussitôt. Ben est tout fiérot devant son engin bricolé. Elle le comprend, elle aussi tripatouille tout ce qui tombe entre ses mains.

Ben sort d'un tiroir un boîtier compact, qu'il fixe à l'habitacle. Il prend un ancien numéro de *Life* et tourne les pages au hasard. Il s'arrête sur une photo de Marilyn Monroe avec son mari de l'époque, Henry Miller, qui pose un cigare Cohiba au bec. Ben la déchire et la place dans un premier boîtier. Il donne le second à Lisa.

« Tu actionnes le bouton bleu et, cinq secondes plus tard, le rouge. Cinq secondes uniquement, pas une de plus ! »

Ben ouvre l'Œuf et se contorsionne pour y pénétrer. Il redresse sa casquette élimée et s'enferme après avoir adressé un petit salut, à la manière d'un cosmonaute.

« Il croit aller où comme ça ? Sur Mars ? » ironise Sarah.

Lisa donne deux coups brefs sur l'habitacle.

« Dis-moi Pap', c'est sans danger, ton truc ? Tu vas pas griller à l'intérieur ? »

Coincé, le visage collé à la vitre, Ben Goldman se tord pour pouvoir lever son pouce.

Lisa appuie sur le bouton bleu.

« Désolée Shane de t'imposer les délires de mon père. »

La jeune femme lui rend son sourire. Les disputes de tribu lui manquent. Les cris, les psychodrames, c'est de la vie tout simplement. Avec son frère et sa mère, ils aimaient se gueuler dessus pour se réconcilier ensuite. « S'engueuler et se rabibocher, c'est la seule façon de montrer que l'on s'aime vraiment », dixit sa mère qui adorait se friter, surtout avec ses amants. « Tout est meilleur après », affirmait-elle.

Sarah enclenche le bouton rouge, un déclic se fait entendre. La main de Ben émerge de l'habitacle, il se met debout, un cigare aux lèvres. Sarah tombe des nues, sidérée par son air satisfait.

« Sincèrement Lisa, tu crois que c'est une bonne chose d'entrer dans les délires d'un vieux sénile ? »

Ben recrache une volute de fumée. Shane a un mouvement de recul. *Personne ne le voit, ce cigare ?*

Pourtant, il est bien là, à diffuser son odeur de cramé. *Et où est sa casquette ?*

Elle inspecte l'intérieur de la machine. Vide.

CHAPITRE 22

Rust gare sa bagnole dans un nuage de poussière, face au club où il a passé toutes ses soirées, entouré de vieux pervers et de filles en mini-string coloré.

Le *Fifty-Fifty*.

Comme par miracle, le cube en béton est intact.

Le parking est envahi de motos et de voitures customisées recouvertes d'une couche épaisse de sable et de résidus de ciment. Rust sort de sa caisse et marche tranquillement vers l'entrée du club.

Devant la porte, personne.

PIÈCE 1892 ENTRETIEN DYLANN RUST

< Juice, le videur historique de la boîte, n'était pas à l'entrée avec son équipe de gros bras. Ça m'a fait tout bizarre. C'est comme si McDo supprimait le Big Mac de ses menus. >

Rust comprend immédiatement pourquoi elle n'est pas gardée. Une armée de mecs est installée dans le club – bikers, culturistes, jeunes fachos trolls d'Internet, milices chrétiennes millénaristes, couples MAGA[26]. Toute l'Amérique rancie s'est donné rendez-vous dans le club de strip le plus pourri de la ville.

Tous les regards se portent sur lui. Une rigole de sueur coule le long de sa colonne vertébrale quand un des flics présents quitte son tabouret et le dévisage, la main sur la crosse de son pistolet. Rust recule vers la sortie, mais une voix puissante l'arrête.

---

26. MAGA (*Make America Great Again*) se dit des partisans de Donald Trump

« Assieds-toi gamin ! On va commencer. »

Rust l'aperçoit, accoudé au comptoir. Juice. Les flingues se baissent, le flic se rassoit. Adoubé par le chef. Le gamin attrape une chaise, se met entre un couple et Leslie, un jeune mec en t-shirt *Pepe the Frog*[27]. Il entend des mots échangés à voix basse.

PIÈCE 1892 ENTRETIEN DYLANN RUST

< « C'est le tueur de Charleston, le gars qui a buté neuf nègres ». Ils souriaient, contents que je sois là, avec eux. >

Rust a une brève vision du Paradis – une paire de *boobs* XXL ballottant en rythme, d'une silhouette minuscule juchée sur des talons aiguilles tout juste habillée d'un t-shirt moulant et d'une culotte siglée *Fifty-Fifty Death Squad girls.*

« Alors Rust, de retour au pays ?

– Faut croire », réplique le gosse en prenant une voix de dur. Bee lui tend une bière fraîche, esquisse un sourire à redonner la trique à un octogénaire et repart, en dandinant du cul.

PIÈCE 2231 ENTRETIEN DYLANN RUST

< Juice a raison sur un point. Le cul de Bee, question design, vaut bien le pot d'échappement de sa Harley. >

*

Ben glisse la main dans le boîtier de M+ et retire la page déchirée de *Life*. Sur la photo, Marilyn Monroe porte sa vieille casquette pourrie.

---

27. Personnage de BD devenu un mème Internet et symbole de la droite ultra-américaine et des pro-Trump.

« Je lui ai donnée, elle s'est marrée. Le cigare, Miller me l'a filé, gratis ! Il m'a demandé où j'avais acheté ma montre en plastique. Je lui ai dit que bientôt, il n'y aurait plus que ça ! Du plastique, partout ! »

Bouche bée, Sarah fixe la fumée sortir de la bouche de Ben. Le vieillard jubile.

« Est-ce que tu comprends ce que je construis en secret ?

– C'est du pipeau, je n'y crois pas. »

Elle était prête à balancer toutes ses affaires à la rue, l'entendre supplier à travers la porte fermée. Il aurait été bien con, seul sur son banc.

« OK, tu m'as eue pour cette fois, mais vas-y refais-le ! »

Sarah déchire une page du magazine où Marilyn Monroe pose avec Di Maggio, son second mari.

« On ne peut pas passer plus de cinq secondes par jour dans M+.

– Sinon ?

– On crache du sang pendant quarante-huit heures. L'expérience est désagréable, crois-moi. Ce n'est pas un environnement sain. »

Sarah a retrouvé sa hargne. Elle est presque déçue du manque d'étincelles et de spectaculaire, elle aurait aimé voir Ben trébucher de tout son long.

« Depuis que je te connais, tu es une girouette. Tu n'assumes jamais rien ! Prouve-nous que ce n'est pas de l'esbroufe, retournes-y !

– Ce n'est pas un tour de passe-passe ! réplique Ben, outré.

– Moi, je suis prête à y aller », coupe Shane en levant la main, comme à l'école.

Ben sourit, Shane lui plaît.

« OK. On va te trouver un truc qui te corresponde. »

Il feuillette *Vanity Fair*, il tourne les pages et finit par tomber sur une photo.

« Un tape m'en 5 avec Mike Daizon, ça te botte ? »

Shane et Lisa se regardent, estomaquées. L'occasion est trop bonne. Shane attrape la photo. En gros plan, Daizon, 21 ans, pose après avoir remporté le titre unifié des lourds.

« Peut-être qu'il te laissera porter sa ceinture de champion. »

⋆

Lisa regarde la photo. Shane et Mike, ensemble, souriants, sur le ring.

« T'es presque aussi costaud que lui.

– Tu veux dire que je suis gaulée comme un gorille ? »

Les deux filles éclatent de rire. Il est tard, elles sont dans la cuisine de la maison des Goldman. Lisa, inquiète, observe son amie.

« Ça va mieux ? T'es restée à peine cinq secondes pourtant…

– Quand je suis sortie, j'ai eu l'impression d'avoir reçu un magistral coup à la tête. »

Lisa lui caresse le visage. Shane a les yeux explosés comme si elle avait fumé des maxi *blunts* avec *Snoop Dogg* toute la nuit.

« Comment c'était... Je veux dire, Daizon n'était pas surpris que tu apparaisses sur le ring ? Tu lui as parlé ? »

Shane reste interdite.

« Je ne sais pas. Je ne me souviens pas de la rencontre. Je ne peux pas te dire ce qu'il s'est passé… Cette photo est la seule preuve que nous avons du pouvoir de cette machine. Tu crois vraiment qu'elle peut changer la réalité ? »

Lisa empoigne son iPhone.

« Qu'est-ce que tu fais ? »

Lisa pianote et finit par tomber sur le lien Internet de la photo d'origine, prise par *Vanity Fair*.

« Mate-moi ça ! »

Shane apparaît sur le ring à côté du jeune champion. Elle porte sa ceinture autour de la taille. Elle sourit, l'air vachement bien.

Lisa la regarde, l'air grave.

« Aujourd'hui, et pour le monde entier, tu étais là en 1986, sur ce ring avec Mike Daizon. »

CHAPITRE 23

« Je t'ai préparé un truc à manger. Je ne savais pas à quelle heure tu rentrerais, je l'ai mis au frigo… »

Shane découvre un plat appétissant préparé avec les conserves de son placard. Elle le réchauffe sur la plaque et s'installe sur un coin de table.

« J'ai passé l'aspirateur aussi, commence Daizon, très sérieusement. C'est dingue, le sable est partout, à croire qu'il est généré ici, directement ! »

Shane a un sourire amusé, imaginant l'ancienne terreur, un fichu sur le front. Elle observe Mike, adossé au mur. Elle essaie de se souvenir de ce qu'elle a éprouvé face à la version vintage de Daizon. Rien, juste la sensation bizarre que tout est possible dans ce monde de celluloïd. Toute à sa réflexion, elle le détaille de la tête aux pieds, à tel point que, gêné, il ne peut s'empêcher de bafouiller quelque chose.

« Dans deux jours, je suis parti… T'inquiète pas pour ça…

– Je ne m'inquiète pas. »

Mike sourit. C'est pas le genre à flipper, en effet.

« Tu bosses dans le cinéma ? J'ai vu les articles sur toi que tu as encadrés. T'es cascadeuse dans des films de série B ?

– On peut voir les choses comme ça.

– Moi aussi, j'ai joué dans quelques trucs débiles, heureusement j'ai échappé aux films de ninjas. »

« J’ai joué dans aucun film à la con », répond Shane en montrant les dents.

Il s’en veut d’avoir sorti une connerie. Il baisse les yeux, cherche un truc à dire pour se rattraper. Il y a un truc chez elle qui le rend mal à l’aise, il ne sait pas trop quoi.

Sans prévenir, Shane pousse une chaise vers lui.

« Tu me fous en stress à me regarder béqueter. Prends une assiette et bouffe avec moi. »

Mike s’assoit. Après quelques bouchées, il s’arrête, inquiet.

« T’as un mec ?

– Hey, c’est pas parce qu’on graille en tête-à-tête que c’est un rencard, coco. »

Mike se marre doucement.

« J’ai vu des portraits d’un type dans ton salon. J’ai pas envie qu’il débarque et me casse la gueule. »

Shane éclate de son rire de chien.

« J’ai pas besoin d’un mec pour ça, je peux le faire moi-même ! »

C’est vrai que sous le lampion de la cuisine, tout ratatiné sur sa chaise, l’ancien champion ressemble plus à un employé de bureau qu’à un mâle alpha. Mike ne relève pas, il se contente de sourire. Une heure plus tard, une fois la vaisselle terminée, il se lance.

« Shane, j’ai un tout petit service à te demander… »

ARÈNE DE LA RAGE 1

< Quand j’ai vu qui était réuni au *Fifty*, j’ai su tout de suite qu’on trouverait une solution au « Problème ». On était sur la même longueur d’onde. Je me sentais comme à une réunion familiale composée de membres bien à cran. >

Rust

< Au *Fifty*, tout est conçu pour que l'on y passe la nuit. La nourriture est pas dégueu et la bière est servie par des meufs à poil. >

Bee

< Bon, OK, dans l'assemblée, y avait des coincés du cul, des chanteurs de cantiques qui squattent H24 à l'église, alors les filles ont dû se rhabiller. Pour dire la vérité, voir Bee en col roulé m'a chagriné. >

Juice

< À la fin de la prise de parole, on s'est tous installés au bar et on a bavardé de façon plus décontractée. C'était plaisant de se retrouver entre nous après tous nos déboires.

Moi, j'ai tout perdu. Ma femme et mes filles dorment dans ma caisse, le seul truc encore à moi.

Avant ça, je possédais une concession auto. Quatre cents véhicules exposés, autant sur catalogue. Une belle baraque de deux étages dans le quartier chic. Un compte en banque assez rempli pour envisager une retraite en Floride.

Dire que j'ai tout perdu, c'est un euphémisme. Un SDF dispose de plus de perspectives que moi. Alors j'attends beaucoup de notre « action ». Et j'espère obtenir une maison pas trop dégueulasse. On les connaît ces bêtes-là, ils salopent leur intérieur. Mais bon, faudra s'en contenter jusqu'à la reconstruction. >

H, 54 ans

< J'ai dit à mon mari que je voulais l'accompagner à la réunion. Il faut être deux pour prendre les bonnes décisions, on doit penser en parents responsables.

Ça m'a rassurée de voir que la police participait. On aurait évité des souffrances inutiles si on avait su se mobiliser plus tôt. La seule chose qui m'a gênée, je n'ai pas peur de le dire, ce sont ces filles à moitié nues. Moi, je n'aime pas laisser mon mari reluquer des traînées. >

J, femme au foyer

< Nous, les vrais Américains, sommes les vrais discriminés de l'histoire. Les événements d'aujourd'hui sont la conséquence logique de toutes les politiques « confiscatoires » que l'on nous inflige. Nos impôts coulent directement dans leurs poches.

Nous voler ce que l'on a chèrement acquis, voilà leur « politique » pour les minorités. Ces baraques, elles ont été achetées avec nos dollars, notre fierté, notre labeur. On nous dépouille pour leur refiler nos biens. C'est légitime de se les réapproprier. Oui, on corrige une injustice, ce n'est pas un crime. >

K, employé de banque

< Moi, je vais être clair. L'Amérique ne commet aucune distinction entre les races. Les Noirs ne souffrent plus de discriminations. Leur situation de merde est le résultat de leur fainéantise. Ils ont des demandes trop importantes et on leur a donné plus que ce qu'ils méritaient. Ça doit cesser. >

S, avocat

< Moi, les Noirs ne me posent pas de problème. Je bosse avec eux, j'en fréquente, ma fille est même sortie avec un jeune Noir dont le père est médecin et la mère avocate.

Alors quand j'ai vu la tournure prise par leur délire, j'ai quitté l'assemblée. Ce groupe est criminel, pas question d'y être associé. Autant par principe que par raison. Une fois l'ordre rétabli, il faudra assumer ses actes. Moi, je ne suis pas un tueur.

Je suis parti avec mes gosses et ma femme en priant Dieu de nous protéger. >

T, entrepreneur

< Si t'es pas d'accord avec nous, tire-toi. Mais ne reviens pas, tu trouveras la porte fermée. >

Kacie, mère de Bee

< Pourquoi attendre le réveil du gouvernement ? Vous êtes cons ou quoi ?

Trump, même avec toute sa sympathie pour notre cause, ne pourra rien face à l'opinion internationale. On héritera du même bordel qu'en Somalie ou en Afghanistan. Une situation incompréhensible et des sacs d'argent distribués aux mauvaises personnes pour espérer régler les problèmes.

De l'argent sorti entièrement de notre poche est donné à des fainéants qui ne le méritent pas. Nous ? Et bah nous, on pataugera dans un bourbier sans nom, sans toit au-dessus de la tête, encore plus pauvres, et avec les poches toujours plus vides. >

S, retraité, soutien de la première heure de Donald Trump

CHAPITRE 24

« Je comprends mieux pour la camionnette. »

Shane observe les pitbulls qui folâtrent sur les vestiges de la villa en ruine de Daizon.

Le quartier est dévasté, une immense dune désertée de tous ses occupants. Mike, en plein bad trip, considère les molosses qui lui tournent autour.

« Y en a qui se sont barrés, c'est la merde… »

Il essaie d'en attraper un. Le chien, joueur, l'esquive et il se casse la gueule dans la poussière. Il se met à hurler.

« Je me suis pété la cheville !

– C'est pas gagné », pense Shane en le voyant allongé dans le sable, au milieu des crottes.

*

Shane entend les six chiens s'ébattre dans son jardin, les pigeons roucouler sous son toit.

« Tu m'avais pas dit pour les pigeons, Mike.

– Bah, tout le monde sait que j'en suis amoureux, c'est pas un scoop. »

Shane, abasourdie, constate le foutoir installé dans son salon. Quinze cartons remplis ras la gueule de vinyles, disposés négligemment comme de la déco avant-gardiste. Mike a creusé sous les décombres pour sauver tous les disques intacts qu'il a pu trouver. Il fallait le voir les déterrer, excité, un vrai chien truffier.

« Dis-moi, je veux pas te stresser, mais j'ai l'impression que tu t'installes. »

L'ancien champion se racle la gorge, en équilibre sur son pied valide.

« Ouais, mais non, faut pas croire ce que tu vois. Les chiens, je ne pouvais pas les abandonner. Pour les disques, vu le merdier ambiant, j'ai pensé que ça serait cool d'écouter du funk tranquille à la maison… Enfin, je veux dire chez toi ! »

Il ne sait pas pourquoi il se sent aussi pisseux. Ce n'est pas non plus un drame, l'intérieur de Shane est loin d'être nickel.

« Vas-y, mets-moi un disque que je pourrais aimer. »

Le cerveau de Mike se met à turbiner. En voyant son air concentré, elle se marre doucement. Il prend ça au sérieux, bordel, un vrai gamin !

Il pioche d'un carton un 33 tours – Betty Davis, Nasty Gal. Sur la pochette, la chanteuse chevauche une moto, porte une combinaison motif zèbre et une coupe afro surdimensionnée.

« Un point pour la moto, un autre pour l'afro... » remarque Shane, amusée.

À l'écoute de la basse plus rock que funk et des paroles, elle esquisse un sourire.

« Ça te plaît ? s'inquiète Daizon.

– Ouais. Tu veux une bière ?

– Je ne bois pas. »

Elle revient avec un *Cherry Coke* et une *Bud.* Mike prend une des photos sur la commode.

« Si c'est pas ton mec, c'est ton frère ?

– Walter Wright. Tué par la police, violé par la justice. »

Oh putain ! Il ne dit rien, les yeux aimantés par le portrait en noir & blanc.

Il se souvient des images de l'exécution tournant en boucle sur les réseaux sociaux. Walter Wright avait les mains bien en évidence sur le volant quand le flic a appuyé sur la détente, enfin c'est ce qui se racontait. La peine de mort appliquée dans la rue, pour un motif futile, sur un nègre désarmé. « L'État de droit à l'américaine », avaient titré certains journaux.

Quand Daizon relève la tête, le regard de Shane le brûle. Plantée dans le salon, elle paraît immense, le visage taillé dans le granit. Il comprend alors pourquoi elle le met si mal à l'aise.

Shane oblige à une certaine tenue, ne pas se comporter comme un con et baratiner n'importe quoi. Cette femme porte ses convictions. Tout le contraire de moi, incapable de décider quel slip porter le matin. Avec elle, la lâcheté n'est pas une option.

Après deux heures à discuter, Shane ressent une sensation étrange. Sa poitrine s'allège. Elle est bien, là, dans son salon avec Mike, à parler de tout et de rien, comme des amis de longue date.

ARÈNE DE LA RAGE 2

< Pourquoi ils ne partagent pas volontairement leurs maisons avec nous ? Après Katrina, on les a extirpés de leur merdier. Ils sont égoïstes au point de souhaiter notre mort ? Dans Afro-Américains, y a encore Américains, non ? >

H, père de famille

< Le plus dur a été d'entrer l'objectif dans la tête de tous les excités prêts à participer.

Interdiction de tuer des femmes et des enfants. De torturer. Et surtout de brûler les maisons. Sinon, où allions-nous poser notre cul ensuite ? >

Z, adjointe au maire

< Je ne me sens aucunement responsable de la tournure malheureuse des événements. En tant que maire de cette ville, je veille sur tous mes administrés sans discrimination d'aucune sorte. Mais cette frange de la populace a franchi les limites de la loi en plaçant 70 % de la population en situation de mort imminente. J'ai réquisitionné leurs maisons pour assurer la survie des milliers de nos concitoyens à la rue.

Quand nous avons donné l'assaut, j'ai moi-même pris le mégaphone pour les inciter à se rendre. Mes paroles ont été accueillies par une rafale d'armes automatiques. C'est assez parlant, vous ne trouvez pas ? >

T, maire

< Deux types qui avaient appartenu au SWAT ont voulu nous expliquer la vie, comment procéder, comment entrer dans les baraques, les déloger. *Fuuuck You !* On n'est pas des flics, on n'a aucune envie de le devenir. On va juste remettre de l'ordre, à notre façon. Et basta ! >

H, volontaire pour l'assaut

< Quand j'ai vu les types qui se sont portés volontaires, j'ai doucement rigolé.

J'ai réuni mes gars et j'ai prévenu le chef de la police. Je lui ai dit de nous laisser un secteur bien à nous. Pas question d'être flingués par ces mecs qui ne savent même pas tenir d'équerre sur leurs pattes.

Faire le coup de poing, ça ne s'improvise pas. J'ai quarante ans de violence derrière moi. Je suis né là-dedans. Je sais comment dealer avec la peur. >

Juice

CHAPITRE 25

Shane cherche la vidéo sur YouTube.

« On voit mourir ton frère ? demande, Ben crispé.

– Oui », répond Shane en appuyant sur *Play*.

Lisa observe son amie. Elle a les yeux rivés à l'écran, les poings serrés, elle revit l'instant. Quand la vidéo s'arrête, elle se tourne vers l'inventeur.

« Je t'ai montré cette vidéo pour que tu voies de tes propres yeux le meurtre de mon frère.

– Tu attends quoi de moi ? souffle Ben, impressionné.

– Je veux utiliser M+ pour entrer dans la vidéo.

– Mais pour y faire quoi ?

– Pour connaître l'identité de ce flic. »

Il retient sa respiration.

« Et *ensuite* ?

– Elle veut se venger, tu l'as compris aussi bien que moi », dit Sarah, très calmement.

Shane prend le temps de regarder la vieille dame, qui ne se dérobe pas.

« Je ne veux pas me venger, madame Goldman. Je désire seulement connaître la vérité, savoir si mon frère a vraiment été exécuté. »

Sarah hausse les épaules.

« La vérité, tu la connais, chérie. Ton frère est mort, tué par un KKKop. Tu le sais, tout le monde le sait. Connaître son identité t'apportera quoi ? La vraie question est : que vas-tu faire ensuite ? Tu veux le traduire devant la justice ? Il a déjà été jugé. Tu crois qu'ils accepteront une preuve venant de l'utilisation de cette machine ? Non, on te rira au nez ! Il ne te reste qu'une option, te faire justice. Crois-moi, quand tu le retrouveras, la folie l'emportera, tu n'auras pas d'autre choix que de l'abattre. »

Lisa interrompt sa mère.

« Si utiliser M+ peut faire pression sur les politiques et la police pour relancer l'affaire une fois ce bordel réglé, au moins, ça rétablira une injustice criante, celle de voir un flic cagoulé se foutre ouvertement de notre gueule ! »

Ben Goldman coupe sa fille d'un geste de la main, excédé par la tournure de la discussion.

« Personne ne doit savoir que M+ existe. Je suis clair là-dessus.

– C'est un vœu pieux, vu la situation. Tu te fais déborder, chéri. »

Ben claque la porte du salon sans prévenir, laissant les trois femmes entre elles.

« Du Ben tout craché, conclut Sarah, toujours à tournicoter du cul pour prendre la bonne décision. »

⋆

PIÈCE 891 Entretien Dylann Rust

< Quand on s'est réunis, la nuit était tombée. J'ai senti en moi une libération.

J'ai souvent pensé à ce moment, mais jamais j'ai cru pouvoir le vivre. Il a fallu *The Dust* pour que ça arrive enfin. La restitution de notre royaume. Notre fierté d'hommes blancs. >

PIÈCE 892 Entretien H, habitant de Charleston

< Nous étions postés autour du quartier nègre. Planqués où l'on pouvait. Les talkies ont grésillé et l'assaut a été donné. Il faisait nuit, c'était si flippant qu'on s'est tous mis à tirer en même temps au risque de s'entretuer. >

PIÈCE 893 Entretien Juice

< Les mecs défouraillaient comme des puceaux face à une chatte. Du grand n'importe quoi. Moi, j'ai donné l'ordre à mon gang de se calmer. On est entrés silencieusement et quand j'ai donné l'ordre de tirer, on a réalisé un carton plein. >

« Voilà à quoi ressemblent ces mecs. À rien, une fois la tronche explosée », lance Juice en attrapant le cadavre par le pied. « Faut pas en avoir peur, faut éradiquer. »

Rust a un geste de dégoût. Les tripes, au sol, lui donnent la gerbe. Il ne se souvient pas avoir trouvé ça aussi crado dans l'église.

« T'as les foies d'être là ? lance le bodybuilder.

– Naan, j'suis à ma place.

– Ouais, bien sûr », se marre un membre du gang.

Le gamin serre les poings, il déteste que l'on se foute de sa gueule. Mais il n'a pas le temps de rentrer dans le lard du connard, le biker s'est positionné devant une nouvelle maison et balance un monstrueux coup de pied dans la porte branlante.

Un cri, une course rapide sur le plancher mal joint et le silence.

Sur le palier, Juice tombe le t-shirt. Sa chair blanchâtre – 135 kilos de muscles tatoués, croix gammées, portraits d'Odin – ressort sous le clair de lune. Il toise Rust, façon caillera de prison.

« Ouvre le chemin ! »

*

AIR !

Le caisson s'ouvre brusquement et Shane s'écroule sur le sol.

« Je n'ai pas pu enlever sa cagoule… »

Ben l'assoit dans un fauteuil. Le vieil inventeur se demande encore comment elle l'a persuadé de s'embarquer dans son délire.

« Je dois y retourner !

– Non, proteste Ben, pas plus de cinq secondes par jour, c'était le deal. »

Elle se glisse dans l'habitacle et le referme sur elle. Ben n'a pas eu le temps de s'opposer que Lisa actionne la machine…

AIR !

Cinq secondes plus tard, Shane s'extrait de M+, du sang plein le nez. Lisa la regarde, horrifiée.

« Ce truc t'attaque le cerveau ! »

Sarah Goldman force Shane à s'asseoir. Avec un kleenex, elle lui débarbouille le visage.

« Comment tu te sens ?

– J'ai l'impression que l'on m'a cognée !

– Nous ne sommes pas conçus pour y rester aussi longtemps, précise Ben, le visage grave. M+ est en train de t'esquinter !

– Ce n'est pas la machine. C'est lui, il m'a frappée !

– Quoi ? »

Stupéfait, Ben.

« Il n'y a pas d'interaction entre lui et toi. C'est complètement impossible !

– Comment tu peux en être sûr, papa ? demande Lisa.

– C'est quand même moi qui ai créé M+ !

– Mais Marilyn Monroe t'a demandé ta casquette et tu le lui as donnée. »

Coincé, Ben garde le silence pour réfléchir un instant.

« J'ai dû le désirer, ce n'est certainement pas elle qui a pris *l'initiative* de le penser. Elle n'existe pas, bordel !

– Et comment t'expliques que t'as pu piquer le cigare de Miller ? Le truc que t'as inventé est encore plus dingue que tu le penses ! »

Lisa pianote sur Internet, elle cherche la vidéo sur YouTube.

« Shane a raison, Pap'. »

Les regards se tournent vers l'écran.

6 est penché sur la voiture, prêt à tirer. Subitement, Shane apparaît à l'image. Elle se précipite pour le ceinturer. En se débattant, *6* lui assène une droite en plein visage. Soudain, elle disparaît, le policier boxe dans le vide.

« Ce truc est complètement fou… murmure Sarah en se signant.

– J'y retourne ! »

« Non. Tu restes avec nous. Fini pour aujourd'hui. Tu as vu ton état ? »

Shane n'entend pas. Elle écarte brutalement Ben et se glisse dans l'Œuf une nouvelle fois.

*

Rust ne distingue rien, à peine les contours des meubles. Il trébuche, manque de s'étaler, entend un ricanement dans son dos. Juice attrape le canon de son fusil.

« Baisse ton arme, j'ai pas envie que tu me tires dessus.

– Je sais m'en servir ! » rétorque Rust, vexé.

Le culturiste l'attrape par le cou.

« Quand je parle, tu la fermes ! C'est pas parce que t'as tiré neuf négros désarmés dans une église que tu sais tenir ton rang ! »

PIÈCE 149 ENTRETIEN DYLANN RUST

< Les mecs se marraient, ils attendaient que je me plante en beauté. Je n'ai pas moufté. Ce n'était pas le moment de l'ouvrir, mes comptes je les réglerai plus tard. >

« J'entre en premier, vu que t'es incapable de te décider », crache le culturiste.

Juice pointe son Mac-10. Il prend tout son temps pour explorer chacune des pièces. Il sent la respiration de Rust s'accélérer. Le gamin sait que quelque chose les attend, planqué dans l'obscurité. Il flippe.

Le gang est dans le couloir, face à une nouvelle porte fermée. Juice le pousse violemment.

« Vas-y, Rust !

– Quoi ? Maintenant ? »

Une voix surgit, sur sa droite.

« Laisse tomber, il se chie dessus le gosse… »

En apnée, Rust pousse la porte et met un pied devant l'autre. Son cœur bat si fort qu'il s'imagine que toute la bande l'entend. Dehors, les nuages se dissipent et la clarté de la lune éclaire faiblement la pièce.

Dans la pénombre, un bras se dresse derrière un meuble. La balle explose le mur, projette des éclats de boiserie qui fusent comme des lames. Aveuglé, Rust presse la détente trois fois, au jugé.

Le sang gicle, aussitôt absorbé par le tapis miteux. Le gamin découvre une forme massacrée – les principaux morceaux sont disséminés sur les murs et le plancher. Les restes d'un homme blanc, tatoué.

Juice projette le faisceau lumineux de sa lampe torche et découvre, dans le coin opposé de la chambre, une petite chose abandonnée, tapie dans l'ombre – une femme, noire. Les larmes jaillissent quand elle découvre le gang au complet devant elle, quinze brutes testostéronées.

Des mains lui palpent les seins, s'égarent dans sa culotte. Elle se fait sauvagement cracher dessus. Les mecs trépignent, excités comme des chiens à l'ouverture de la chasse. Ils attendent que le boss siffle le début de la partie. Ils vont la faire tourner comme un joint en soirée.

Le bodybuilder la saisit à la gorge.

« Il la planque où ? »

Le spectacle d'une femme qui se pisse dessus lui plaît. Il prend son temps, s'amuse à faire tressauter son pec', comme s'il était à une compet', devant un jury chargé d'évaluer sa sèche. La petite meuf montre du doigt un coin de la pièce – elle a dans les yeux le fol espoir de s'en tirer.

Le culturiste s'approche, tâte les plinthes mal ajustées. En trois coups appuyés, les lattes se brisent. Un large sourire barre son visage quand il ressort du trou un paquet volumineux.

De la meth.

Le biker claque des doigts et les mecs se ruent sur le petit bout de viande à mâcher.

CHAPITRE 26

PIÈCE 865 ENTRETIEN SHALIMAR BROWN

< Le gang m'a violée, abandonnée quasi morte dans la baraque. Juice m'a dit « si on te laisse en vie, c'est parce que ce qui va t'arriver sera plus terrible que la mort. » L'enfoiré n'a pas menti. Ils m'ont jetée sur la Route.

La Route, c'est le supplice que ces Blancs ont inventé après nous avoir dépossédés de nos maisons. À croire que trois cents ans de domination ont rendu toutes les folies possibles.

Jeff, c'était mon mec.

J'avais 16 piges, quand il a débarqué dans mon univers de gosse. Je me prélassais dans mon bain moussant quand deux coups de feu ont éclaté dans la rue. Peu après, ce mec tatoué escalade la façade de ma maison.

Il s'était fait shooter pour une embrouille de came. Il avait traversé le quartier nègre à toute blinde pour se planquer dans une maison, celle de ma mère.

On a échangé un regard – il m'a fait signe de me taire et on est passés dans ma chambre.

J'ai complètement craqué. Il m'a dit de le retrouver le lendemain dans un resto d'autoroute bien pourri où il avait ses habitudes.

On s'est bien éclatés.

Jeff n'était pas un crétin, il ne tripait pas sur la quincaillerie nazie. Pas de croix gammée sur les bras, de 14, 88 ou 168 : 1 tatoués sur le torse[28].

---

28. Codes chiffrés utilisés par l'extrême droite. 88 signifie *Heil Hitler*; 14 pour les *14 words* soit : « Nous devons assurer l'existence de notre peuple et le futur des enfants blancs » (citation de David Lane, membre de l'organisation The Order; 168:1 indique le résultat de l'attentat perpétré par Timothy McVeigh).

C'est juste un biker qui magouille dans la dope. Il est blanc alors il fricote avec les Blancs. Mais il adore les négresses. C'est son péché mignon, les culs bien ronds. Faut croire que les blancottes en cuir qui tournent comme des moucherons autour des Hells n'ont pas le petit plus présent dans notre ADN.

Ils ont tué mon mec et mon fils se retrouve sans père. Je ne dis pas que Jeff aurait été un chef de famille formidable. Mais il n'a pas eu le temps de le devenir. J'espère que ces salopards paieront cash leur crime. >

*

Les motards se torchent à la bière, bustes nus, au milieu des cadavres. Seule la clarté de la lune éclaire les visages, c'est suffisant pour que Rust distingue l'air satisfait du culturiste.

« T'as tapé cette baraque parce que tu savais qu'il y avait de la came ? lâche le gamin.

– Ouais.

– Ce mec, c'est un pote à toi qui baise des négresses ou un soldat d'un gang rival ?

– Qu'est-ce que ça peut te foutre, mec ? »

Juice le dévisage. N'importe qui se serait taillé au plus vite. Pas le gamin.

« Shooter des Blancs, c'était pas le plan. Tu donnes dans la came ? »

Le biker se marre et Rust entend même un mec le traiter de petit crétin. Il baisse les yeux de rage. Juice se penche, recrache la fumée de sa clope en plein sur son visage.

« Comment tu crois que je me paie ma whey et mes hormones de croissance ? T'es con ou quoi ?

– Je croyais que les bodybuilders vendaient leur cul aux pédés pour se payer leur dose ! Y paraît que les tapettes adorent ça, les gros mecs tatoués et huilés ».

Rust a prononcé l'insulte en détachant chaque syllabe. Stupéfait, le culturiste reste sans réaction. Le gosse serre très fort la lame dissimulée dans la paume de sa main. Il en rajoute une couche, pour le plaisir.

« Ouais, *Gay 4 Pay*[29] *!* Excuse-moi, mec, je pensais vraiment que tu donnais là-dedans, que t'étais la petite pute musclée des pédés du quartier. »

Juice distingue le pistolet chargé, prêt à tirer. Il devine la lame dans le creux de la main.

« Gamin, tu cherches la mort ? »

Rust se paie le luxe de crâner.

« Tu comprends qu'être traité de pédé par un mec que tu connais à peine, c'est désagréable ? Moi, j'aime pas qu'on me traite de lâche ou de con. »

Juice perçoit chez ce gosse une pulsion de mort et de chaos. Rust tuerait pour ses principes et crèverait pour eux. Il ricane, amusé par l'arrogance suicidaire du puceau de 60 kilos, à la peau de bébé.

« Calme-toi gamin, on est entre nous. Nos lames, nos flingues, on les réserve aux autres. »

*

AIR !

Lisa ouvre le capot de M+.

Shane s'écroule sur le fauteuil, reprend sa respiration.

« Marqué un point ! »

Lisa clique une nouvelle fois sur la vidéo. À l'écran, la cascadeuse agrippe 6, le retourne pour arracher sa capuche. Ben et Sarah découvrent à la place du

---

29. Pratique qui consiste, pour des hommes hétérosexuels, à se prostituer avec d'autres hommes. Dans le bodybuilding, la motivation serait de financer l'achat des substances dopantes.

visage un amas numérique indifférencié, impossible à identifier.

« Sans sa gueule, pas moyen de connaître son identité ! »

Shane dépose un portefeuille sur la table. Lisa siffle de surprise, l'objet volé appartient au flic-tueur. Aussitôt, Lisa l'éventre pour fouiller l'intérieur, concentrée à en retenir sa respiration. Comme une joueuse de poker, elle claque une photo sur la table.

« Vous voulez voir sa tronche ? » annonce-t-elle, triomphante.

*

« Rends-moi ce portefeuille !

– Non ! »

Ben l'attrape et Shane, horrifiée, voit disparaître le seul moyen de mettre la main sur 6. Elle bouscule Ben en puisant dans le peu de force qui lui reste. Le vieux bascule et chute. Lisa, furieuse, bondit sur la cascadeuse pour lui tordre le bras.

Shane se retrouve écrasée, un genou entre les deux omoplates. Elle hurle de rage et son feulement résonne dans la cave. Lisa ne reconnaît pas la femme fière et digne qu'elle a soutenue quelques jours plus tôt.

Elle se souvient des mots prononcés à la sortie du tribunal : *« si la justice ne me donne pas raison, j'irai le traquer pour le tuer. »* Sur le moment, elle ne l'avait pas crue – des paroles prononcées sur le coup du désespoir. Mais là, elle comprend que Shane désire sa vengeance, quitte à trahir ses proches.

Lisa sent le corps de Shane s'affaisser. Elle relâche la pression, se lève et quitte la pièce sans un regard pour son amie.

Shane reste au sol, l'esprit en vrac, défaite.

CHAPITRE 27

« Tu as eu chaud au cul, mon chéri. »

Ben secoue la tête, dégoûté.

« J'suis costaud, j'aurais pu me la faire ! Elle m'a eu en traître, c'est tout !

– Raconte pas de connerie ! Tu ne ressembles plus au mec avec qui je me suis maquée. Je te croyais encore balèze, je suis déçue », commente Sarah, se moquant gentiment.

Ben hoche la tête, honteux.

« Faut que je te dise la vérité, quand elle m'a chopé, j'ai failli me pisser dessus ! Cette meuf, c'est un taureau ! »

Sarah allume une cigarette en regardant son mari avec tendresse. Plus jeune, elle adorait le traîner dans les quartiers chauds, le catapulter dans les embrouilles et voir comment il s'en sortait. Une attitude de petite salope. À la fin, elle disait toujours : « Ton petit cul de Blanc a failli perdre sa virginité ! Heureusement que je suis là pour sauver tes fesses de ces nègres qui veulent te buter parce que tu te tapes la plus bonne meuf du quartier. »

Ils éclataient de rire et paradaient, bras dessus, bras dessous, comme des gosses, se fichant bien de ce que l'on pouvait penser. Ben adorait voir sa femme jouer au petit mec et prendre toute la lumière. Elle, elle chérissait leur complicité et leur liberté.

« Bien joué pour ton invention, j'avoue tu m'as bluffée.

– Ah ouais, vraiment ? »

Sarah, amusée, le voit gonfler le torse.

« T'y croyais pas, hein ! Tu pensais que je me branlais dans mon atelier !

– Je retire tout ce que j'ai dit, chéri. T'as assuré, même si je ne comprends pas du tout comment ton truc fonctionne !

– Tu sais que j'ai flippé quand je suis entré dans le caisson pour la démo. J'ai cru que M+ allait se planter et que j'allais passer pour un con ! »

Ben se marre, il baisse sa garde.

« Tu comptes faire quoi de ta machine ?

– Que dalle, elle reste dans la cave.

– Je te parle sérieusement. »

Ben secoue la tête, il a compris.

« Toute cette pommade à me tartiner la raie du cul, ta façon de reprendre l'affaire en main ? Cette fois, je vais être clair : M+ ne servira pas une vengeance personnelle. Point barre.

– Il n'est pas question de ça, Ben. »

Sarah se lève, s'approche de la fenêtre obstruée par des milliers de grains de sable. Quand Ben la rejoint, il découvre Shane assise sur le perron de leur maison, insensible au déluge de sable. Écrasée de douleur, elle semble anéantie. La poussière collée à son cuir lui donne un aspect de statue antique.

Sarah se tourne vers son mari.

« Tu vois Ben, tout ce qui se passe aujourd'hui appelle le changement. »

*

Les rayons de soleil sur sa peau l'arrachent de sa léthargie. D'un pas hésitant, elle quitte le jardin, monte sur sa Honda. Elle roule en zigzaguant entre les voitures laissées à l'abandon dans la rue.

Elle ne prête même pas attention aux ombres qui pointent leurs armes sur son passage. Une image tourne dans sa tête, le visage de ce flic, bouffé par les pixels. Un monstre numérique qui demande, comme tous les monstres, à être écrasé.

CHAPITRE 28

Daizon entend le ronflement caractéristique d'une moto japonaise avant de voir Shane débouler. Elle traverse le jardin et passe devant lui sans un regard.

Putain, mais qu'est-ce qui lui est arrivée ?

L'ancien champion note les traces de sang sur le t-shirt, le regard qui veut dire *ta gueule, j'suis pas en état de parler* et quand la porte de la maison claque, il reste dans le jardin, malgré le vent et le sable, pas pressé de se retrouver mêlé à une affaire qui ne le regarde pas.

Quelques heures plus tard, Mike sursaute, surpris par la sonnerie de la porte d'entrée. Daizon découvre Lisa, tout sourire. Elle ne semble pas étonnée de le trouver là.

« Salut Mike. Shane est là ? On aimerait lui parler. »

Surpris, il observe la jeune femme et la vieille dame qui l'accompagne. Il les invite dans le salon et monte à l'étage. Il pénètre dans la chambre plongée dans l'obscurité et trouve Shane allongée sous les couvertures, endormie.

« Shane, réveille-toi… »

Elle ouvre les yeux et aperçoit Mike Daizon penché au-dessus d'elle. Elle pousse un petit cri et lui balance une claque rapide dans la tronche. Il se la reçoit direct', sur le nez, sans avoir même eu le temps d'esquiver.

« Tu m'as foutu une belle trouille, j'avais oublié que tu créchais ici ! »

Elle écarte les couvertures. Mike l'aperçoit sans culotte ni soutif' et avant qu'elle ne passe son peignoir, l'image s'imprime façon GIF dans son cerveau. Le corps sculptural d'une femme aux jambes athlétiques et au cul rond comme une pomme.

*

« Si tu avais touché un seul cheveu de la tête de mon mari, je t'aurais tuée, crois-moi », lui assène Sarah Goldman dès qu'elle apparaît.

Shane s'assoit dans un des fauteuils à côté de Lisa, qui reste droite et silencieuse. L'esprit encore confus, elle réalise à peine.

Merde, qu'est-ce qui m'a pris de m'attaquer à Ben ?

Elle s'est extirpée du caisson avec une seule envie, choper ce flic, sa colère décuplée par la frustration. Elle se demande jusqu'où elle serait allée si Lisa ne l'avait pas empêchée.

« Je suis vraiment désolée madame Goldman de mon comportement de petite conne. Vous pourrez le dire à votre mari ?

– Ben comprend ce que tu vis, c'est pas mon mec pour rien. »

Sarah sort le portefeuille de son sac et le pose sur la table basse. Elle fixe Shane d'un regard qui exclut toute tricherie.

« Promets-moi de prendre ce flic vivant et qu'il n'y aura aucun blessé.

– Promis, Sarah. »

Shane s'empare du portefeuille, étale le contenu sur la table. Des cartes en tout genre et un ticket de caisse daté du jour avec l'inscription *Mighty, Mighty, Best Burgers In Town !*

« Je ne comprends toujours pas comment cette machine communique avec notre réalité ! » murmure Lisa en examinant minutieusement le coupon du restaurant.

« Il est là-bas, à bouffer des burgers, l'enfoiré ! Je me prépare et j'y vais ! »

Shane se lève, Lisa l'arrête d'un geste.

« Tu es consciente de ce que tu fais ?

– Un kidnapping de flic, répond la cascadeuse. Et pour la justice, vous êtes mes complices. »

ARÈNE DE LA RAGE 3

< Le matin, quand le soleil s'est enfin levé, on a admiré notre œuvre. Ça avait de la gueule ! Les premiers colons – ouais, il s'agissait bien d'un territoire inconnu et hostile – ont débarqué avec leurs familles. Ils ont choisi leur maison et c'est comme si la vie revenait. >

F, employé

< Le quartier nègre a toujours été un furoncle sur le cul de notre ville. Même si tu n'y es pour rien, ce spectacle de maisons remplies à ras bord a de quoi dégoûter. Eh bien aujourd'hui, le mal est corrigé. >

R, chômeur

< La première chose accomplie une fois entrée dans le pavillon attribué ? Virer toute leur quincaillerie décorative négroïde ! >

F, artisan

< Moi, je me suis installé et j'ai prié. Cette maison ne m'appartenait pas et ses occupants étaient certainement morts. Mais j'avais trop peur de mourir moi-même pour refuser d'y vivre.

Les photos posées sur les étagères m'ont terrorisée. J'ai retourné les cadres pour ne pas avoir leurs yeux braqués sur moi. Comme le regard brûlant de Dieu sur Caïn. Je vous jure que j'ai pleuré toute la nuit. >

D, architecte

< Je n'ai pas voté pour Donald Trump, je suis encore moins raciste. Je me suis rangé à l'avis du plus grand nombre, pour notre survie à tous. >

A, médecin

< Il y avait parmi eux quelques-uns que je connaissais. Des gens sympathiques qui achetaient des provisions dans mon magasin. Je n'ai pas soutenu leur regard de peur de flancher. Face aux enfants qui chialaient et appelaient à l'aide leurs parents impuissants, le doute m'a assailli. >

N, gérante

< Quand je les ai vus, vociférant, menottés ou encordés, traînés hors de leur quartier, je me suis dit, « mais bon Dieu, qu'est-ce qu'on va en faire. >

K, assistante de direction

< On a trouvé la réponse. Finalement, c'était assez évident. Les balancer sur la Route. >

G, policier

CHAPITRE 29

« Il est au courant ? » demande Sarah en pointant Daizon du menton.

– Non, répond Shane.

– Tu lui as montré la photo ?

– Hey, vous pouvez me dire ce qui se passe ? »

Lisa prend son téléphone et tape l'adresse du site de *Vanity Fair*. Daizon se découvre en compagnie de Shane, sur le ring, lors de son sacre en 1986. Il se tient derrière elle, souriant à l'objectif, tandis qu'elle brandit sa ceinture de champion.

« Qu'est-ce que c'est que ce bordel ! C'est un trucage numérique ? »

Il reste sans voix, complètement à la masse. Sarah Goldman pose sa main sur l'épaule de l'ancien champion.

« Pour une explication scientifique, il faudra en parler à mon mari. »

★

Shane, un foulard sur le visage pour se protéger de la tempête de sable, inventorie une dernière fois son sac.

À l'intérieur, du vrai matos de guerre piqué sur des tournages ou emprunté à des amis cascadeurs artificiers : bélier électrique pour faire sauter les portes, grenades assourdissantes, chargeurs pour son.45.

« Shane ! »

Sarah court vers elle, une batte en aluminium à la main.

« Qu'est-ce que tu fous avec ça ?

– J'ai pas tes compétences question baston, faut que je sois équipée !

– Tu es sûre de ce que tu fais ?

– Je ne vais pas te laisser y aller seule !

– OK. Monte.

– Et lui ? » Lisa désigne Mike du doigt. « Le champion ne vient pas ?

– Définitivement non. »

La jeune cascadeuse rabat la visière de son casque et pousse le moteur de la Honda à fond. Dans son rétro, elle voit Daizon rester immobile au milieu du jardin traversé par les vents.

★

Après une heure de conduite folle dans un paysage ravagé, Shane gare sa moto dans une rue recouverte de poussière et de sable. Des tourbillons de détritus empêchent de respirer normalement.

« Reste sur la bécane, moteur allumé !

– Shane, il y aura peut-être des enfants et des gens innocents dans ce bar…

– Ne t'inquiète pas, Lisa…

– Tu vas y arriver toute seule ? »

Malgré les bourrasques, Lisa entend le grognement. La jeune cascadeuse ajuste son sac et s'éloigne de sa démarche chaloupée. Lisa a un flash. Shane, triomphante, entourée de cadavres d'innocents.

Les tourbillons charrient une impressionnante quantité d'ordures et de poussière, obligeant Shane à s'approcher de son objectif.

Elle note les fenêtres obstruées par du carton, les sacs de sable posés tout autour du bar, comme une ligne de fortification. Elle s'approche furtivement de la porte et tente de la défoncer à coups de pied en hurlant.

« Planquez vos gosses ! Je n'ai rien contre vous, je veux uniquement le flic ! »

Elle saisit le bélier électrique, le plaque contre la serrure. Elle enclenche le mécanisme et les verrous sautent dans une mini-explosion.

⋆

6 sursaute quand trois coups puissants ébranlent la porte. Il entend la voix assourdie et son sang se glace. Quand le verrou saute et qu'un vent poussiéreux tourbillonne dans la pièce, il cherche à se planquer dans les chiottes, mais un homme lui barre l'entrée.

« Qu'est-ce qui te prend ! »

L'homme, un malabar, habillé de vêtements trop petits, lui lance un regard de pure haine. S'il avait été assez courageux, il aurait buté ce flic-nègre dès son arrivée.

« Livrez-moi le flic ou, dans dix secondes, je vous jette à la gueule ma grenade ! » hurle la voix.

6 se découvre encerclé par une forêt de fusils. Il se tourne calmement vers le patron.

« Tu devrais raisonner tes potes, ils perdent la tête.

– Donne-moi ton arme et barre-toi.

– Tu plaisantes ? Tu crois que je vais me laisser faire sans rien tenter ? »

CHAPITRE 30

La porte claque, *6* est éjecté hors du bar et atterrit sur le cul. Son pistolet est lancé la seconde suivante, dans la poussière.

« Il est à toi, fous-nous la paix ! »

6 rampe à toute vitesse vers son arme. Il n'a pas le temps de la saisir qu'il se reçoit un coup dans les côtes qui l'envoie valdinguer.

Elle est au-dessus de lui.

Son cerveau reptilien lui intime de se barrer au plus vite, cette Black en cuir tout droit sortie de *Mad Max* est la sœur de Walter Wright !

Impuissant, il aperçoit Shane armer son coup de pied signature. Sa cage thoracique se compresse sous la violence du coup, son diaphragme se rétracte. Il retombe dix mètres plus loin, sans un cri, les poumons vidés.

Un instant plus tard, Shane surgit de la mini-tornade, *6* chargés sur ses épaules. Vêtue tout de cuir, avec ses armes passées à son ceinturon et sa coupe afro peroxydée, elle ressemble à un mutant postnucléaire échappé d'une série Z.

« Fais de la place, Lisa ! »

Elle le jette en travers de la selle et enfourche sa bécane. Les balles sifflent à leurs oreilles, mais elles sont loin, avalées par la poussière.

*

La colère monte, un terrible sentiment d'impuissance l'envahit. Mike s'allonge, tremblant sur le canapé défoncé. Les larmes coulent sans qu'il puisse les retenir. Il attrape une bière dans le frigo, la décapsule contre le rebord de l'évier.

Pourquoi n'a-t-il pas suivi Shane ? Pour rester vautré sur ce canapé ? Il sera un foutu spectateur toute sa vie ? L'envie furieuse de vider toutes les bouteilles d'alcool le submerge. À la place, il commence un lent compte à rebours, un réflexe presque instinctif de survie.

Un, deux, trois…

Son bras est tendu, la bouteille s'éloigne de sa bouche…

… à dix, d'un geste mécanique, il la vide dans l'évier. Dans sa poche, il retire les trois comprimés réservés aux urgences. Fusiller chimiquement son cerveau pour s'empêcher de penser.

*

Ronflement de moteur, odeur écœurante d'essence, milliers de grains de sable projetés sur le visage. Quand *6* reprend enfin ses esprits, il comprend qu'il a du souci à se faire.

Shane se gare brutalement dans ce qui a été une ruelle déserte. L'ancien flic manque de tomber du siège de la Honda. Elle le remet sur ses pieds et le tire derrière elle, comme on traîne un voleur de chevaux.

Quand il lève les yeux, il découvre une petite dizaine de journalistes – tout loqueteux, mais prêts à faire leur sale boulot ! – qui squattent le nouveau commissariat, une suite de préfabriqués érigés sur les décombres des bâtiments qui abritaient les services de police.

PIÈCE 369 Entretien Kenny le Geek

< C'est là que j'ai vu pour la première fois Shane Wright. Elle aurait eu sa place dans un western futuriste. >

CHAPITRE 31

« Bordel, c'est pas vrai ! »

6 protège de ses deux mains son visage des téléphones braqués sur lui. Les journalistes s'approchent, comme des zombies, vrai réflexe pavlovien de fouille-merde de l'info. Deux femmes noires qui traînent un Noir pour le livrer aux flics, c'est au moins une brève au JT.

Après ce moment de vertige absolu, *6* voit, entre l'interstice de ses doigts, un corps frêle traverser le hall. Une femme noire, toute ridée, tenant un dossier qu'elle brandit fièrement. Il a le temps de déchiffrer le titre écrit au Stabilo.

« Walter Wright VS *6*, procédure engagée contre l'État de Washington. Crime d'État. »

PIÈCE 370 Entretien Kenny le Geek

< Quand les vrais problèmes ont commencé – Washington rasée, l'Amérique dévastée – je peux vous dire que pas une seule star des JT a mis les pieds dans la rue.

Même TMZ et Buzzcore avaient fichu le camp. Non, il ne restait que Kenny le Geek et sa clique. Les dalleux de l'info hardcore. Ceux pour qui témoigner est une nécessité absolue.

Moi, je n'ai pas de parents, de frère, de meuf, pas même d'occasionnelle. Je n'ai même pas un chien que je pourrais pleurer. Je peux viser le Pullizer en toute sérénité, sans aucun remords. Personne ne me reprochera mon égoïsme congénital.

Mais le Pullizer, papa, j'm'en branle !

Suis un youtubeur anarchiste, le genre de connard qui ne monétise pas sa chaîne, parce qu'il ne veut pas tirer de fric d'une activité aussi pure que redonner une conscience à son public.

Avec *The Dust*, je me suis récolté quelques abonnés supplémentaires. Tout le monde voulait être informé sans poser un pied dehors.

Je me suis fixé un idéal, celui de documenter les bavures des flics, pour prouver l'incompétence de l'État en gestion de crise. L'État avec un « É » majuscule, hein, le système !

Les autres youtubeurs et moi, on rôdait autour des restes du commissariat central pour essayer d'avoir des infos. La frustration était à son maximum. On flippait pour notre survie, mais on s'accrochait.

On pensait à l'après. On aurait besoin d'explications, de faits bruts à analyser.

Nous, les *Die Hard* du journalisme hardcore, on pourrait apporter des éléments de réflexion.

Alors, quand Shane est arrivée sur sa moto, je n'ai pas été le seul à me précipiter. Tous les frustrés de la journée se sont ameutés comme des vautours affamés. À ce moment-là, on méritait tous notre statut de tarés. >

*

Ben – coiffé, costume impeccablement repassé, il est au top, le papy ! – s'assoit derrière le pupitre de l'entrée du commissariat.

Tous les regards convergent vers lui et la machine posée à ses pieds. Les cinq youtubeurs présents n'attendent qu'une chose, entendre l'explication sur son fonctionnement. Les caméras sont sur *on* et, à ce moment précis, le bricoleur de génie ressent une petite pointe de fierté.

Il ajuste son nœud papillon, passe une main dans ses rares cheveux. C'est bête que la parution du *Times* soit arrêtée, le portrait aurait déchiré !

Faut juste que M+ ne me laisse pas en carafe, se dit Ben pas rassuré. Le matin même, il l'a montée et démontée, pour vérifier que tout était bien en place, bien vissé, bien soudé. Calé dans son siège, il attend. Un doigt se lève, la question fuse et son sourire s'efface.

« Kelly Rowley, pour le *Washington Post,* la version papier, pas numérique. La seule journaliste encartée de l'assemblée, je tiens à le préciser. Monsieur Goldman, pouvez-vous expliquer *simplement* le fonctionnement de la machine que vous avez créée ? »

Ben déglutit. Il entend Lisa l'encourager « soit clair, Pap' ! » Être clair ? Mais s'il avait été clair ne serait-ce qu'une fois dans sa vie, il aurait décroché le Nobel !

« C'est simple, M+ s'utilise comme un grille-pain, un tracteur ou une radio… »

Applaudissements du public. Ben est ce qu'on appelle un bon client, le papier va s'écrire, *easy*.

« OK, bien joué, gueule une voix au fond de la salle, maintenant expliquez-nous comment fonctionne votre grille-pain ! »

Nouveaux rires dans la salle, les iPhone sont en suspens. Ben se racle la gorge.

« Je vous l'ai dit. Pour créer M+, j'ai assemblé des éléments d'électroménagers, donc M+ fonctionne comme… un aspirateur. »

Plus personne ne rit. La journaliste du *Washington Post* grimace. Ce vieux est-il diplômé d'une fac *Ivy*

League ? A-t-il bossé pour la *NASA*, le *MIT* ? Naan ! Pas question de publier une connerie dans le *Post*, c'est un coup à voir sa pierre tombale profanée par de la pisse de chien. Ben aperçoit la mine résignée de Sarah.

6 retrouve le sourire, le salopard se frotte les mains. Ben croit même l'entendre se marrer franchement.

« Ces vidéos sont des *fakes*. Sortez le champagne ! Dans deux minutes, ce cirque est fini et j'attaque cette bande d'abrutis en justice. Peut-être même que je pourrai me payer ma nouvelle baraque avec ce que je vais me faire sur leur dos. »

Benjamin Goldman panique. Déjà, des youtubeurs se lèvent, pressés de se casser.

« Excusez mon père, déclare Lisa subitement. Le fonctionnement de M+ est évidemment très compliqué et seul son inventeur en connaît les rouages.

– Qui êtes-vous ? » interroge une voix moqueuse dans le brouhaha.

« Lisa Goldman, sa fille. Je suis ses recherches depuis 25 ans et je sais que ce vieux fou est incapable d'expliquer en deux phrases un seul de ses projets ! »

La journaliste du *Washington Post* hausse un sourcil, dubitative.

« Qu'est-ce que vous proposez ?

– Une démonstration, tout simplement. »

La journaliste hésite. Ce Ben Goldman est peut-être un illusionniste façon David Copperfield, manquerait plus qu'elle devienne pour l'opinion publique la ratée qui a contribué à cette fumisterie.

Elle se retourne en entendant un applaudissement. Le type – un rouquin portant un t-shirt crado où l'on devine l'inscription *Kenny le Geek !* – bat des mains frénétiquement en criant à la démo. Normal, ce petit con n'a aucune crédibilité, il ne risque pas de la perdre. Ses collègues youtubeurs se sont rassis et c'est toute la salle maintenant qui hurle pour une démonstration. OK, elle ne sera pas la seule à se planter. Au pire, ça fera l'objet d'une brève dans le journal. Elle imagine déjà le titre, « Malgré *The Dust*, Washington trouve le temps de se divertir avec un vieil original ! »

« Eh bien, allez-y, monsieur Goldman, prouvez-nous que votre invention n'est pas une supercherie ! »

CHAPITRE 32

John termine en vitesse de reproduire les circuits électriques qu'il voit à l'écran. Il a enregistré la vidéo sur la chaîne de Kenny le Geek persuadé qu'elle sera effacée dans la demi-heure.

Dubitatif, John punaise aux murs les feuilles A4. Il ne sait pas quoi penser de ce qu'il a sous les yeux. Comment croire une seconde qu'une machine issue d'appareils électroménagers puisse permettre un truc pareil.

*

Total black-out.

Périscope s'est subitement arrêté, mais la dernière image glace le sang de Daizon. Les flics ont envahi la salle de conférence et ont menotté Shane et Ben Goldman.

La nuit est tombée quand il pousse les portes du garage. Quelques minutes plus tard, il est sur l'autoroute à slalomer entre les voitures abandonnées par leurs propriétaires.

*

Ali Shabazz entend les pas de sa femme, Dany, dans le couloir.

« Chéri, Mike veut te parler !

– Eh bien passe-moi le téléphone !

– Non, il est à la porte ! »

Bon Dieu ! Ali s'extrait du rocking-chair où il se prélassait. Pour que Mike se trimballe jusqu'ici alors que le bordel est général, il faut qu'il y ait un sacré problème.

Il le retrouve dans son jardin. L'ancien champion parle vite, c'est si embrouillé qu'Ali a du mal à suivre. Sa première réaction : le mec a *encore* pris du LSD. Mais Dany arrive, dépose un plateau de jus de fruits et acquiesce.

« T'es au courant de ce truc ? s'exclame Ali sidéré.

– La vidéo est en boucle sur les réseaux sociaux, chéri !

– Quoi ! Et tu ne m'as rien dit !

– Mais c'est toi-même qui as exigé que je filtre toutes les infos ! Tu n'en pouvais plus de *The Dust*, de voir tous ces Blancs foutre le bordel !

– Ouais, mais ça, c'est tout autre chose ! On parle d'un truc de science-fiction, là !

– Tu ne vas pas m'engueuler, quand même ! »

Dany tourne les talons, laissant les ex-champions.

« Cette femme, Shane, j'habite chez elle en ce moment et j'ai vu débarquer la petite troupe, la mère et sa fille… ça semble vrai, cette histoire… Mais ce n'est pas le plus fou… »

Quoi, y a encore plus fou que l'atomisation de l'Amérique blanche ?

Mike prend son portable et lui montre la photo de Shane et lui, sur le ring de Vegas en 1986.

« Shane s'est introduite sur ce ring de Vegas en 86 pour poser avec moi… Et aujourd'hui, elle est sur la photo officielle. Cette machine modifie notre réalité ! »

Ali s'installe plus confortablement dans son siège. Faut pas s'emballer, des photos truquées, il en reçoit tous les jours par mail.

« Écoute Mike, ça va prendre un peu plus de temps que Katrina ou que l'éradication du Coronavirus, mais dans une semaine, ce merdier de *The Dust* sera retombé comme un soufflet et tous les guignols seront revenus sur terre. Cette machine est un fake et ta nouvelle copine et sa petite troupe de revanchards finiront en prison pour kidnapping de flic. Ça va chercher dans les trente ans, un coup pareil. Tu leur diras bravo.

– J'étais dans le salon quand elles discutaient...

– Et ?

– Elles se battent pour la justice, pour faire reconnaître leurs droits. Elles kidnappent ce policier pour interpeller les pouvoirs publics. Elles veulent foutre à terre le système, pas se venger en se faisant un flic. Et quand elles m'ont demandé de les suivre, j'ai lâchement refusé... »

Ah, ça commence à devenir intéressant, Mike cesse de délirer sur cette machine et parle enfin de lui. Finalement, qu'il rapplique ici fait partie de la thérapie, les petites graines semées finissent par germer.

« Tu ressens quoi exactement ?

– Une image m'est venue, celle d'un homme croisant Jésus qui l'appelle à le suivre et le type trouve toutes les raisons du monde pour refuser. J'ai dit non, parce que je n'étais pas prêt à perdre le peu de confort que j'ai. À devoir prendre des décisions et à les assumer alors que même lacer mes chaussures est au-delà de mes forces... »

Daizon, au bord des larmes, saisit les deux mains d'Ali.

« J'ai détruit une baraque japonaise, déguisé en Godzilla, mes amis me prennent pour un con illettré, un acteur de merde, pour des likes sur Insta, m'a filé un coup de poing pendant que sa copine filmait. On me marche et pisse dessus, j'accepte tout ! La colère gronde en moi, elle finira par me posséder et contrôler le reste de ma vie. Je vais crever, il faut m'aider…

– Tu es en colère contre qui, Mike ?

– Où est ma place ? Nulle part ! »

Les larmes coulent. Ali prend Daizon dans ses bras, ils s'étreignent un long moment.

« Tu te rappelles ce que tu m'as dit Mike, au Hilton, en voyant ces deux boxeurs blancs disputer le titre ? Que tu as souvent fait le con, mais tu n'as jamais bradé la franchise. Tu n'as jamais méprisé le titre de champion poids lourd… »

Mike reprend son souffle.

« Tu sais, continue Ali, quand j'ai été champion dans les années soixante, j'avais beau être le meilleur, tout le monde me détestait. Puis il y a eu la guerre du Viet Nam. J'ai refusé de m'engager et tout le monde sans exception m'est tombé dessus. On voulait m'emprisonner, me déchoir de ma nationalité américaine. J'ai tenu bon parce que je savais la cause juste, je n'irai pas tuer des innocents. J'ai imaginé que jamais plus je ne boxerais, que l'on me jetterait à la porte du pays. Mais j'étais prêt à laisser cette vie de champion derrière moi pour ce combat. J'ai tout accepté et un jour, mes engagements, mes paroles sont devenus vérités. La guerre a dévoilé sa vraie nature injuste, colonialiste, barbare. Aux yeux du monde entier, j'avais acquis une nouvelle stature. Je m'interroge souvent sur mon destin. Quel homme aurais-je été si j'avais refusé ce combat ? Si l'opportunité de me soulever contre l'injustice ne s'était jamais présentée ? Peut-être un catcheur de la WWE avec un drapeau étoilé imprimé sur le slip. Heureusement, ces trois ans d'exil forcé m'ont offert une révélation. Tous les champions de boxe poids lourds sont des élus, choisis pour incarner le combat de leur communauté.

Tous l'avaient été avant moi, Mike. Jack Johnson[30] a montré qu'un Noir pouvait être libre dans un monde où toutes les règles sont contre lui. Joe Louis a battu le champion allemand et ridiculisé Hitler. En gagnant, il a ouvert une brèche fragile qui a obligé les Blancs à reconnaître notre humanité. Moi, j'ai été au côté du Dr King, d'Angela Davis, de Malcom X, j'ai su porter, à ma façon, la voix de la raison, proclamer qu'être noir est une fierté. Chacun incarne la lutte de son temps, tu comprends ? Peut-être que cette femme, Shane et cette machine de dingues, tous ces gens que tu rencontres par hasard font partie de ton destin. Tu seras peut-être le champion de cette nouvelle guerre pour nos droits. Tu seras peut-être le nouveau champion de notre communauté. »

CHAPITRE 33

« Aucune charge n'est retenue contre vous. Vous pouvez partir. »

Lisa fronce les sourcils, premier réflexe, ne pas y croire. Relâchée après un kidnapping de flic ? Filez-moi une médaille pendant que vous y êtes ! Encore un coup des condés, leur façon à eux de te casser le moral. Quand tu fais mine de lever ton gros cul du siège, deux mains t'y plaquent encore plus fort, accompagnées d'un ricanement cruel qui achève tous tes espoirs. Un coup à se suicider le soir même de désespoir dans sa cellule.

Lisa entend le clic des menottes, on lui ordonne de se lever. Elle se cramponne à sa chaise, hors de question d'obtempérer. On l'empoigne pour la soulever de force. Elle attend les moqueries, mais non, la porte s'ouvre sur la liberté.

---

30. Jack Johnson, premier champion poids lourd afro-américain

« Avant de partir, il faut signer. »

Lisa a un vrai réflexe de juriste. Elle s'assoit, avale un verre d'eau, histoire de gagner du temps et déchiffre méticuleusement chaque alinéa. Toujours la peur de se voir coller des charges fictives et s'enfermer dans un piège judiciaire inextricable.

Finalement, elle signe. On l'escorte vers la sortie du commissariat, à quelques pas du parking. Son père et sa mère y sont, plantés au milieu des voitures sans trop savoir quoi faire. Immobiles, comme statufiés, ils s'interrogent du regard, sous un déluge de sable, dans un silence le plus complet.

*

« Je veux déposer plainte contre cette bande d'abrutis. »

L'avocat du service secoue la tête, d'un geste qui signifie, je ne perds pas de temps avec les mecs comme toi. À côté de lui, le commissaire est au téléphone, silencieux dans l'attitude de quelqu'un qui se reçoit une trempe verbale.

6 donne carrément un coup de pied dans le tibia de l'avocat pour le faire réagir. Il n'a pas le temps de riposter que le commissaire raccroche.

« C'est pas fini vous deux !

– Qui prend ma plainte ? Si vous êtes en sous-effectif, je peux le faire moi-même !

– On en a rien à faire de tes problèmes, répond le commissaire brutalement. Tu ne fais plus partie du service et tu n'as jamais été un bon flic. Alors, oublie-nous et tire-toi d'ici. »

6 serre les poings. Ce gros lard ne lui donne pas seulement des ordres, il le menace carrément. Pour qui il se prend ?

« T'es blanc, où est-ce que tu crèches ? Les politicards de la ville ont planqué ta famille en sécurité ? Moi, je suis à la rue et ma gueule tourne en boucle sur les réseaux sociaux ! »

Il entend l'avocat du service – un Noir comme lui – ricaner. *6* s'aperçoit d'un minuscule détail qui l'enrage. Le mec affiche un rasage parfait, ses vêtements sont repassés et amidonnés !

« Laisse-moi te dire une chose, connard. À un moment ou à un autre, les politicards s'apercevront que t'es un nègre ! T'as beau bosser pour eux depuis cinq générations, ils douteront de ta loyauté ! »

L'avocat lève son majeur bien haut. *6* n'a qu'une envie, lui défoncer le crâne. Mais avant qu'il ne le fasse, la voix du commissaire le rappelle à l'ordre.

« Tu te calmes, OK ?

– Ta femme et tes gosses savent que t'es un salaud ? »

Le commissaire ne dit rien. Il ouvre un tiroir, sort les clefs des menottes.

« Casse-toi d'ici, ne m'oblige pas à te le faire comprendre autrement. Les raclées, même les anciens flics y ont droit s'ils nous emmerdent. »

CHAPITRE 34

Quand Shane sort du commissariat, Lisa, dans la bagnole de ses parents, l'encourage à se dépêcher. Elle enfourche sa moto, rabat la visière de son casque et les suit en zigzaguant à travers le flot de voitures abandonnées.

Ils ne reconnaissent plus leur ville, noyée sous le sable. Washington, Sahara-Town. Les rues des quartiers blancs, balayées par les vents sont désertes. Ils roulent sur des corps, à moitié enfouis dans la poussière et la boue, sans dire un mot. Ben ne cherche plus à les éviter, il y en a trop. À chaque soubresaut, Sarah ferme les yeux, écœurée. Ils passent le *11 Street Bridge*, déboulent tous phares allumés à Anacostia.

Des têtes émergent des fenêtres. Des squatteurs blancs, armés de fusils, prêts à tuer pour garder les logements pris de force.

Sarah, les traits crispés, voit cette forêt de visages haineux, retranchés derrière des sacs de sable et de poussière – une ligne de fortification – pour défendre par le meurtre leur bien illégalement acquis.

« Ben ! »

À la fenêtre d'une des baraques, un ado blanc, la quinzaine, arme un fusil et le pointe dans leur direction. La vieille dame serre les dents quand le jeune mime de leur tirer dessus.

« Si une famille de petits connards a pris ses quartiers chez nous, je les explose à coups de pied au cul. »

Quand Ben gare sa voiture à la volée, il ne remarque rien. Pas de sacs remplis de *Dust* comme rempart ni de tireur embusqué dans les bosquets. Leur vieille baraque est plongée dans le noir, silencieuse.

*

PIÈCE 525 ENTRETIEN 6, EX-POLICIER

< J'ai foutu le camp du commissariat – enfin, ce qu'il en restait ! – en rasant les murs. La vidéo de l'arrestation de Wright cartonnait. Pas loin des dix mille vues ! Autant de mecs à mes trousses. Le pays est recouvert de poussière, mais des gus matent pépère des vidéos en streaming ! Vivement qu'Internet se casse la gueule !

Je me suis retrouvé à la rue avec une envie de chialer. Je me suis assis par terre, le cul dans le sable à m'interroger sur la bonne âme qui pourrait m'extirper de ce merdier.

Téléphoner à mon ex-femme et quémander l'hospitalité ? Ouais, autant espérer trouver dans sa poche un ticket gagnant du Loto. Me pointer chez la dernière meuf avec qui j'ai couché ? Je me suis barré au milieu de la nuit et bien sûr, je ne l'ai jamais rappelée. Peut-être qu'elle est enterrée sous sa baraque.

Des amis d'enfance ? J'ai coupé les ponts avec eux. Quand on est flic, faut trier ses fréquentations.

Y a urgence à dénicher un repaire où carrer mes fesses, sinon c'est ma carcasse trouée de balles sur laquelle on butera, dégueulassant la chaussée, comme un pigeon crevé ! >

PIÈCE 514 Entretien Kenny le Geek

< J'ai été foutu à la porte du commissariat comme un chien, mais avec de nouvelles perspectives. Fini l'info sur YouTube. Ben Goldman venait de changer à jamais ma vie. Pour un type comme moi, fasciné par l'image, son invention, c'est l'équivalent de la découverte d'un univers parallèle régi par des lois physiques totalement inconnues.

De retour chez moi – une tente *Northface* plantée sur un bout de terrain – j'ai pris le temps de mater les vidéos qui circulaient. La situation puait du cul.

New York, ravagé.

Philadelphie, en ruine.

Los Angeles, une étendue de sable de plusieurs millions de kilomètres carrés.

Toute l'Amérique blanche pulvérisée. Les seuls îlots préservés, les ghettos noirs et leurs baraques branlantes. Tu parles de l'ironie de la situation ! Ceux qui avaient foutu les Noirs hors du centre-ville dans des logements indignes se battaient à mort pour les récupérer !

Seule Boulder a échappé à la destruction. Les habitants jouaient les fiers devant leurs habitations intactes et ils tapaient dessus, comme des forcenés, pour prouver la solidité des fondations. Ces couillons de pécores avaient poussé le bouchon jusqu'à partager le hastag *Smashyourbuilding*. Ouais, ils se fichaient bien de notre gueule. « On est protégés par les *Flatirons*[31], aucune chance que *The Dust* passe dans le coin ! De toute façon, si ça nous atteint, on survivrait. On est habitués à vivre à la dure, la nature, on connaît. On est les champions de l'écologie et de l'environnement[32] ! » Ces mecs ne doutaient vraiment de rien.

Voilà le genre de conneries qu'ils osaient raconter pendant que nous nous enlisions dans le fumier. >

⋆

Le repas est terminé depuis plusieurs minutes. Lisa, absorbée, revit cette journée de dingue : ce flic à deux doigts de bousiller sa vie, l'envoyer en taule pour lui clouer définitivement le bec. Son nom aurait rejoint *les trois d'Angola*[33].

« Ils ont ta machine, papa. Ils peuvent la copier et faire ce qu'ils veulent avec…

– On peut quand même faire confiance à la police pour l'utiliser en respectant les droits des citoyens américains ? » répond Ben espiègle.

Sarah jubile, ses yeux pétillent de plaisir.

« Vous n'êtes pas inquiets de savoir que les flics peuvent utiliser M+, s'énerve Shane, incrédule.

– Ils ne pourront pas, sauf s'ils ont dans leurs rangs un génie comparable au mien et ça, bon Dieu, c'est juste pas possible. »

---

31. Flatirons : chaîne de montagnes qui surplombent Boulder
32. La ville de Boulder est connue pour son engagement en faveur de l'écologie.
33. Angola Three : surnom donné à trois militants Black Panthers (Robert King, Albert Woodfox, Herman Wallace) placés à l'isolement après le meurtre d'un surveillant en 1972. Albert Woodfox fut le dernier à être libéré en 2016 après 43 ans placé à l'isolement.

Ben sort de sa poche un circuit électrique qu'il pose sur la table.

« Quand ils ont débarqué à la conférence, j'ai retiré cette pièce et rapidement inversé quelques câbles. S'ils décident de copier M+ qu'ils s'attendent à avoir de sacrées emmerdes ! »

Lisa se précipite, soulagée, dans les bras de son père. Ben joue le modeste, mais intérieurement il exulte. Sarah se lève, laisse traîner sa main sur l'épaule de son mari. Il lui rend son sourire, un large sourire qui dit, je n'ai pas oublié tous tes trucs de militante, moi aussi, je sais tenir mon rang lors d'une opération !

« Mais papa, explique-moi comment elle marche, ta machine !

– Et ne nous dis pas qu'elle fonctionne comme un grille-pain ou une tondeuse à gazon, s'il te plaît chéri », le prévient Sarah.

Ben prend un air désolé.

« C'est pourtant le cas, ma chérie, à deux ou trois trucs près… »

« Tu es sérieux, c'est ça ton explication ? » répond Lisa consternée.

Shane relève subitement la tête, tendue comme un chien qui a reniflé une présence.

« Vous avez entendu ?

– Quoi ? s'alerte Lisa.

– Dehors… »

Sarah éteint la lumière, plongeant le salon dans l'obscurité. Lisa et Ben se laissent tomber au sol. Si un tireur est embusqué, il ne trouvera pas de cible à cartonner.

Shane soulève légèrement le rideau. L'obscurité est totale, une bourrasque s'est levée et tourbillonne, charriant poussières et vieux papiers. Après quelques secondes, elle distingue des visages.

Des hommes et des femmes, silencieux, groupés tout autour du pavillon, derrière la minuscule palissade en bois. En découvrant cette foule silencieuse, Sarah Goldman a une vague d'émotions.

C'est à peine croyable, l'ancienne Black Panther en décompte une centaine à patienter sans bruit, droits et immobiles, bravant la tourmente. Debout sur le trottoir, dans l'horizon des rues adjacentes, en équilibre sur le capot des voitures. Tous des Noirs d'Anacostia ou des environs avec, au premier rang, l'ancien champion du monde de boxe catégorie poids lourds, Mike Daizon.

CHAPITRE 35

Il est cinq heures du matin, le soleil peine à se lever.

Mike, vautré sur le canapé de Shane, l'épie discuter avec Lisa dans la cuisine. Quand elles reviennent avec trois plateaux-repas et un paquet de feuilles noircies dans les mains, il les regarde, inquiet.

« Vous n'êtes pas crevées ? Depuis combien de temps vous n'avez pas dormi ? »

Shane s'écroule sur le fauteuil, à côté de lui.

« Vu tout ce qu'il y a à régler, je ne sais pas si on dormira avant six mois. »

Lisa jette le paquet de feuilles sur la table.

« Voilà tout ce qu'on a dit au cours de la réunion improvisée… »

Daizon chope une feuille au hasard où s'étale l'écriture nerveuse de Lisa. Famille Steward, 50 conserves de soupe Campbell, cinq litres de lait. Famille Jackson, lot de huit couvertures, une voiture en parfait état de marche (avec son réservoir plein !).

PIÈCE 1277 ENTRETIEN MIKE DAIZON

< Quand Shane et les Goldman sont revenus du commissariat, ils m'ont trouvé dans leur jardin avec une partie d'Anacostia. On s'est tous installés dans The House[34] et on a parlé.

De la vie qui bascule, de cette épée de Damoclès au-dessus de notre tête – j'veux dire de tous ces Blancs en embuscade, les armes à la main, autour du quartier. On avait peur, il fallait se rassurer. Et c'est venu simplement, en parlant.

On a passé la nuit à se triturer les méninges sur l'organisation. L'électricité et l'eau fonctionnaient encore. Peut-être que le gouvernement avait eu peur de les couper et de mettre en danger les Blancs qui s'étaient réfugiés dans le quartier. >

Lisa consulte la liste de priorités.

« On commence par quoi ? T'as une idée Mike ? »

Daizon ne répond pas, il se lève et quitte la pièce lentement. Il se plante comme un arbre, au milieu du jardin, insensible aux rafales de poussière.

« J'ai dit quelque chose qu'il ne fallait pas ?

– Non, je ne pense pas. »

Shane enfile son manteau et le rejoint. Le sable qui s'accroche à ses cheveux et à sa peau estompe ses traits, creuse ses cernes et ronge son tatouage. *The Dust* dessine sur son visage un masque cadavérique.

« Ça va, Mike ? »

Il essuie précipitamment ses larmes.

« T'inquiète, ce sont les médocs qui me font chialer… Je ne voulais pas vous imposer ça… »

Mike reste silencieux, dans l'attitude d'un gosse écrasé par les malheurs de la vie.

---

34. *The House* est un lieu de rencontre animé par une communauté chrétienne. Situé sur « Murder Row », The House propose soutien scolaire, rencontre, discussion autour de la bible, et repas gratuit.

« Parle-moi…

– Comment veux-tu que j'aide la communauté, je suis flingué de partout. Je te l'ai dit : même lacer mes baskets le matin me demande un effort.

– Aucun de nous n'est d'aplomb, Mike. Tu crois que la vie me sourit ? Si tu as le désir d'aider, aie confiance en toi. En nous. Ensemble, on changera le monde, on créera quelque chose de grand. C'est une occasion unique. »

Mike secoue la tête, incapable de s'imaginer en leader. Shane l'entoure de ses bras puissants et l'étreint avec force. Elle entend son cœur battre de façon irrégulière, son sang pulser par à-coups de ses artères. Son corps est une caisse de résonnance devenue folle. Puis les minutes passent et la carcasse meurtrie se détend. Ils restent enlacés, insensibles à la pluie de sable qui déferle soudainement sur eux.

PIÈCE 1278 ENTRETIEN MIKE DAIZON

< Grâce à Shane et à sa tendresse brutale, quelque chose en moi s'est dénoué subitement, j'ai ressenti une bouffée d'énergie. Vers 6 h 30 du matin, quand le soleil s'est levé, j'ai chaussé mes baskets, enfilé un sweat. J'étais parti. >

Quand Mike ouvre la porte d'entrée, une giclée de sable lui gifle le visage, mais cela ne le décourage pas. Il commence son footing sur un rythme lent et régulier. « Faut y aller en mode diesel, pas être trop gourmand pour une première fois », se motive l'ex-champion. Courir l'a toujours emmerdé. Depuis son enfance, il se traîne un problème aux bronches.

Quand il passe devant les dernières maisons du *block*, il remarque deux jeunes, en sweat à capuche, qui courent sur le trottoir opposé. Ce sont les jumeaux C.J. et Dean, les voisins de Shane.

« On peut courir avec toi, Champ' ?

– OK, mais jouez pas aux marioles ! On n'accélère pas, compris ?

– Compris ! »

Ils éclatent de rire, synchrones, et se coulent dans la foulée de l'ancien champion.

⋆

PIÈCE 343 ENTRETIEN JOHN GREEN

< J'ai quitté le pavillon de ma grand-mère à la pointe du jour. Les mecs qui gardaient l'entrée m'ont pris pour un fou en me voyant foutre le camp.

Faut pas avoir un PhD en histoire des négros d'Amérique pour comprendre que le gouvernement s'apprête à réagir. Aucune chance qu'il laisse des Noirs survoltés dans les rares maisons qui tiennent debout sans chercher à les buter.

Au moment de partir, j'en ai presque chialé. Cette baraque branlante, à la toiture fissurée, c'était notre petit coin de paradis. En claquant la porte, j'ai eu une pensée pour ma grand-mère. Au moins une chose était sûre, la bicoque n'ira pas à des squatteurs blancs, vu les excités qui logent à côté. >

Incapable de s'orienter, John s'enfonce dans ce qui a été Washington. Il est tôt, mais des ombres rôdent sur les dunes, affublées de cache-poussière. Les silhouettes furtives grattent le sol, comme des rats, dans l'espoir d'exhumer de quoi survivre.

PIÈCE 343 ENTRETIEN JOHN GREEN

< J'ai dû marcher deux heures, puis j'ai vu au loin ce qu'il avait réussi à mettre sur pied.

Le camp 01. L'armée finissait de poser des barbelés. Un gigantesque carré de plusieurs kilomètres, investi par les militaires. À l'intérieur de cet espace ouvert aux vents et à la saleté, des familles blanches en file indienne. C'est censé susciter l'espoir, ce truc ?

Et dans les groupes quelques taches noires disséminées. Qu'est-ce que ces Noirs espéraient y trouver ? Du réconfort, de la compassion ? À chaque fois, c'est la même histoire, certains dans la communauté n'adoptent jamais le bon tempo. Toujours à se mettre dans les pas du Blanc pour danser la valse avec lui. Des irrécupérables qui se feront bouffer. Moi, même atteint de la gangrène, jamais j'aurais pointé mon nez dans ce camp de détention.

Je me suis mis à courir encore plus pressé d'arriver à mon objectif. Pas question de rester aux alentours du camp et de se faire choper par un escadron militaire. Être noir aujourd'hui, c'est être contre l'État. >

John progresse prudemment, sur le qui-vive, comme un animal loin de son terrier.

Il entend un coup de tonnerre, comme une explosion. La terre se met à vibrer, une colonne de sable s'élève, mortelle, à l'horizon.

PIÈCE 343 ENTRETIEN JOHN GREEN

< J'ai levé les yeux. Un avion de combat a traversé le ciel suivi par un gros-porteur de l'armée. La preuve que, quelque part en Amérique, le Pouvoir avait encore de la ressource.

Qui était dans l'avion ? Des troupes, des politicards pressés de quitter le pays ? Et pour aller où ? Ces avions m'ont incité à une seule et unique chose, creuser !

J'ai pelleté de toutes mes forces, mais avec tout ce sable, impossible de vraiment savoir si j'avais tapé juste. Après quelques minutes, j'ai senti une plaque métallique sous les coups de pelle. Ma destination. Le réseau des égouts de Washington. >

*

Fin d'après-midi, la poussière charge tant le ciel que l'on se croirait en pleine nuit. Daizon observe les gens qui s'assoient par petits groupes dans la minuscule église. Parmi la foule, il reconnaît ses partenaires de footing, les jumeaux Dean et C.J. Jones. Ils se sont installés avec les autres jeunes du quartier, près des fenêtres obstruées – leur coin à eux.

Une fois tout le monde assis, Sarah ne gaspille pas de temps, elle se hisse sur l'estrade et sollicite le silence d'un geste autoritaire. Elle scrute la foule devant elle – des hommes et des femmes aux visages fatigués, creusés par la dureté de la vie. Sarah sait qu'une étincelle pourra raviver leur flamme. Elle s'empare du micro et, d'une voix forte d'une militante habituée aux meetings politiques, harangue l'assemblée endormie.

⋆

PIÈCE 1211 Entretien Lisa Goldman

< Ma mère a annoncé, « Libération de la parole » et il y a eu des grognements de contentement. >

PIÈCE 1212 Entretien H, habitant de German Town

< Open mic ! Micro ouvert à tous ! Comme en classe, le tour de présentation avant la suite de la leçon ! S'il n'y avait pas cette tempête de sable dehors, on aurait cru à une réunion ordinaire entre paroissiens. >

PIÈCE 1213 Entretien J, habitant de German Town

< Nous devinions les mots du voisin avant qu'il ne les prononce. Après tout, nous avions vécu le même calvaire. Les Blancs qui ont débarqué, la haine et la violence. Puis le discours a lentement glissé. La lente litanie des atrocités commises a commencé – le meurtre d'un proche par la police, l'incarcération d'un parent,

la honte et l'humiliation de ne pas avoir de boulot, de logement, d'argent. C'était comme si cette poussière nous ramenait à ce que nous étions vraiment pour Eux.

Ce sont les atrocités commises à notre égard qui nous définissent en partie. Sans ces sales politiques développées pour l'abaisser, la nation afro-américaine resplendirait. >

PIÈCE 1214 ENTRETIEN T, ÉTUDIANTE À L'UNIVERSITÉ DE GEORGETOWN

< Quand cette vieille dame est montée sur l'estrade pour prendre la parole, je l'ai applaudie pour l'encourager. J'étais heureuse qu'une femme pleine d'expérience parle de la violence subie par nous, les femmes noires. On souffre et on meurt dans une indifférence écrasante qui surpasse celle adressée aux hommes, c'est dire notre détresse absolue. Quand un homme est tué, on parle de racisme structurel. Quand l'une de nous est assassinée par la police, on évoque un vague problème local, comme si la mort d'une femme était un épiphénomène banalement accepté par la société. Ainsi, on nous tue une seconde fois dans le silence des nôtres. Heureusement, une sœur le rappelle, parce qu'il suffit de rassembler des mecs pour que le sujet se concentre sur leur petit nombril. Ben non, les chéris, on existe, et aujourd'hui, notre voix sera entendue ! >

⋆

Pataugeant dans la fange des égouts, John prie pour ne pas tomber sur des rôdeurs, la boule au ventre. Il ne doit pas être le seul à avoir eu l'idée de se réfugier dans le réseau souterrain.

Il rattrape *in extremis* son sac avant qu'il ne chute de plusieurs mètres. Le sable coule en rigoles dans un gouffre pour se répandre dans une vaste pièce complètement vide. John reste de longues minutes immobile avant de se décider à sauter.

Quand il se réceptionne, il s'écrase lourdement – un instant, il croit s'être foulé la cheville.

Prudemment, il inspecte le sous-sol, pousse une porte, arme pointée devant lui.

Deux yeux rouges brillent dans l'obscurité. Green – qui déteste les chiens – le voit fondre sur lui, les oreilles basses.

Ce clebs a peut-être la rage, s'il me mord, suis baisé !

Le chien – un berger allemand, dressé au combat – s'arrête, prudemment, à cinq mètres, les babines retroussées. Green se retourne et tire. L'homme qui voulait le surprendre tombe foudroyé, le visage explosé.

Le clebs s'approche lentement de son maître, le renifle. Il lape le sang qui coule abondamment en remuant la queue de plaisir. Avec entrain, il attaque les joues et arrache les deux oreilles. Green s'écarte, avec l'envie de gerber. La bête mord les bras dénudés, traine le corps dans un coin pour le dévorer tranquillement.

John n'en peut plus, d'un coup de pioche, il fracasse le crâne de l'animal.

CHAPITRE 36

Mike découvre une dizaine de jeunes – garçons et filles – qui l'attendent silencieusement dans le jardin. Ils s'assouplissent en prévision du calvaire à venir.

« OK, les jeunes, vous courez avec moi, mais interdiction de…

– … faire les marioles ! lance C.J. avec un clin d'œil.

– On va y aller pépère, à un rythme de sénateur de Floride, t'en fais pas champ' ! » le taquine Dean.

La petite troupe s'élance sur le trottoir ensablé, les uns derrière les autres, comme à l'armée, avec à sa tête un général cinq étoiles.

PIÈCE 1424 Entretien C.J. Jones

< On s'est mis à courir et rapidement, plus un bruit, juste nos respirations. Nous étions là pour des raisons communes. >

PIÈCE 1425 Entretien Di, jeune d'Anacostia

< Après le footing, on a pratiqué ensemble. Mike nous a enseigné son coup signature, son uppercut du droit. Un ex-taulard nous a initiés aux 52 Blocks[35]. Une fille, ceinture noire de kung-fu, nous a appris le Chi Na de Shaolin. On partageait toutes nos compétences, rien n'était superflu. >

En haut de la colline, Daizon reprend son souffle et son regard se perd à l'horizon. Le spectacle le désole. Les monceaux d'ordures s'éparpillent dans les rues balayées par le vent, les minuscules pavillons, enfouis, dessinent des dunes suspectes.

« Ils se préparent à venir nous massacrer… » murmure une voix.

Le gosse qui se plante devant lui est décharné, ses yeux puent le ressentiment.

« Là, au loin… Toutes ces maisons étaient habitées par des familles noires et aujourd'hui ces familles se retrouvent dehors, dans des cartons, comme des SDF. C'est le monde dans lequel on vit, Mike. On doit le changer ! »

Le reste de la troupe l'encercle, en attente d'une réponse. En vain. Un des jeunes l'invective.

---

35. *52 Blocks* ou *Jailhouse Rock* : système de combat à mains nues créé dans les prisons américaines par les détenus afro-américains.

« Le maire de Washington affirme que tous les Blancs seront relogés, que les flics et l'armée régleront le problème. Mais le problème, c'est nous, les Noirs qui ont gardé leurs piaules ! Il leur faudra des décennies pour tout remettre sur pied et on créchera sous une tente ou dans des camps de rétention. On sera réquisitionnés pour tout rebâtir – retour à l'esclavage ! Et quand tout brillera, flambant neuf, ils nous renverront dans nos maisons squattées et souillées, sans un mot, comme des malpropres. Moi, je n'accepte pas ! Tous les Noirs d'Amérique attendent depuis des générations, que le système se fissure et se casse la gueule. *The Dust*, c'est une opportunité de changement. Pourquoi est-ce si terrible de dégainer les flingues ? Parce qu'on se réunit dans une église ? Parce que vous êtes une bande de vieillards ? Moi, je n'ai jamais rien possédé. Tous mes potes se sont mangé la cellule. Alors cette poussière, c'est un futur étoilé. Je l'aime, elle vaut de l'or, cette cendre ! Mike, t'es de la rue, comme nous tous ! Aide-nous à les foutre K.O. ! Et pourquoi pas leur faire payer toutes ces années où ils nous ont refilé la merde sortie de leur cul comme seul cadeau, en nous persuadant que l'on ne méritait pas mieux ! »

Mike reste silencieux, malgré la pression des corps qui l'asphyxient. Il est paralysé, comme électrocuté. Et sans prononcer un mot, il rabat sa capuche et repart seul vers la maison de Shane.

PIÈCE 1233 ENTRETIEN MIKE DAIZON

< J'étais muet et tétanisé. Ces gosses m'imploraient de réagir, d'embrasser leur cause et de les guider vers la lumière. Ils auraient voulu que je les galvanise de cette force bestiale que je déployais sur les rings.

Mais la bête avait été mise K.O. lors d'un combat des années auparavant. Comment leur dire que je n'étais pas le héraut qu'ils attendaient, mais un homme écrasé par le poids de son passé. Alors combattre pour des droits futurs… >

PIÈCE 1234 Entretien Zion, jeune d'Anacostia

< C'est moi, « le jeune », qui s'est dressé face à Mike. Quelle putain de déception ! Lors de la réunion de la veille, les Goldman nous avaient confisqué la parole, d'un claquement de doigts, sans se poser de question. Être mis à l'écart par sa propre communauté ! Faut que les anciens cessent de nous appeler les jeunes et de décréter que l'on est incapables de se joindre à la réflexion ! >

PIÈCE 1234 Entretien James, jeune d'Anacostia

< Zion a eu raison de secouer Mike. Être hardcore, arrêter de tendre la joue, voilà le nouveau mantra. L'Amérique est pensée par les Blancs, pour les Blancs. Bâtie sur nos cadavres, avec notre sang, notre sueur. Et quand je dis « nous », je parle de tous les peuples tués, castrés, spoliés, déplacés. Nous.>

*

« Mec, tu cherches un flingue ? »

6 se réveille en sursaut et sort la tête des cartons, l'esprit embrumé par des rêves sanglants de revanche. Le cauchemar se dissipe pour laisser place à une réalité encore plus angoissante, un Blanc, mastoc et pouilleux, le domine de toute sa taille. Dans sa main droite, un pistolet au cran de sécurité baissé. Dans la gauche, une bible usée, à la couverture déchirée.

« Tu me veux quoi ? » demande *6* en retenant son souffle.

Il s'attend à se recevoir une balle. Mais non, le type continue à l'observer de son regard étrange, l'arme plaquée contre sa cuisse. Il sort de sa veste des munitions. « Tout est en état de marche, je ne te pipote pas.

– J'ai pas de fric à te donner », lâche l'ex-flic, tendu.

L'homme s'agite, passe plusieurs fois sa langue sur ses lèvres comme un camé.

« J'ai pas besoin de grand-chose, file ce que t'as… De la bouffe, des médocs, de l'eau… Même un bout mâchouillé de ton putain de sandwich…

– Pourquoi tu dépouilles pas des Noirs pour te planquer dans leur baraque. T'es outillé pour le job !

– Naan, j'veux pas pécher.

– Tu ne veux pas quoi ?

– C'est le Jugement dernier, il faut se rapprocher de Dieu.

– Et tu veux me refiler une arme ! Si je tue quelqu'un, t'es aussi coupable que moi. On ira en Enfer, tous les deux, en se tenant par la main ! »

L'homme est désemparé.

« Naan… tu crois ? »

6 hausse les épaules devant tant de connerie. Il sort de son sac ce qu'il a pu voler au commissariat et qu'il n'a pas dévoré. Une moitié de sandwich, une bouteille d'eau à peine remplie. Ses dernières possessions, mais il est prêt à crever de soif pour un calibre.

⋆

6 empoche le flingue et décampe, vite fait. Quand il se retourne, le type dévore son bout de pain moisi, vautré dans la souillure. Oubliée, toute dignité.

Au loin, il entend des cantiques chantés à pleins poumons. Un groupe de Blancs squatte une dune. Un homme est perché sur une chaise, une bible à la main, et crie comme un possédé. *6* se demande combien ils sont dans le pays à être toujours convaincus d'avoir Dieu à leurs côtés.

L'ex-flic s'enfonce dans l'obscurité, un bandana sur le bas du visage et sa capuche rabaissée sur le front. Il essaie de se repérer. Il croit être sur *U Street*, ce petit paradis pour bobos avec ses bars à cocktails et son esprit *lounge*.

Des formes éphémères traversent son champ de vision, mais, à travers l'air saturé de *Dust*, on ne les distingue à peine, comme des hallucinations fugitives. Et d'un coup, le *Mighty Mighty* se dresse, intact, solide dans ses fondations. Le seul bâtiment de ce bout d'univers blanc encore en érection.

6 s'arrête, s'allonge au sol et attend. Les minutes passent, il croit entendre de la musique, une odeur de viande lui chatouille les narines.

PIÈCE 1254 ENTRETIEN *6*, EX-POLICIER

< J'en revenais pas ! Tout le pays était plongé dans l'Apocalypse et ces mecs mangeaient des grillades ! Où les avaient-ils dénichées ? Peut-être qu'ils s'offraient un barbecue de macchabées ramassés dans la rue ? Ces putains de Blancs étaient devenus anthropophages ! Je les ai imaginés, entre eux, à bouffer gras et se marrer.

Sentir le poids de l'arme dans mon ceinturon m'a rappelé que les lamentations n'étaient pas le genre de la maison. Dieu, je m'en bats bibliquement les couilles ! Y a plus à craindre des hommes qu'une prétendue vengeance divine. On a pris ma misérable gueule pour un paillasson. Hors de question que l'on me viole, encore et encore et que je bredouille des remerciements. *Fuck you !* J'avais tellement le seum que je n'ai pas réfléchi une seconde. >

6 tape dans la porte de toutes ses forces. Elle cède et il tombe, tête en avant.

Effluves de café, de cigarettes, de corps mal lavés.

Une main le saisit par le cou et le remet sur ses pieds. Un frisson traverse l'ex-flic quand il comprend dans quel guêpier il s'est fourré. Devant lui, une assemblée compacte de Noirs enragés !

CHAPITRE 37

Le Noir, caricature du mecton de rue – dents en or, biceps made in zonzon – a collé son visage au sien, une mise à l'amende *ghetto style*. Le genre de baston de regards qui se finit au couteau.

6 glisse doucement sa main vers son ceinturon. La racaille, entièrement concentrée sur sa colère, postillonne des insultes sur la pointe des pieds, comme un animal qui défend son territoire – il ne perçoit pas le mouvement qui s'amorce.

Avec une infinie précaution, *6* effleure du bout des doigts son flingue, histoire d'arroser la pièce et de ficher le camp par la fenêtre. Il se moque des armes pointées sur lui. Pas le choix, faut tirer dans le tas ou crever la bouche ouverte.

Sa main saisit fermement la crosse du.45.

L'ex-flic tressaille quand une voix joviale brise le flot d'insultes. Une tête émerge de la cuisine.

« Hey, les mecs, calmez-vous ! »

Le nouveau venu pointe du doigt une table vacante.

« Assieds-toi ! Je te sers quoi ? J'dois te prévenir, la maison ne fait pas crédit ! Tu as combien sur toi ? »

6 est plaqué au mur. Trois vigiles le fouillent et trouvent une liasse de trois cents dollars planquée sur lui. Le cuistot empoche l'argent, satisfait.

« Tu crèches ici, le temps que ta cagnotte soit épuisée. La bouffe est comprise, t'as le droit de dormir sur ta chaise et de déféquer une fois par jour aux toilettes. »

PIÈCE 1255 ENTRETIEN 6, EX-POLICIER

< Je n'ai pas moufté, de toute façon où aurais-je pu aller ? J'ai cru revivre l'épisode précédent, quand le patron blanc m'a sauvé du lynchage. Sauf que là, c'était mon pote – le cuistot négro – qui me tirait de mon mauvais pas.

Lui et sa bande étaient revenus devant les fourneaux comme par enchantement. Un remake façon *Quatrième Dimension* destiné au public basané. J'étais vivant mais dans une galère pas possible.

Quand ils ont glissé le plat devant moi, c'est à peine si j'ai pu béqueter, certain qu'un gus reconnaîtrait ma tronche. 6, l'ex-flic haï du monde entier, assassin d'un Noir soi-disant innocent. >

*

Mike, seul, rêvasse dans le salon de Shane. Las, il ne s'est même pas changé, tourmenté par l'image de ces jeunes en cercle autour de lui, sur cette colline traversée par les vents.

Ces gosses, tout suants, les pieds dans le sable et la poussière, exigent une réponse. Il se sent investi d'une responsabilité, il doit les accompagner dans leur combat. Si lui, le champion, ne s'engage pas, d'autres le feront sans hésiter. Mike flippe à l'idée du désastre qu'un meneur malintentionné accomplirait à la tête d'une bande de jeunes chiens fous.

Quand il s'est retrouvé complètement paumé, comme tous ces gamins, il a trouvé un gars solide. Pas un mec en carton. Un guide.

Dans un flash, il se remémore sa première rencontre avec Joey Di Maggio, le légendaire entraîneur, son mentor, ce type qu'il a pris pour une vieille pédale, étonné qu'un Blanc lui veuille du bien sans rien demander en retour.

Il se souvient des heures passées à Catskills, à discuter du jour où il se retrouverait seul face à ses choix. De la bataille de tous les instants pour le déconditionner de ses attitudes de petite racaille de Brooklyn. De l'émotion ressentie quand Joey l'a adopté légalement. Une joie de courte durée, Joey est mort, à quelques mois de sa grande victoire. Ce jour-là, sur le ring, la ceinture de champion autour des reins, il a su qu'il perdait plus qu'un père ou un ami, c'est l'étoile qui scintillait dans le chaos de sa vie qui s'était éteinte. Sans le vieil italien, il serait dans un cercueil, en taule ou pire encore.

Dans le salon plongé dans l'obscurité, les mots d'Ali Shabazz lui reviennent.

Peut-être que cette femme, Shane et cette machine de dingues, tous ces gens que tu rencontres par hasard font partie de ton destin. Tu seras peut-être le champion de cette nouvelle guerre pour nos droits. Tu seras peut-être le nouveau champion de notre communauté.

Le combat de cette génération commence maintenant !

Il se lève électrisé, sort de la maison et traverse à petites foulées les rues encombrées d'objets hétéroclites. Dehors, les habitants qui se relaient pour déblayer le chemin relèvent la tête quand il passe devant eux, comme un possédé.

Quand il déboule chez les Goldman sans prendre la peine de frapper, Ben croit faire une attaque. Daizon, haletant, déblatère avec une frénésie inhabituelle, pressé d'obtenir une réponse.

« Tout va bien, mon gars ? » s'inquiète Ben.

Sarah, curieuse, lui tend une chaise.

« Reprends ton souffle, Mike. »

Il s'assoit, essuie la sueur qui coule en rigoles sur son visage tendu par l'émotion.

« J'ai un truc important à vous demander. Je veux m'en charger personnellement, mais avant, il faut que tout le monde soit d'accord. »

CHAPITRE 38

Daizon marche dans la rue déserte, ses pas tracent un chemin dans la poussière. La voix de C.J. lui parvient, au loin.

« Fais gaffe, Mike, ces connards sont armés ! »

Il choisit une baraque aux vitres cassées remplacées par des bouts de carton découpés. Il pousse la palissade, et quand un canon le menace à travers le carreau fendu d'une fenêtre, il poursuit son avancée, traverse tranquillement le jardin.

Au loin, étouffé par le vent, il entend Dean l'avertir. La détonation éclate, sourde et violente.

Un tir de sommation, le dernier. Pas question pour le squatteur de gâcher une autre balle.

Il est si près que Mike distingue parfaitement les traits de son visage. Un homme ordinaire – gras, mal rasé, fatigué – un habitué de la vie de bureau.

Daizon frappe doucement au portillon. Son geste de courtoisie est ridicule, exécuté à un souffle du tireur. La porte s'ouvre, un Noir armé le toise.

« On peut se parler ? » propose Mike de sa petite voix zozotante.

*

Les deux hommes finissent par reconnaître l'ancien champion des poids lourds. Daizon est entré sans arme, un panier de provisions à la main et l'a tendu aux gosses qui se sont jetés dessus. Ils ont couru s'enfermer dans leurs chambres pour dévorer le paquet d'Oreo.

« Vous pouvez baisser vos flingues, ça me fout en stress.

– Rien à cirer ! » rétorque le Blanc.

Mike s'esclaffe.

« Et ça te fait marrer ?

– Ouais, ce n'est pas moi qui suis dans la merde, camarade. Tu devrais écouter ma proposition. Un enfant de quatre ans peut la piger. Elle tient en dix mots. Cette baraque n'est pas à toi, faut la rendre. »

*

À quelques dizaines de mètres de là, planqués derrière des sacs de poussière, les jumeaux tiennent en joue le baraquement. Avec les cartons aux fenêtres, impossible de distinguer la silhouette de l'ancien champion.

« Il en prend du temps, non ? Et s'ils l'avaient égorgé ? » envisage Dean, inquiet.

Son frère hausse les épaules, moqueur.

« Égorger Mike Daizon ? T'es sérieux ? »

Soudain, les deux familles sortent s'asseoir dans le jardin. Les gosses, contents d'être enfin à l'air libre, s'amusent à bâtir des châteaux de sable dans la poussière.

PIÈCE 1255 ENTRETIEN C.J. JONES

< Le Noir qui les accompagnait s'est approché en se dandinant. On lui a donné l'ordre de retourner auprès de ses potes blancs. À sa tête, on a cru qu'on lui annonçait sa castration. >

PIÈCE 1256 ENTRETIEN SARAH GOLDMAN

< Le problème, ce n'est pas la couleur de peau – être blanc ou noir. Qui sait quelle saloperie il a commise pour planquer son cul ! À lui d'assumer. >

PIÈCE 1257 ENTRETIEN MIKE DAIZON

< Une fois les squatteurs expulsés, nous devions gérer ces familles blanches en colère. Nous les avons réunies et c'est moi qui ai pris la parole le premier. J'avais préparé mon speech pour ne pas déblatérer de conneries. Mon message était clair : on ne vous exclut pas d'Anacostia mais on refuse que vous occupiez des maisons appartenant aux membres de notre communauté. Vous êtes acceptés si vous suivez les règles. Ensemble, unis, nous traverserons ce moment difficile et éprouvant. » À la fin de ma prise de parole, vous vous doutez bien que l'atmosphère n'était pas sereine. >

PIÈCE 1255 ENTRETIEN K, BLANC, EXPULSÉ PAR MIKE DAIZON

< Ils disent avoir été équitables. Merde ! Ils nous ont mis dans des tentes miteuses, à l'ombre de leurs demeures. Soi-disant pour nous offrir une protection.

Habiter Anacostia, c'est pourri. Mais camper *dans* Anacostia, ça pue vraiment du cul.

Et à nous de nous intégrer, voilà ce qu'ils nous ont craché à la gueule. On ne se transmutera pas en Noir d'un claquement de doigts ! On ne chantera pas non plus du gospel en se tenant tous par la main ! Quelle bande d'hypocrites, à nous sermonner et à nous punir comme des chiens.

Certaines familles blanches se sont cassées, pour rejoindre le camp 01. D'autres se sont enfuies loin, de peur d'être massacrées.

Les Blancs qui sont restés sont devenus leurs nègres de maison, ouais, j'ose le dire ! Des nègres blancs affairés à entretenir leurs jardins et leurs baraques sans avoir le droit d'y habiter. >

*

Mike se dirige vers une autre maison. Une femme l'attend sur le perron, un M-16 à la main. Sans les amabilités d'usage, elle claque la porte en lui hurlant de se casser de chez elle.

« Qu'est-ce que l'on fait, madame Goldman ? Je peux demander des renforts ! questionne C.J., posté quelques mètres plus loin.

– On va lui laisser du temps, on reviendra demain. »

Le gamin s'indigne.

« Demain ? Vous avez vu l'arsenal dans ses mains ?

– Cette femme a peur, il faut savoir se montrer patient...

– Imaginez que cette nuit, tous ces Blancs se regroupent et nous butent pendant notre sommeil ? Tous ces péquenots sont armés. »

PIÈCE 1255 ENTRETIEN C.J. JONES

< L'Amérique, c'est plus d'une arme à feu par habitant. *The Dust* a tué 60 % de la population de Washington, cela veut dire qu'il y a plus de flingues que de bras pour les brandir. >

*

PIÈCE 677 ENTRETIEN JOHN GREEN

< Je suis sorti des égouts avant le lever du jour, le trouillomètre à zéro. Je me suis demandé si ça valait le coup de risquer sa vie pour des condensateurs électriques.

Sur le papier, c'était archi-simple. Il suffisait de trouver une cafetière, un aspirateur, un grille-pain et d'autres bizarreries dans le genre. Je me suis mis à creuser et à déterrer, un travail de chien truffier. >

Au clair de lune, Green inspecte chaque tas d'ordures. Il n'est pas le premier ni le dernier à s'y intéresser. Il entend des bruits de pas étouffés par le sable. Des glaneurs qui cherchent à améliorer leur quotidien. Muni d'un bâton, il retourne les immondices et cause une panique généralisée chez une horde de rats et de cafards.

À force de touiller la merde, il trouve son bonheur. Du matériel électrique, symbole d'une époque passée, des vieilles saloperies toutes crevées qui ne servent à rien ni à personne.

*

John, assis près de son exemplaire trafiqué de M+, branche la télé et le vieux magnétoscope Panavision sur le générateur électrique.

« Mon Dieu, faites qu'il marche. »

Une odeur d'essence se répand dans la petite pièce. Miracle, ils fonctionnent, un écran strié de parasites laisse place au logo de la Warner Bros. Stupéfait, John se rue sur la télé pour baisser le son manuellement. Il se laisse tomber au sol et comme un gosse, il oublie tout. Sa vengeance lui sort de la tête. Il reste là, assis, simplement, hypnotisé par les images en couleur d'un autre temps.

CHAPITRE 39

Un coup de feu assourdissant, puis le silence.

Shane et Mike jaillissent de leur baraquement. Un faisceau d'une lampe torche crève l'obscurité – les jumeaux, armés. Quand ils voient la jeune cascadeuse en simple t-shirt malgré le froid glacial, ils enlèvent spontanément leur *hoodie* pour le lui donner.

« Un seul suffira, les garçons, détendez-vous ! »

Lisa déboule, suivie de sa mère qui trottine derrière elle.

« Qu'est-ce qui se passe ? Ce sont des flics ou des Blancs qui viennent nous massacrer ? »

Le talkie-walkie de C.J. grésille. Il s'éloigne du groupe et quand il revient, il a le visage grave.

« L'équipe de surveillance affirme que le coup de feu provient de la baraque de la meuf hystérique de ce matin ! »

*

Mike pousse la porte, la maison est totalement plongée dans l'obscurité. Il entend chuchoter derrière lui un des jumeaux.

« Madame Goldman, n'y allez pas ! Avec mon frère, on peut faire le job !

– Hors de question. »

La vieille dame s'avance d'un pas maladroit. Shane, accroupie devant la balustrade, lui fait signe de se baisser. Elle se met à genoux et ses articulations craquent affreusement.

« N'y allez pas, Sarah… Ce n'est pas prudent…

– C'est mon job de la raisonner…

– Cette meuf a peut-être juste envie de faire un carton ! »

*

Mike traverse le hall d'entrée minuscule et se retrouve dans le salon. Des bouteilles et des restes de bouffe jonchent le sol, une plaque de vomi stratifie la moquette.

« S'il y a quelqu'un, répondez ! »

Le silence.

Sarah lui désigne l'escalier. L'ancien champion gravit lentement les marches. La tension sature son système nerveux, son cœur part dans les extrêmes. Monter sur un ring pour encaisser les coups, il sait faire, mais s'aventurer dans un couloir sombre et risquer de se prendre une balle, c'est un autre délire. Il pousse doucement une porte fermée.

Posters de *Kobey Ryan* aux murs, vêtements en boule sous le bureau, deux ou trois coupes en ferraille qui rouillent, égarées sur une étagère – une chambre d'ado, en mode bordel.

Il s'approche de la seconde pièce. L'odeur est si forte qu'il se mord les lèvres pour ne pas gerber.

Sur le lit, une femme noire est étalée, en étoile de mer, le visage enfoui sous un coussin taché de sang séché. Elle est morte, lardée de coups de couteau. La propriétaire, tuée depuis des jours et laissée à l'abandon.

Assassinée par cette femme blanche. Elle a créché là, avec le corps qui se décompose à l'étage, pense Mike dégoûté.

Il relève lentement l'oreiller, la taie adhère aux chairs putréfiées. Sarah l'arrête d'un geste et désigne une porte.

« Mike… Il y a une autre pièce. »

La maison est silencieuse, le plancher craque au moindre pas. Le souffle court, il entre dans la chambre parentale.

La folle furieuse est éclatée contre le mur, ses membres disloqués maculent le sol. Mike a un hoquet de surprise, il ne s'y attendait pas. Quelques heures auparavant, cette femme était vivante. Haineuse, elle le menaçait de son M-16, prête à tout pour sauver sa peau.

Sarah Goldman observe la trace d'impact. Les balles ont été tirées à bout portant, directement dans la cible. Le sang est encore frais, à peine coagulé.

« Elle a été tuée par un Blanc ou par un des nôtres. Peut-être le mari de la femme noire qui est revenu se venger ? »

Daizon hurle, par la fenêtre.

« Bouclez le camp ! »

Dean répercute l'info au talkie-walkie. Shane vérifie son arme et disparaît avec Lisa dans la nuit.

« Mike... »

Sarah Goldman a étalé le contenu d'un sac à main sur la commode et lui tend un Pola écorné. Sur celui-ci, la femme souriante serre dans ses bras une petite fille blonde au visage de poupée. Mike lit l'inscription au dos de la photo à haute voix.

« Pour ma fille adorée, Lucy ! »

Lucy...

La porte du placard s'ouvre dans un grincement et une petite fille en sort, en guenilles, un pistolet à la main. Elle le braque devant elle, sur la poitrine de Sarah Goldman, et appuie sur la détente.

*

Sarah Goldman tombe sous la violence de l'impact, la douleur vrille son cerveau, elle se sent partir.

Le canon de l'arme se déplace vers la poitrine de Daizon. La petite fille semble ne pas le voir, ses prunelles fixent le cadavre de sa mère sans pouvoir s'en détacher.

« Regarde-moi... » murmure Mike.

Il est trop loin pour saisir l'arme. Des pas résonnent dans le hall. Un bruit sourd, une cavalcade.

« Mike ! » crie une voix dans le couloir.

La petite fille sursaute, des larmes coulent sur son visage. Le pistolet, trop lourd, oscille. Elle ne parvient pas à le tenir droit, mais elle a si peur qu'elle s'y cramponne.

La porte s'ouvre et C.J. déboule. Sans réfléchir, il pointe son arme dans la direction de la gamine.

« Non, C.J. ! »

La fillette tire sur Daizon. La balle déchire l'air et l'éclair lumineux frôle l'oreille du boxeur, qui plonge aussitôt sur elle. Dans le coin de la pièce, C.J. presse à son tour la détente à l'instinct, sans vraiment viser.

La déflagration explose le plancher, pulvérise les lattes, à quelques centimètres de la gamine. Mike la serre contre lui de toutes ses forces. Il entend les battements de son cœur, la pulsation du sang dans ses artères.

« C'est terminé ma chérie, calme-toi… »

Sans doute, la terrorise-t-il avec sa gueule tatouée, ses chicots en or. Mais le boxeur s'en fiche, il la berce comme on berce un bébé après un mauvais rêve.

Écroulé dans un coin, C.J. a repoussé du pied son canon scié encore fumant. Dans la confusion, il discerne à peine Lisa se précipiter vers sa mère. La vieille dame est face contre terre. Immobile.

La bile remonte, il vomit. La petite fille dans les bras de Mike ressemble à ces poupées en porcelaine, qui foutent la trouille.

CHAPITRE 40

« Mike… Mike… »

La voix est lointaine, le son et la tonalité sont atténués comme s'ils devaient se frayer un long chemin à travers un épais brouillard.

« … Est-ce que ça va ? »

D'un revers de manche, Mike essuie les larmes qui coulent sur son visage.

« Ne t'inquiète pas Shane, ce sont les médocs encore, ils doivent être mal dosés, ça provoque des réactions pas cool… »

Il hausse les épaules, un peu confus, se pousse à l'extrémité du banc pour qu'elle puisse s'y asseoir. Du pied, il lisse le sol et comme par magie, le vent trace des lignes poétiques qui se transforment en une architecture de plus en plus complexe.

« T'as remarqué que si tu fixes le sable assez longtemps, les grains s'assemblent pour former des mandalas ? Lors de ma désintox dans une clinique de Vegas, j'en dessinais plein dans le désert. Le psy qui me soignait ne jurait que par ça, il nous avait donné des modèles et on en créait aussi. Je ne sais pas si ça m'a aidé, mais c'est comme la pâte à modeler, occuper ses mains empêche de se triturer les méninges. »

Les lignes sous leurs pieds ont encore évolué et Shane se prend à observer le travail du vent et de la pluie sur la composition du tableau organique.

Mike se tourne vers elle, l'air inquiet.

« Comment va Sarah ?

– Un médecin l'examine, ne t'inquiète pas, ça n'a pas l'air trop sérieux, la balle a traversé le bras et est ressortie… Lisa est avec elle…

– Tu ne voulais pas la soutenir ? Elle doit être en panique pour sa mère.

– Elle m'a dit que tu aurais besoin de moi… »

Mike hoche la tête.

« Quand Sarah est tombée et que C.J. a tiré, je me suis dit, voilà où te mène ta volonté de t'engager. Espèce de couillon, tu causes la mort d'une vieille dame et d'une petite fille. Remercie le ciel pour sa clémence si elles sont épargnées… Cette femme blanche, si j'avais su lui parler, elle aurait peut-être entendu raison et serait avec nous… Je ne suis pas à la hauteur des événements, Shane.

– On fait ce que l'on peut, Mike, on se mange des coups et on apprend. »

Daizon balaie du pied la nouvelle forme sablonneuse. Il se tourne vers la cascadeuse et la regarde les yeux emplis de gratitude.

« Tu es un modèle, Shane. »

La jeune femme a un mouvement de surprise.

« Mike, regarde ma vie, c'est un bordel sans nom.

– Tu as géré seule la mort de ton frère et tu portes son combat. Sans toi, il serait oublié et sa mémoire à jamais salie. Tu es une amazone. Tu pourrais te sacrifier pour tes idées. »

Shane hausse les épaules, gênée. Elle est touchée mais sa pudeur l'empêche de le montrer. Elle ironise.

« Mike, question baston, t'as plus d'expérience que moi. C'est toi le guerrier. Plus jeune champion du monde, bébé, oublie pas !

– Des conneries, Shane. Je n'ai jamais gagné un combat de ma vie !

– Qu'est-ce que tu racontes ?

– Gagner un combat, c'est se dresser et faire face. Porter haut et fort ses convictions. Moi, j'ai toujours fui, menti et volé. Manipulé pour obtenir ce que je voulais. Blessé les gens qui m'aimaient. Voilà mon pedigree de champion. »

Shane redevient sérieuse. Elle considère l'homme face à elle. Elle était très loin d'imaginer une telle rencontre. Les quelques semaines à partager le quotidien de l'ancien boxeur l'ont convaincue. Daizon est meurtri, blessé par la vie mais il cherche, comme elle, la lumière, aimanté par le désir sincère de laisser derrière lui ses peurs et ses angoisses.

Elle le serre dans ses bras, passe une main sur son visage massif comme si elle voulait effacer les traces de larmes et le remodeler. La peau sous ses doigts semble s'animer, se réchauffer. Un timide sourire apparaît, transformant le masque névrosé en une composition magistrale. La face cabossée de l'ex-champion s'illumine, les yeux éteints reprennent de l'éclat et quand Shane embrasse les lèvres épaisses et charnues, elle sent pulser en elle le désir.

*

« J'ai chié dans mon froc quand j'ai vu Sarah, inconsciente. Tout ce sang sur sa robe… J'ai cru que cette fois, c'était terminé.

– Mais non papa… Maman va bien. La balle lui a juste effleuré le bras, il ne faut pas t'inquiéter. Ce soir, elle sera avec nous pour animer la réunion. Elle est increvable, une vraie garce ! le rassure Lisa en souriant.

– Quand je me suis approché, tu sais ce qu'elle m'a dit, "C'est pas une petite chieuse qui va me faire caner !", sur le moment, je n'ai rien compris, après j'ai vu C.J. avec la gamine dans les bras…

– On s'en occupe papa, ne t'inquiète pas... Elle aura un foyer…

– Voilà tout ce que l'on a à proposer à cette gosse… Un foyer ! »

Lisa reste silencieuse. Le vieil homme continue, amer, en examinant le pistolet posé sur la table du salon.

« Tu penses qu'elle a tué sa mère ? Le rôdeur, on ne l'a pas repéré.

– J'en sais rien, p'pa… »

Ben hausse les épaules.

« Une petite fille tue sa mère parce que sa mère l'a armée car et il n'y a plus d'espoir. Demande-toi, Lisa : quelle est notre responsabilité ? Envoyons-nous les bons signaux ? Si cette femme s'était sentie en confiance, elle serait venue à nous. Cette nouvelle société ne se bâtira pas en pratiquant encore une fois l'exclusion… »

*

« On ferme dans un quart d'heure, bouge ! »

Le serveur secoue 6 brutalement. L'ex-flic tressaille et émerge d'un violent cauchemar.

« Quoi ? Et tout le fric que je vous ai filé !

– Crédit épuisé ! Dégage, rentre chez toi !

– Tu te fiches de qui ? J'ai plus de chez-moi ! »

Le barman hausse les épaules et se dirige vers un autre client à foutre à la porte.

6 se lève, *out*. Le réveil a été brutal ! Il zigzague entre les tables. Les gens chargent leurs affaires sur leurs dos et s'apprêtent à mettre les voiles, comme des moutons. *6* passe la tête dans la cuisine et apostrophe Charlie, le cuistot.

« Dis-moi poto, tu connais un coin où dormir, suis à la rue ? »

6 prie pour qu'il ne reconnaisse pas le flic tueur de la vidéo.

« Il y a des baraques qui ont tenu le coup, mais toi, mon gars, oublie ! Personne ne prendra le risque de t'héberger. »

« Tu dors où ?

– Qu'est-ce que tu en as à branler ?

– OK, j'ai compris, mec. J'suis prêt à payer. »

6 sort de son slip une ultime liasse de billets. Le cuistot se marre doucement, sa bedaine bien nourrie tressaute sous son tablier maculé de taches de graisse.

« Ton fric, j'en veux pas. Je connais les petits Noirs à la dérive comme toi, des squatteurs pires que les punaises de lit !

– Je suis assez bien pour bouffer ta merde hors de prix, mais pas pour que tu me dépannes d'une piaule ?

– Reviens demain, je serai ravi de prendre ton pognon et te faire la meilleure salade de patates du coin. Mais dormir dans ma piaule, naan ! Même si t'étais Paris Hilton à poil, épilée du caillou, t'aurais zéro chance ! »

Le salaud éclate de rire, bien content de rencontrer plus miséreux que lui. *6* change de stratégie, il joue le mec battu, qui crie grâce et demande l'aumône. Il lui tend tout son pognon.

« Recommande-moi à quelqu'un. J'suis pas armé, j'suis célib, j'veux juste mettre ma paire de couilles à l'abri pour la nuit. »

Le cuistot glisse ses doigts jusqu'au billet. OK, il est vrai. Il prend son portable et passe un appel. Après une courte parlote, il se tourne vers *6*.

« C'est quatre cents la nuit.

– Mec, tu m'assassines ! »

Le gros lard hausse les épaules, genre, c'est ton problème, pas le mien.

« J'ai un gun à te filer.

– Tu as les balles qui vont avec ? »

6 sort les munitions. Une partie seulement, il n'est pas fou non plus. Le cuistot les empoche avec le sourire.

« C'est OK, mec, tu me suis.

– Qui me dit que vous allez pas me faire la peau ?

– Je te promets rien, mais une chose est sûre, on te prendra pas le cul ! »

CHAPITRE 41

6 suit les serveurs à travers le dédale du quartier noir, planqué sous sa capuche. Sur le perron des lotissements, il découvre des hommes armés, certains équipés de talkies de la police. Il se demande comment ils ont atterri dans leurs mains. S'ils ont creusé le sable pour les déterrer ou tué l'agent qui les portait à sa ceinture. Un reflet sur un toit attire son regard. Le scintillement d'une carabine, un sniper en attente d'une cible.

Par deux fois, le groupe croise une milice. Échange de poignées de mains, blagues à tout va, *6* baisse la tête, espère que personne ne vienne mater sa gueule.

Il découvre, stupéfait, la nouvelle organisation du quartier noir d'Anacostia. Des familles entières occupées à aménager leurs maisons, aidées par une flopée de cousins, de tantes, d'amis, qui ont été dépossédés de leur bien immobilier.

Tout ce petit monde travaille de concert à la pose de barbelés, à la construction de pièges en tout genre. Des abeilles dans une ruche. Après quelques minutes de marche supplémentaires, cassés en deux pour se protéger d'une tempête de sable, le cuistot se retourne vers 6.

« Le pistolet et les munitions te payent qu'une nuit, si tu veux crécher plus, faudra allonger les billets, les vrais. Bon, finie la parlote, on est arrivés ! »

Devant 6, une baraque d'un étage, en bois, toute chelou, mais debout.

Le cuistot siffle deux fois et une lampe à pétrole s'allume à une fenêtre. La porte s'ouvre et apparaît une Noire, toute grassouillette, en tenue léopard. Les mecs entrent les uns après les autres, aussi heureux que les sept nains après leur journée de boulot.

6 pénètre dans une chambre plongée dans l'obscurité et ne met pas longtemps à la voir. Elle est effondrée sur le ventre, jambes écartées. Son tatouage – deux ailes d'ange – lui mange le dos.

Le gros lard sort des clefs de sa poche.

« C'est pas parce que tu nous as refilé ta thune et ta quincaillerie que t'auras le droit au grand luxe. Tu partageras la chambre avec Princess Pinky. T'es pas obligé de la baiser si tu veux pas.

– Hey, qu'est-ce que tu fais ! »

Sans prévenir, le cuistot claque la porte et l'enferme. 6 reste dans l'obscurité, les yeux rivés sur le cul plat et les jambes grêlées de la camée.

*

Daizon écoute une vieille dame parler de sa petite-fille, subjugué par son aisance à communiquer des sentiments si forts. Quand elle descend de l'estrade de l'église, des mains cherchent la sienne et elle répond par un regard. Elle semble dire, merci de m'avoir soutenue, mais mon histoire n'est pas plus importante que ce que vous m'avez confié.

Quand elle passe devant Mike, son sourire l'incite à se lever. Il se plante maladroitement face au public, sans savoir comment commencer. Pendant quelques secondes, ses émotions reprennent le dessus et la panique le submerge. Quelques spectateurs expriment leurs enthousiasmes, ravis d'entendre l'ex-boxeur.

« Lance-toi, Mike !

– Vas-y, on veut t'entendre champion ! »

Sa voix s'élève, brisée par l'émotion.

« Je voudrais évoquer avec vous ma trahison. J'ai commis tout un tas d'erreurs dans ma vie, mais il y en a une que je regrette profondément, mon soutien à Donald Trump. Je n'avais pas conscience que ce mec deviendrait le commandant en chef des suprémacistes de ce pays. Si je vous parle de lui, c'est dans l'espoir de clarifier mes actions passées. Mes choix, je les ai faits sans jamais en comprendre toutes les implications. Aujourd'hui, je souhaite être en accord avec les valeurs que je défends et que j'ai trop longtemps gardées secrètes. Je ne sais pas si je serai assez fort moralement pour supporter les conséquences du combat que l'on mène, mais avec vous, je désire m'y essayer. Il y a des années, si on avait dit à Mike Daizon, la petite frappe de Brooklyn, qu'il pouvait compter sur sa communauté, il serait devenu un autre homme… »

Mike reprend son souffle pour retenir l'émotion.

« Lâche-toi, Mike, ne retiens rien… »

Shane est debout, toute proche. C'est elle qui l'encourage.

« N'aie pas honte d'avoir des doutes… »

Rupture de barrage. Les larmes se déversent, sans plus de retenue. Mike ne se cache pas, il n'a pas honte de chialer. Les visages se brouillent, ses souvenirs se matérialisent. Le portrait en pointillé du gosse qu'il était émerge d'un coin flingué de sa mémoire. Ce gamin vivait dans la peur, et cette peur a grandi avec lui au point d'assumer le contrôle total de sa vie.

À tout prix s'en débarrasser, une fois pour toutes.

Les secondes passent, une voix s'élève.

« Dieu seul sait où est ce con de Trump ! S'il y a une justice, il est enterré sous ces *Trump Towers* ! Le présent est à construire, et aujourd'hui tu es avec nous ! On va le faire ensemble, Mike ! »

L'étau autour de sa poitrine se desserre un peu plus. Quand Daizon regagne sa place, il a droit à quelques accolades et tapes sur l'épaule. Après un moment de silence, Lisa saisit le micro.

« Et toi, maman, qu'est-ce que tu as à nous dire ? »

Sarah Goldman se retourne, surprise.

« Depuis que je suis petite, je t'accompagne aux meetings. Ta vie, notre vie, tournait autour des prochaines réunions à préparer. Et un jour, tout s'est arrêté brutalement. Quand je me suis engagée avec *Heads Up ! Voice On !* C'est à peine si on en a parlé. C'est dingue, non ? Comment peut-on passer sous silence quelque chose de si important ? »

Sarah Goldman reste muette d'indignation. Ses yeux disent, c'est une trahison, petite, un vrai coup au cœur. Elle descend de l'estrade, ses notes contre sa poitrine. Elle s'en veut d'être tombée dans ce piège si grossier.

Elle refuse de parler. De toute façon, elle ne pourrait pas, sa gorge est si nouée qu'elle n'arrive même plus à respirer.

« Sarah, attends ! » crie Ben.

Elle renverse les chaises pour fuir plus vite et trébuche sur un sac posé par terre. Elle chute de tout son long, ses papiers s'éparpillent autour d'elle.

Ben la prend par le bras et la relève en faisant attention. Quand Sarah tente de se dégager en le repoussant fermement, il la serre encore plus fort. Elle l'entend murmurer.

« Sarah, parler n'est pas réservé aux autres. Ton histoire n'est pas plus tragique que celles qu'on a écoutées, elle t'appartient, c'est tout. S'il te plaît, partageons-la. »

Sarah a envie de le claquer, il est bien placé pour savoir que sa parole lui a été confisquée.

Elle porte son fardeau depuis si longtemps. Elle est fatiguée et malheureuse d'être prisonnière de ce qu'elle a mis en place année après année. Elle s'est plongée à corps perdu dans la protection des autres pour s'oublier. Elle a érigé un mur, une forteresse de papiers, de procédures judiciaires. Des kilos de décisions de tribunaux qui la chargent et l'éloignent de sa propre vie. Ces années de militantisme ? Les barbelés de sa prison.

Quand elle gravit l'estrade, les visages sont tendus vers elle. Sa communauté, des gens comme elle, muselés contre leur volonté.

Sa bouche s'entrouvre en quête de mots, puis comme une rivière gonflée par trop de pluie, sa parole se libère. L'émotion la submerge, puissante, trop longtemps retenue par des digues de colère.

Ces mots, prononcés d'une voix douce, expriment tous ses secrets, cachés depuis longtemps mais qui s'affichaient depuis toujours, impudiques sur son visage tourmenté.

Son histoire.

CHAPITRE 42

« Une nuit, sans rien dire à personne, Mark, mon frère, est parti avec son ami Owen. C'était le 2 janvier 1949, il avait 22 ans.

Le 12 janvier, on nous rapportait son cadavre. Je n'ai pas été autorisée à le voir. À la cérémonie, j'ai pleuré quand ils ont enfoui son cercueil. Des jours, des semaines, sont passés. La vie s'est arrêtée tout simplement, mais il a fallu prétendre continuer à vivre. Mark n'était pas le premier garçon à mourir, notre communauté en a enterré une pelletée.

Des mois plus tard, en classe, les camarades m'évitent, parlent dans mon dos. Je les vois, dans la cour de récréation, se passer un journal. Je m'approche et sur une page s'étale la photo de Mark, pendu à un arbre, le corps martyrisé. Autour, un groupe d'hommes blancs hilares et un adolescent qui pointe l'entrejambe rougi de mon frère en levant le pouce.

Cette photo s'imprime en moi au point que je tombe malade sans explication et reste au lit un mois entier. Malgré toutes mes supplications, aucun adulte ne me donne de réponse. Et je garde cette image, sans savoir quoi en faire. On me l'a imposée contre ma volonté, je fais avec. Mais cela fermente, le mal grandit.

Des années plus tard, alors que je suis à New York, je croise Owen dans un bar de Harlem. J'étais avec Ben. Autant dire qu'on était aussi visibles qu'un couple de licornes dans un salon. Je suis sûre qu'Owen m'a reconnue, mais il ne s'est pas invité à notre table. Le lendemain, j'y suis retournée. Il était là, accoudé. Il m'a simplement murmuré :« je savais que tu reviendrais ».

Il voulait parler. Moi, j'étais prête à l'écouter. Et des souvenirs oubliés me sont revenus.

Mon père, je l'ai toujours connu ivre. Il buvait et bavassait sans cesse. Avant de s'effondrer, il prononçait des paroles incompréhensibles, du genre, « je reprendrai ce que vous m'avez volé ! » Ça énervait maman, qui le traînait au lit. Moi, chaque semaine, j'avais droit au spectacle, je n'y prêtais plus attention. Mark, lui, savait. Il était issu du premier mariage de mon père. Il voulait sa vengeance.

Mon paternel n'avait pas toujours été l'ivrogne qui se soûlait chaque soir. C'était même une tout autre personne.

Des années auparavant, vers 1918 ou 1919, il habitait Jonesboro. Il avait un commerce qui roulait bien, fréquenté par la communauté noire, des familles de métayers pour la plupart. Un jour, un viol a été commis en ville et un Noir a été accusé. Il était innocent, mais cela n'a pas empêché son lynchage et son arrestation. Cela aurait pu rester un fait-divers sordide, mais ça s'est transformé en tout autre chose, de plus pourrie et nauséabonde.

Après la pendaison, le silence s'est abattu sur la ville. Les Noirs ont décidé de ne pas se montrer pendant quelque temps, persuadés que la tension finirait par se dissiper et que Blancs et Noirs réussiraient à vivre ensemble tout en s'ignorant.

Mais cette histoire de viol torturait les Blancs.

Quelques jours plus tard, des dizaines de gaillards ont déferlé dans le quartier noir. Ils ont forcé chaque famille à quitter leur maison, ils ont incendié l'église et les commerces.

En deux nuits – cela n'a duré que deux nuits – les Blancs de Jonesboro ont jeté hors de la ville tous les Nègres qui y habitaient depuis des générations.

Le matin du troisième jour, il n'en restait plus aucun.

Mon père a fui à 250 kilomètres de là. Il n'a jamais retrouvé son statut, il est devenu métayer comme tous ceux qui n'avaient pas le choix, lui qui les avait toujours méprisés. L'alcool a alimenté l'aigreur et l'amertume qui grandissaient en lui. Il continuait de vivre, oui, mais avec ce parasite dans le ventre. Il l'a passée en héritage à Mark qui a nourri le projet d'aller demander réparation.

Et Mark me l'a transmise, sa saloperie. Mais quand je dis saloperie, c'est faux. Mark venait de me donner un objectif dans la vie. »

*

Quand Sarah s'arrête de parler, elle sent son corps s'écarteler et une tension s'envoler, migrer ailleurs. Elle est comme stupéfaite.

« Je suis devenue claire, limpide, vraie », voilà ce qu'elle dira à Lisa, des semaines plus tard.

Là, sur l'estrade, elle se surprend à sourire quand Ben s'approche et lui prend la main. *Oui, tu as réussi ma chérie, je n'y croyais plus !*

La mort de Mark a pesé si fort sur leur relation que le vieillard avait fait le deuil de joies très simples. Le cadavre gisait là, entre eux deux, et Ben s'en était accommodé.

Une image surgit. Il se revoit, dans ce bar, à ce concert de jazz. Leur toute première rencontre, et cette certitude inébranlable d'avoir déniché l'âme sœur. Sans doute le fantôme de Mark les observait s'aimer, accoudé au coin du comptoir, battant la mesure.

« Maman ! »

Lisa prend sa mère dans ses bras et l'étreint comme jamais. Elle comprend enfin pourquoi elle a toujours ressenti ce besoin viscéral d'aider sa communauté. Un désir impétueux même quand il n'y a plus d'espoir. Ce désir de vie, c'est Mark.

Blottie contre sa mère, elle entend une voix, au loin.

Sarah l'a entendue aussi. Elle se retourne et aperçoit une femme frêle, au regard magnétique, habillée de haillons, plantée devant l'entrée de l'église.

PIÈCE 3677 ENTRETIEN SARAH GOLDMAN

< Cette femme, debout, entourée d'un nuage de poussière tourbillonnant, c'était comme une vision. Quand je repense à l'enchaînement des événements, je me dis que jamais je n'aurai été plus réceptive qu'à cet instant précis. >

PIÈCE 3678 ENTRETIEN LISA GOLDMAN

< Le souvenir de Mark dissipé, cette apparition prenait le relais. Et rappelait que la vie de ma mère et la mienne s'alimentaient à une source qui ne s'éteindra qu'à notre mort. >

CHAPITRE 43

6 lutte contre le sommeil dans la pièce plongée dans l'obscurité. Sa peur ? Que la porte s'ouvre et que les Blacks déboulent, avinés, pour le massacrer.

La sono est à fond, mais ne couvre pas les cris stridents des filles.

Je les imagine bien à poil, à twerker sur les tables. Ces grosses dondons ramassées dans la rue sont bien plus intelligentes que leurs mecs. Elles savent monnayer le gîte et le couvert.

PIÈCE 39 ENTRETIEN *6* EX-POLICIER

< Faut aimer ce genre-là – ongles ultra-longs, legging motif zèbre, crinière à base de perruque. La faune locale adore le style animal de la savane. >

Le cerveau de l'ex-flic cesse de turbiner quand il perçoit un bruit de clef. Une fille apparaît – bourrée et à poil – avec, dans sa main, une aile de poulet cramée qu'elle lui lance direct au visage.

« Tiens, c'est pour toi ! Ça sort du four, aussi bouillant que mon cul ! »

Elle éclate d'un rire strident et lui claque la porte au nez. *6* ramasse la viande trop cuite, époussette le sable qui s'est collé à la peau et la croque, adossé au mur.

La camée sur le lit, Princess Pinky, est comme morte, sa poitrine se creuse au rythme de ses ronflements. Il se met à la fenêtre. La poisse, encore deux heures avant que le soleil se lève. Le temps va s'écouler lentement…

Deux 4x4 – vitres opaques, châssis renforcé – se garent silencieusement dans la rue. Une milice ? Une petite dizaine d'hommes en sort, encagoulés et armés. Ses jambes flageolent quand l'équipe observe la maison où il est planqué. La musique doit s'entendre, parce qu'ils pointent du doigt une fenêtre. Ils se dispersent en ordre. Il a une intuition fulgurante.

Des flics !

*

6 tambourine à la porte. Une fille lui ouvre en râlant, elle est complètement torchée à la bière, la culotte tendue à bloc autour de ses hanches trop dodues.

« Oh, connard qu'est-ce qui te prend de causer tout ce boucan ?

– Des flics… Il y a des flics tout autour de votre baraque ! »

La fille avale une lampée d'alcool. Elle tousse, asperge *6*.

« Tu fais chier ! Dors ou baise, au lieu de nous emmerder ! »

Elle claque la porte. En panique, il se colle à la fenêtre. Les condés sont sur le point de donner l'assaut. Cette fois-ci, il tape si fort dans la porte qu'il croit pouvoir la défoncer. Le cuistot, en slip, l'ouvre violemment, la fille serrée dans ses bras.

« Oh, putain, je savais bien que je devais pas t'inviter ! »

6 regarde avec mépris ce gros porc et sa gonzesse-trophée aussi vulgaire que lui.

« Des flics s'essuient les pieds sur ton paillasson.

– Quoi ? »

La fille s'accroche à son chéri.

« Il n'a que ça à la bouche, "y'a des flics", y fait chier ton mec !

– Il te l'a dit et toi direct', t'es pas venue me prévenir ? »

Elle se reçoit sa claque et s'écroule par terre. Le cuistot met le nez à la fenêtre juste à temps pour voir la troupe prendre son élan.

« Les bâtards ! »

La porte se referme, bruit de clef, *6* est à nouveau enfermé. Une poignée de secondes plus tard, une détonation puissante couvre la fête. Brefs échanges de tirs. L'ex-flic se colle contre le mur, entend des braillements et des pas qui se rapprochent.

S'ensuit une réflexion intense, celle de la bête prise au piège, en recherche frénétique d'une possibilité de survie. Aucune chance de fuir en se jetant par la fenêtre, deux keufs pointent leurs armes sur le bâtiment alors il enlève son sweat, se met buste nu. La porte éclate, défoncée au bélier, au moment où il referme les menottes sur ses poignets. *6* sent la bile remonter quand le canon fumant du M-16 se colle à son crâne. Son cuir chevelu crame et l'odeur de sa chair brûlée lui chatouille le nez. Il s'entend supplier.

« Je suis de la maison ! »

La lampe torche, braquée en plein sur son visage, l'aveugle.

« Un négro, grogne une voix.

– Non, je suis flic ! »

Quand il ouvre les yeux, il découvre trois fusils braqués sur sa poitrine.

« Du commissariat de *Prince George* ! »

Un flic s'approche pour écraser le canon brûlant sur les narines dilatées du prétendu prisonnier.

« Donne-moi le nom de ton chef et de dix de tes partenaires... Si tu te plantes une seule fois, la prochaine balle porte ton blaze. »

6 égrène la liste la peur au ventre. Il ose enfin respirer quand un policier lui enlève ses menottes et le remet sur ses pieds.

Le danger n'a pas disparu. L'ex-flic s'imagine sans difficulté la nature des ordres suivis par ses anciens collègues, la facilité avec laquelle ils pourraient se décider à le flinguer pour qu'il porte le chapeau de ce petit carnage nocturne.

« C'est toi *6* ? » interroge une voix.

Il sent les flics curieux. L'un d'eux pointe du doigt Princess Pinky, toujours effondrée sur le lit, les jambes écartées, poils pubiens froufroutant hors de la culotte.

« Cette saloperie, c'est ta meuf ? »

Éclats de rire général. Et bien gras.

« Une pute camée, je ne la connais pas.

– T'es sûr que c'est pas ta femme ? » insiste le flic qui cherche la moindre excuse pour buter du Noir.

« Moi, les négresses que je baise, je les choisis toujours épilées du minou. Les chattes crépues, oh mon Dieu, je ne supporte plus ! »

La blague est plus efficace qu'un gaz hilarant. Ces connards en uniforme sont sans surprise.

Une main se pose sur son épaule et le pousse vers la porte entre-ouverte. Le salon est éclairé à la loupiote, dans l'air flotte une odeur entêtante de chairs brûlées et de poudre à canon. Horrifié, *6* découvre le massacre.

Les huit occupants baignent dans leurs tripes. Le cuistot a reçu une décharge dans le bas-ventre et il est scié en deux, le buste confortablement installé dans son fauteuil préféré, ses jambes, en flaques, sur la moquette.

Soudain, une voix de fumeuse s'élève, assourdie, comme venue des limbes.

« Chéri, t'es revenu… »

Princess Pinky. Elle s'est levée du lit, s'approche d'un des policiers et effleure son épaule de ses doigts blanchâtres. Le flic s'écarte, elle le suit comme un zombie, toute flageolante sur ses jambes et s'agrippe à lui.

« T'es enfin de retour, mon amour ? »

La tronche décatie de la vieille pute déclenche un torrent de rires. L'un d'eux la compare à une ordure abandonnée, provoquant une nouvelle flopée d'injures.

« Tu baises cette pute nègre, petit cachottier ! »

Princess Pinky ricane à son tour, flattée. Un croassement qui se transforme en une quinte de toux suspecte. Elle crache sur le flic un filet rougeâtre en se tenant le ventre.

Le glaviot huileux glisse sur l'uniforme bleu nuit du policier et s'écrase sur ses Rangers cirées.

Cette vieille salope vient de signer nos arrêts de mort, pense 6, paniqué. *On va y passer tous les deux pour ce paquet de morve !*

Le chef de la meute la projette violemment sur le lit, où Pinky s'écroule en geignant faiblement. Puis d'un geste impérieux, il tend son fusil à 6, qui, après une hésitation, saisit l'arme fumante d'une main tremblante.

Les policiers reculent, prêts à faire feu s'il ose la retourner contre eux. L'ex-flic considère le tas d'os à éradiquer de la planète Terre.

6 se rassure en se disant que la vieille est déjà morte par des années de défonce.

Personne ne me reprochera d'avoir sauvé ma peau dans un acte de légitime défense. Offrir son dernier voyage à cette camée ou être exécuté par ses fêlés. L'instant ne m'accorde pas d'autres options.

Il tire un coup de fusil bien sec dans la tronche de Pinky. La fumée envahit la pièce.

Le chef s'approche doucement du lit, donne un coup de pied dans le corps avachi, curieux de la résistance de ce genre de parasite humain. Du canon, il soulève la jupe, dénudant ses jambes et son sexe.

« Les gars du coin sont tellement dégueulasses qu'elle va encore trouver preneur ce soir. »

La meute s'esclaffe, regroupée autour du lit comme un troupeau de hyènes devant une carcasse à se partager.

« On fait quoi de lui ? » fait soudainement un membre de la horde.

6 s'étouffe avec sa propre salive. *Quoi ? Tuer cette camée, ce n'est pas suffisant ?*

D'un geste rapide, le chef l'attrape par le cou. *6* sent le pouce s'enfoncer dans sa trachée, il tousse et s'étrangle. La pression ne s'arrête pas, au contraire.

« Tu comprends ce qui se trame ?

– Oui, monsieur.

– C'est la guerre, faut réagir vite si on veut être chez nous demain. T'es avec nous ou pas ? »

Sa vie tient à la rapidité de sa réponse.

« Inutile de me le rappeler, cette guerre, je l'ai commencée il y a longtemps ! On m'a tapé sur les doigts, jeté des déchets plein la gueule, mais jamais je renierai mes convictions. Y a des rats dans ce pays et nous sommes les dératiseurs. »

PIÈCE 445 ENTRETIEN 6, EX-POLICIER

< À cet instant précis, quand il m'a attrapé par le cou, j'ai eu la désagréable impression d'être un chien à la merci de son maître. Habillé d'un pantalon et d'un t-shirt, je n'avais même plus l'uniforme de policier pour symboliquement me protéger. Je n'étais même plus un flic nègre, j'étais devenu moins qu'un nègre. J'avais la valeur de cette prostituée qu'ils m'avaient forcé à assassiner. Oui, j'ai bien appuyé sur la détente mais qui a armé mon bras, qui a posé un canon sur mon front et menacé de m'exécuter ? D'ailleurs pourquoi l'avait-il tuée, sinon pour s'assurer de ma loyauté. Les criminels le savent bien, la meilleure façon de te museler est de te faire plonger avec eux.

Certains m'opposent ma qualité de policier. J'ai entendu : « un flic n'a rien à craindre d'un autre flic, ils sont tous copains ». Mais parlons-en, justement. Je vais vous dire ce que vaut un flic noir dans une Amérique blanche.

Presque rien.

Il a la valeur que lui donnent ses collègues blancs.

À l'origine de la police américaine, il y a les miliciens chargés d'éradiquer la menace indienne et de surveiller les esclaves nègres. Viennent ensuite les suprémacistes, uniforme de policier le jour, tunique de Klansman la nuit. Ce salopard protège la « blancheur » de la race, cette virginité fantasmée, contre tout ce qui n'est pas jugé assez blanc de blanc. Contre les nègres, noiraud devant l'éternel, et contre les nouveaux arrivants encore indignes de leur confiance.

La police d'aujourd'hui descend de cette engeance-là, elle fornique toujours avec leurs descendants. Recenser les suprémacistes dans ses rangs serait un boulot à plein temps, fastidieux et dérangeant. Personne n'a envie d'établir ce décompte. La démocratie ne s'en remettrait pas.

Alors, le flic noir dans tout ça ?

Aux tout premiers flics négros, le droit de porter l'uniforme et une arme a été refusé. Leurs bureaux étaient à l'extérieur du commissariat – hey, les Blancs vont pas pisser et chier là où des Noirs ont fait caca, tout de même ! Ils n'avaient pas le droit d'arrêter des Blancs et patrouillaient uniquement dans les quartiers noirs. À pied, pas en bagnole ! Interdiction de se syndiquer non plus – il ne va pas ouvrir sa gueule, il est tout juste toléré !

Le berger allemand de la brigade a plus d'autorité que lui, au moins quand il aboie, il est craint.

Si nous, les Noirs, sommes dans la police, c'est que le pouvoir blanc a été forcé de nous y intégrer. Si les politiques donnent des miettes de droits aux Noirs, il faut bien émietter quelques petits Noirs chez les flics.

Mais croyez-moi, l'*establishment* s'en serait passé. Les flics blancs en premier.

De cette histoire tourmentée est né un malaise. Le policier noir est déchiré : l'envie de servir sa communauté est contrariée par la toxicité de l'institution. Il sert l'Amérique blanche qui fait la guerre contre les gens de son espèce.

Le soir, quand il rentre chez lui, il n'est pas serein. Il se demande dans quel marigot il évolue. Si c'est lui le fou ou les collègues qui sont tarés.

Les flics clament haut et fort « Tous bleus, tous unis sous l'uniforme ». Mais ce cri de ralliement vaut pour eux, les Blancs. Nous les Noirs, il faut suivre le mouvement. Nous sommes tolérés quand le soleil brille, mais livrés à la vindicte dès que les premiers nuages obscurcissent le ciel.

Les flics noirs « progressistes » – les Judas – ceux qui n'ont pas compris leur position dans l'institution clament haut et fort que le policier noir doit choisir son camp, être du côté de sa communauté et changer la police de l'intérieur.

Aussi illusoire qu'éradiquer la mafia.

La police est une mafia.

Croyez-moi, j'ai été plus en sécurité dans la rue en compagnie des dealers et des macros qu'au sein de ma brigade, entouré de mes collègues de bureau.

On aura l'occasion d'y revenir. Soyez sûrs que je ne vais pas me taire. Et là, vous comprendrez ma position. >

CHAPITRE 44

PIÈCE 3211 ENTRETIEN SHONNA KING, RESCAPÉE DE L'ÉGLISE DE SAINT-EMANUEL

< Quand j'ai vu cette communauté réunie dans cette église, j'ai su que je serai écoutée. J'ai rassemblé mon courage et je me suis lancée. >

PIÈCE 3212 ENTRETIEN MIKE DAIZON

< Cette femme a traversé l'enfer pour nous conter l'histoire terrible de nos frères de Charleston. >

PIÈCE 231 ENTRETIEN SHONNA KING, RESCAPÉE DE L'ÉGLISE DE SAINT-EMANUEL

< Quelques jours avant *The Dust*, j'étais au procès fédéral de Dylann Rust, le tueur de Charleston.

Je m'étais préparée depuis des mois. Après tout, j'avais une mémoire à honorer, celle de mon fils assassiné par cet enragé. Mais quand je l'ai vu, j'ai su que ce nouveau procès s'avérerait aussi inutile que le premier.

Le héros du massacre espérait une médaille. Il jouait sa place dans l'histoire des petits racistes de l'Amérique. Je l'ai traité de diable. Il a ri, il se moquait bien du pardon que je lui avais accordé.

De toute façon, j'affrontais un cadavre. Il se tenait devant nous, pour la dernière fois. Ensuite, il n'aurait droit à rien. Plus personne pour l'écouter, juste crever dans l'obscurité de sa cellule.

Il jouissait de ses derniers instants parmi les vivants.

Quand je suis rentrée chez moi, je suis restée avec son visage face au mien pendant des heures, incapable de l'oublier. Et j'ai eu peur que son exécution ne l'exorcise pas, que son souffle empuantisse mes rêves à jamais.

Quelques jours plus tard, *The Dust* est arrivé dans nos vies et nous avons été obligés, malgré nous, de passer à autre chose. Et quand nous pensions avoir touché le fond, l'Apocalypse s'est invitée. La somme de toutes les haines de la terre a éclaté.

C'était un après-midi, le ciel était traversé de tourbillons de poussière.

Des Blancs se sont pointés en éclaireur avec l'envie de régler à eux cinq le problème de logements de toute leur communauté. Assez rapidement, des jeunes les ont tués. Nous avons vécu plusieurs heures d'angoisse à imaginer les inévitables représailles.

Quand les Blancs ont déferlé de nuit dans le quartier, j'ai cru que la faucheuse nous prendrait tous. J'ai fui avec un voisin et nous avons rejoint un groupe qui avait réussi à déguerpir de cet enfer. Nous sommes restés quelques jours dans la forêt toute proche, incertains sur la conduite à tenir.

Un matin, celui qui montait la garde, nous a appelés. Sur la route balayée par la poussière, une longue file d'hommes – de 13 à 70 ans. Tous reliés à une chaîne par le pied. Armés de pelles, de pioches, de seaux, déblayaient dans un effort parfaitement inutile. Un travail de Sisyphe.

Dans l'après-midi, le vent s'est levé et le sable a recouvert les portions dégagées. Tout était à refaire. C'est l'objectif. Seule la mort de l'enchaîné solde les comptes. Trop hypocrite pour nous exécuter, il voulait que la nature s'en charge. Le soir, ils ont posé des kilomètres de barbelés et le camp a émergé de la poussière.

Ils y ont parqué les femmes et les enfants. C'était si simple, si rapide, on aurait cru que le plan était dans les cartons depuis des années.

Dans le groupe de matons, j'ai distingué certaines de mes connaissances côtoyées depuis toujours, au supermarché, dans les couloirs de l'école primaire. Pas les plus mauvais, mais tous bouffés par la frousse. Trop faibles pour crier contre cette majorité assez perverse pour encager des enfants, dans ce camp éphémère, à deux doigts de l'enlisement final.

Et c'est là que je l'ai vu. Il paradait avec son gang de motards. Des types blancs tatoués, possédés, hilares. Le tueur de Charleston est de retour après le massacre des neuf innocents de Saint-Emanuel.

Si je suis en vie, c'est uniquement parce qu'il m'a épargnée. Ce sont ses propos après avoir assassiné tous les paroissiens. « Il faut bien qu'il y ait une survivante qui témoigne de ma grandeur », voilà ce qu'il m'a dit.

Aujourd'hui, je porte la parole de ceux qu'il a exécutés ou mis sur la Route.

Vous êtes la communauté noire qui a réussi à se regrouper. Ce que vous bâtissez est fragile, mais j'ai foi en vous.

Dehors, c'est une telle désolation que l'embryon d'espoir, d'autorité et de fraternité que vous avez suscité m'offre le bonheur de croire que ma demande sera écoutée.

Le tueur de Charleston nous a porté un coup terrible. Cet homme est libre de perpétrer d'autres barbaries, de proférer d'autres insanités. Il est le symbole d'un ordre inversé. Nos morts, nos vivants méritent qu'il soit châtié. Que l'on cesse de bafouer et ignorer le droit.

Ma vieillesse et mon inexpérience m'empêchent de prendre les armes, mais si vous êtes ce que vous prétendez être, une communauté libre et digne comme les banderoles au fronton de votre église l'indiquent, alors il faut qu'une action soit menée.

Qu'il n'y ait pas un seul ennemi dans le pays qui ne soit pas effrayé par votre présence. Que tous les tueurs de Noirs en soient persuadés : à leur toute-puissance criminelle, vous répondrez par la justice. >

CHAPITRE 45

« Shane... Shane ! »

Shane se réveille paniquée, le visage de Lisa à quelques centimètres du sien.

« Bon Dieu, qu'est-ce qui se passe ?

– Mes parents sont en bas, dans ton salon, faut qu'on se parle... Tu peux réveiller Mike ? »

Lisa embrasse Shane sur la joue et referme doucement la porte.

Shane observe la forme roulée en boule, à moitié accrochée à elle. Le visage de l'ancien boxeur est traversé de tics. Ses dents grincent et son poing droit tressaille à intervalles réguliers. Il est en plein cauchemar.

« Mike, chéri, faut se lever... »

Elle le prend dans ses bras, il ouvre les yeux. Ils se sourient, leurs dents en or brillent et ils éclatent de rire, synchrones.

Lisa, adossée à la porte, entend des bruits étouffés. Dehors, une bise glaciale frappe aux fenêtres. La jeune femme se tient un long moment derrière la minuscule cloison en bois avant de s'engager dans l'escalier branlant pour rejoindre le salon.

*

« Nous devons apporter dès demain une réponse claire en assemblée, mais avant, il faut se mettre d'accord entre nous. Alors, qu'est-ce que vous en pensez ? »

Sarah Goldman observe les réactions. Mike, la tête toute fripée de sommeil, extirpe un bras du plaid qui l'enveloppe et agite la main, comme pour demander la permission. La vieille militante a un sourire amusé.

« Si quelqu'un peut prendre la parole quand il veut, c'est bien toi ! »

Il se racle la gorge, choisit ses mots avec soin.

« La rescapée de Charleston a su toucher les cœurs. C'est de notre devoir de ne pas laisser une pareille injustice perdurer. Sinon, toutes nos actions seront vides de sens. Si un groupe est désigné pour traquer le tueur de Charleston et son gang, je veux en être... »

Ben Goldman, effaré, secoue la tête dans un signe de violente contestation.

« Se pointer là-bas pour se venger, ce n'est pas la solution. Il y aura des morts, des innocents... Et c'est mettre en danger notre communauté...

– Ou la renforcer », corrige Shane.

Le vieil homme connaît trop ce regard.

« Les armes et la violence n'ont jamais résolu quoi que ce soit.

– Il s'agit de justice. Des Noirs sont enchaînés à quelques centaines de kilomètres d'ici, fer au pied, à déblayer une route, avec le seul espoir de crever rapidement. Et pendant ce temps-là, la ville est livrée à une bande d'assassins. Et parmi eux, celui qui a commis un des crimes les plus abjects de ces dernières années. Nous devons réagir, les confronter et rétablir l'ordre.

– C'est à l'État de s'en charger... »

Sarah, excédée, se redresse de son siège.

« L'État, Ben ? Mais de quoi tu parles ? Il est où ton État ? Avec ces Blancs armés, prêts à tuer pour foutre leur cul à l'abri dans nos baraques ? Tu crois qu'il va nous protéger de cette folie, ton gouvernement ? »

Ben avale difficilement sa salive. Il trouve quand même la peine d'articuler.

« Ce qu'on fait ici est fragile. S'exposer risque de tout faire échouer... »

Lisa le coupe avant même qu'il ait le temps de continuer.

« Mais sans action, notre projet n'a aucun sens, p'pa. Il y a tout un tas d'ennemis qui cherchent à nous éliminer. L'État s'en mêlera et, avec eux, la police, l'armée, une foule de mercenaires prêts à porter les coups. Il y a aussi tous les citoyens blancs qui se sentent en insécurité parce qu'on défend nos intérêts... »

Shane a un rire nerveux.

« Ça fait un paquet de mauvaises vibes. »

Un léger sourire éclaire le visage de Lisa. Elle adresse un clin d'œil à son amie.

« Comme tu dis ! Il faut prendre les devants et envoyer un message clair. On ne sera plus jamais une cible. On est tous d'accord là-dessus ? »

PIÈCE 562 ENTRETIEN BEN GOLDMAN

< Non, je n'étais pas d'accord ! Mais je prêchais dans le désert. Même ma femme ne me soutenait pas.

La démocratie, c'est la tyrannie de ceux qui savent se rendre audibles. Moi, je criais mes arguments devant un public de sourds. J'étais condamné à subir des choix qui ne me convenaient pas. >

*

« Ma toute dernière clope, Shane, si tu veux on partage... Je comptais arrêter cette saloperie de toute façon... »

Lisa tire une bouffée et lui passe la cigarette. Shane recrache la fumée en savourant l'âcreté du tabac. Les petits bonheurs n'ont pas de prix.

« Lisa, je peux te demander une chose ? On part à la recherche du tueur de Charleston et de son gang. Je suis la première à approuver, je n'autorise personne à esquinter ma communauté. Mais pour 6, Lisa, quelle alternative ? Et je ne le dis pas égoïstement, en pensant à ma « vengeance » personnelle... Non, ce flic a tué un des nôtres, qui se trouve être mon frère. Et mon frère vaut autant que toutes les autres victimes. Je veux traquer cet enfoiré de 6 pour qu'il soit jugé. Pourchasser un assassin et en laisser un autre en liberté, ça n'a pas de sens ! Quel message envoie-t-on à notre communauté, à tous ceux qui veulent que justice soit faite ? Parle à ta mère et à Ben, plaide ma cause auprès d'eux. Moi vivante, ce crime ne restera pas impuni. Tu me le promets, Lisa ? »

Shane repasse la clope à Lisa qui la termine et l'écrase au sol.

« Poussière, tu retourneras à la poussière... » murmure Shane en balayant la cendre du pied.

PIÈCE 459 ENTRETIEN BEN GOLDMAN

< La décision de partir en chasse a été prise à l'unanimité le matin même. Oui, il y a eu des discussions, mais aucune remise en cause de l'action.

La rescapée de Charleston, par son esprit, a enflammé les corps. Et *The Dust* a aboli un complexe : celui de tendre la joue. Un compte à rebours est enclenché. Les vieilles rancœurs allaient être réglées.

Ce gang de racistes blancs était en haut de la liste. Et peu importait le prix à payer.

Ce n'est pas de l'autodéfense, faut pas me prendre pour un con. J'ai été de toutes les réunions des Panthers avec Sarah. J'ai même instauré des contacts entre certains membres de la communauté juive pour qu'ils apprennent de nous. Je reconnais une vendetta.

Alors, ce matin-là, quand j'ai ouvert la bouche pour m'opposer au plan, proposer une alternative, une voix a hurlé que j'étais contre parce que j'étais blanc et juif. >

PIÈCE 460 ENTRETIEN MIKE DAIZON

< Ben a très mal réagi quand un gosse a crié « t'es blanc, t'es juif, tu comprends que dalle à ce qu'on vit ! ».

Ce gosse, c'était le casse-couilles de la colline. Un serpent avec un sacré paquet de venin à cracher. On l'a obligé à monter sur l'estrade et là, il s'est pris une trempe verbale – une mamie qui connaissait Ben depuis trente ans lui a foutu un taquet derrière le crâne, histoire d'annoncer la couleur. Son idiotie lui coûtait cher.

On a discuté avec le gamin au moins trois heures – pour éradiquer sa sale petite pensée. À la fin, il a crié grâce. Il n'en pouvait plus.

J'ai eu mal pour Ben. >

PIÈCE 461 ENTRETIEN BEN GOLDMAN

< Les plus jeunes oublient que les Noirs et les Juifs étaient unis dans le temps. Ils avaient appris de leurs luttes communes. >

*

La Firebird attire toute l'attention, des gamins courent derrière elle, impressionnés par les pétarades de son pot d'échappement trafiqué.

Le bolide, râblé, aux lignes arrondies pour l'aérodynamisme, trace un sillon dans le sol recouvert de particules et stoppe sa course devant l'établi de Ben Goldman.

Le vieil inventeur, en tenue de soudeur, le guide pour qu'il trouve une place dans son capharnaüm.

Shane s'extrait du véhicule et pose ses deux mains sur le capot brûlant.

« Cette caisse, Ben, c'est mon bébé, je l'ai rachetée à la dernière prod' avec qui j'ai bossé. Ils me l'ont vendue pour que dalle, pour eux, elle était morte. Je l'ai ressuscitée. »

Le bricoleur tourne autour de la voiture, note la peinture qui s'écaille, les roues et les essieux abîmés par une conduite nerveuse. Il laisse courir ses doigts sur la carrosserie et détecte quasi au toucher les points faibles.

« Elle est dingue, y a pas à dire, mais pour ce que tu veux en faire Shane, autant prendre rendez-vous aux pompes funèbres et réserver ton cercueil. Pour partir au combat avec, faut blinder les portières, poser des vitres pare-balles, gonfler le moteur. Et taguer un logo à la cool, histoire d'annoncer la couleur à ces enfoirés. »

Le sourire de Shane découvre ses dents plaquées or.

« On se la coltine quand cette réparation ? »

PIÈCE 467 ENTRETIEN SHANE WRIGHT

< J'ai remarqué que Ben nécessitait un peu d'attention. Le vieux fou était inquiet des récentes décisions.

La transformation de la Firebird en bolide a été l'occasion de nous rapprocher. Ben et moi, on s'est trouvés autour de l'amour de la bidouille.

Ensuite, nous sommes allés ensemble à la réunion du soir, les mains pleines de cambouis. >

PIÈCE 602 ENTRETIEN BEN GOLDMAN

< J'étais révolté par les événements, mais j'étais bien le seul à l'exprimer. À croire que tout était normal, c'était le prix à payer, le dommage collatéral.

La mission n'a pas été annulée.

Alors, j'ai fermé ma gueule et participé à l'effort de guerre. J'ai confectionné une version portable de M+ que j'ai installée dans le coffre de la Firebird. Plus solide aussi, parfaite pour les incursions en territoires occupés.

Avec M+, on pourra communiquer presque en temps réels avec Shane et son équipe.

On a fait une photo du bureau où se passent nos réunions. En disposant cette photo dans M+, Shane ou Mike peuvent s'y rendre, y placer un message que l'on pourra récupérer. Et nous, on peut faire pareil. Ce contact permanent me rassure. Le pire serait qu'ils se retrouvent isolés, à la merci de l'Ennemi. >

*

Daizon attrape le paquet-cadeau que Shane lui tend.

« Qu'est-ce que c'est ?

– Pour m'avoir donné mon premier orgasme depuis deux ans, répond-elle très sérieusement.

– Quoi ? »

Lisa ne peut pas s'empêcher d'éclater de rire. Ben fait semblant de ne pas entendre et, amusé, observe Mike du coin de l'œil. L'ancienne terreur des rings finit par sourire.

« Content d'avoir rendu service.

– Ouvre ! »

Mike déchire le paquet, sort un pantalon et un blouson en cuir floqués d'un écusson *New Harlem Hell's Fighters.*

« Tu fais officiellement partie de l'escadron de recherche », annonce Lisa.

Ben tape sur son épaule et glisse tout bas : « Mec, j'aurais aimé avoir ton âge, me balader dans un futal en cuir, au bras d'une meuf aussi canon que Shane, au volant d'une Firebird. »

L'ancien champion éclate de rire pour de bon.

« Plutôt qu'un long discours de remerciement, je vais passer ma tenue. »

Il va dans la chambre et face au miroir, se désape. Il est en slip, quand Shane déboule.

« T'aurais préféré un *hoodie* ?

– Des sweats à capuche, j'en ai porté toute ma vie, je laisse ça aux jeunes, c'est leur cri de ralliement, non[36] ? Nous, on fait partie de la vieille école, le cuir nous va bien. Ça en jette, les mecs en face n'ont qu'à bien se tenir. » Shane prend le visage de l'ancien champion à pleines mains et colle un baiser sonore sur sa bouche. « On va les déchirer, ces salopards ! »

⋆

PIÈCE 504 ENTRETIEN SHANE WRIGHT

< Le soir, on s'est tous réunis. Une fête improvisée, genre *block party*. Les *blocks* en moins, le sable et les détritus en plus.

Tout le monde était là, même Sarah Goldman. Le bandage à son épaule ne l'a pas empêchée de danser et de blaguer avec nous. Ben et deux ou trois jeunes ont installé un générateur bricolé. Mike a apporté ses enceintes, ses disques et a fait le DJ. C'était cool.

Je me suis dit que pour rien au monde je n'aimerais être ailleurs. Le confort d'avant, c'était une illusion. Une perfusion qui nous maintenait en vie. Leur façon à eux de nous endormir. *The Dust* est de notre côté. >

---

36. Après la mort de Trayvon Martin, un adolescent noir, tué par George Zimmerman, le hoodie fut érigé comme symbole de protestation. Le seul crime de Martin : être dans un quartier chic de Floride, à majorité blanche, vêtu d'un sweat à capuche. Zimmerman fut disculpé de toute charge en vertu de la loi Stand Your Ground par un jury blanc composé majoritairement de femmes blanches. Le verdict – considéré comme un appel à tuer tout adolescent noir – déclencha une vague de protestations mondiales.

PIÈCE 505 ENTRETIEN C.J. JONES

< Mike a mis deux heures à se décider avant de passer la première galette.

« Monsieur » désirait sentir le « mood » avant de se lancer. Il se prenait trop au sérieux, un vrai ayatollah du funk. Nous, on voulait juste danser et s'amuser. >

PIÈCE 506 ENTRETIEN MIKE DAIZON

< Ouais, j'ai pris mon temps et y a eu quelques grognements. Mais le premier morceau d'un mix, ça se choisit. J'ai balancé un classique, *Payback* de James Brown. Totalement approprié vu la situation. >

*

« Mike, on peut te parler ? »

Daizon lâche ses platines, C.J. et Dean se tiennent près d'une dame d'une quarantaine d'années, en robe, malgré le froid. Le petit bout de femme détaille l'ancien champion de la tête aux pieds.

« Nous voulions te présenter notre mère... »

Il se penche pour la saluer, elle attrape sa main et ne la lâche pas.

« Monsieur Daizon, avec tout le respect que je vous dois, j'ai uniquement deux fils. Ils veulent servir la communauté, intégrer l'escadron de recherche du tueur de Charleston. Je leur ai répété qu'il y avait d'autres façons de prouver son utilité. Mais ils sont jeunes... Monsieur Daizon, je ne vous demande qu'une chose : les ramener tous les deux en vie. Ce sont mes enfants, je n'ai qu'eux.

– Madame, ils reviendront avec nous, je vous en fais la promesse. Ils ont de la chance d'avoir une maman qui les aime autant...

PIÈCE 507 ENTRETIEN C.J. JONES

< J'ai détesté l'idée que ma mère rencontre Mike. On passe pour quoi ? Des petites meufs qui savent pas se gérer ! Pourquoi a-t-on été choisis, Dean et moi, plutôt que d'autres jeunes ?

Quand Daizon et madame Goldman ont pénétré dans la baraque, je suis intervenu, les armes à la main et j'ai failli tuer cette fillette.

J'ai complètement merdé.

Un truc s'est vrillé dans mon cerveau. Je suis resté dans un état second jusqu'au matin. J'étais comme coincé dans une boucle, je me voyais entrer et tirer. À chaque fois, j'éclatais la gosse. Quand j'ai enfin repris mes esprits, je suis parti causer à madame Goldman. Elle préparait les réunions, le bras amoché. Une sacrée dame !

Je lui ai dit qu'elle avait raison – je n'étais pas prêt. J'ai rendu mon pistolet et j'ai ajouté que je joindrai une équipe chargée de la maintenance et du nettoyage.

Elle a récupéré mon arme sans un mot.

Quelques jours plus tard, quand ils ont réalisé la sélection des membres de l'expédition pour Charleston, elle m'a invité à participer au test.

Au tir et en course de bagnole, je n'étais pas le meilleur, j'suis arrivé cinquième.

Mais j'ai été choisi. Elle a estimé que cette première expérience désastreuse et la réflexion que j'avais eue me donnaient un avantage sur tous les autres. Je lui ai annoncé que jamais je ne partirai sans mon frère. On a jamais été séparés plus de vingt-quatre heures – bon, c'est du pipeau, mais je ne me voyais pas aller à la castagne sans lui – elle m'a dit, « OK, vous signez tous les deux. »

Et voilà comment nous avons intégré le groupe de chasseurs de nazis. >

CHAPITRE 46

La dizaine de vigiles postés aux alentours de l'immeuble observe John garer son véhicule banalisé. L'uniforme qu'il porte ne les rassure pas, ils le braquent dès qu'il pose le pied dans la poussière. L'ex-taulard ajuste sa casquette de flic, se racle la gorge.

« Salut, les mecs ! »

Un garde, bâti comme un Polonais, le jauge rapidement et se demande si ce *black* est un vrai flic et non un *gangmember* venu chercher les emmerdes. Green mimique celui qui maîtrise, il articule lentement, d'une voix basse, sans élever le ton.

« Je cherche Hauser et Friedkin.

– Connais pas.

– Ne me fais pas perdre mon temps, dis à ton chef de rappliquer fissa ! »

Là, John a gueulé, le gars sursaute, il ne s'y attendait pas. Traiter les connards comme des connards, une stratégie gagnante, ce genre de mec ne comprend que les aboiements. Le vigile galope chercher son boss, un grand échalas en uniforme militaire, cheveux en brosse et pistolet à la ceinture.

Une vraie baltringue de chef qui se la pète, se dit John, *lui va me faire chier.*

Le type le scanne, mais avant qu'il ne prononce un seul mot, une mini-tornade se forme et le sable vole. Ils courent se réfugier à l'intérieur du bâtiment. Une fois à l'abri, John a un sifflement involontaire.

Les salauds se sont bien installés, ils ont vu grand !

Le chef caresse la crosse de son pistolet, une pétoire qui aurait toute sa place dans la quincaillerie d'accessoires utilisés dans les séries en noir & blanc de CBS. D'ailleurs, avec sa coupe de cheveux et sa mâchoire carrée, il aurait pu intégrer le casting de *Rawhide*[37] aux côtés de Clint Eastwood. *Je parie que ce crétin cultive la ressemblance, il est assez con pour croire que son regard bleu acier lui donne de l'autorité,* pense John ironique. « Montre-moi ta plaque », ordonne le boss.

« Si j'avais une plaque, j'aurais l'uniforme neuf qui l'accompagne », réplique Green, du tac au tac.

Le mec sourit, mais garde sa main sur la crosse de son arme.

« Qu'est-ce que tu veux exactement, *mon garçon* ? »

Green a une furieuse envie de lui tirer une balle dans le genou, mais il se retient. Il sort calmement son calepin, parcourt du doigt sa liste.

« James Friedkin, Terence Hauser, deux cadres de JP Morgan... Je les veux. »

Le type reconnaît les noms des employés de la firme et se détend.

« Non, on ne les a pas. Ici, il n'y a que les pontes de la banque, la *crème de la crème,* les associés qui doivent absolument être protégés. »

Green hoche la tête, comme s'il approuvait.

« Vous êtes super bien installés. Je peux jeter un coup d'œil ? »

Le chefton a un sourire, il brûle d'envie de se faire mousser.

« Rapide alors ! »

Les pouces dans son ceinturon, il joue au châtelain. Il parade devant Green, ouvre les portes tout à son importance de privilégié qui crèche aux pieds des grosses huiles. Sa réalité de clébard puant, l'imbécile l'oublie. La nuit, ses maîtres le chassent, et c'est dans sa niche qu'il dort.

---

37. *Rawhide,* série américaine composée de 217 épisodes en noir & blanc diffusée sur CBS en 1959.

Green découvre les pièces refaites. Les décorateurs ne se sont pas fatigués pour piquer le mobilier, ils se sont servis dans les salles du NMAAHC[38]. Green le connaît par cœur, il y a passé deux ou trois étés, surtout pour profiter de la clim'. Quand la chaleur d'août s'abat sur Washington, tout un tas de mecs file au musée. C'est climatisé et ils n'ont aucun con de barista sur le dos.

« Les anciens habitants, ils se sont volatilisés où ?

– Ah, ça, c'est pas *notre* problème !

– Ah ouais ?

– Le grand patron de JP Morgan a dealé directement avec Steven Mnuchin[39]. Ils se sont assurés qu'ils seraient couverts en cas de poursuites judiciaires avant de foutre tout le monde à la porte. Pas question de se retrouver à la barre des accusés une fois le retour à la normale. Ils nous ont chargés de mettre le *process* en place... »

PIÈCE 360 ENTRETIEN JOHN GREEN

< *Process* ? Bande de cons ! On parle d'expulser des femmes, des enfants, des personnes âgées. Y a que des gens comme eux pour croire qu'un mot technique redonne de l'humanité au projet ! >

Green sourit, complice, comme s'il approuvait la politique de la maison.

« Tout a été fait dans les règles alors ?

– Ouais, m'sieur ! Pour les deux types que tu cherches, ils sont peut-être à quarante minutes d'ici. La plupart des cadres de la Bank se sont installés dans un espace

---

38. NMAAHC : National Museum of African American History and Culture (Musée national de l'histoire et de la culture afro-américaine).

39. Steven Mnuchin est un ancien cadre de la banque Goldman & Sachs, membre du gouvernement de Donald Trump.

pavillonnaire. Ils appellent ça un I.S, un îlot surveillé – une succession de baraques délabrées qu'ils se sont appropriées ! Les traders ont mutualisé la sécurité en attendant qu'une place se libère. Pour eux, ce cube en béton, avec eau et électricité à tous les étages, est un Hilton cinq étoiles. Tu sais comment ils l'ont surnommé ? *L'Arche de Noé*... ça en dit long sur leur état d'esprit ! Ces cons se fantasment en animaux en voie de disparition ! Tu veux un coca, j'en ai au frais ? C'est l'avantage d'avoir un générateur. »

PIÈCE 361 ENTRETIEN JOHN GREEN

< Quand le type a parlé d'un décret rapidement promulgué permettant une amnistie pour les crimes qui seraient commis, j'ai compris que les huiles jouaient le coup d'après, en sécurité dans leur forteresse improvisée. Il fallait frapper vite et fort, avant qu'ils ne reprennent le contrôle de la situation. >

*

PIÈCE 607 ENTRETIEN MIKE DAIZON

< On est partis à deux voitures, la Pontiac Firebird 74' de Shane et le Hummer conduit par les jumeaux C.J. et Dean Jones.

Sur la route, entre Anacostia et North Charleston, on a rencontré une sacrée misère. On a accéléré, les yeux rivés sur l'objectif, pour ne pas multiplier les haltes de secours. >

PIÈCE 608 ENTRETIEN C.J. JONES

< J'ai vu les premiers camps de survie gérés par le gouvernement. De grands espaces barbelés balayés par les vents où des centaines de gens s'entassaient. Un coin de Somalie aux États-Unis.

Comment croire une seconde que les Blancs allaient se laisser parquer comme des animaux sans réagir ? >

PIÈCE 609 ENTRETIEN SHANE WRIGHT

< Certains Blancs avaient choisi de ne pas rejoindre les camps de survie à cause des rumeurs qui circulaient. Ils pensaient que le gouvernement en profitait pour implanter des puces pour contrôler la population en cas de soulèvement. Que les bases cachaient des camps d'extermination élaborés par notre communauté, nous les Noirs. Pour se débarrasser d'eux, les rendre stériles et juguler l'Amérique par la démographie. Bien sûr, comme si on s'était subitement transformés en docteur Mengele.

Voilà le genre de fumisterie que les survivants étaient prêts à avaler. Fox News, Steve Bannon[40] et QAnon avaient bien préparé le terrain. Pendant des années, ils ont creusé le sillon de l'angoisse et de la paranoïa. L'Amérique de la peur campait au milieu de ses propres vestiges. >

*

6 rampe sur plusieurs dizaines de mètres, à la suite de l'escadron. Un minuscule vasistas s'ouvre et, stupéfait, il découvre une salle d'opération tactique. Une termitière de flics, de quelques mètres carrés, dans les égouts de Washington.

Sur un pan du mur, un tableau noirci de notes, dans un coin de la pièce, un canapé défoncé. Un homme dort en travers, en tenue de combat. Un autre est vautré sur une chaise, *6* se crispe en découvrant le canon dirigé contre sa poitrine.

---

40. Steve Bannon fut conseiller de Donald Trump. Il est le fondateur du site Breitbart considéré comme la plateforme de l'Alt-Right.

Le chef intime à son collègue de baisser son arme.

« Il est de la maison. On l'a récupéré chez des négros. »

– Ah ouais ? » répond, placide, le flic en rangeant son.45.

Le reste du gang s'éparpille dans la minuscule pièce.

« C'est pas le grand luxe, fait le chef, mais ici, tout est sous contrôle.

– Il y a combien de postes comme celui-ci à Washington ?

– Assez pour qu'on se dise que le terrain, on va le reconquérir », tranche une voix.

L'homme qui a parlé toise *6*, la cagoule qui dissimule son visage lui donne un avantage psychologique. Mais l'ex-flic ne baisse pas les yeux, au contraire. Cette attitude de défi de la part de ses collègues est son quotidien depuis sa sortie de l'école de police. Il porte sa couleur de peau comme un fardeau. Pour nombre de flics, être noir dans la police est soit une aberration, soit un moindre mal qui s'explique par les soubresauts de l'histoire dont ils se seraient bien passés.

Le chef coupe court à la baston de regards, il sert à *6* un café dans un vulgaire gobelet en plastique mâchouillé.

« Le seul privilège de la maison. Le café chaud aussi dégueulasse qu'avant. Désolé, les tasses sont rares. »

6 sourit, s'appuie contre un mur et écoute. Le gradé écrit une dizaine de noms au tableau. Il s'approche alors de l'ex-flic, assez près pour le renifler, lui tend un stylo.

« Toi, tu tires un trait.

– Comment ça, je tire un trait ?

– Tu tiens à jour la comptabilité des morts. »

6 retient sa respiration.

« Qui sont ces mecs ?

– D'anciens détenus politisés, des antifas, des activistes BLM qui ont œuvré contre le système. Tout un tas de merdes dont on aurait dû se débarrasser depuis un bon bout de temps. On n'a pas réagi et la gangrène s'est propagée. Alors toi, tu t'installes à cette table, branché à ce talkie et tu tiens les comptes. Compris 6 ?

– Je n'aime pas qu'on m'appelle par ce numéro, c'est le surnom que ces salopards m'ont donné.

– Moi, je l'aime bien, conclut le chef en s'équipant. Ici, on a tous des numéros, alors autant que tu gardes le tien. Ça me fera du boulot en moins à t'en chercher un. »

Un flic s'esclaffe, lui tape sur l'épaule.

« Les négros me l'auraient filé, je l'aurais porté comme une médaille. T'es entré dans leur cerveau, *boogeyman*, t'es le bouffeur de nègres, mon pote ! »

PIÈCE 345 Entretien 6, ex-policier

< Je supporte pas ce numéro, c'est une infamie, mais j'suis qu'un invité et un invité, ça ne chie pas sur le tapis du salon en faisant tout un tas d'histoires.

De toute façon, si j'avais ouvert ma bouche, ils m'auraient collé une balle, j'en suis certain. D'ailleurs, prouvez-moi qu'un autre condé de Washington ne s'est pas autobaptisé 6. Ce flic a pu trouver drôle de reprendre mon « sobriquet » donné par les médias. Un pied de nez aux gauchistes ! À la manière d'un *copycat*.

Ce flic, affublé de mon surnom, a accouché d'un monstre malfaisant pour hanter tous les ennemis de l'État.

Vous semblez découvrir l'existence de commandos-tueurs qui agissent en toute illégalité. Le gouvernement américain a une longue tradition derrière elle. Drones armés opérant dans des pays étrangers sans autorisation. Hommes cagoulés qui font le coup de poing hors des frontières. Mais pas la peine d'aller si loin pour trouver des escadrons de la mort. Les assassins se régalent sur le territoire national. Notre putain de police de *Prince George's County*, parlons-en ! Dans les années soixante, un *death squad* a vu le jour de manière non officielle[41]. L'objectif était d'éliminer de jeunes braqueurs qui sévissaient dans les environs, les soustraire à la justice et marquer les esprits. La police les a tués. L'escadron a été dissous et personne n'a été inquiété. En Amérique, les flics sont tout-puissants, juste à la droite de Dieu. Et vous croyez encore que j'aurais pu m'opposer à cette police. Non, comme je vous l'ai dit, je n'ai fait que suivre les ordres. >

CHAPITRE 47

Green gare sa bagnole en pleine rue. Quand il sort, il conseille à son passager de se planquer.

« Fais-toi tout petit, le danger est partout. »

La forme disparaît subitement sous la couverture sale et devient invisible, un rat. Seuls un bout de basket semblable au premier prix vendue chez Wal Mart et le revers de son pantalon dépassent du plaid trop court. Un amateur de marque italienne aurait eu le nez fin en devinant, à partir des quelques centimètres d'étoffe, un modèle de chez Francesco Smalto vendu 7.800 dollars l'unité.

De la main, le planqué essuie la vitre sale du véhicule, histoire de suivre la progression de John Green. Plein d'espoir, il le voit sortir d'une démarche assurée, main sur la crosse de son arme, casquette de flic vissée sur le crâne, vers un pavillon.

41. En 1978, des rumeurs ont fait état d'un groupe de détectives, opérant sous couverture, chargé de pousser de jeunes braqueurs à passer à l'acte pour les tuer pendant les flagrants délits provoqués.

Sur le passage de Green, des têtes pointent aux fenêtres. Émergeant sur leur perron, des petits Blancs le saluent enthousiastes, avec des gestes avenants. « Tu viens me chercher ? », « Ma femme est enceinte, j'ai prévenu l'Arche, il était temps que tu viennes, elle va accoucher ! », « J'ai un thermos de café chaud, entrez monsieur le policier, pour discuter ensemble des modalités de mon déménagement ! »

Il a envie de leur crier, « non, bande de connards, vous avez écopé de la perpet', votre séjour est à durée indéterminée ! » Mais il préfère les voir s'agiter comme des moineaux.

Il frappe trois grands coups dans la porte en hurlant.

« Hauser ! »

Il entend de l'agitation, une main écarte le volet en bois. Les contours d'une tête ébouriffée apparaissent, bien visibles entre les plinthes. Un Blanc, ravagé par la vie. Green devine le cerveau du pauvre bougre entrer en ébullition.

Un flic black ? Nom de Dieu ! Il parait que c'est la vengeance élaborée par les gangs du quartier. Frapper à la porte d'une famille blanche nouvellement installée, lui raconter des bobards pour qu'elle les suive et hop, le lendemain, c'est une colonie qui a réintégré sa propriété. Pour les Blancs, c'est le début des grosses emmerdes.

Les victimes sont enterrées vivantes, ou entassées dans des baraquements où même les cochons crèveraient, étouffés par la saleté. Puis, c'est les tortures et les viols, et, quand les bourreaux ont trop esquinté leurs jouets, on achève les pauvres Blancs à coups de machette pour les bazarder, basta, à la décharge.

John attend sur le perron deux bonnes minutes avant qu'on ne lui ouvre. Une tête, à la mine peureuse et défaite, se montre dans son entièreté.

Hauser, le type qui a programmé la mort de sa grand-mère adorée derrière son écran d'ordinateur.

*

« Remonte ta vitre, Mike ! »

Daizon regarde la route complètement dégagée.

« Où est le problème ? »

Shane pointe du doigt un léger monticule.

« Là !

– Ouais et alors ?

– Mate le côté opposé de la route ! »

Sur le chemin, un second monticule uniforme de sable, comme parfaitement ratissé à la main. Au milieu de la minuscule dune, un reflet suspect : le canon d'une arme dissimulée. Daizon empoigne son talkie-walkie.

« Dean, marche arrière ! »

La voiture des jumeaux fait demi-tour dans un crissement de pneus. Deux hommes émergent déjà de la poussière, comme des morts-vivants qui sortent de terre – en habits militaires loqueteux, armés de fusils-mitrailleurs rutilants.

Parmi la clique, un type a poussé le vice jusqu'à revêtir un uniforme de la guerre de Sécession comme un signe d'appartenance outrancier à la cause dont il est le glaive. Et sur sa veste grise, certainement volée à un musée, un gilet pare-balles dernier cri.

Voilà ce qu'on va trouver sur notre chemin, des fous furieux adorateurs du général Lee et du Klan, des dépouilleurs, des salopards, prêts à nous faire la peau, se dit l'ancien champion.

PIÈCE 609 ENTRETIEN MIKE DAIZON

< Ces mecs qui étaient-ils ? Probablement des membres d'une milice chrétienne millénariste ou d'un groupe Alt-Right – des cinglés en tout cas.

Mais c'est à quelques kilomètres de North Charleston qu'on a vu le vrai changement. C'était irréel. >

PIÈCE 610 Entretien Shane Wright

< Nous les avons vus de loin, en file indienne, fers au pied. Des centaines d'hommes noirs, certains armés de pelles et de pioches. Ils déblayaient la route, surveillés par des gardes blancs.

Ils sont vite revenus aux bonnes vieilles méthodes. On a stoppé net les véhicules. L'épreuve suivante nous attendait : dénicher une technique d'approche indétectable. >

CHAPITRE 48

« Ce que tu vois, c'est le quartier noir de North Charleston... » explique Daizon en observant à la jumelle une large étendue circonscrite de barbelés. « Faut faire gaffe, Shane, y a des hommes armés partout. »

Shane accélère, la Firebird avale la côte, suivie de près par le Hummer des jumeaux. Devant elle, au loin, des monticules de sable, vestiges d'anciennes habitations. Mike range la carte dans la boîte à gants et baisse la vitre, quelque chose dans le paysage a accroché son regard. La Firebird se rapproche à grande vitesse, une forme émerge alors, suspendue, à un arbre.

« Bordel, qu'est-ce que c'est ? »

Un Noir, pendu à une branche, les mains attachées dans le dos. Sa chemise béante laisse entrevoir son torse cramé. À son cou, une pancarte. Shane, horrifiée, découvre l'inscription.

« *Les négros, barrez-vous de notre ville avant le coucher du soleil*[42] *!* »

Elle freine brutalement. Le talkie-walkie grésille, elle entend la voix déformée de Dean.

« Vous avez vu ! »

Mike pose sa main sur la portière pour l'ouvrir, mais Shane l'arrête d'un geste.

« Reste ici ! Ils ont foutu ce cadavre pour piéger les bonnes âmes qui chercheront à le décrocher. »

Daizon mate la route, son regard scanne le sable en quête d'excroissances suspectes. Il voudrait pouvoir pénétrer la poussière pour y détecter les tueurs invisibles, les maniaques ensevelis qui patientent, avec leurs fusils, leurs cordes, et leurs rêves de lynchage.

« Qu'est-ce qu'on fait ?

– On continue, déclare Shane catégorique.

– Et on le laisse là ? »

Daizon n'en revient pas.

« Non, ça, je ne peux pas ! »

Il empoigne le canon scié. Si des mecs l'attendent, il se les fera, rien à foutre. Il pose le pied sur la route, bien décidé à traverser le territoire ennemi. Il entend une portière claquer. Dean est derrière, en couverture.

Il escalade le tronc en s'aidant des branches. L'odeur du cadavre le saisit, des mouches tourbillonnent autour de lui. Il attrape le corps par les épaules et, d'un coup de couteau, tranche les liens. Quand il le charge sur son dos, un liquide brunâtre coule sur son blouson en cuir.

---

42. *Nigger, don't let the sun go down on you on your town !* Phrase mise à l'entrée de certaines villes américaines au plus fort des tensions raciales. Cette ségrégation a, selon les époques, frappé les Noirs, les Juifs et même les Japonais.

« On a la place pour le mettre dans le coffre du Hummer, le ramener chez nous et l'enterrer dignement », chuchote Dean secoué.

L'ex-champion fait non de la tête.

« Imagine que des flics ou des militaires nous chopent ? Va leur dire qu'on l'a décroché d'un arbre où il était pendu pour lui offrir les derniers sacrements. Ils nous colleront une balle ou perpet' ! »

Le gosse a la gerbe qui lui remonte directement de l'estomac, tous les sens flingués par la pestilence qui s'échappe du cadavre. Mike le tient dans ses bras, comme si c'était un pote de chambrée assommé par une cuite monumentale. On pourrait presque croire que le pendu est encore en vie, secoué par la respiration saccadée de l'ancien champion. Dean s'accroche à un arbre pour ne pas tourner de l'œil. Mike le regarde étrangement.

« Oh, gamin, ça va aller ? »

La tête du mort a roulé sur l'épaule de Mike, telle une tentative de suçon dans le cou. Dean se racle la gorge, espère que sa voix ne parte pas dans les aiguës, mais les mots refusent de sortir. Daizon a compris.

« Va me chercher une couverture dans le coffre, discute pas. »

Dean détale, laissant Mike face à l'être sans vie. Le boxeur regarde ses membres désarticulés. Cet homme demeurera dans cette forêt infestée de créatures nocturne, à la merci de ceux qui l'ont exécuté.

Il aurait aimé le mettre en terre, lui rendre sa dignité. Lui assurer la tranquillité relative de l'éternité. Daizon s'accroupit, joint ses mains et s'adresse à Dieu à mi-voix.

« Faites qu'il soit accueilli parmi vous et trouve le repos éternel... »

La mâchoire du macchabée s'affaisse brutalement, dans un craquement.

Daizon remarque une forme blanchâtre dans sa bouche. Il se penche et doucement retire le bout de papier enfoncé dans la gorge.

Sur le flyer publicitaire taché de sang et ramolli par la salive, il découvre une inscription *FIFTY-FIFTY, club de strip, les plus belles fesses de la ville ! Venez vous régaler !*

*

Green observe la réaction de Hauser quand il lui apprend son intégration à *L'Arche de Noé.* C'est comme assister en direct à un tirage gagnant du loto.

Le mec a pris dix centimètres d'un coup, ses ergots de coq ont instantanément repoussé. Sa femme, elle, s'est carrément jetée dans ses bras, l'a embrassé fougueusement et s'est ruée dans le salon préparer les gosses. C'est là que Green pose les conditions.

« Ta femme et tes gosses ne viennent pas.

– Quoi !

– Uniquement toi ! »

Il observe le mec se décomposer, moins que sa femme, qui a viré au gris et qui serre ses deux enfants contre elle. Green ne perd pas une miette de l'expression apeurée de la mère de famille.

Tu t'imaginais prendre un bain, te raser tes foutues aisselles et turluter ton champion olympique de mari pour fêter cette belle victoire. Eh bien c'est raté !

Un rush jubilatoire lui monte au cerveau, court et intense, à la mesure de la déception engendrée par son procès.

« Je ne pars pas sans ma femme et mes enfants, c'est non négociable ! » lance Hauser, catégorique.

Green ne dit rien, il tourne les talons. Il s'éloigne calmement, traverse le jardin aux herbes piétinées en prenant tout son temps. Quand sa main se pose sur la poignée de la portière, il entend la voix essoufflée du banquier dans son dos.

« Attendez… Je viens, je vous suis. Mais ma femme, elle me rejoindra dès ce soir, hein, dès que j'aurais négocié avec les patrons ? Hors de question que je la laisse là. »

Le mec le fait suer avec ses « hors de question » et ses « non négociable ». Il s'est cru où ? Au téléphone, à dealer un contrat à six chiffres dans le monde éthéré et virtuel de Wall Street ? Retour à la réalité, mon pote, dans mon monde, tu ne vaux rien et ta femme a la valeur d'une crotte de chien. Green lâche sa mini-bombe, sans élever la voix.

« Je ne sais pas si on l'autorisera à vous suivre.

– Ils ne prennent pas les familles ? croasse sa femme d'une voix plaintive.

– Juste celles qui valent le coup. »

Le type reste sans voix. À sa tronche, John imagine son dialogue intérieur.

Juste celles qui valent le coup ? Ça veut dire quoi, connard, que ma famille c'est de la merde ? Ma famille est parfaite, elle coûte bonbon, huit millions de dollars par an, c'est du fric, c'est ce que je génère en une année. Ma femme a fait le calcul, une fois, pour se marrer. La merde, c'est les autres !

John toise l'épouse, c'est elle la cible, maintenant.

« Il paraît qu'ils font passer un entretien, pour voir si la famille est vraiment *indispensable.* »

En entendant *indispensable*, elle lâche des larmes. Son mec garde le silence, il reconnaît là les méthodes de son employeur. Il est tellement conditionné que toutes ces règles bidon lui semblent naturelles. Il se tourne vers elle, la serre dans ses bras.

« Je vais être bon. Tu dormiras à mes côtés ce soir. »

Des paroles de cow-boy.

Green s'écarte, pour mieux les observer. Hauser a glissé le calibre dans la main de son épouse et lui montre comment tirer. Il n'a pas hésité longtemps. L'ex-taulard jubile.

Tu l'abandonnes sans trop de remords toute une nuit dans ce merdier, seule dans une baraque avec tes enfants. Super, champion ! T'es tellement aliéné que tu ne reproches même pas à la Bank de te foutre dans une situation aussi dégueulasse. Tu leur as fait gagner un paquet de fric, mais voilà, maintenant, ils te traitent comme un étron et tu acceptes avec reconnaissance. Huit millions de salaire par an, et pourtant tu gardes la mentalité du bon ouvrier. Le patron reste le patron, et il a toujours raison.

Hauser ouvre la portière et découvre son collègue caché sous une couverture.

Friedkin, le chef du département Middle East de JP Morgan, est aussi crado que lui à part le pantalon Francesco Smalto taché, troué signe du faste de sa vie passée. Oubliées les compétitions du lundi matin pour désigner le directeur le mieux sapé. À cette époque, il pouvait claquer 50.000 dollars par an, rien qu'en costards et cravates.

Les deux hommes finissent par se serrer la main. Hauser reste totalement silencieux quand la voiture s'éloigne et que sa femme se rue vers la maison en chialant.

Green roule en faisant bien attention, son arme posée sur ses genoux. Finalement, ça a été facile de les choper. Il se détend, apprécie le moment. Ces deux connards s'apprêtent à prendre conscience de la brutalité de la vie. Il les voit dans le rétro, les sourcils froncés, à cogiter et à se regarder de travers, déjà en concurrence.

★

« T'es content de toi, Mike ? Et s'il y avait eu des dizaines de mecs, planqués dans les coins, à t'attendre, tu crois qu'on aurait fait le poids ? gueule Shane, hors d'elle.

– Si on doit me tuer pour ça, on me tuera. Mais je ne laisserai jamais un Noir pendu à un arbre. Nos morts sont à préserver au même titre que les vivants. »

PIÈCE 690 ENTRETIEN SHANE WRIGHT

< Je sais que Mike a raison. Mais à ce moment précis, j'étais si flippée que j'étais prête à tirer un trait sur mes plus profondes convictions. Mike a su me rappeler une évidence essentielle. Nos morts méritent autant que les vivants que l'on se batte pour eux. >

Daizon se cale dans le siège de la Firebird, l'odeur du cadavre accrochée à lui. Il retire de sa poche la carte du club et la pose sur le volant.

« Les enfoirés ont signé leur crime. On a peut-être une chance de trouver notre salaud là-bas. Dans ce repaire de tueurs de nègres. »

PIÈCE 1012 ENTRETIEN MIKE DAIZON

< Le pendu avait parlé. Il demandait justice. >

PIÈCE 1013 ENTRETIEN SHANE WRIGHT

< Ces salopards du *Fifty* continuaient leurs exactions. Inévitablement, une force noire inébranlable devait se dresser contre leur existence meurtrière. >

CHAPITRE 49

« Oh, *6* réveille-toi ! »

Il se lève brutalement du canapé et découvre sur le tableau une nouvelle liste écrite en rouge.

Hauser, Fridkin, Montgomery...

« Il y a une heure de ça, annonce le chef d'escadron, une femme s'est pointée, en panique, avec ses enfants, à l'Arche de Noé. Elle affirme que son mari passe un entretien pour être admis dans l'immeuble. Elle veut rencontrer les pontes de la Bank, les convaincre de l'utilité d'héberger leur famille...

– C'est quoi cette connerie ?

– On nous a signalé la disparition de plusieurs employés de JP Morgan. Un homme, noir, la trentaine, les aurait kidnappés. Il a pris Hauser, le mari de cette femme. Il lui a raconté un bobard – une admission à l'Arche, après un test – et le bankier a plongé dedans. Ce négro se baladerait en uniforme de flic. Ce type, où qu'il soit, est notre priorité. On le trouve, on le tue. »

Le chef pose un flingue sur la table.

« Il a deux heures d'avance sur toi. Tu pars à la chasse en solo sous mes ordres. Il est quelque part caché dans le secteur 8, un coin infesté par la racaille noire. Conduis-toi en flic, c'est tout ce que j'attends de toi.

– Et la femme et ses enfants, ils sont passés où ?

– Elle a été mise à la porte avec ses gosses. Nous ne pouvons pas laisser un précédent se créer et que tous les petits employés débarquent à l'Arche... »

PIÈCE 544 ENTRETIEN 6, EX-POLICIER

< J'ai pris le calibre. Il était encore chaud, il avait servi peu de temps auparavant. Quelle est ma responsabilité face au désastre qui a suivi ? J'ai juste exécuté les consignes d'un supérieur hiérarchique qui tenait ses instructions du patron de la police de Washington.

La chaîne du commandement a été respectée dans toute sa légitimité. Alors oui, j'ai reçu l'ordre de tuer cet homme, mais il était moins question d'un homicide que de neutraliser une menace. Par son crime, le kidnappeur s'est mis hors la loi. Les bankiers de JP Morgan ne méritaient certainement pas le sort que cet ex-taulard leur réservait. >

*

Le parking du club est désert, les rares bagnoles sont ensevelies, comme délaissées depuis un millénaire. Plantées éparses dans les dunes, des ordures diverses abandonnées par les glaneurs. Shane a la désagréable impression d'être dans un cimetière où les tombes seraient remplacées par des objets du quotidien devenus obsolètes.

La jeune femme fait un signe aux jumeaux de se planquer plus loin, le moteur allumé. L'endroit est sordide, à l'image de tous les clubs de *strip* d'autoroute. Daizon inspecte le bâtiment en béton balayé par les vents.

« Cet endroit pue du cul ! »

Shane hausse les épaules, glisse un chargeur supplémentaire à son ceinturon.

« Tu t'attendais à quoi ? À Hugh Heffner, en robe de chambre, un cocktail de bienvenue à la main ? »

Malgré l'angoisse qui lui tord l'estomac, Shane se penche et embrasse son amoureux, dans la précipitation leurs dents en or s'entrechoquent provoquant une légère étincelle qui les fait tous les deux tressauter. Shane ébouriffe les cheveux crépus de Daizon.

« Toi et moi, on était faits pour se croiser, on dirait. T'es prêt à foutre une déculottée à ces enfants de putain ? »

*

« Hey, ils se sont échappés du zoo ? »

Bee s'arrête de nettoyer le bar. Des négros, ici ! Elle attrape son talkie-walkie, sa voix vrille dans les aigus.

« Ouais, juste deux ! Je ne sais pas ce qu'ils foutent là... T'inquiète, je panique pas ! »

Le ton grave du Juice dope sa confiance comme une ligne de came. Le mastard rappliquera dans moins d'une minute avec la cavalerie, à elle de prouver sa valeur de soldat.

Quand il me verra en action, il cessera de renifler la chatte de ma mère et s'occupera un peu plus de la mienne ! Déterminée, la strip-teaseuse remet en place son push-up.

« Mate-moi ça, Mike ! »

Daizon ne peut pas s'empêcher d'éclater de rire devant le spectacle de Bee et de ses seins *XXL* qui ballottent à chaque pas. Elle zigzague entre les tables, la tête haute, comme à un défilé Dolce Gabbana organisé par les Kardashian. L'ancien champion range son.45 à son ceinturon, un ricanement involontaire s'échappe de ses lèvres.

« Une petite nana, en talons, armée d'un flingue qui dépasse de la culotte, yeah !

– T'emballe pas champion, on n'est pas là pour tringler de la locale ! »

Bee se plante devant eux. Pose de cowgirl vicelarde – jambes écartées, nibards en avant, geste suggestif qui caresse la crosse.

« Je vous sers une bouteille, messieurs ?

– Il y a une dame parmi nous », annonce Daizon, lui coupant son effet.

Bee plisse ses yeux myopes, genre *tu te fous de moi, mec !*

« Là ! » précise la cascadeuse en claquant des doigts.

Daizon pousse une chaise du pied.

« Assieds-toi.

– M'asseoir pour taper le bout de gras ? Vous me faites bien rigoler ! Retournez à votre vie crasseuse, cassez-vous d'ici ! »

Shane se plante de toute sa hauteur devant la danseuse. Elle déplie son mètre quatre-vingt-cinq et Bee se retrouve dans la peau d'un chihuahua.

« Quand on est gaulée comme une truie qui allaite, ça sert à rien de s'acharner à porter des talons. Arrête tes conneries, petite meuf. »

La porte de secours s'ouvre et le proprio déboule avec un colosse à la tête de cochon, mélange de gras et de muscles – un bodybuilder qui aurait oublié de sécher. Voir le boss et Juice dans le reflet d'un miroir redonne confiance à Bee. Elle veut faire un truc de ouf pour épater la galerie.

« On dirait que je te connais, toi. T'as fait la *Ferme des Célébrités ?* C'est quoi ton blaze ?

– Mike Daizon.

– Le *Mike Daizon* ? »

Bee éclate d'un petit rire d'hyène, attrape les couilles de Mike et les serre, ravie.

« J'ai toujours rêvé de choper les couilles d'un *people* ! »

D'un coup sec, Shane propulse Bee contre une table, où la serveuse s'écroule comme une poupée désarticulée.

« C'est trop pour ta petite main, tu devrais utiliser les deux », grogne Shane en se rapprochant, sous la menace des deux hommes qui ont aussitôt braqué leurs fusils d'assaut. Mais la cowgirl s'est redressée et toise la cascadeuse, arrogante. L'imbécile s'est placée entre les canons et leur cible.

« Toi, t'imagines même pas ce qui va t'arriver ! »

Elle attrape son flingue et le pointe vers Shane qui la désarme, si simplement que la strip-teaseuse reste plantée sur place comme une conne, l'insulte en suspens dans la bouche. Son pistolet valdingue à l'autre bout de la pièce.

« Je déteste taper les petits boudins, casse-toi ! »

L'ordre agit comme une claque, Bee tourne les talons prestement, et se réfugie derrière l'une des tables désertes, petit roquet inquiet, entre Juice et le patron du *Fifty*, un biker à la carrure de catcheur.

Shane saisit sa grenade trafiquée, enclenche le mécanisme. Daizon capte la manœuvre, il se campe sur ses jambes, son arme pointée vers les deux malabars. Pas question pour le boxeur de voler comme le flingue de Bee au premier coup de feu.

Shane observe l'homme qui caresse les cheveux de la strip-teaseuse. Il porte un blouson en cuir aux manches coupées. Ses bras piqués aux stéroïdes éclatent les coutures.

Juice regarde Shane et sait trop bien ce qu'elle fait, elle soupèse mentalement sa masse musculaire pour voir si elle fait le poids.

« Mais t'es pas à la hauteur, connasse, cherche pas ! » crache le videur entre ses dents.

Une bravade dans l'espoir de paniquer son opposant. Cette *black*, avec sa teinture blond platine et son total look cuir, lui évoque ces putes agressives qui chassent le client pour un misérable et unique dollar. Vérolées de toutes sortes de maladies plus dégueulasses les unes que les autres, elles osent quand même te toiser, elles s'imaginent que l'étron gluant, c'est toi.

Il n'a qu'une envie, fracasser cette Cheeta et son nègre.

Avec horreur, il découvre alors ce qu'elle tient dans sa main, une grenade – *fuck you bitch !* Voilà pourquoi cette pute marche comme la reine de Saba, en roulant du cul !

Shane agite une photo sous le nez du patron.

« Je cherche ce mec, un certain Rust. »

Juice attrape le Pola de ses mains, calmement, comme si la menace de la bombe, prête à exploser sa tronche, était un mirage.

« Tu permets ? »

Il fait mine d'observer chaque détail, puis la déchire en deux. Il se colle à Shane, sa voix sort, caverneuse.

« Dégage de là avec ton mac', barrez-vous sinon je vous encule !

– Nous enculer, avec quoi ? Ton pénis n'est pas plus gros que ma vulve. À ta place, j'éviterais de le mentionner ! »

Le colosse doute un instant, se demande comment cette négresse peut avoir une telle assurance. Elle doit avoir un *backup* de malade, des excités, armés, prêts à les dépecer. Il serre les dents, aboie un ordre.

« Dis à l'autre nègre de remballer son flingue, sinon je l'éclate !

– Ouais, ouais, bien sûr, tu sais qui il est ? »

Juice fronce les sourcils, scrute le visage tatoué de l'autre intrus, les dents en or, l'arcade déformée par les coups assénés dans la tronche. *Mike Daizon, ici ! Dieu, ça devient bandant ! Il s'est mangé des branlées sur un ring, je parie qu'il sera d'accord pour en reprendre une !*

Sans prévenir, Shane place un atémi dans le plexus, suivi d'une balayette. Le gros perd l'équilibre, se rattrape *in extremis* au bar.

« Apprends à tenir sur tes cannes. »

Le patron du club recule, son fusil pointé sur elle. La menace de la grenade le fait douter, il hésite à tirer.

Bam !

La porte d'entrée s'ouvre et un gamin pénètre dans le bar, essoufflé, les armes à la main.

Rust !

Juice, à terre, le souffle coupé, voit Shane sauter par-dessus une table. Rapide, efficace, il n'a pas le temps de pointer son pistolet sur elle.

Rust, paniqué, reconnaît immédiatement Mike Daizon. Il se rue vers la porte encore ouverte, mais, comme par magie, Mike se matérialise devant lui.

Rust, les jambes comme coulées dans le béton, ne réagit pas quand l'ancien champion arme son coup signature, un uppercut au corps. Le poing s'écrase contre son torse, fracasse ses côtes. La bile acide remonte, il vomit et s'écroule, plié en deux. Daizon le charge sur l'épaule. Il se retrouve dehors, suivi par Shane, le gosse qui ballotte, en travers du dos.

« On s'arrache ! » crie-t-elle de toutes ses forces en direction des jumeaux planqués au loin.

Une balle siffle au-dessus d'elle.

Juice, la bave aux lèvres, ajuste son tir. Un second projectile fracasse le rétro de la Firebird. Les flingues sont de sortie, la guerre est déclarée !

CHAPITRE 50

Green gare sa voiture sur le sommet d'une dune. Hauser et Friedkin tombent des nues en découvrant le paysage dévasté.

« Où passe-t-on l'entretien ? » demande Hauser, lèvres pincées, sur un ton à commander du caviar.

« Sors déjà ton cul de ma bagnole. »

Ça jette un froid.

Les deux bankiers se regardent, inquiets. Ils avaient imaginé un bâtiment rutilant, gardé et sécurisé, un salon accueillant au buffet garni, servi par une hôtesse sexy. Le luxe à la JP Morgan, quoi. Au lieu de ça, détritus et saletés, à volonté. Friedkin se bouche le nez avec un mouchoir brodé en soie à ses initiales, vestige de sa vie passée.

« Pourquoi ici ? Y a rien, en plus ça pue ! » se plaint Friedkin en ouvrant la portière.

« On m'a dit de vous emmener, je vous emmène. Point. »

John marche rapidement sur la dune de poussières. Il dégage le sable et une plaque d'égout apparaît.

« Magnez-vous !

– Non, pas question ! s'offusque Hauser en se bouchant le nez.

–Y a des candidats à l'intérieur, si j'étais toi, je me magnerais le derche ! »

À l'évocation de la concurrence, les deux traders se battent presque pour disparaître dans le trou. Green rabat la plaque sur eux.

Il les entend se cogner aux murs, perdre l'équilibre et se ramasser dans la crasse puante. Le visage des bankiers apparaît par intermittence, éclairé par sa loupiote frontale. Leurs gueules sont à tomber. Déformées par la peur, à l'opposé de leurs tronches le jour du procès.

Fallait les voir parader dans leurs costumes à dix mille boules, rasés de près, les traits reposés, à afficher un air de connivence avec le juge.

Ce prooocès est suuuper, l'occasion de bavarder en dehors du *club house* ! Valeur estimée de John et de ses voisins du *tie-quard* grugé par la maison mère ? Égale à la moitié de la somme de tous les rats des égouts de Washington !

Ce petit tour au tribunal, face à cette armée de nécessiteux, était pour ces bankiers une occasion de constater que la fumisterie boursière provoque des conséquences réelles. À force d'être coincés dans l'univers aseptisé de leurs bureaux à imaginer un Ebola financier, ils pouvaient légitimement douter de l'efficacité du cocktail concocté. Là, ils étaient pleinement rassurés, la sauvagerie prenait forme.

L'Amérique est aux mains de charognards véreux, enrage John. *Comment penser une seule seconde que le juge allait les désavouer alors que trois anciens de Goldman & Sachs sont au gouvernement ? En sachant que ce gouvernement est constitué d'un parterre de milliardaires qui tirent leur force des Banks, une condamnation aurait fait l'effet d'un crachat balancé à la figure de Trump en personne. Le droit, une illusion que les puissants agitent sous le nez des petites gens.*

John ouvre une porte et les bankiers poussent un cri de ravissement quand il appuie sur l'interrupteur – oh mon Dieu, de l'électricité ! La seconde suivante, ils déchantent. La pièce est vide à l'exception d'une table et de deux chaises. Hauser fronce les sourcils.

« Pourquoi il n'y a personne de la Bank pour nous accueillir ?

– T'espérais aussi du champagne et des cotillons ? »

Friedkin sourit, d'un air rusé.

« OK, OK, j'ai compris. Ils nous mettent sous pression pour que l'on montre notre côté sauvage ! »

Green joue à la perfection son rôle de larbin indifférent, hausser les épaules et s'en battre les steaks.

Ça va être un carnage, pense Friedkin.

Il hésite entre s'asseoir ou poser une fesse sur le coin de table. Être assis, c'est être soumis. Les fesses sur la table, c'est irrespectueux, mais *punchy*. Il opte pour le cul sur la table.

Hauser, lui, appuie ses mains sur le dossier de la chaise. Quand les examinateurs arriveront, ils le trouveront dans une posture penchée d'écoute respectueuse, mais *naughty*. Généralement, ça aguiche le manageur, ce genre d'attitude de semi-salopard.

Hauser remarque alors la porte.

« Ils sont derrière ? »

Il s'approche, curieux, pose sa main sur la poignée. Par un sourire, Green l'encourage à entrer. Le mec ne trouve pas bizarre que ce grand Noir lui fasse soudainement les yeux doux. Il ouvre la porte.

Malgré l'obscurité, il distingue un homme en slip, attaché à un radiateur. Montgomery, son collègue de bureau chez JP Morgan. Hauser pousse un cri et quand il se retourne, il découvre Green, un Taser dans chaque main.

L'arc électrique se déploie, les deux plus gros salaires du département Middle East s'effondrent.

En silence, foudroyés.

★

Hauser se relève brutalement et est stoppé net par la corde qui lui enserre le cou. Effaré, il comprend qu'il est enchaîné à un radiateur.

« Alors bien dormi, belle au bois dormant ? »

Hauser frissonne en découvrant un Noir à ses côtés. L'homme est tout heureux qu'il se soit enfin réveillé.

Enchaînés comme lui au radiateur, ses deux collègues respectés de la filiale Middle East de JP Morgan Bank & Investissment, Friedkin et Montgomerry. Ratatinés, comme s'ils avaient subi mille et une tortures avant que lui-même ne reprenne connaissance.

Inconsciemment, Hauser se tâte les couilles. Elles sont bien là, pas au mieux de leur forme, mais vu la situation l'important est qu'elles ne soient pas ailleurs. Il se demande brutalement s'il a été violé pendant sa perte de connaissance.

L'homme qui lui fait les yeux doux est bien ce supposé flic noir qui l'a arraché à sa famille. Abandonné l'uniforme de policier, place au baggy, à la paire de Nike et au t-shirt NWA floqué d'un portrait de Eazy-E. Le cauchemar de l'Amérique scandé à longueur de rap : un Noir trentenaire, cramé du ciboulot, en guerre contre le monde entier.

John Green saisit Hauser à la gorge. Le bankier sent les doigts s'imprimer dans sa chair tendre et appuyer sur sa glotte pour l'étouffer.

« Tu sais pourquoi tu es là ?

– No… Non !

– Mauvaise réponse. »

Les doigts s'enfoncent un peu plus, la peau blanchit sous la pression et Hauser suffoque. Mais où aurait-il pu croiser cet homme ? Leurs destins suivent deux trajectoires supersoniques diamétralement opposées. À quelle occasion aurait-il même accordé à ce Noir cinq minutes de son temps précieux ?

« Subprimes », articule Green en détachant chaque syllabe.

L'air quitte les poumons d'Hauser. Vidés en une seconde ! Il a oublié le déroulé précis du procès, mais il garde en mémoire l'effroi qui a saisi la partie adverse quand ils ont compris qu'ils étaient dépossédés de leurs biens acquis avec l'argent d'une vie.

Il s'était marré de bon cœur devant ce parterre d'ahuris.

Il se souvient dans les détails du joyeux déjeuner d'affaires qui a suivi. Bien arrosé, avec les potes du département, une agape qui s'est prolongée tard dans l'après-midi. Sur la note de frais, il a écrit comme motif fallacieux : « déjeuner de cohésion d'équipe ». Et c'était en partie vrai. Se pavaner devant les petits nouveaux, impressionner les membres féminins du staff et nourrir la rage des collègues pour avoir gagné dix millions en une matinée, oui toute cette mascarade bien orchestrée cimente un groupe. Aux jeunes loups, le chef apprend la chasse et la meute grossit d'année en année pour ravager et décimer des troupeaux entiers de moutons, gras et naïfs.

Green s'assoit en tailleur face à eux. Les respirations haletantes des bankiers rythment la pièce tragique dont il assure la mise en scène.

Hauser considère l'homme au visage de charmeur de serpent. Avec son sourire avenant, ses yeux rieurs et cette voix basse et grave, il ressemble à ces conteurs embauchés le temps d'un après-midi pour animer les anniversaires des gosses de riche.

« Ma grand-mère et moi, on vivait bien dans notre petit chez nous. On menait notre vie, chichement, mais sans rien n'attendre de personne. Elle avait 74 ans, quand la Bank a mis un point final à sa vie. Elle est partie, criblée de dettes, mortifiée par les années à guetter l'huissier, à se demander ce que j'allais devenir. Elle est morte avec cette angoisse : savoir que j'étais à la merci du futur que vous aviez décidé pour moi, dans votre bureau où vous croisez vos métadonnées. Mais derrière ces milliards gagnés dans la sauvagerie la plus abjecte, il y a des personnes comme mamie et moi. Des pauvres gens, crédules et sans défense. »

Les trois banquiers sont pétrifiés de peur. Cet homme ne leur accordera aucun pardon. Ils lui ont pris l'unique être qui lui était cher, ils l'ont humilié devant sa communauté. L'addition sera salée.

Contre toute attente, il dispose au sol trois K7 vidéo. On croirait le début d'une partie d'un jeu de société.

« L'avidité crasseuse, c'est bien ce qui vous définit, hein ? Hauser, tu pioches ! »

L'ex-pointure de JP Morgan sursaute. Pourquoi lui en premier, bon Dieu ! Les trois jaquettes sont retournées, impossible de deviner de quel film il s'agit. Il hésite.

La claque part, il se la reçoit en plein dans la tronche. Maté, il se saisit d'une K7 et découvre le titre.

Piranhas 2 : les tueurs volants.

CHAPITRE 51

La Firebird s'engage sur la côte. Devant eux, C.J. trace la piste, dans un tourbillon de sable, à plus de cent quatre-vingts. Sur la banquette arrière, Rust a repris ses esprits, il tente d'ouvrir la portière.

« Te fatigue pas, elles sont bloquées, se marre Daizon.
– Va te faire enculer ! »

Il lui colle une baffe sur l'oreille et le gamin est projeté au fond de la bagnole. Dans les vapes, il sent les mains de l'ancien champion sur lui. Mike lui passe la ceinture de sécurité, deux câbles qui se croisent au niveau des épaules.

Les deux bolides s'engagent sur un tronçon de route. Une longue pente sinueuse, tracée dans le sable, libérée de tout véhicule. Mike attrape son casque de moto intégral et aide Shane à enfiler le sien.

Un nuage de poussière se soulève derrière eux et ils entendent le bruit caractéristique d'Harley lancées à plein régime. Une détonation claque et le second rétroviseur éclate. À l'arrière de la bagnole, Rust retrouve toute sa vitalité.

« On va vous baiser ! »

Une Harley se déporte vers eux. Shane donne un coup de volant et le mec, heurté de plein fouet, s'écrase. Une nouvelle moto se détache de la horde, se faufile et les dépasse. Le passager a embarqué dos au conducteur, il braque un canon scié. « Baisse-toi, Mike ! » La cascadeuse suit son propre conseil, écrasant des deux pieds l'accélérateur. Le moteur s'arrête net. La Firebird se déporte sur la droite, soudainement incontrôlable. Derrière eux, toute l'équipe de Juice mord la poussière, éjectée de leurs bécanes, comme si une main invisible les avait sournoisement balayés. Le bolide écrase les deux motards et projette leurs corps disloqués dans les décombres voisins. Shane tire le frein à main mais la Firebird continue droit devant, déclenchant un tourbillon de sable. Dans le rétro, Mike aperçoit le 4x4 des jumeaux faire une sortie de route et se planter à toute vitesse dans une dune. Les vitres explosent, le véhicule fait une série de tonneaux et s'immobilise, fumant.

Plus bas, au milieu de la voie, des voitures abandonnées barrent la route.

« Shane, on va se les prendre ! »

Shane attrape son protège-dents dans sa poche de blouson. En voyant Mike mettre une main en protection contre ses couilles, elle crie « ça sert à rien ! », mais le son de sa voix est totalement couvert par l'impact.

⋆

Shane, sonnée, crache son protège-dents, un glaviot l'accompagne. L'avant de la Firebird est bousillé, encastré dans un véhicule, immobilisé là depuis des semaines.

« Ça va, Mike ? »

Il a la tête enfoncée profondément dans l'airbag. Elle entend uniquement sa respiration.

« Suis en un seul morceau. »

Dans le rétro, elle voit Rust toujours attaché, K.O.. Son bras suit un angle bizarre, mais le salaud s'en est sorti. Elle aurait presque aimé le découvrir écrasé contre le pare-brise comme une mouche.

Daizon ouvre la portière et s'écroule au sol. Sa première pensée est pour les jumeaux. Ils se demandent s'ils ont survécu au crash de leur Hummer. À travers la migraine qui pulse le long de ses tempes, il perçoit un bourdonnement dont l'origine se situe bien au-dessus de sa tête.

Un avion, en chute libre à moins d'un kilomètre. Pendant quelques instants, l'appareil semble retrouver son équilibre et soudainement la courbe se casse, il percute le sol. L'explosion est phénoménale, le bruit indescriptible. Shane, hypnotisée, ne parvient pas à détacher son regard du champignon de fumée qui enfle à l'horizon.

Prise d'une intuition, elle ouvre le capot de la Thunderbird et pousse un léger cri.

« Mike ! »

Elle passe ses doigts sur les parois de la bagnole trafiquée. Les circuits électroniques ont disparu, à la place, une poussière noire et collante.

The Dust.

Daizon reste ahuri, incapable d'élaborer une pensée concrète, une solution envisageable à cette nouvelle emmerde qui s'invite dans leur existence.

« Qu'est-ce qu'on fait Shane ? »

La jeune cascadeuse réfléchit aussi vite qu'elle peut. Elle ouvre le coffre de la Firebird, M+ est bien à l'intérieur, intacte. Le choc ne semble pas l'avoir endommagée. Shane presse le bouton rouge, la machine émet son petit bruit caractéristique.

« On la démonte, on la fout dans un sac et on rejoint C.J. et Dean. »

Elle n'ajoute pas « s'ils sont en vie », mais sa voix trahit son stress. Furieusement, la cascadeuse ouvre sa boîte à outils et saisit sa visseuse électrique. Elle appuie sur *On* et l'appareil se pulvérise en millions de grains minuscules. Elle reste interdite, les mains pleines de poussières colorées.

Des cris, au loin, attirent leur attention. Juice et sa clique dévalent la pente. Ils sont à 800 mètres environ, à pied, casqués. Ils courent vers eux, en boitillant.

« Je vais me le faire, ce connard », s'énerve Daizon en partant s'armer de sa carabine laissée dans la portière avant de la Firebird.

Quand il cale la crosse contre son épaule, le métal se désintègre en un filet fumeux que le vent rabat comme un masque sur ses yeux.

« C'est quoi ce bordel ! »

Mike écarte les doigts et le reste du fusil se disperse entre ses phalanges. Désarmé, il mate la bande de bikers. Elle se rue en beuglant des cris de guerre.

« Aide-moi, Mike ! »

Shane tente de dévisser M+ à la main. Ses doigts forcent sur les rivets, sans succès. Tout est fixé solidement, impossible d'en détacher le moindre composant.

« Putain ! On ne va pas pouvoir l'emporter ! »

Daizon se penche au-dessus du coffre. Il prend son inspiration et balance violemment une belle série de coups de pied. M+ n'est plus qu'une boule de fils électriques, et dans l'amas de soudure, on distingue des bouts d'appareils électroménagers pulvérisés qui forment l'ossature de la machine.

« À deux, Shane, on démonte cette bande d'abrutis. Je le sens bien.

– Je vais te dire ça tout de suite. »

Pour toute réponse, Shane dégaine son cran d'arrêt et enclenche le mécanisme. La lame jaillit, prête à éventrer du porc raciste. D'abord enthousiaste, la cascadeuse ravale sa rage.

« Mike, si mon couteau est intact, leur arsenal aussi. Ils sont peut-être armés de machette, on ne prend pas le risque.

– Je veux bien fuir, réplique Daizon, mais pas sans cet enfoiré. On a failli crever, ce n'est pas pour le laisser. »

Shane sourit, ça lui plaît. Elle détache Rust, encore inconscient, et le cale sur les épaules de Daizon.

« Barrons-nous ! »

CHAPITRE 52

« Mike, mate ce qui nous colle au cul ! »

Daizon se retourne pour découvrir à cinq cents mètres, derrière eux, une dizaine de personnes. Des velus, des tatoués se sont joints au gang de bikers – un vrai barnum digne d'un *freak show*. Ils ne désirent qu'une chose, chasser avec la meute.

Un petit groupe se détache et sprinte vers eux, cinq jeunes excités qui dévalent la pente au pas de course. Ils grignotent les deux cents derniers mètres.

« Qu'est-ce qu'on fait Shane ? »

À moins de dix kilomètres, l'ancien quartier noir aujourd'hui rempli de petits Blancs à la dérive. Si l'info de l'enlèvement d'un gamin se répand, ils sont bons pour un lynchage en règle par tous les enragés qui pullulent dans la région. Elle n'a pas le temps de répondre que le groupe déboule.

Daizon lâche Rust et se campe sur ses jambes pour encaisser l'assaut. Au sol, le gosse s'éveille en gémissant, le visage tordu par une grimace de douleur.

Le leader de la troupe, un motard coiffé d'une affreuse coupe mulet, se met en garde devant l'ex-champion. Mike éclate de rire, le mec est ridicule, ça frise l'accident industriel cette chevelure à la con.

« Vous rendez le gamin ! » grogne le meneur dans un halètement.

La phrase à peine achevée, l'imbécile comprend qu'il va se recevoir la raclée du siècle. Son avenir se réduit à un monumental cassage de gueule par la plus grosse brute de ces trente dernières années. *Razor* Mike Daizon.

Derrière lui, ses potes beuglent, excités.

« Vas-y Mitch, tu peux te le faire. Daizon, c'est que dalle ! *Ground and pound*[43] *!* » Le biker reprend confiance, se met à fantasmer. *Ouais, enculé, t'étais peut-*

---

43. *Ground and Pound* : techniques de MMA (abréviation de *mixed martial arts*, un sport de combat) qui consiste à projeter son adversaire au sol et à le frapper alors qu'il est à terre.

être quelqu'un dans la préhistoire de l'humanité, mais là, tu vas crever !

Mitch lance son direct du droit, sans aucune préparation. Daizon a envie de rire. *Sérieux, il se prend pour John Wayne ce pisseux, il sait qui je suis ?* Au moment où l'ex-champion s'imagine fracasser la sale tronche de son adversaire, celui-ci lui chope les jambes dans un *take down* digne des stars de *Catch Attack*[44]. Mike chute, le motard l'écrase de toute sa graisse. Daizon se reçoit un premier coup. Il n'a pas le temps de réaliser que son nez est pété. À la vue du sang, le type se redresse et assène trois frappes violentes, au jugé, dans le plexus, la tempe, les dents.

« Vas-y Miiiitch ! »

Le motard se donne à fond et ses potes gueulent, en pleine hystérie. Il tente une *arm-lock* à la Rickson Gracie[45] mais Daizon la bloque. Ce crétin ne lui luxera pas l'épaule ! Le catcheur improvisé sent des doigts chercher ses couilles. Il hurle de douleur quand la main de Shane saisit pleinement ses testicules. Le biker roule sur le bitume en se tenant les parties, out.

Shane balance deux ou trois coups de tatane dans les estomacs que son pied trouve. Elle plie deux mecs avant de crier un « cassez-vous ! » retentissant. Les types s'éparpillent comme une nuée d'oiseaux, laissant Mitch au sol, brisé, les couilles arrachées.

Mike se relève avec difficulté, penaud.

« Eh bien bravo, champion !

– Vas-y, te fiche pas de moi. »

---

44. Émission de catch regroupant le meilleur de la WWE (*World Wrestling Entertainment*)

45. Rickson Gracie : champion de jiu-jitsu brésilien, première star mondiale de MMA.

Il essuie le sang qui coule sur son t-shirt et vérifie que sa mâchoire est toujours d'aplomb.

Shane observe Rust qui s'est mis à ramper. Elle le laisse progresser sur quelques mètres et se précipite pour écraser sa main de sa botte cloutée. Le gamin braille de douleur.

« Tu crois pouvoir mettre ton cul à l'abri ? »

Elle dégaine son cran d'arrêt, lui attrape la tête et la plie en arrière, pour bien dégager le cou. Rust tressaille quand il sent le fil de la lame contre sa gorge.

« Shane, le gamin se pisse dessus. »

Elle le lâche, écœurée. Une flaque d'urine s'étale sur le macadam. La cascadeuse se penche, sa voix est claire, forte.

« Tu sais pourquoi je suis là ? »

Le gamin est terrifié.

« Pour les neuf innocents de l'église de Charleston que tu as massacrés. »

En entendant prononcer le mot *Charleston*, Rust se recroqueville.

« Je peux t'éventrer comme un chien, te trancher la gorge et on en parle plus. Mais non ! On va te ramener, petite salope, et tu auras droit à un procès, un vrai ! »

CHAPITRE 53

Des aboiements, des cris sadiques.

Ils courent, à travers les bois, dans la nuit obscure. L'adrénaline pulse dans leurs veines, réanime les fantômes de souvenirs enfouis, les histoires de croque-mitaines que leurs parents leur racontaient, enfants, des histoires d'esclaves en fuite, d'hommes avides de liberté, armés de leur seul courage pour échapper à une vie de servitude.

Ils ont quitté l'autoroute, se sont encore plus profondément enfoncés dans l'obscurité, traçant leur chemin jusqu'au point de rendez-vous, une clairière à quinze kilomètres de la Zone. Pas loin de l'arbre où Daizon a décroché le pendu.

Hors d'haleine, Shane fait signe à Mike de s'accroupir. Bruit d'une respiration. Les feuilles bougent, une ombre se matérialise.

« Je suis là, Shane », murmure C.J.

Le jeune garçon a une entaille au visage. Il tient son bras le long du corps, son épaule est démise. Les branches s'écartent et Dean apparaît. Il paraît en meilleure forme. Daizon lâche Rust qui tombe au sol, sans un cri. Les jumeaux découvrent le tueur fou de Charleston, un gamin de soixante kilos, pisseux, bâillonné par un mouchoir enfoncé dans sa bouche.

« C'est lui ? »

Dean scrute la sale bête. Une bouille de coyote pris au piège, rien d'effrayant, mais l'ensemble pue la haine bien cuite. Il saisit Rust par le cou. Daizon s'interpose.

« Calme-toi, Dean, laisse-le. »

Dean approche son oreille du cœur du gamin. Les battements sont violents, chaotiques. La peur a changé de camp.

*

Shane s'approche de l'autoroute. Des petits points lumineux scintillent dans l'obscurité, des lampes à pétrole. Elle imagine des gardes armés pas loin, tenant des chiens en laisse.

Voilà, la Zone, le nouveau quartier nègre. Le refuge de tous les miséreux. Une grande étendue délimitée par des barbelés. Des tentes en toile comme seuls abris. Des familles entières séparées, condamnées à crever dans l'indifférence sous le regard de leurs tortionnaires blancs.

Ivre de colère, la cascadeuse se résout pourtant à retourner sur ses pas, en quête du reste de son équipage. Après une centaine de mètres parcourue à tâtons dans l'obscurité, elle distingue l'épaisse carrure de Mike sous les branchages.

« On doit se grouiller, ces connards ont constitué une véritable armée.

– Je vais prévenir les autres. »

Aussitôt, le boxeur rampe sur une dizaine de mètres, et sa silhouette s'efface sous les feuilles.

Tout semble calme. Après une minute à peine, elle entend des bruits de pas et une voix. Daizon s'extirpe des feuillages.

« On a perdu un des jumeaux.

– Quoi ?

– Dean, on l'a paumé.

– Comment ça, paumé ? C'est pas possible ! Et Rust ?

– Disparu. »

*

Il fait si noir que Shane se prend des branches dans la tête à plusieurs reprises. Elle fouille le moindre bosquet. Peine perdue, Dean et Rust ont bel et bien disparu.

Quand elle entend C.J. appeler son frère d'une voix tremblante, la cascadeuse flippe pour de bon.

Soit le gosse est tombé sur une patrouille et des types armés les attendent, soit… Une main se pose sur son épaule.

« Shane... » chuchote Daizon.

Le murmure surprend Shane. Elle lui aurait bien tapé un scandale pour la trouille qu'il lui a foutue, mais un pressentiment lui vrille l'estomac et aucun mot ne sort. Terrifiée, elle suit Mike qui trace un chemin à travers les fourrés. Il s'arrête et Shane connaît déjà la raison. Ses pieds baignent dans une flaque de sang qui s'agrandit. Dans l'obscurité, C.J. est accroupi, silencieux, à côté d'une forme allongée et inerte. Dean. Les yeux crevés, la gorge tranchée.

Shane reste interdite.

Un vertige la submerge. La voix de Mike, encore plus basse que d'habitude, lui parvient. L'ex-champion est le cul à terre, démoli.

« Je l'ai fouillé, mais il devait avoir une lame planquée…

– J'aurais dû le tuer sur cette route… » s'étrangle Shane.

Elle se revoit, sa lame contre la carotide. Elle n'avait qu'un geste à faire et Dean serait là, avec eux.

« Qu'est-ce que je vais dire à notre mère, Shane ? » bredouille C.J., brisé.

Dans cette forêt éclairée par un quartier de lune, le cadavre, c'est lui. Il aurait préféré. Mort et enterré, à la place de son jumeau, ne pas affronter une éternité de culpabilité.

Daizon serre C.J. dans ses bras. Ils restent l'un contre l'autre un long moment puis Mike s'agenouille, enveloppe la dépouille de sa veste et la prend délicatement contre lui.

« Barrons-nous d'ici. Et promets-moi une chose, Shane, ce salaud, on le retrouve, on l'abat comme un animal. »

CHAPITRE 54

Des rayons brûlants percent les nuages et la poussière, et chauffent la végétation et les crânes rasés des Hells. Les canettes de bière passent de main en main dans un brouhaha communicatif. Un joint circule et les langues se délient.

« Cette fille qui s'est aventurée chez nous, c'est la sœur de Walter Wright, un négro tué par la police de *Prince George's County.*

– Comment tu le sais ? s'exclame Juice, surpris.

– Je suis flic, je me tiens au courant de tous les procès dans lesquels un des nôtres est impliqué. Un jour, moi aussi, j'aurai droit à ma place sur le banc des accusés. Alors, je surfe sur le Net – enfin quand il y avait encore Internet ! – pour découvrir ce que les salopards du camp d'en face imaginent pour nous faire chuter. »

Le mec porte sa tenue de policier tachée et trouée, et, malgré le soleil qui tape, il garde sa tête enfoncée dans son casque de motard. Dégoulinant de sueur, il ne peut se résoudre à retirer son uniforme, partie intégrante de son identité. Accoutré de la sorte, son allure s'apparente plus à une version pleine d'acné de Larry Wilcox, le blond de la série Chips, qu'à celle du biker dur à cuire de ses fantasmes.

« En tout cas, notre gamin a marqué un point ! Bravo, Rust, pour ton petit numéro ! Tu sais que la rumeur d'un égorgeur blanc qui rôde dans la forêt s'est propagée chez les négros ? Ça les dissuade de s'échapper de la Zone et de s'aventurer dans les bois. Ça nous fait du boulot en moins, y en avait marre de leur courir après. »

Le gamin, juché sur une moto, lève son pouce en guise d'assentiment. Son visage est bleui par l'accident de la Firebird. Son nez pété est de travers et deux cocards cernent ses yeux. Une bonne semaine n'a pas suffi pour résorber les stigmates de la castagne nocturne.

Juice, amusé, note qu'il porte encore le sweat tout taché du sang de sa victime, flatté par les regards d'admiration qu'il suscite. Littéralement drapé dans son acte de bravoure.

Le Hoodie floqué de l'inscription *New Harlem Hell's Fighters* a fait le tour de la ville jusqu'à la Zone où Rust, monté sur un cheval blanc, a dévalé le camp à toute blinde. Une cavalcade accueillie par des hurlements quand les Noirs ont compris qu'un des leurs avait été sauvagement assassiné. *Le puceau est devenu un homme, on dirait. Et de la plus belle des façons.*

« T'as perdu ton pucelage avec les négros ! » s'exclame la brute en brandissant haut sa canette de *Bud*.

Le flic en ajoute une couche, vicieux.

« Ce petit salaud a pris son pied avec la grande négresse peroxydée ! »

Le gamin joue au dur, histoire de prendre du galon, comme si ce meurtre, parmi tous ceux qu'il avait perpétrés, ne comptait pas. Et puis, soudain, il ricane et leur adresse un clin d'œil complice.

« Entre nous, la meuf du groupe, c'est cette grande pédale de Daizon. J'étais à deux doigts de me la taper, j'vous jure ! Je l'aurais fait saigner, cette traînée ! Avec ma lame plantée bien au fond de sa gorge, cette petite salope aurait pris son pied !

– Montre-nous comment t'as crevé le gamin, Rust ! » lâche le flic excité par les insanités proférées.

Rust dégaine son cran d'arrêt, mime un slash rapide gauche-droite à la hauteur de la carotide. Le motard approuve en crachant par terre. Juice l'observe boiter sur la longue route qui mène à la ville. Le type est comme lui, il réapprend à marcher. Pas facile de mettre un pied devant l'autre quand on a passé toute sa vie sur une bécane.

PIÈCE 1289 ENTRETIEN JUICE

< Jamais de ma vie j'aurais pensé vivre dans une Amérique sans bécanes et sans 4G. >

*

Juice inspecte le coffre de la Firebird, note les fils arrachés, les boulons cassés, la mini-télé préhistorique raccordée à l'allume-cigare.

Leslie – le jeune conspirationniste du Net adepte de QAnon et accro à Reddit – lui tend une bière et glisse la tête dans l'habitacle de la bagnole.

« C'est quoi cette daube, on dirait un grille-pain accouplé à une tondeuse.

– Apporte-moi ma boîte à outils, mec. »

Le plus simple, se dit la brute, c'est de remplacer le matériel défectueux à l'identique, sans se triturer les méninges. Juice fait ce que John Green a fait avant lui, il reconstruit M+ sans chercher à en comprendre le fonctionnement.

Il pose de nouveaux condensateurs à la place de ceux écrasés. Il refait les soudures au briquet – du mieux qu'il peut – raccordent les fils. Un jeu d'enfant pour un mec qui a grandi avec un père électricien. Il saisit les deux boîtes reliées à M+ et appuie sur le bouton vert… Rien.

Le biker perche ses fesses sur le capot du bolide. Une bière à la main, il tente de reconstituer le puzzle. Il se chope une migraine à trouver une explication logique au bordel électrique.

Alors qu'on allait les massacrer, ces négros se sont pris la tête à casser ces condensateurs. Ça n'a pas de sens.

« Touche à rien ! » s'exclame Juice, en voyant Rust inspecter la bagnole à la lampe torche.

Le gosse passe la main sous un des sièges en cuir de la Firebird et brandit une VHS.

« Eh, les gars, c'est quoi ce truc ? »

Juice s'approche et saisit la K7. Sur la jaquette, aucune inscription.

Bordel, les mecs sont partis au combat en emportant ce machin préhistorique avec eux ? Il n'y a aucune logique ! Tu vas au fight avec le strict nécessaire, le superflu, tu t'en branles. À moins qu'ils aient trouvé cette K7 sur la route et ça les a fait marrer de la garder. Comme un petit souvenir nostalgique de leur virée chez les adorateurs d'Odin.

« Hey, Juice, regarde ce que j'ai trouvé ! »

Rust pointe du doigt une mini-ouverture dans le tableau de bord. Le biker se penche, passe son index à l'intérieur du clapet. Impossible d'en connaître l'utilité si on est né après les années 2000.

« Merde, je sais ce que c'est ! s'exclame le culturiste. Bouge de là, Rust ! »

Juice s'installe dans la caisse et claque les portières. Quand le gamin veut entrer dans le véhicule, il les verrouille. Il sort la VHS de son étui.

C'est le genre de K7 qui servait à enregistrer toutes les merdes à la télé, sans prendre le temps d'effacer les précédentes. Et c'est comme ça que tu tombais en plein Starsky & Hutch sur une scène de film de boules !

Autour du véhicule, le gang s'est réuni pour voir la dernière facétie du boss. Rust observe Juice glisser la VHS dans l'ouverture du magnétoscope. Sa canette de bière toujours à la main, il appuie sur *Play*.

Soudain, un jet de sang éclabousse le pare-brise de la Firebird qui se cabre sur ses roues arrière, comme possédée. Quand elle retombe, dans un fracas de tôle, ses pneus encaissent le choc et elle rebondit dans un crissement d'essieux, avant de s'immobiliser.

Croyant à une explosion du moteur, les bikers se sont éparpillés aux quatre coins du garage. Rust se rapproche du véhicule en rampant. Le gamin sursaute quand une rythmique furieuse fuse des enceintes de la bagnole. Du *Tupac* a plein volume, un beat puissant à faire onduler la carrosserie du bolide.

La portière côté conducteur grince et un pied hésitant se pose au sol. Juice s'extrait de la voiture. Du sang coule de son nez et de ses oreilles et quand il ouvre les yeux, la prunelle est dilatée comme celle d'un camé après un snif de pure Colombienne. Rust s'approche en prenant toutes ses précautions.

« Mec, tu vas bien ? »

C'est le round de trop pour la brute qui reste muette à fixer les gouttes de sang qui s'écrasent sur ses boots à bout carré. Rust le bouscule pour le faire revenir à la réalité.

« Oh, t'es avec nous, Gros ? T'as bu ton cerveau ou quoi ? »

Un sourire niais barre le visage maculé de morve. Juice ne prend pas la peine de se moucher, il crache par terre un épais flot de mucosité et se tourne vers la Firebird. Délicatement, il dépose un baiser sur le capot fumant.

« Chérie, si t'étais une meuf je te ferais des gosses ! »

*

Juice marche le long de l'autoroute en boitant. Il passe devant des kiosques improvisés. Sur des nappes ou à même le sol, des objets hétéroclites – bottes, pantalons, couteaux, fourchettes – et dans tout le bazar, il déniche ce qu'il cherche.

L'homme qui tient le stand remarque le culturiste se pencher sur son lot de VHS. Juice fait la moue en voyant les titres. Le type embraie rapidement, en habitué du troc. « J'ai ça aussi, si tu veux… »

Le biker éclate de rire en découvrant les jaquettes. Il les fourre directement dans son sac.

« Hey, faut donner un petit quelque chose, tu peux pas les embarquer pour rien ! »

Juice lui balance une claque et le mec s'étale par terre, sonné.

« La voilà ta baffe ! »

PIÈCE 332 ENTRETIEN JUICE

< Deux mois après *The Dust*, on s'était déjà adaptés à notre nouvelle vie. Les mecs avaient disposé sur la route tout ce qu'il pouvait vendre ou échanger. Oubliés, Kim Kardashian, Facebook et YouPorn. Le brouillard vaporeux d'Internet s'était dissipé, c'était le retour du troc et de l'homme de Cro-Magnon. >

⋆

Un cri !

« Mike, je veux être le premier à creuser ! »

Une main se lève, réclame la pelle, attaque le sol pierreux. Quand elle ralentit, un nouveau bras prend le relais. Mike en voit pleurer pour être les suivants.

Le vent charrie sable et poussières. Le cercueil est bientôt recouvert de toutes les saletés de la rue. Mike s'approche et l'étreint. Il reste les bras autour du caisson en bois, encerclé par une forêt de poings dressés.

PIÈCE 472 ENTRETIEN C.J. JONES

< L'époque est une ogresse, elle a eu la peau de mon frère. >

⋆

Les bruits sont réguliers, un martèlement ininterrompu.

Shane sort à peine d'un rêve étrange, elle se lève difficilement de son canapé défoncé. L'impression de malaise persiste. Elle entend encore distinctement le crissement des pelles qui attaquent le sol pierreux, les cris des amis de Dean quand le cercueil a été déposé en terre. Elle revoit le regard de la mère pour son fils survivant.

Un souvenir violent lui revient. Elle, seule, devant le cadavre de son frère Walter à la morgue. Elle s'était mise à pleurer dans cette pièce remplie de morts anonymes.

Dans le jardin, Daizon fracasse ses poings sur un sac de boxe trouvé dans le garage. Il tape méthodiquement, porté par des inspirations courtes et puissantes.

« Mike, tu devrais y aller mollo, avec ta main, c'est pas prudent… »

Shane s'approche, le détourne doucement de sa cible.

« Calme-toi… »

Daizon tente de reprendre son souffle. Son corps noir est pareil à celui d'un danseur de buto, statue vivante recouverte de sable et de poussière blanche.

Une bourrasque les asperge de saletés. Shane prend l'ancien champion par la main et ils courent s'abriter. Une fois dans le salon, Mike se plante devant Shane et lui hurle dessus.

« Comment tu veux que je soutienne ces jeunes alors que je suis dans cet état ! Avant *The Dust*, j'étais perdu, à deux doigts de me faire sauter. J'ai cru que servir ma communauté m'aiderait. Au lieu de ça, je sème le chaos et la mort… Dean a été tué par ma faute, Shane ! »

Shane reste silencieuse, elle attend que Mike se remette à parler, mais il demeure muet. La sueur et le sable s'agglutinent sur son buste et son visage, et en le transformant en un terrifiant croque-mitaine.

« Pourquoi je ne fourre pas la machine à la casse pour de bon ? Faut arrêter les frais, je ne veux pas provoquer le décès d'un autre gamin à cause de mes conneries… »

Daizon s'esclaffe, un éclat tranchant et effrayant.

«T'attendais peut-être un mec plus fort que ça, pas un type en plein naufrage, qui prend l'eau de tous côtés. »

Shane le fixe, comme s'il l'avait insultée.

« Regarde autour de toi, Mike. Je n'attends rien de personne, surtout pas qu'un mec porte mon fardeau à ma place. Prends une serviette, essuie-toi ! »

Daizon s'allonge et pose sa tête sur les genoux de Shane. Il place la main de la jeune femme sur son cœur. Shane sent la peau calleuse, épaisse, dans la sienne.

« On vit avec ses démons, Mike, impossible de les fuir. Mon frère est mort devant moi et je n'ai rien pu faire. Mais je ne quitterai pas cette terre avec cette souffrance. Mettre la machine à la casse, ce n'est pas la solution. Il faut trouver un moyen de se débarrasser de ce qui assombrit notre vie. Pour être heureux, autant qu'on peut… »

2
NOUVELLE FRONTIÈRE

CHAPITRE 55

PIÈCE 441 Entretien 6, ex-policier

< L'escadron de recherche m'avait complètement oublié. J'étais livré à moi-même depuis plusieurs jours dans cet enfer de dunes à perte de vue. Mon périmètre à surveiller ? Des kilomètres carrés de Sahara ! Un centre de détention à ciel ouvert dont j'étais l'unique prisonnier ! Aucune trace de John Green, l'ex-taulard était plus libre de ses mouvements que moi.

De l'eau, j'en avais presque plus. Mes rations de combat, je les avais fractionnées pour qu'elles durent le plus de jours possibles. Un biscuit par là, à peine un quart de bœuf déshydraté par repas. Mon ventre criait famine, à tel point qu'il engageait des monologues interminables. Et puis, une nuit, alors que j'avais perdu espoir, j'ai vu une ombre onduler entre les dunes. >

« De la part du chef. Régale-toi. »

6 croque dans le pain, avale une lampée de café chaud. Il croit entendre un *ploc !* quand la boule mâchouillée atterrit dans le puits sans fond de son estomac.

Son collègue extrait de son sac des rations qu'il jette à ses pieds. Au nombre de conserves, 6 comprend qu'il devra encore patienter un long moment avant d'être relevé. Il ne se plaint pas, au contraire, il joue à l'employé modèle et son visage se fend d'un large sourire, comme si c'était normal de souffrir de la faim, de la soif et de puer comme un clodo.

« Le chef veut que tu tiennes ta position. Green et les bankiers sont des cibles prioritaires. Tu restes ici, le temps qu'il faut.

– Mouais, c'est OK, je gère. Pas de problème, collègue. »

6 bombe le torse et mâchouille son sandwich comme si de rien n'était. Au fond, on attend de lui une détermination sans faille. Être un chien de guerre, une vraie bête de combat. Le flic boucle son sac et l'arrime sur son dos, une hôte de Noël, déformée par la bouffe stockée. 6 imagine que la tournée des popotes continue, que des dizaines de types comme lui, en mission d'infiltration, espèrent leur café chaud.

« Ah, avant que j'oublie, lâche 6, feignant toujours l'extrême coolitude. Y a une semaine environ, truc de dingue, mon talkie et mon arme de service se sont désintégrés. Pfuit, pulvérisés ! J'ai halluciné, jamais vu un truc aussi fou de ma vie, pourtant j'en ai vu ! Bref, tu peux me dépanner d'un flingue, c'est un brin flippant d'être complètement à poil, dans le coin ! »

Le flic se fige, le regarde d'un drôle d'air.

« Quoi, j'ai dit une connerie ? Hey, me dis pas que je dois remplir un de ces putains de formulaire pour qu'on me refile un gun ! »

6 est le seul à se marrer. Il se reprend pour ne pas passer pour un con. Et là, le type se rapproche et détache chaque mot, pour que la vérité s'imprime dans son cerveau.

« T'es donc pas au courant, personne ne t'a donné l'info ? Bye-bye les armes, les voitures, les avions ! Pulvérisés comme ton flingue, oui mon pote ! »

6 n'en revient pas, son sandwich lui tombe des mains.

« T'as bien entendu, continue le flic. Si tu veux, j'ai une batte ou un lance-pierre. C'est tout ce que je peux te refiler. »

6 éclate d'un rire à moitié étouffé.

« Merde, j'ai cru que t'étais sérieux, man ! Plus aucun flingue dans toute l'Amérique, ouais, le cauchemar ultime de la NRA ! »

Il ramasse son bout de pain, enlève le sable qui s'y est collé et croque dedans avec entrain, amusé par la bonne blague.

Le type reste de marbre. Et là, le cerveau de *6* vrille. Le flic n'a *aucune arme* à son ceinturon, pire, il est venu à *pied*. *6* sent son estomac à peine rempli se tordre de douleur quand son cortex intègre pour de bon le scénario surréaliste.

L'homme attrape une des deux battes passées en travers de son dos et la plante à ses pieds. Sans dire un mot, il s'éclipse dans l'obscurité.

L'ex-flic cligne des yeux devant la soudaineté de la disparition.

OK, on ne s'emballe pas ! Je suis victime d'une hallucination, rien de grave. Cette histoire de pulvérisation de la civilisation, c'est un délire de mon cerveau façon prise massive de LSD, une distorsion sensorielle due à l'absence de bouffe et à la privation de sommeil. Du coup, ce mec n'est pas venu avec les rations, tant pis, faudra que j'attende la relève pour grailler…

Il avale avec difficulté sa salive et un inattendu goût de viande grillée lui titille les papilles. Il remarque le bout de pain rassis dans sa main et la batte de base-ball plantée dans le sol comme Excalibur.

Sa mâchoire se déroche pour de bon, il frissonne.

Seigneur, protégez-nous ! On va tous crever si la seule force de dissuasion de la police est un lance-pierre !

PIÈCE 443 ENTRETIEN 6, EX-POLICIER

< Est-ce que j'ai abandonné mon poste après que mon collègue m'a annoncé la destruction de notre civilisation ? Non. Cela ne changeait rien à mon engagement. Au contraire ! Les jours passés isolés dans les ruines de Washington ont renforcé ma détermination. Le pays se relèverait grâce à ses citoyens. À nous, les policiers de jouer notre rôle dans la reconstruction et d'être le rempart contre la barbarie. >

*

Cela fait cinq heures qu'il est couché dans le sable et toujours aucun mouvement.. Sur son visage est noué un foulard pour le protéger de la puanteur et des souillures qui saturent l'atmosphère. Dans la même logique de préservation, il a calé sous ses fesses deux bouts de carton pour ne pas se vautrer sur des cadavres ensevelis.

Son état de vigilance est maximal. Il ne tient pas à se faire mordre par un coyote – trois maraudaient près des ordures en début de journée, avant les premières lueurs.

Les chiens errants ne sont pas les seuls à se battre pour quelques grammes de nourriture avariée. Il en a vu faire les poubelles. Des obstinés qui farfouillent dans le tas d'immondices qui déborde, une vraie mine à ciel ouvert qui ne demande qu'à être exploitée. Le flot s'est lentement tari, comme si le mot était passé – y a plus rien à béqueter aujourd'hui, barrez-vous !

Mais toujours aucune trace de la cible. Dépité, *6* se lève et s'éloigne de quelques mètres pour pisser. Quand il revient, un clodo s'est allongé sur ses cartons.

« On peut partager ? »

6 évalue la menace d'un simple coup d'œil. Le type ne ressemble à rien, un vieux croulant pris au dépourvu par la situation. Il veut la compagnie d'un plus jeune pour rester dans la course.

« OK », concède l'ex-flic.

Deux Noirs à la ramasse, partageant un carton, c'est mieux qu'un seul à planquer, je me ferai moins remarquer avec ce papy sorti des archives de la guerre de Corée.

Manque de bol, le mec se met à parler.

« À un kilomètre d'ici, y a une zone protégée, des Blancs y sont terrés dans des baraques sans eau ni électricité. Ils passent leur temps à prier, à monter et à démonter leurs armes. Paraît que ce sont d'anciens bankiers. Ils attendent dans leurs bicoques, sans jamais pointer le nez dehors même pour glaner un peu de bouffe. Ces corniauds s'imaginent encore que le gouvernement va réagir dans la semaine. Chaque lundi, ils se persuadent que vendredi sera le jour de la reprise en main, que d'un coup, l'électricité jaillira et illuminera la pièce. Ils laissent les interrupteurs en position *On*, pour avoir la divine lumière. C'est dingue, non ? Les Blancs sont *très* cons, hein ? »

6 n'écoute pas. Il prend une gorgée d'eau, avale lentement pour faire durer le plaisir. Le vieillard produit soudainement un claquement avec sa bouche, *clac-clac-clac* !

« Tu m'en donnes un peu ?

– Arrête de jacter, t'auras moins soif ! »

Le vieux hausse les épaules, recroquevillé. À croire que toute cette parlote, c'était pour gratter un p'tit truc à avaler. *6* s'immobilise, en tailleur, comme un moine qui entame une longue séance d'ascèse. Le manque de sommeil lui file la migraine, alors quand le sable tourbillonne à deux cents mètres, il n'y prête pas attention.

Puis le trou s'élargit et une tête émerge, timidement. Un Noir, en costume de flic, armé d'une barre de fer, sort de terre.

Le vieux clodo ouvre la bouche pour lâcher un cri. *6* l'attrape par la gorge.

« Tu hurles, je te brise les cervicales. Compris ? »

John Green ne perd pas de temps. Il pousse un caddie vide qui traîne là, ouvre le coffre d'une voiture défoncée et jette le contenu dedans. Un bras jaillit du chariot et bat l'air.

« Bordel ! » gueule le papy.

6 se plaque au sol au moment où Green se tourne dans sa direction. Le vieux prend ses affaires et décampe à toute blinde. Face à ce spectacle ridicule, Green hausse les épaules. *6*, toujours aplati dans les immondices, prie pour rester invisible. L'ex-taulard pousse son caddie devant le trou et y renverse le contenu, sans précaution. De sa planque, *6* entend un hurlement et le bruit d'un corps qui se fracasse contre le sol.

Si après ça le mec est vivant, il est costaud, pense l'ex-flic, impressionné par la chute.

Green disparaît dans la cavité. Quelques secondes plus tard, une bourrasque se lève et la plaque d'égout est à nouveau recouverte de poussière.

PIÈCE 444 ENTRETIEN *6*, EX-POLICIER

< J'étais abandonné, sans personne vers qui me tourner. Dieu seul sait où se terraient les membres de l'équipe de recherche, peut-être à des kilomètres de là

occupés à traquer d'autres terroristes. J'ai respiré un bon coup et je me suis dit : « T'es flic, faut y aller ! » De toute façon, personne ne m'aiderait. L'opportunité de coincer Green ne se représentera peut-être jamais plus.

J'ai à peine réfléchi à tous les problèmes que j'aurai à résoudre pour le choper. J'ai fait simple. Ramper sur une cinquantaine de mètres sans me faire repérer. Ensuite, ouvrir l'écoutille et me glisser à l'intérieur. Là, j'ai progressé dans le tunnel tous sens aux aguets, un vrai animal. >

★

« ... *Pas de montagne assez haute, pas de vallée assez profonde, pas de rivière assez large, bébé. Si tu as besoin de moi, appelle-moi, peu importe où tu es, peu importe la distance, appelle simplement mon nom, je me dépêcherai, tu n'as pas à t'inquiéter*[46]. »

La voix résonne dans tout le tunnel et l'écho la transforme en un son étrange, déformé, une variante cheap et organique de l'autotune.

6, attiré par la mélodie, se rapproche et à travers les interstices de la porte entrouverte distingue sa proie.

L'ex-taulard, buste nu, installe des caissons le long du mur. L'effort creuse sa poitrine, ses muscles saillent. La transpiration ruisselle en abondance sur son dos tatoué mais il s'amuse malgré l'effort physique à interpréter le classique de la Motown en imitant Marvin Gaye, d'une voix de crooner, chaude et sensuelle.

La plus grande surprise de la journée n'est pas de trouver Green dans l'immensité de Washington esquis-

---

46. *Ain't no mountain high, ain't no vally low, ain't no river wide enough, baby. If you need me, call me, no matter where you are, no matter how far, don't worry baby, just call my name.* (*Ain't no mountain high enough*, de Marvin Gaye : un classique de la Motown)

sant quelques pas de danse dans les égouts. Non, c'est de le retrouver confortablement *installé* dans une pièce inondée de lumière *et* saturée d'effluves de viande *cuite.*

L'ex-flic sent une tension meurtrière l'envahir. *Pendant que je planquais dans le froid, tu te faisais la popote et tu mangeais chaud ! Les salauds vivent toujours bien. Gaffe à l'addition, connard, la note risque d'être salée !*

Toute à sa petite affaire, Green farfouille dans une boîte remplie de matériel usagé. Il n'entend pas la porte coulisser sur ses gonds ni le bruit étouffé des pas sur le sol en ciment.

6 se propulse à toute vitesse dans la pièce, sans regarder ni à droite ni à gauche. Une flèche décochée en pleine cible. Pris au dépourvu, Green n'esquisse pas de mouvement de défense, il se reçoit la formidable droite au menton. Sa tête claque sur la dalle et ses yeux se referment sur une dernière image, un homme noir, sale et hirsute, penché au-dessus de lui.

CHAPITRE 56

6 plaque John de force sur une des chaises disponibles.

« Tu as compris que je suis flic ? Inutile de te préciser que ta tête est mise à prix. »

John hausse les épaules, feignant l'indifférence.

« Tes chefs sont enterrés sous des kilos de poussière, les politicards de la ville l'ont désertée pour se réfugier loin, très loin d'ici. Tu t'excites pour rien, mec. L'autorité, c'est comme mon ex, c'est juste un mauvais souvenir… »

6 sort de sa parka une feuille A4 pliée en deux. John, médusé, découvre l'ordre de mission, signé et tamponné.

« Quelqu'un, quelque part, s'est mis derrière un ordi pour le taper, l'imprimer, la parapher. On a de la ressource, on fait les choses sérieusement. »

John hausse les épaules.

« Si tu dois arrêter tous les Noirs qui s'en prennent aux Blancs, t'es pas près de profiter de tes RTT. Je ne vois pas en quoi ma petite personne intéresse tes boss. »

6 chope Green par le cou et le force à regarder Hauser.

« Les Blancs que t'as chopés sont des bankiers de JP Morgan et eux, on n'y touche pas !

– Bien dit ! Faut nous libérer maintenant ! »

Hauser s'agite, tout content de la tournure que prend la situation, il fait du bruit en tapant sur le radiateur auquel il est attaché.

« Calme-toi fiston. »

Le ton de l'ex-flic terrifie l'ancien bankier. Pendant un instant, il doute. Et si ce type n'était pas ce qu'il prétend être ? Si c'était un autre dégénéré déguisé en policier ? Il s'imagine être emmené dans un endroit encore plus sordide et recevoir le traitement des Américains détenus par Al-Quaida. Impossible d'en réchapper, on finit toujours la tête coupée.

« Tu devrais me prendre au sérieux, abruti », lâche 6, excédé par l'attitude de Green.

Il baisse le bandana qui couvre le bas de son visage et John comprend qu'il a face à lui l'assassin de Walter Wright.

*

Juice cloue, au mur du *Fifty*, le *hoodie* déchiré. L'inscription brodée *New Harlem Hell's Fighters* apparaît clairement malgré les taches de sang. Bee lâche un beurk de dégoût.

« C'est franchement dégueulasse de garder ça ici ! »

Juice hausse les épaules.

« C'est à nous. On aurait eu le corps que je l'aurais pendu à un arbre pour qu'il pourrisse au bout d'une corde.

– Mais pourquoi clouer *ça,* sur le mur ? Ça me file la gerbe !

– Tu sais comment t'étais fringuée la première fois que t'es montée sur scène faire un strip ? »

Bee The Slut se met à glousser, comme une sale gosse.

« Ouais, j'avais ma culotte fétiche, un porte-bonheur acheté deux mois avant, enfilée juste une fois.

– En quoi elle est fétiche si t'as pas fait un truc spécial avec ?

– Si, j'ai fait un truc sacrément spécial. Je me suis inscrite sur un site, genre *Sugar Daddy*, et j'ai fait croire à un type que j'étais vierge... Ensuite, je lui ai annoncé le prix pour le package non déballé... 50 000 boules ! »

– Y a que les meufs de ton espèce qui imaginent être spéciales en faisant cette connerie à se choper le Sida. Tu crois que ça vaut autant de pognon ton truc *jamais* « déballé », petite conne ?

– Ben non justement, on s'est arrêtés à 2 000 dollars. Tu penses que j'aurais pu en tirer plus ? »

Juice éclate de rire.

« T'as fait quoi avec le pognon ?

– J'ai acheté le dernier iPhone et je me suis cassée avec mon mec de l'époque, on a pris sa caisse... et j'ai atterri au *Fifty*.... Mais pourquoi tu me parles de ma culotte fétiche ? Quel rapport avec *ça* !

– Ce sweat à capuche, c'est le dépucelage de Rust avec le gang. C'est son fait d'armes, faut que le monde entier le sache. Tu comprends ça, *petite puta* ?

– Je pige que dalle à vos histoires de mecs… Y a un aut' truc qui me gêne, Juice.

– Ouais, quoi ?

– Que tu te tapes ma mère et que je passe après.

– Tu voudrais passer en premier et elle ensuite ?

– Naaan, voudrais que t'arrêtes de lui tourner autour du cul !

– Faut que tu sois sacrément spéciale pour que j'arrête.

– Elle a quoi de spécial ma mère pour que tu continues justement, bordel ! Y a que toi qui trouves du charme à ses rides autour de la bouche, enfoiré !

Bee en a marre, elle pince violemment la veine qui pointe du biceps hypertrophié du culturiste.

« Je me demande si t'es si balèze que ça après tout ? Cette vieille négresse t'a humilié ! Elle a poussé le vice jusqu'à venir te débusquer dans ta tanière pour te taper ! Si elle avait eu le temps, elle aurait violé tes fesses et je parie que t'aurais pas dit non ! Espèce de p… »

Le culturiste la chope par le cou. Il serre au point que le visage de Bee perde toute couleur. Des deux mains, elle tente de relâcher l'étau. Elle se met à suffoquer, sa bouche forme un « o » de surprise. Il la jette sur le bureau, écarte des doigts sa culotte. Le regard avide, la *pole-danseuse* s'imagine crever.

Après avoir percuté Bee à lui briser les os, Juice, en sueur, prend une feuille en bristol qu'il déchire. Il la punaise sous le sweat ensanglanté :

Rust, Charleston, Premier Sang.

⋆

PIÈCE 552 Entretien Bee

< Il m'a fait mal, ce pédé ! J'ai failli crever, mais j'ai adoré. Y pas à dire, sa queue est magique. Juice, y pense

être plus malin que tous les autres. Il imaginait avoir trouvé l'utilisation de la machine. Tu parles ? Moi, j'y ai pas cru une seconde.

Fallait la tester et personne n'était chaud pour s'installer dans la caisse et mettre ce truc sur *On*. Même Juice ne voulait pas y retourner. Sa première fois avait duré exactement trois secondes et son sang avait giclé de son pif, bonjour l'écoulement.

Quand il nous a raconté son trip. Moi, je me suis dit que le mec avait pris de l'acide. Du délire total, du même niveau que les allumés qui affirment avoir été enlevés par des extra-terrestres. C'est drôle à entendre, mais ça n'apporte rien, tu vois ce que je veux dire, on perd un peu son temps à les écouter. Ben là, c'était pareil, sauf qu'évidemment, c'est Juice qui parle, pas le con d'à côté. Alors, tout le monde se met en quatre pour le satisfaire.

Finalement, c'est Rust qui s'y est collé. Cet abruti souhaitait prouver à tous qu'il en avait dans le falzar.

Il voulait enchaîner, comme un sportif à la quête d'un grand chelem. D'abord le meurtre du gosse dans la forêt, ensuite le domptage de la Firebird échappée d'un épisode de *Black Mirror*.

Sans blague.

Mais qui est ce mec, en vérité ?

C'est ni un Hell, ni un Skin, ni un triple K. Il s'est monté la tête tout seul sur Internet. Il a tué un gamin dans les bois et des Noirs dans une église, voilà son pedigree de guerrier. Que dalle ! C'est mon point de vue et j'ai pas peur de l'affirmer. Certains disent qu'il n'a même pas trucidé le gosse dans les bois, il aurait réussi à nous pipoter là-dessus. Qui sait ? Ce nègre a pu être massacré par n'importe quoi.

J'aime pas trop Rust, en fait, ça se voit, hein ? Avant, je le trouvais chou. Aujourd'hui, il est juste chelou. C'est un psycho, il me stresse.

Mais OK, c'est lui qui a eu les couilles de s'installer le premier dans la Firebird. Tant mieux, si quelqu'un devait finir avec le cerveau grillé, autant que ce ne soit pas mon mec, il est déjà assez taré comme ça !

Juice a pioché lui-même une VHS dans le stock trouvé sur le marché.

Terminator.

Rien que ça. Je parie qu'il a choisi le truc le plus chaud en magasin, histoire de tester le gamin. Si Juice dit vrai, alors le gosse a du souci à se faire. Parce que rien n'est plus balèze que le T800 ! *Hasta La vista, baby Rust !* >

CHAPITRE 57

« Si je vous explique la situation, monsieur le policier, on gagnera du temps…

– Ferme-la. »

Hauser ravale ses larmes. Son mauvais pressentiment se confirme, il est sûr d'une seule chose, cet homme est noir.

Il est noir, comme l'autre à qui il a cassé la gueule. Son titre de policier, usurpé ! Sinon, comment expliquer que je sois encore attaché à ce radiateur. Ces deux nègres appartiennent à des gangs rivaux et se font passer pour des condés pour continuer leurs trafics !

Green, toujours menotté à sa chaise, observe lui aussi 6 fureter dans la pièce. Posté devant les croquis de M+ punaisés au mur, l'ex-flic reste un bon moment le nez dessus, comme s'il cherchait à en percer le mystère. Green fulmine.

Y a rien que tu puisses saisir là-dedans, trouduc ! C'est au-delà de ta compréhension. Ne fatigue pas ton p'tit cerveau de souris !

6 s'est déplacé de quelques mètres et, accroupi, il examine la collection de K7 vidéo. Green le surprend hausser les sourcils devant les titres de série B.

Ah, t'es comme un con, toi aussi tu te demandes à quoi servent ces K7 !

Green ricane quand la stupéfaction la plus totale s'affiche sur le visage de 6 à la vue du drame qui se joue à l'intérieur des caissons de la machine.

Ah, ça tu ne t'y attendais pas ! C'est ma petite boutique des horreurs. Sois curieux, ouvre-les. Vas-y, tire sur la poignée ! Si M+ n'a pas tué ces maudits bankiers, tu t'en chargeras ! Allez, fais-les crever !

Les doigts de 6 se posent sur le dispositif verrouillé. Ça y est, sa main s'est refermée sur le loquet…

« Non, n'ouvrez surtout pas ! »

Green n'en croit pas ses oreilles, Hauser a décidé de placer sa confiance dans un nègre ! Et voilà que le bankier blablate de sa voix haut perchée. Et comme un miracle n'arrive jamais seul, 6 l'écoute, attentif.

Dix minutes plus tard, l'ex-flic reconsidère ce qu'il a devant ses yeux. Bien sûr, cela ne ressemble pas à la machine vue pour la première fois dans le hall du commissariat. Mais si Hauser dit la vérité, ce caisson serait un nouveau prototype de cet inventeur fou, Ben Goldman.

« Elle fonctionne et parfaitement, monsieur le policier ! J'vous le jure, il m'a plongé dedans et pour rien au monde, je ne voudrais y retourner ! »

Hauser trépigne comme un gosse qui cherche à attirer l'attention. Green adresse à 6 une mine consternée. Sa tronche silencieuse vaut mille discours.

Franchement, tu le crois, ce taré de bankier ? Ce mec est trauma', encore un pauvre petit Blanc éduqué qui est tombé sur un méchant négro qui lui a fait des misères. Il a le sentiment d'avoir été violé alors il invente n'importe quoi pour susciter ta pitié. Au pire, cette machine a grillé son cerveau et l'a rendu pleutre et bête.

Voilà ce que semble dire Green de son air entendu. En clair, t'occupe pas de ce qui est dans ce caisson et passe à autre chose.

Mais un doute tiraille 6. Son instinct lui claironne d'écouter l'ex-bankier. Green surjoue, le gars tente de le convaincre avec un numéro mimé à la Marceau.

Dans les caissons, les visages de Friedkin et Montgomery secoués de tics violents répondent à ses hésitations. Les hommes semblent être immergés dans un enfer psychique.

PIÈCE 761 ENTRETIEN 6, EX-POLICIER

< Je ne suis coupable de rien. J'ai simplement ouvert l'habitacle du troisième caisson relié à celui de Friedkin et John Green a bien voulu y entrer. Bon, OK, je le menaçais d'une machette et alors, il fallait bien l'encourager un peu.

Pour moi, cette machine, c'était du bidon, malgré ce qu'Hauser avait pu me raconter. Je n'arrivais pas à admettre que Ben Goldman, cet inventeur à la con, ait pu créer un tel truc de fou. Encore moins qu'un ex-taulard du nom de John Green ait pu la dupliquer. Ce mec, son seul exploit, une incarcération de huit ans à Folsom ! Mais voilà, je suis flic et mon métier est de considérer toutes les éventualités. Si cette machine fonctionne vraiment, les bankiers sont en danger et quelqu'un doit aller les chercher ! Et ce type, ce ne sera pas moi ! >

FRONTIÈRE 1

John Green se fracasse sur le ponton. Quand il tente de se relever, il se casse la gueule en beauté.

Il pataugé dans un mélange puant de boyaux de poissons, utilisé pour attirer le requin. Il en a partout, c'est dégueulasse. Pas de trace de l'équipage. Mais ils ont laissé un petit cadeau, un fusil à lunette.

Green entend un cri.

« Au secours ! »

Friedkin est à cinquante mètres, dans un Zodiac. Quand le bankier l'aperçoit, il hurle un tonitruant « 'culé ! »

Green jette un coup d'œil à la mer d'huile. *Je ne mettrai pas un orteil dans la flotte pour sauver ce type.* Il fait un signe à Friedkin.

« Nage, tu ne crains rien ! »

Le bankier s'étrangle de rage.

« Enfoiré ! Tu m'as mis là, tu viens me chercher !

– Pagaie !

– Le requin a bouffé les rames !

– Mets-toi à l'eau, tu en as pour dix secondes à peine !

– Non, je bouge pas ! Si t'es ici, c'est que quelqu'un t'a envoyé ! Tu mets tes fesses à l'eau et tu viens me chercher ! »

Il trépigne de rage comme un gosse dans son pneumatique d'un mètre carré, retrouvant instantanément ses attributs de petit chef. Le spectacle puéril provoque l'hilarité de Green.

« Pourquoi tu te marres, espèce de charogne ? Ce requin, il n'est pas normal, crois-moi, tu crèveras comme les autres ! Regarde où tu pataugés, salopard ! »

Ce qu'il a pris pour de la chair de poisson sont les boyaux d'un homme. Le reste est à l'arrière du ponton, un amas de viscères, en boule, attaché à deux jambes à moitié sectionnées.

Green ressent un sacré coup de flip. La mer est immense et bien cachée quelque part, le requin renifle déjà sa trouille. Friedkin, tout connard qu'il est, a raison : ce n'est pas un prédateur normal, mais un monstre impitoyable et increvable vendu par la bande-annonce de ce nanar italien intersidéral.

Pour une fois que ce n'est pas mensonger, faut que ça tombe sur moi. On est sur le menu, on va se faire boulotter. Il s'approche du bloc-moteur dans l'espoir de le démarrer, mais, sous le capot, tout est broyé, mastiqué par le requin qui s'est régalé de toute la précieuse mécanique. Au loin, un couinement de terreur retentit.

Un aileron fend l'eau. Le squale est à cent mètres de Friedkin et file à la vitesse d'une fusée. Il fonce sur le Zodiac pour le percuter et le faire voler dans les airs. John le met en joue, tire une première balle et le rate. La deuxième fait mouche, arrache un bout d'aileron et le requin disparaît au fond de l'océan.

« Je l'ai tué ! »

Friedkin explose, cramponné à son radeau.

« C'est faux, tu le sais !

– On a plus que trois minutes, après la Machine me renvoie dans la réalité et toi tu y restes, pour l'éternité sur ton Zodiac de merde ! Alors, si tu veux vivre, mouille tes fesses et rapplique ! »

Le bankier se met à sangloter. Personne ne l'aidera, certainement pas le mec qui l'a envoyé là. Il doit se débrouiller seul, sinon, il mourra dans l'immensité de cet océan de celluloïd.

Ce requin, c'est même pas le vrai, le titan, celui de Spielberg, je ne vais pas flipper devant ce sous-produit rital ! Et puis, gosse, j'suis allé à Universal faire Jaws, l'attraction, est-ce que j'ai chié dans mon froc ? Non ! Tout petiot déjà, j'savais que c'était du bidon !

Il se lève et se glisse doucement dans la mer d'huile dont le contact froid lui coupe le souffle. La température l'a surpris, et il patauge, s'éclabousse de la flotte souillée.

Plus que dix mètres ! Il s'imagine sur le bateau, les fesses à l'abri. Accoudé au ponton, John jubile, fantasmela suite. Si le requin doit débouler, c'est maintenant !

Friedkin pose ses mains sur le rebord, à bout de souffle. « Aide-moi, j'ai plus de force ! » John ne bouge pas, il se contente d'observer, les bras croisés. « J'en peux plus ! » John regarde autour de lui, avec délectation. La mer est sereine, aucune trace du requin. L'impatience le gagne.

« J'en peux plus ! » s'égosille le bankier. Ses mains glissent, il n'a plus la force de s'accrocher. « Il est là, je le sens… S'il te plaît ! »

John reste de marbre. Il songe au procès, la parodie de justice se déroule de nouveau dans son inconscient. Quand ce même connard se pavanait à la barre en clamant qu'un contrat doit être lu, tant pis pour l'illettré qui le signe à l'aveugle.

Oui, oui, oui madame la juge ! Même les alinéas écrits en police 5 !

Green se penche vers Friedkin pour capter sa dernière étincelle.

« T'as envoyé tes hommes de main nous rouler parce que toi-même tu as mieux à faire. Tu ruines la vie des gens depuis ton bureau, comme une salope de fonctionnaire nazi. La mise à mort t'indispose, tu préfères déléguer ! »

Friedkin, dans un ultime effort, passe une jambe et glisse sur le ponton, exténué. Il souffle fort, transi de froid. John s'approche, déçu. Quel spectacle jouissif cela aurait été de voir un requin à la gueule large comme un U-boot[47] arracher le torse de cette crevure, et s'acharner sur sa carcasse !

Sur le visage de Friedkin, le kidnappeur perçoit une vague de soulagement. *Quel crétin ! Il se croit à l'abri.* D'une main ferme, il le chope par le col.

« Je vais te jeter à la flotte, on verra bien si t'as encore la force de remonter ! »

John réussit à le traîner sur quelques mètres avant que Friedkin se débatte et s'accroche désespérément à sa jambe. Green n'en revient pas, il sent un étau se refermer sur lui, un geste de pure rage !

John se reçoit un formidable coup de pied dans les couilles et sous l'impact se plie en deux. Profitant de l'avantage, l'ancien de JP Morgan tente de lui arracher le fusil mais John se défend par de grandes claques maladroites et des tirages de cheveux. En réponse, le bankier lui pressure les parties à pleines mains. Une vraie bagarre de sales gosses.

Friedkin retrouve son mordant.

D'un étranglement appris au cours de krav-maga, il étouffe Green, puis de sa main libre, il attrape le canon du fusil, coince l'arme sous son épaule. Déjà, son index glisse sur la détente, la mise à mort approche.

Il tire, rate sa cible. John réussit à fuir à quatre pattes. Il chute sur le ponton ensanglanté, caresse l'espoir de se réfugier dans la soute. Mais l'ombre du banquier plane au-dessus de lui. Quand il se retourne, la carabine est pointée sur sa poitrine.

Green ne pense pas à la mort mais à sa grand-mère. Il s'était juré de donner une bonne correction à ces pauvres petits mecs en costard et, au lieu de ça, l'un

---

47. U-Boot, abréviation d'Unterseeboot, sous-marin en allemand, désigne plus largement les sous-marins allemands utilisés lors de la première et seconde guerre mondiale.

d'eux s'apprête à le fumer comme un lapin. L'outrage suprême.

Mais au lieu de la déflagration, c'est une explosion qui déchire le silence étouffé de leur lutte acharnée.

La mer s'ouvre en deux, le requin surgit des profondeurs, propulsé sur le ponton par un coup de queue magistral.

Les 1 200 kg écrasent le bateau qui se brise. Friedkin perd l'équilibre, glisse vers la gueule grande ouverte. Claquements de mâchoires, jambes arrachées ! John se reçoit les viscères en plein sur la tronche sans comprendre la nature de matière visqueuse. Il saisit l'horreur de la situation quand la tête de Friedkin roule dans sa direction.

Le squale se propulse vers lui, toute gueule béante !

CHAPITRE 58

Un geyser de sang jaillit de l'habitacle fermé, un jet si puissant qu'il gicle des interstices et éclabousse *6*, penché au-dessus du caisson.

L'ex-flic l'ouvre en retenant son souffle. Il gerbe en découvrant un bras, une jambe, un pied, les restes du bankier. Il suffoque devant le tas de chairs déchirées.

« Ce truc marche vraiment ! »

Un chuintement. Quand il se retourne, Green est debout dans le second caisson ouvert, l'ancien taulard brandit un fusil. L'acier brille, l'arme est compacte, solide, réelle.

L'ex-flic se tétanise, comme hypnotisé par le trou béant du canon. C'est la première fois, de toute sa carrière de flic, qu'il se retrouve dans une pareille situation, une arme braquée sur lui et sans un collègue pour l'aider. Il s'entend hurler.

« Au sol, mains sur la tête ! »

Il charge, avec comme seule arme sa machette, illusoire face à une arme à feu, mais il répète les consignes rabâchées par les instructeurs de l'école de police. À situation désespérée, attitude de kamikaze.

Il ne veut pas être le premier mort tué par un flingue issu d'un monde qui n'existe que sur une K7 d'occasion.

« Au sol, mains sur la tête ! »

Il abat la machette de toutes ses forces sur le bras de Green. L'ex-taulard hurle et lâche la carabine. *6* plonge pour saisir l'arme, persuadé d'avoir tranché net le membre. Quand il se remet debout, il constate les dégâts de son attaque suicide.

« Eh bien, toi mon gars, tu es un cocu de première ! »

6, dans la précipitation, l'a frappé avec le côté non coupant de la lame. Le kidnappeur s'en tirera avec un énorme bleu sur tout l'avant-bras.

John, muet, gît le nez dans la poussière. Sa propre odeur, mélangée à celle du sang de Friedkin, le révulse. Le cerveau fracassé par son passage dans M+, il se laisse menotter sans même articuler un mot.

Hauser, assis par terre, jouit du spectacle. Bien sûr, il aurait adoré voir Green amputé d'un membre, dans une action éclair digne des meilleurs Chambara.

Et ce n'est pas si méchant de le penser, ce salopard m'a kidnappé, a mis toute ma famille en danger de mort. Je vais pas non plus le remercier ! Maintenant que ce salaud est hors-jeu, je cours retrouver ma femme et mes enfants. Si Dieu est miséricordieux, ils sont en vie et en bonne santé !

Hauser tape sur le radiateur avec le peu de force qui lui reste.

« Détachez-moi ! »

Avec bonheur, il constate qu'il est enfin écouté. *6* défait la corde qui l'attache. Bientôt le lien qui lui enserre le cou sera un mauvais et lointain souvenir. Il pourra rejoindre l'Îlot Surveillé où il trouvera des dizaines d'oreilles compatissantes, des petits Blancs qui frémiront de terreur en entendant son histoire abracadabrantesque. Il endossera l'habit du thaumaturge qui écarte les voiles de l'étrange pour guérir par les mots sa communauté.

Bien sûr, il se donnera le beau rôle, racontera qu'il a vaincu seul l'agresseur. La vérité n'intéresse personne, deux Noirs qui s'écharpent, c'est à peine une brève dans le journal du soir, un Blanc qui dérouille deux nègres, Hollywood en a fait des *happy ends* de films.

Plus qu'une poignée de secondes pour que le nœud autour du cou se défasse. Hauser sent les doigts de 6 sur ses cervicales. Mais au lieu de se relâcher, le lien se resserre un peu plus. Le voilà complètement étranglé.

« Lâchez-moi ! »

« Non, tu viens avec moi ! »

Hauser est obligé de galoper derrière l'ex-flic et quand il trébuche, il est traîné au sol et suit le mouvement à quatre pattes, comme un chien tenu en laisse par son maître.

Il remonte à fond de train le souterrain. Arrivé à l'air libre, une lueur blanchâtre l'agresse. Plus de dix jours sans lumière l'ont rendu partiellement aveugle. Devant ses yeux dansent des images furtives et colorées, des distorsions optiques. Quand il hurle de rage, les aboiements lointains des coyotes lui répondent comme s'ils avaient flairé une présence amie.

*

L'alcool n'anesthésie pas son impatience, au contraire, elle l'attise. Juice ne tient plus, il fracasse la bouteille de scotch contre le mur du garage. La jaquette de *Terminator* suit le même chemin.

C'est une vaste connerie, cette histoire, y a rien à tirer de cette caisse, en fait. Je me suis grave emballé. Mon cerveau a disjoncté tout seul, comme un grand. L'accumulation des cuites ou peut-être la coke chourée de très mauvaise qualité. Ça pourrait même être les derniers stéro que j'ai gobés. Ou toutes ces merdes combinées. Pas besoin d'un diplôme de petit chimiste pour comprendre que toutes ces combinaisons mortelles ont fracassé mes neurones.

Il se trouve con d'avoir cherché un cobaye pour tester la Firebird. Il se revoit à claironner sur son expérience transcendantale, comme un vulgaire adorateur de Krishna qui cherche à recruter des gogos.

Le gang se foutra de ma gueule jusqu'au siècle prochain. Ça parlera sec dans mon dos !

« Plus que 30 secondes, boss ! »

Leslie le complotiste est encore plus impatient que lui. Il tient son visage collé contre la vitre de la Firebird pour ne rien rater des expressions faciales de Rust.

Le gamin est secoué de tremblements, les deux mains accrochées au volant. Ses bras tressautent et sa poitrine se gonfle, comme s'il piquait un sprint effréné dans l'habitacle du véhicule. L'adepte de QAnon se tourne vers le bodybuilder.

« Il nous fait une crise cardiaque ou quoi ? »

Juice s'approche pour constater les dégâts. Rust, la bave aux lèvres, semble converser avec le Diable, l'échange est tendu, car sa bouche balbutie dans le vide et des postillons maculent le tableau de bord.

« Dix secondes, Juice ! »

Le mastard dégaine son cran d'arrêt. Vaut mieux être prudent, peut-être que le gamin sortira de la bagnole, le cerveau cramé avec l'envie subite de les trucider. Soudain, un cri étouffé fuse de l'habitacle.

« *Fuuuuck !* »

Les portes de la Firebird s'ouvrent et Rust jaillit, le nez en sang, l'œil droit partiellement fermé. Dans ses mains, un fusil d'assaut tiré de *Terminator*. Il jubile devant l'expression ahurie des bikers quand l'artefact brille, frappé par un rayon de soleil.

Rust titube et s'accroche pour ne pas s'effondrer. Il ne veut pas s'étaler par terre devant ce ramassis de ploucs. Il pointe l'arme en direction d'un arbre, appuie sur la détente. Le recul lui déboîte l'épaule, il s'écroule pour de bon et entend le bruit sourd de la balle qui arrache l'écorce.

Des présences brutales percent le semi-brouillard de son inconscient, elles s'agglutinent autour de lui et effleurent presque comme des caresses son crâne rasé. La tribu l'a adopté, elle salue l'homme qui a bravé la machine, l'Américain qui a réussi son intégration par les *guns.* Comme une meute de chiens heureux d'accueillir un nouveau membre, elle lui renifle le cul.

PIÈCE 653 ENTRETIEN JUICE

< Comme un condamné à perpet' qui ne sentira plus jamais l'odeur du minou, j'croyais que l'odeur de la poudre, fallait faire une croix dessus.

Un truc de dingue, je palpais l'arme du Terminator lui-même, au moment où l'Amérique se retrouvait privée de flingues ! J'en jouissais putain ! Quand j'ai massacré à coups de bastos l'arbre déjà cramé par Rust, ça a fait *tilt* dans mon crâne.

Je me suis rué dans l'atelier, j'ai attrapé une VHS et j'ai posé mon cul dans la Firebird. Je voulais être le premier à vivre ça. C'est comme un fantasme de gosse devenu réalité, non ? >

Juice, en plein orgasme, entend un bruit sourd, insupportable. Des mains cognent, en rythme, sur la carrosserie de la Firebird. Il ouvre un œil. Mitch, le nez collé à la vitre, mime une pipe royale. De qui il se moque, ce con ?

De lui !

Il avale sa salive lentement, se mate dans le rétro. Il se sent tout bizarre. Rien ne dépasse du pantalon, mais une tache se forme au niveau de son entrejambe. Il se met à rire en comprenant la nature physiologique de l'épanchement. Autour de la caisse, le gang s'est réuni et le montre du doigt, genre, *t'as grave assuré, mec !*

Il se marre, pointe son majeur en l'air – *allez-vous faire mettre, bande de connards !* – et sort de la bagnole en dandinant du cul. Il s'approche de la télé, rembobine la K7 et découvre les premières images.

Il a un mouvement de surprise. Le motard Hillbily à l'écran qui défouraille comme un dieu de la baise, c'est lui. Il s'est incrusté dans l'action et a dégusté un morceau de choix, l'actrice multirécompensée pour ses performances acrobatiques, Marylin Chambers.

Leslie le Troll court s'enfermer dans la Firebird pour être le second à vivre ça. Il se cale dans le siège, se marre franchement en débraguettant son futal. Deux minutes pour jouir, c'est court, aussi bref qu'une audience papale, ça mérite qu'on ne perde pas de temps pour en profiter à fond.

CHAPITRE 59

6 se glisse dans le tunnel de la Termitière, le repaire de l'escadron, et dévale sur le ventre le dénivelé. Le sable coule en rigoles autour de lui, c'est jubilatoire de s'enfoncer dans l'obscurité, dans un endroit connu des seuls initiés. *6* prend son pied, comme un gosse sur une luge. Derrière lui, tenu en laisse, Hauser roule, tête la première en se mangeant des cailloux.

L'ex-flic reprend son souffle. Plus qu'une cinquantaine de mètres à parcourir.

Un bruissement inquiétant perce de l'obscurité. Crac-crac. Crac-crac. Crac. Méfiant, il zieute tout autour de lui.

Des insectes qui agitent leurs minuscules ailes aussi fines que du papier. Des dizaines, peut-être des centaines à voleter, voilà à quoi ressemble ce son étrange. Mais qu'est-ce que ferait un essaim de sauterelles ou de grillons six pieds sous terre ?

Hauser, la tête ensablée, entend lui aussi le crissement, il a peur d'être piqué par des abeilles tueuses et se met à tirer de toutes ses forces sur sa laisse pour décamper. D'un geste brusque, l'ex-flic le calme.

« Repos ! »

Étranglé, Hauser se rassoit, comme un chien bien dressé. Par précaution, *6* abaisse la sécurité de son arme, bien planquée sous sa parka. Il vérifie qu'elle n'est pas visible, histoire de ménager son effet. Il la jettera sur la table, genre, regarder ce que j'ai rapporté de mon incursion ! Il imagine déjà les têtes ahuries à la vue du canon en acier chromé.

Aujourd'hui, sortir un flingue de sa poche, c'est accomplir un miracle digne des Évangiles.

Quand il déboule dans le minuscule réduit de la Termitière, il identifie l'origine du crissement.

Comme des ouvriers sur une chaîne de montage, les flics se passent les dossiers, éventrent les chemises en carton, recueillent les feuilles A4 et les déchirent. Le dernier préposé bourre un sac en plastique et tasse les miettes bien au fond, pour gagner le maximum de place. Le papier froissé crisse sous ses doigts, comme le vol de milliers d'insectes.

« J'ai retrouvé Green et les bankiers », lâche *6* fier de lui.

Ses paroles sont accueillies par un silence indifférent. Les flics n'ont même pas daigné lever les yeux de leurs balluchons d'ordures.

L'ex-flic ravale sa colère. Il fixe le chef en quête d'un remerciement. Mais rien ne vient. Le boss, assis sur son tabouret, déchire son quota de feuilles aussi inspiré qu'un préposé à la corvée de patates.

« Oh, vous avez entendu, j'ai coincé l'ex-taulard et sauvé Hauser de ses griffes ! »

Il agite la laisse – *je vous raconte pas de crac, regardez qui est là !* Hauser accroupi à ses pieds esquisse un sourire avenant mais pour une tout autre raison. Il attend que ces flics blancs le réveillent de son cauchemar sans fin, lui retire sa chaîne et le raccompagne en voiture chez lui. Entre Blancs, faut s'entraider, bordel !

Comme seule réponse, le chef désigne du menton les sacs remplis.

« Remonte les ordures et fous-y le feu. Et ramène-nous les sacs, y a pénurie. »

PIÈCE 328 ENTRETIEN 6, EX-POLICIER

< Et voilà que j'étais devenu préposé à la voirie ! Brûler les procédures en cours, franchement, je n'ai vu ça que dans les films. Les mecs qui bossent dans les ambassades y sont sûrement habitués, mais nous les condés, notre quotidien est de vivre entassés dans des mètres cubes de paperasses.

Pour être flic, faut pas être allergique au papier.

Alors oui, j'ai cramé tous ces dossiers. De toute façon, ils étaient irrécupérables. Bonjour le puzzle ! Même si vous aviez voulu les reconstituer, vous n'auriez pas pu. Mais comprenez-moi bien. J'ai reçu des ordres. Et on ne conteste pas les directives d'en haut. >

Quand 6 redescend dans la Termitière, Hauser boude dans son coin, roulé en boule, la corde toujours autour du cou. Le pauvre vieux est sur le point de chialer.

L'espace de la Termitière est complètement dégagé. Plus aucune trace d'un seul document administratif. Même le poster de la pin-up a été décroché comme s'il craignait qu'une meuf à poil punaisée au mur puisse trahir la présence des flics.

« Tu ferais mieux de dégager d'ici, 6 », prévient une voix derrière lui.

L'homme qui a parlé se désape lentement. Il enlève sa tunique bleu nuit, ses rangers et les fourre dans un sac en plastique destiné à être brûlé. Comme si cet uniforme qui faisait toute sa fierté auparavant était devenu le symbole même de l'infamie. Aussitôt, une odeur douceâtre de corps mal lavé empuantit l'air saturé, un parfum musqué de pied et de sueur.

En sous-vêtements et en chaussettes, toujours avec sa cagoule qui lui dissimule les traits, il pioche dans un sac qui traîne là pour en retirer une chemise et un pantalon à sa taille. Il considère les fripes, fouille de nouveau dans le tas de fringues dans l'espoir de trouver mieux. Peine perdue, il se résout à enfiler ce qu'il a dans les mains.

« Si vous saviez comment ça me fait mal au cul de carrer mes miches dans un futal porté par ces singes. »

Approbation désabusée de la cantonade. Comme si tous redoutaient le moment où leurs saintes fesses blanches immaculées entreraient en contact avec les fringues usées. Mais 6 sait pertinemment à qui s'adresse cette vacherie puante crachée sur un ton dédaigneux. Quelques jours auparavant, il était le collègue tout juste toléré, mais essentiel pour aller débusquer la faune locale dans la mangrove de Washington. Là, il est ramené à un échelon inférieur dans l'évolution de l'humanité. Il est le cousin primate que l'on relègue en bout de table aux réunions familiales et à qui on refuse de passer le plat.

Au lieu de voler dans les plumes de ce crétin, *6* se plante face à son supérieur. Son chef est en plein strip-tease forcé et quand il retire sa ceinture, sa bedaine de chefaillon tressaute, toute contente de retrouver un peu de liberté.

« À qui je livre Green et les bankiers ?

– À personne. Ce n'est plus notre problème. »

Hauser s'est ratatiné dans son coin. Sa face mangée par le sable se crispe, il suffoque en pleine crise d'angoisse. Si même les flics blancs ne daignent le sauver, qui le fera ? Il cherche à desserrer la corde pour s'enfuir. D'un coup de pied décoché dans les côtes, *6* le calme net.

« Si, comme tu dis, tu n'en as vraiment rien à branler de Green et des huiles de JP Morgan, c'est qu'il y a eu un changement de politique. Et dans ce cas, c'est moi, ton tout nouveau problème ! »

Le chef se contente de hausser les épaules. Mais l'ex-flic sent comme une crispation autour de lui. Sa petite rébellion est loin d'être acceptée, une insulte pour la flicaille aristocratique blanche.

Les ex-collègues toujours en sous-vêtements et cagoulés l'encerclent. Il distingue la lame effilée d'un couteau commando dans la main d'un de ses anciens partenaires. En passant devant lui, un autre le bouscule intentionnellement de l'épaule.

« Qu'est-ce qui te prend ! » s'emporte *6*, à bout de nerfs.

Il est si proche qu'il devine le regard du flic derrière ses lunettes fumées. De la pure haine anti-négro. *6* glisse sa main sous sa parka, ses doigts effleurent la crosse de son arme. Il a bien fait de ne pas dévoiler son atout maître, il va s'en servir et faire carton plein…

« Ça suffit, vous deux ! »

Le chef siffle la fin de la partie. Les flics s'immobilisent à la manière de chiens qui obéissent pour la friandise.

Les condés terminent de s'habiller et un à un quittent la Termitière. Hauser les voit ramper dans le tunnel plongé dans l'obscurité et disparaître en laissant de larges sillons dans la poussière. L'ex-bankier se crispe, son avenir se jouera dans cette pièce, entre les deux flics félons. Il se demande s'il sera exécuté et abandonné dans ce souterrain. Il ne sait même pas si on le retrouvera un jour pour lui accorder une sépulture décente.

J'vais pourrir ici, les rats grignoteront mes doigts, mon bide abritera une colonie de rongeurs, mes parties seront disputées entre les chats de gouttière. Voilà mon destin.

PIÈCE 211 ENTRETIEN 6, EX-POLICIER

< Comprenez-moi bien, j'avais une arme sur moi. Si j'étais celui que vous décrivez à longueur de journée, j'aurais tué ces hommes. Ils menaçaient ma vie et comme vous l'avez répété de nombreuses fois, ils étaient membres d'un escadron de la mort qui sillonnait les rues de Washington. Je me trouvais en grand danger. Est-ce que je les ai assassinés ? Non. Je suis un officier de police et même humilié et menacé, je suis le garant de la morale et de la justice. >

Le chef prend le temps de nouer les lacets de ses toutes nouvelles baskets – un vrai look d'habitué des soupes populaires. Quand il se redresse, il pointe *6* et Hauser du doigt, dans un dernier geste d'autorité.

« Inutile de nous suivre. Là où l'on va, vous n'avez pas votre place… »

6 hausse les épaules, nullement impressionné.

« Vous allez où comme ça ?

– Camp 01. »

– Je viens avec vous ! hurle Hauser qui s'est subitement redressé.

Amusé, le flic considère Hauser, frétillant à l'idée de s'installer dans un baraquement avec l'eau et l'électricité.

« Tu crois que dans le monde d'aujourd'hui les bankiers ont une quelconque utilité ? »

Hauser retombe lourdement au sol. Il a compris, la partie est finie pour lui.

« Vous aurez besoin de bons flics. Moi, je suis prêt à faire tout le sale boulot. Et croyez-moi, des ordures, y'en aura à ramasser par sacs entiers ! »

PIÈCE 212 ENTRETIEN 6, EX-POLICIER

< Proposer ses services, ce n'est pas quémander un plat chaud ! Non, moi je suis un flic, un vrai et du boulot, y en a à abattre ! Qui rétablira l'ordre pour remettre d'aplomb le pays ? Qui se dressera contre les hordes déchaînées, contre tous ceux que les politiques ont muselés depuis des années et qui désirent prendre leur revanche ? Le contrat social américain a toujours été défendu par la police. Demain, l'ordre émergera à nouveau à coups de matraque. Je serai le bras armé du nouveau pouvoir. Il faudra bien envoyer des têtes brûlées en première ligne.

Et puis, soyons réalistes, si les Blancs ne veulent pas de moi, combien de temps je peux espérer survivre, livré à moi-même ? Jamais je n'aurai ma place dans le camp d'en face. Aucun Noir ne tolérera ma présence. Je ne vais pas finir ma vie dans un souterrain, avec pour seule compagnie des bankiers véreux et un ex-taulard décérébré. Alors oui, j'ai plaidé ma cause. >

Mais d'un haussement d'épaules, d'un seul, le chef balaie tous ses espoirs.

« Y a plus une arme en circulation, c'est clair dans ta petite tête, coco ? Et sans flingue, pas de flic ! La police est officiellement morte ! Et puis toi, dans notre futur, tu n'existes pas. Quand on aura repris l'avantage, remis tout ce bordel d'équerre, il n'y aura plus un seul nègre dans les rangs de la nouvelle police. À partir de maintenant, c'est Blanc contre Noir. Le plus fort l'emportera. La bonne nouvelle, c'est que tu n'as pas besoin de choisir ton camp, camarade, on l'a déjà fait pour toi. »

CHAPITRE 60

« Il faut quitter les lieux », glisse Hauser d'une voix plaintive les fesses toujours par terre et la corde au cou.

6 retrouve ses esprits. Combien de temps est-il resté prostré sur cette chaise ? Aucun moyen de le savoir et puis, quelle importance ? Mais le bankier a raison, ces lieux sont pourris et dangereux, à quoi bon s'y attarder.

L'ex-flic saisit la laisse et tire Hauser derrière lui.

« Non ! je suis pas votre chien !

– Tu es ce qui s'en rapproche le plus. Alors, garde ton souffle, parce que je te porterai pas jusqu'à la surface. »

Hauser ferme sa gueule à regret. Encore plus vital que d'être détaché, sortir de ce souterrain puant.

Ce flic pourrait m'y laisser, comme on abandonne Médor avant de partir en vacances. Crever une laisse au cou, jamais !

Hauser prie pour que ses jambes ne le lâchent pas. L'ascension du tunnel de la Termitière le met hors d'haleine. Suant, le souffle court, il repense à son abonnement au club de remise en forme à 8.000 dollars l'année.

Mais pourquoi je n'ai pas suivi les cours de HIIT ? Quel con j'étais ! Au lieu de mater les meufs et de boire des cocktails colorés au bar, j'aurais bossé ma putain de condition physique. Oh Dieu tout-puissant, aidez-moi dans mon chemin de croix !

À défaut d'avoir les muscles, Hauser a la foi, il prie à haute voix. Et là, il entend une voix puissante qui lui répond. Une lumière blanche inonde brutalement son visage, l'obligeant à fermer les yeux.

« Ferme ta bouche, on est arrivés ! » gueule la voix.

C'est ce con de flic, peste Hauser, déçu.

Il s'écroule dans la poussière.

Dieu n'a pas daigné me parler, normal, il sait pertinemment que je suis une merde, mais Sa Grandeur m'a soutenu dans cette épreuve. Tout n'est pas perdu, il croit encore en ma misérable personne. Lui sait que je peux devenir meilleur.

⋆

Des cris et un bruit de bousculade. Un attroupement se forme à l'entrée d'Anacostia.

Ben sursaute, surpris par la soudaine exclamation. Il s'affairait à poser une nouvelle canalisation à sa baraque, pour remplacer celle détruite, quand C.J. et ses potes ont débarqué tout excités, armes à la ceinture.

« On a trouvé ce déchet devant l'entrée, il dit vouloir vous parler, M'sieur ! »

Ils tiennent un rouquin d'une vingtaine d'années par le col. Le type, la lèvre éclatée, a les mains sur un caddie rempli de sacs.

« On s'est déjà rencontrés Monsieur Goldman, à votre conférence de presse, Kenny le Geek ! C'est moi qui ai demandé une démonstration ! »

Il se reçoit une claque de la part de C.J.

« Ferme ta gueule, tu ne lui parles pas ! »

Ben s'interpose, indigné.

« Calmez-vous les garçons, pas de ça ici, on se conduit bien ! »

Un des jeunes fouille dans le caddie, extrait une VHS des sacs précieusement emballée qu'il examine, intrigué par l'objet dont il ignore l'utilité.

« Son sac est rempli de ces merdes ! »

Le roux se marre, en essuyant sa lèvre fendue. Sa mission est plus importante qu'un gnon dans la tronche.

« Qu'est-ce qui te fait rire, se vexe C.J.

– T'excite pas, mon gars, ce ne sont *que* des VHS. Mais t'as raison quand même sur un point, aujourd'hui, ça vaut bien plus qu'un million de dollars. Vous avez un magnétoscope en état de marche ? J'ai un truc à vous montrer, m'sieur ! »

*

Shane distingue une image à l'esthétique *seventies* sur l'écran de la télévision.

Sur le lit, une femme, en porte-jarretelles, la tête enfouie dans les couvertures, immobile. Shane se tourne vers Kenny.

« Où tu veux en venir, je ne comprends pas. »

Le plan s'élargit. Les chaises sont par terre, la lampe de chevet, cassée, est renversée au milieu de la pièce. Sur le lit, un t-shirt déchiré de *Pepe the Frog*.

« C'est quoi ce film ? » s'étonne Daizon en attrapant la jaquette de la VHS.

Behind The Green Door.[48]

« Je ne te dis pas bravo, Kenny. »

Le rouquin tente de se justifier, il en bégaie presque.

« Suis tombé dessus par hasard !

---

48. Film pornographique des Frères Mitchell sorti en 1972, considéré comme un classique du genre.

– Dehors c'est l'apocalypse et toi, *par hasard*, tu tombes sur un film de boules ! » se moque Daizon en éclatant de rire.

La caméra panneaute, un cadavre apparaît. L'ancien champion a un mouvement de recul.

« Johnnie Keyes[49], son partenaire à l'écran. Ils l'ont tué, commente Kenny.

– Tu parles de meurtre, mais ce mec, il n'existe pas », réplique Mike.

Le geek a un sourire de satisfaction.

« En s'infiltrant dans le film, et en participant à l'action, ils ont interagi et donné une nouvelle dimension au récit provoquant le libre arbitre des personnages de fiction donc, potentiellement…

– Mec, c'est un film de cul, philosophe pas dessus ! » répond Daizon excédé.

La femme s'extrait du lit, et Lisa découvre le visage tuméfié de l'actrice Marylin Chambers, bientôt secouée par une crise de larmes incontrôlable. Lisa n'en revient pas.

« Cette femme, même si elle n'existe pas, s'est fait violer par ces sales types. Ces porcs ont récupéré l'invention de p'pa et la première chose qu'ils font est de s'incruster dans un film pour violer et tuer.

– J'ai un autre truc à vous montrer », continue Kenny.

« Si c'est encore un porno, glisse Lisa, garde-le pour toi, j'en peux plus de ces conneries.

– Non, c'est plus sérieux. »

Kenny sort de son sac le film *Scarface* et enclenche le magnétoscope. Après trois minutes, Ken appuie sur *stop*.

---

49. Johnny Keyes est le premier Noir star du porno.

« Un de ces connards s'est introduit dans le film pour piquer de la came. Il s'est fait coincer par Scarface en personne. »

Horrifiée, et un peu fascinée, Lisa observe des tigres se disputer un amas de chairs blanchâtres de l'autre côté du téléviseur.

« Tu veux dire que ça…

– Ouais, les tigres bouffent ce pauvre con… Mais ce n'est pas tout ! »

Kenny avance la bande. À l'écran, Scarface, camé jusqu'à l'os, déambule dans sa pièce sécurisée, armé de son GP-30[50].

« Dans le film d'origine, il mitraille avec une autre sultafeuse. Celle-ci, il l'a piquée au néonazi qui sert de dîner à ses animaux domestiques. Ça veut dire que ces connards de bikers se servent de l'invention de ton père pour chourer des flingues dans d'autres films. »

Ben, incrédule, ne quitte plus l'écran des yeux. Voilà à quoi sert M+ aujourd'hui. Alimenter le trafic de drogue et armer des héritiers du KKK.

« Si je vous montre ça, Monsieur Goldman, c'est que je pense savoir comment coincer cette bande de salauds… »

Daizon observe Kenny qui a posé, de façon très décontractée, ses fesses sur la table. *Il manque pas d'air, ce petit morveux*, s'amuse l'ancien champion.

« Il vous faut dans votre team, un mec qui établisse un corpus de films qui intéresse votre bande d'abrutis pour qu'on puisse les traquer sans relâche. Ce mec, c'est moi ! Vous en pensez quoi, m'sieur ? J'suis pris dans l'équipe ? »

---

50. Fusil d'assaut russe.

CHAPITRE 61

« Chef… »

Pas de réponse.

« Chef », couine Hauser, toujours tenu en laisse.

6 se retourne, tire un coup sec sur la corde pour qu'Hauser cesse ses pleurnicheries. Sur le visage de l'ex-flic, l'ancien bankier lit toute l'exaspération et la haine que lui inspire sa petite personne.

« Je peux vous parler, monsieur ? Ça ne prendra pas très longtemps. S'il vous plaît, c'est important. »

6 saisit une bouteille d'eau dans son sac. À la vue de cette eau fraîche, un flot de salive inonde la gorge sèche de la star déchue de JP Morgan. Il brûle d'envie d'en quémander quelques centilitres. Mais il doit choisir son combat, jamais son nouveau maître ne lui accordera deux faveurs.

« Pour vous, pour l'humanité entière, je ne vaux plus rien. Ce flic a raison, personne ne voudra sauver ma misérable vie de bankier de Wall Street…

– Tu veux en venir où, cafard ?

– J'ai une femme, des enfants. Ils sont livrés à eux-mêmes, dans ce monde de fou. Dieu seul sait ce qui leur est arrivé. Rendez-moi ma liberté pour que je puisse assumer mon rôle de chef de famille et les sauver. S'il vous plaît, monsieur le policier. »

La déférence flatte *6*. Bien sûr que ces jérémiades font du bien à l'ego après toutes les dérouillées de ces derniers jours. Sadique, il s'inonde le visage d'eau. Hauser, yeux écarquillés, voit le ruissellement se disperser en microgouttelettes dans le sable.

« Pourquoi j'accepterais, Hauser ? Tu as la mémoire courte. Tu es un salaud, d'après Green, tu as précipité sa grand-mère dans la tombe. Des années durant, tu as participé à la grande misère des nègres. Ton boulot, servir l'intérêt des politicards. Le bien commun et la justice, tu t'en contrefous. Et après tu pleurniches pour être traité avec équité ?

– J'ai été un bon petit soldat, Monsieur. J'ai obéi à mes supérieurs. Je les ai crus. Oui, j'aurais dû réfléchir un peu plus. Mais j'ai été conditionné. Depuis mon enfance, je suis les ordres. Je fais où on me dit de faire. »

6 toise Hauser pour jauger sa sincérité. Mentir est au-dessus de ses forces, le mec est une loque, un bout de viande jeté à la poubelle, mâché et recraché mille fois. Les mots prononcés d'une voix plaintive font mouche. *Un bon petit soldat.* C'est en ces termes qu'il se définit lui aussi.

Mais moi, j'ai toujours été lucide, mon engagement et ma sincérité n'ont jamais été mis en doute. Ce sont les salopards de hauts gradés, qui ne comprennent rien au métier de policier, qui devraient être punis pour nous envoyer en première ligne sans nous soutenir, toujours prêts à nous sacrifier pour faire plaisir aux politicards.

6 détache Hauser de son lien.

Hauser porte ses mains à son cou. La corde n'y est plus mais il sent encore sa pression mortelle. Cette marque rouge sur sa trachée, c'est sa fleur de lys qui lui rappellera longtemps sa faillite morale et sa fragilité. Oublié le bankier arrogant en costume croisé, place au repenti de la finance, au pécheur en quête de rédemption affublé de guenilles dénichées dans les greniers d'Anacostia.

« Merci monsieur le policier », murmure Hauser en baissant les yeux en signe de petitesse.

Il tourne les talons et s'éloigne en traînant des pieds. 6 l'entend maugréer tout bas. Puis, contre toute attente, l'ex-terreur de JP Morgan entonne un chant.

Ce n'est pas le blues des ramasseurs de coton plongés dans l'enfer des plantations. Mais cette étrange mélodie pourrait bien devenir l'hymne des bankiers perdus.

★

Mike repousse doucement Shane et se lève du lit, sans faire de bruit. Il prend deux ou trois vêtements qui traînent là. Sa tenue en cuir, une paire de boots et un bonnet Carhartt troué. Au moment où la porte se referme, une voix émerge de sous les couvertures.

« Mike, tu vas où ?

– Rendors-toi, chérie… Je n'en ai pas pour longtemps. »

Il l'embrasse. Sa décision est prise.

★

« Ken. Ken… Debout ! »

Le geek manque de faire une attaque en découvrant la face tatouée du boxeur à quelques centimètres de la sienne.

« Merde, qu'est-ce qui se passe ? »

Le gosse se redresse sur son lit de camp, la tête toute chiffonnée par le sommeil. « J'ai déjà fait une connerie, vous me virez de l'équipe, c'est ça ? »

« Calme-toi, gamin, t'as le collier d'immunité. » Ken se marre de bon cœur. Daizon s'assoit sur le rebord de son lit. « J'ai besoin que tu me renseignes, Ken. Hier, tu disais qu'en s'infiltrant dans le film, et en participant à l'action, les néo-nazis ont interagi et donné une nouvelle dimension… bref, t'as baragouiné un truc comme ça ! »

Kenny sourit, flatté que Mike ait retenu son petit speech d'universitaire.

« Ouais, c'est à peu près ça. Sur le moment, j'ai cru que tu te moquais parce que j'avais maté un film de cul alors que c'est pas vrai, je suis tombé… »

Mike le coupe, pressé d'avoir sa réponse.

« Ce que tu regardes chez toi, dans l'obscurité de ta chambre, je m'en fous. J'ai besoin que tu me répondes clairement. Et j'ai bien dit clairement ! : « Est-ce que Scarface a pris la décision de jeter un des néo-nazis aux tigres ? »

Ken lui répond sans même ciller en détachant bien chaque mot.

« Ouais, il l'a fait en son âme et conscience. »

Mike accuse le coup.

« Cette machine est complètement dingue !

– Et je suis sûr que les possibilités de M+ sont encore plus folles qu'on ne le croit. Mais pour ça, il faudrait les tester et avoir sous la main un cobaye qui accepte de se griller le cerveau ! »

Mike se lève d'un bond.

« OK, c'est parti, on y va.

– Euh, on va où Mike ?

– Cherche plus ton cobaye, il est devant toi. Fous-moi dans le caisson ! »

Daizon tend une K7 au geek. Le rouquin secoue la tête en découvrant le titre.

« Non, non, pas question ! Ben est au courant ? Il n'a pas donné son accord pour une utilisation. Je suis nouveau ici, je n'ai pas intérêt à faire de connerie…

– J'y vais pas pour faire le mariole, Ken… Programme juste la machine sur quinze minutes… J'dois régler un truc important !

– Quinze minutes ? Mais t'es pas fou, Mike ! Ben a dit que c'est maximum deux minutes par jour ! »

Daizon se met à rire.

« Deux pour les personnes saines d'esprit. Moi, j'ai le cerveau complètement frit par la boxe, les médocs et les drogues. T'inquiète pas, mon cerveau, c'est du gruyère, M+ y fera un trou de plus, c'est tout ! »

Ken réfléchit quelques secondes. Mike, c'est le boss, respecté par le monde entier, il ne se sent pas de taille à lui tenir tête à trois heures du matin.

« OK... Mais si on se fait gauler, qu'est-ce que je raconte à Ben ?

– La vérité, mec. Que c'est moi qui t'ai demandé de le faire... Et puis, entre nous, y a une machine qui a des possibilités infinies et on ne va pas les tester ? On serait bien les derniers des cons ! »

D'un léger signe de tête, Ken lui indique de le suivre dans le baraquement où est installée M+. Daizon exulte.

« *Give me five, brother ! Ready pour le ride !* »

FRONTIÈRE 2

Mike roule sur le sol, sa tête heurte brutalement un tronc d'arbre. Il enlève les feuilles qui se sont accrochées à son blouson et se dirige vers la route en boitant. L'air est frais, pur. Au loin, la ville et le flot des voitures.

Les gens se retournent sur lui. Un Noir tatoué au visage, ici à Catskills, c'est aussi exotique qu'une danseuse étoile se donnant en spectacle dans la rue.

Un immeuble se dresse devant lui. Il reconnaît chaque brique de l'édifice. Il monte tranquillement l'escalier aux marches branlantes jusqu'au premier étage et pousse la porte de la salle de boxe.

Face au seul miroir de la pièce, un jeune Noir, en short bleu *Adidas*, répète ses gammes.

Lui, à quinze ans.

Cette scène, filmée par un étudiant d'une école de cinéma de Brooklyn, est dans tous les reportages qui lui sont consacrés. Il la connaît par cœur, mais y être lui donne le frisson. Il fait un pas, pénètre dans le gymnase. Odeur de sueur, de cuir, de moisi. Les coups et les cris.

Et dans un coin, mains sur les cordes du ring, son mentor, Joey Di Maggio.

★

Kevin Maloney, son entraîneur pendant plus de dix ans, s'approche.

« Si vous voulez vous inscrire, faudra repasser demain.

– Non, répond Mike, amusé qu'il ne le reconnaisse pas, je viens juste regarder. »

– Ah, ouais ? OK. »

Celluloïd-Kevin s'éloigne et Daizon s'assied comme un visiteur quelconque, sur un banc, à côté de jeunes types venus rêver en s'imaginant champions. Mike a les yeux fixés sur son double.

Young Mike.

Quinze ans, un taureau. Une boule compacte. Les déplacements, à chier, mais planqués derrière ses poings, même avec sa technique rudimentaire, il fait mal.

Le boxeur face à lui, un adulte vicieux et expérimenté, est à la peine. Il fuit en oubliant tout ce qu'il sait, les coups pleuvent. Mike Daizon ne se remémore pas avoir cogné ce mec. Normal, on ne se souvient jamais des types qui servent de marchepieds.

Son attention se porte sur Joey, sur son regard, ses réactions. Elles sont justes. Il est pareil au Joey qu'il a connu. Un instant, Mike doute que l'homme qu'il a face à lui soit un *fake*.

Celluloïd-Joey archive dans un coin de son cerveau toutes les attitudes de son protégé et, à chaque fin de round, balance un aphorisme incompréhensible à la tronche de son élève.

Le jeune Daizon hoche la tête mais n'y pige rien. Peu importe, la phrase s'imprime et fera des petits. Le jour venu – pour son premier championnat du monde, Mike s'en souvient –, la magie opérera, tout sera en place, une construction de l'esprit, soutenue par le verbe.

Daizon s'approche du ring. Il veut scruter son grain de peau, sentir son odeur. Il pose ses mains sur les cordes. Ce ring, il le connaît par cœur, il a quasi vécu dedans pendant cinq ans.

Le gong résonne, fin du round.

Young Mike considère l'homme au visage tatoué. Il a un sentiment de déjà-vu. *Faut être dingue pour se faire imprimer un truc pareil sur la tronche*, pense le gosse. Même à Brownsville, les cramés du ciboulot ne vont pas jusque-là. Il doit appartenir à un gang, un mec dangereux. Avec son tatouage, ce type envoie un monstrueux *Fuck You !* à la face du monde.

L'ado dérive vers lui, accro aux démonstrations de puissance. Mike sourit, c'est ce qu'il aurait fait. S'approcher et demander…

« Votre tatouage, monsieur, c'est bien un truc de gang, hein ? »

Le gamin a dit toute la phrase en le regardant dans les yeux mais n'a pas pu s'empêcher de les baisser ensuite. Il n'assume pas, une fausse grande gueule. Exactement le gosse qu'il était à cet âge.

« Mike, c'est pas le genre de chose que l'on demande, s'indigne Joey contrarié.

– Y a pas de problème, répond Daizon. C'est un signe tribal maori. Tu trouves ça chouette ?

– Ouais, c'est cool. Ça donne envie de s'en faire un. On est unique avec ça.

– On est unique sans. Quand il te viendra l'idée de te scarifier la face, demande-toi pourquoi. »

L'ado le regarde sans comprendre. Ce type est étrange, il parle comme Joey. Il est chiant, en fait. Il s'éloigne.

« Vous voulez essayer ? »

Mike se retourne. Être face à celui qui lui a insufflé la vie lui donne des frissons.

« Essayer quoi ?

– Taper dans le sac. Après, vous verrez si vous aimez ou pas. La boxe, on en tombe raide dingue ou on déteste.

– Ouais, pourquoi pas. »

Daizon prend la paire de gants que lui tend Di Maggio. Il se met face au sac, enchaîne deux ou trois coups, sans chercher à bien faire.

« Pas mal, commente l'Italien, surpris de reconnaître ses combinaisons. Mais si tu crois devenir champion en cognant de traviole, tu rêves, mon gars !

– Je ne suis pas venu pour taper dans un sac.

– Ah ouais ? »

Di Maggio le scanne pour déceler une menace voilée. Comme tous les entraîneurs de l'ancienne école, le vieux est persuadé d'être la cible de la mafia de la boxe. Daizon pointe du menton le jeune Mike. Dans un coin de la salle, l'ado répète ses gammes.

« Vous avez un plan de carrière pour lui ?

– Il sera le plus jeune champion des lourds de l'histoire », lâche Joey avec une pointe de fierté.

Daizon le coupe en plein élan d'autosatisfaction.

« Ce gosse, tu l'aimes vraiment ?

– Quoi ? »

Surpris, Di Maggio fixe l'inconnu, sidéré par l'impudeur de la question.

Daizon continue sur sa lancée, sans ciller.

« Ce gosse, tu l'as adopté pour le sauver de la rue ou pour servir ton ambition, retrouver ton rang dans le monde de la boxe ? Peut-être que tu es comme ces entraîneurs de chevaux. Ce gamin est pour toi l'équivalent d'un étalon. Quand il aura terminé sa carrière, lessivé, tu pleureras uniquement la gloire envolée et les billets perdus. Et puis, tu choisiras un autre mioche pour continuer de rêver.

– Vous me prenez pour qui ! suffoque le vieil Italien, meurtri.

– Sa vie est entre tes mains. Être champion du monde de boxe ne fera pas de lui un homme. »

La voix de Daizon subitement devenue basse le surprend. Cet homme n'est pas venu l'accuser mais l'avertir.

« Est-ce que tu seras sa lumière, son guide ? » continue Daizon.

Ébranlé, l'entraîneur considère avec plus d'intérêt le visage de l'inconnu. Dans l'obscurité naissante, les traits massifs semblent dessinés au fusain. Il reconnaît là des contours vaguement familiers sans qu'un nom émerge de sa mémoire. Mais sans même le connaître, cet homme a vu juste. Ses angoisses font écho aux siennes, rater l'éducation de son protégé, créer une machine à K.O. décérébrée qui foirera sa vie et jettera l'opprobre sur son nom.

Il prend la main de Daizon dans la sienne et l'ancien champion est parcouru par un courant électrique. Mike a un moment de vertige, il ne s'est pas trompé. Joey porte sur lui le même regard bienveillant qu'il y a trente-cinq ans. Oui, c'est cette douceur, cette chaleur qu'il est venu retrouver. Pour se convaincre, pour se rassurer qu'il a bien été aimé.

CHAPITRE 62

En haut de ces escaliers, enveloppée dans sa couverture, Shane fixe la silhouette enfoncée dans son canapé. Le sweat à capuche masque son visage, le dos massif est traversé de tremblements. Elle descend sans faire de bruit et vient s'asseoir auprès du corps meurtri.

« Mike, ça va ? »

Délicatement, elle relève la capuche et découvre un visage maculé de sang.

« Mon Dieu, qu'est-ce qui t'est arrivé ? Parle-moi, Mike ! »

L'ex-champion la fixe d'un regard étrange, voilé. Un instant, elle pense qu'il a replongé et a sniffé une ligne en cachette.

La K7 posée sur la table du salon lève ses derniers doutes sur la nature du voyage que l'ancienne star des rings s'est payé durant la nuit.

« Mike, pourquoi tu es allé là-bas ? »

Daizon a un sourire désarmant. Les traces de sang autour de sa bouche et de ses joues lui donnent l'allure d'une figure carnavalesque.

« J'y suis allé pour Joey, Shane... À l'époque où il m'a adopté, je n'ai pas compris pourquoi il le faisait. Il avait soixante-dix ans, n'était pas marié et vivait pour la boxe. Pourquoi ce vieil Italien irait s'emmerder avec un jeune mec à problèmes ? Quand j'avais des coups de blues, je fuguais et revenais à Brownsville. Là, je me persuadais que toute cette tendresse était du pipeau, le vieux s'était entiché de moi pour mes capacités. Je me le répétais pour fuir les responsabilités et les devoirs qui s'imposaient à moi. Autant d'attente de sa part me terrorisait, personne ne m'avait jamais fait un cadeau pareil. Quand Joey est décédé, j'ai douté de sa bonté et de son amour désintéressé. Alors ce soir, je suis allé vérifier s'il se souciait vraiment du gamin que j'étais et si je n'avais pas fantasmé cette relation pour donner du sens à ma vie. J'attendais pas de lui un discours, je voulais saisir la vérité dans l'éclat de ses yeux. Cela m'aurait tué que la première personne en qui j'ai cru soit la première qui m'ait exploité. Mais quand il m'a souri, tous mes doutes se sont dispersés... »

CHAPITRE 63

« Je te l'ai dit Hauser, ta femme et tes gosses ne sont plus ici ! Quand j'ai pris cette baraque, elle était vide ! »

L'homme bloque l'accès à l'étage, empêche l'ex-bankier de monter vérifier. Toutes ses affaires ont disparu, à la place, les détritus du type. Une série de sacs-poubelle débordant de saloperies.

« Ils sont où alors ? gémit Hauser au bord de l'agonie.

– Qu'est-ce que j'en sais ! »

Hauser le bouscule.

« Hausse pas les épaules quand tu parles de ma femme et de mes gosses, connard ! »

Le mec trébuche, Hauser l'enjambe, les deux gardiens n'arrivent pas à l'attraper, il monte les étages quatre à quatre.

Il ouvre toutes les portes, pénètre dans chaque pièce. Ne trouve rien. Ah si, juste une peluche miteuse que son fils de quatre ans a piquée dans une baraque précédente. Ça et son attaché-case, en cuir de vachette, vestige de sa vie de planqué.

« Mains sur la tête ! »

Hauser se retourne. Voit les trois hommes armés de coutelas, prêts à le découper en tranches. C'est lui qui hausse les épaules. *J'ai tout perdu. Plus de femme, plus de gosses, quel avenir dans ce monde de merde ?* Il attrape sa mallette par pur réflexe, le seul truc de son ancienne vie encore entier, et passe devant les hommes en la tenant fermement. Avant de claquer la porte de la chambre, il chope la peluche de son fils. Il sort d'une démarche robotique, sans savoir où aller, le doudou contre sa poitrine.

⋆

Hauser, l'ex-bankier star de Wall Street, se traîne, pire qu'un chien crevé. Il n'évite plus les cadavres, il marche dessus. Il s'en moque. Rien ni personne face à lui. Juste le désert, traversé par des ouragans de poussière. Et entre deux tempêtes, un soleil timide qui ne réchauffe rien.

Il se faufile entre les bagnoles abandonnées sur l'autoroute. Repère au loin ce qu'il cherche depuis des heures. Des barrières, des barbelés, des gardes armés. Tous noirs. Au check-point, six vigiles vérifient les allées et venues.

Il sait qu'il n'entrera jamais. Ces mecs lui mettront des coups de pied au cul, il retournera ensuite là où il était, dans Sahara-Town, avec les chiens errants comme compagnie.

Il en a marre des clébards, de leur puanteur et de leurs puces. Il rêve d'un repas chaud à engloutir. Il veut des voix humaines, chaleureuses, qui lui câlinent les oreilles. Il désire de l'amour.

⋆

Il est entré.

Comment ? Facile, à l'instinct, comme un chien. Y a que les chiens qui survivent, y a qu'un clébard qui peut mettre une patte dans un endroit pareil. Voilà ce qu'il s'est dit. Hauser ressent une vague irréelle de surprise lui monter au cerveau.

Des jardins, cultivés. Des baraques repeintes. Un parc et des enfants qui s'amusent. Des hommes et des femmes, en tenue de travail, tous beaux, tous propres, qui s'affairent à entretenir leur nouveau domicile. Une Ruche. Anacostia, la merdeuse, la criminelle, transformée en paradis pour nègres.

Hauser a un choc. Une famille toute blanche avec un mioche bien vivant passe en bavardant. Il croit même entendre des éclats de rire – *Je délire ! C'est juste pas possible ! – The Dust*, il s'y était habitué. La destruction de toute matérialité, il s'en était accommodé. Tout ce bonheur étalé sous ses yeux lui donne envie de se rouler en boule et de chialer. Il se demande comment ils ont réussi à tout remettre droit alors que partout ailleurs, tout part en sucette.

Qui sont-ils pour y arriver ?

*

Dans le jardin, Daizon somnole, Shane est allongée contre lui, sur le vieux canapé sorti pour profiter des rares rayons du soleil. La jeune femme feuillette un ancien numéro de *Soldier of Fortune*.

Une pub sexy dans laquelle des nanas en bikini se planquent dans les fougères, AK-47 en bandoulière, lui arrache un sourire moqueur. À côté d'eux, Jackson, le bullmastiff de 6 mois, creuse un trou pour y enfouir une ordure.

Daizon a une hallucination. Un Blanc, attaché-case à la main, remonte la rue, en boitant. Ce fantôme existe bel et bien, il pénètre dans le jardin, après un petit salut. Le nez cassé, l'œil poché, du coton hydrophile enfoncé dans une narine, voilà la race blanche en plein déclin.

« Monsieur, balbutie le type, êtes-vous bien noir ? »

Interloqué, Daizon en oublie son cigare qui chute du bord de ses lèvres. Shane, un instant incrédule, éclate de rire. *WTF !* Elle se tourne vers son amoureux, histoire de vérifier si un truc lui a échappé depuis tout ce temps.

« Pour répondre à votre question, oui, je suis noir de chez noir, répond Daizon.

– Alors, punissez-moi. Punissez-moi fort. »

CHAPITRE 64

Daizon se relève, regarde le type fasciné.

« Assieds-toi.

– Merci », lâche Hauser, à l'ouest. Il sort un calepin, s'arrête sur une feuille noircie d'une écriture illisible. « Vos ancêtres sont africains ? On les a invités… Excusez-moi, je veux dire, on les a *forcés* à venir ? Ils ont bien travaillé dans les champs de coton, *au moins* ? »

– Pourquoi tu me poses toutes ces putains de questions ?

– Pas de pardon sans réparation.

– Quoi ?

– Pas de pardon sans réparation », répète machinalement Hauser.

Jackson, le clebs, s'approche, le renifle. Au lieu de paniquer, il le considère avec le plus grand intérêt. Il remarque les grilles qui entourent la maison. Le jardin, vrai entrepôt à ciel ouvert de cochonneries, semble le fasciner.

« Il faudrait dresser des obstacles, des barbelés, des pièges à loups, un mur à escalader. Ce serait top de mettre une trappe. On commence les travaux rapidement pour ne pas perdre de temps. »

Ses yeux furètent sans cesse à la recherche de solutions.

« Qu'est-ce que tu racontes ? » s'énerve Daizon en le bousculant.

Hauser, en plein délire, trace une ligne imaginaire dans la poussière avec son pied.

« On nous place, nous les Blancs, ici. Le top départ est donné ! Vous lâchez vos chiens à notre poursuite. Les bêtes nous déchirent et nous bouffent. Et si certains d'entre nous arrivent entiers à la fin du parcours, vous nous caillassez la gueule. Vos enfants nous crachent dessus et nous filent des coups de pied dans les couilles. Après cet *exutoire*, ouais, on est définitivement quittes…

On a droit à quarante acres de terre et une mule[51]. On peut s'installer ici, vivre tous ensemble, quoi… »

Excédé par le charabia incompréhensible de l'inconnu, Daizon lui chope le bras pour le secouer brutalement.

« Calme-toi, arrête de raconter des conneries ! »

Hauser se dégage et décore le sol d'un glaviot. « Pour qu'on puisse vivre ensemble, faut qu'on soit quittes. Que l'on paie pour ce que l'on vous a fait… C'est ce qu'il disait… »

« Qui ?

– Il faut qu'on paie… qu'il disait…

– Payer pour quoi ? demande Shane.

– On vous a foutus en esclavage, en prison, dans des ghettos. On a détruit vos familles, volé votre culture, construit notre fortune sur votre dos. On vous a violés, lynchés, abusés. Des crachats à la gueule, tout le temps. On doit solder les comptes une fois pour toutes, on en parle plus, on sépare le pays en deux et chacun vit de son côté sans faire chier l'autre… »

Hilare, Daizon se tourne vers Shane, qui se marre à moitié aussi.

« Yo, baby, tu entends, c'est si simple ! Les mecs sont prêts à tout pour résoudre leur problème. Ils n'ont *presque* rien branlé depuis trois cents ans pour trouver de vraies solutions, mais là, ça urge de passer à la table des négociations !

– On vous tape sur les doigts combien de fois pour qu'on soit quittes ? Excuse-moi, dans les couilles, comme tu le proposais ? se moque Shane.

– On ne peut pas s'entendre, c'est ça ? » grimace Hauser.

---

51. *40 acres de terre et une mule* est la promesse d'indemnisation faite aux esclaves libérés après la guerre de Sécession.

Sous l'effet du stress, son nez saigne et l'écoulement souille le haut de sa chemise. Il reprend ses esprits, une lueur mauvaise dans le regard.

Shane hésite, son rire meurt et un malaise lui tord le bide. *Qui est ce type ? Un fanatique venu pour tuer du Noir et se suicider ensuite ?* Se demande la cascadeuse, déjà à la recherche d'une arme de fortune. Une bouteille à fracasser, le parasol à utiliser comme une lance ou simplement Jackson à jeter à la gorge de ce mec pour le crever.

Hauser, la main crispée sur sa mallette, parle tout bas.

« Y a ce Noir, moi je ne le connaissais pas... Il vient chez moi, m'arrache à ma famille, me plonge dans un truc incompréhensible... L'esclavage est une folie, il faut un cauchemar à la hauteur, tu vas voir, tu vas adorer ! Putain, ouais, je me suis bien marré ! »

Hauser perd la tête, pointe son index vers Shane et Daizon, comme un lanceur de sorts.

« C'est un de vous qui a inventé cette saloperie de machine !

– De quoi tu parles ? » balbutie Mike de plus en plus nerveux.

Hauser trébuche sur les mots, un filet de bave en suspension autour des lèvres.

« Cette merde, c'est votre invention... C'est ce vieux qui se terre chez vous, à l'abri, bien au chaud qui est responsable de mes malheurs... »

C'est au tour de Shane de saisir le bras du bankier pour le tordre douloureusement, histoire de calmer l'enragé.

« Oh ! De quelle machine tu parles ?

– Un truc qui ne ressemble à rien, un ramassis d'appareils ménagers qui apporte la souffrance. »

*

Des crissements insupportables qui s'apparentent au son d'une scie qui découpe du métal, le bruit s'arrête, puis reprend de plus belle. *6* s'agite sur sa couche, le sommeil troublé. Son subconscient divague, revisite à sa façon le calvaire des dernières semaines. Il s'imagine être à nouveau dans le souterrain de la Termitière en plein combat contre une nuée de grillons aux ailes métalliques. Les insectes volettent autour de lui et dans quelques secondes ils passeront à l'attaque pour le déchirer de leurs lames.

John émerge de son cauchemar. Pendant un court instant, il reste hébété, persuadé qu'il se trouve toujours à leur merci.

Une gorgée d'eau le ramène à la réalité. Mais le crissement n'a pas disparu, au contraire, il s'est précisé. Il vient de la pièce où John Green est enchaîné. Paniqué, il cherche son arme des yeux. Elle est là, posée sur au sol à portée de main. Toujours intacte.

Le son lui rappelle ce jeu idiot qui amuse les enfants. Passer ses ongles sur le tableau noir de la classe et entendre tous les camarades hurler d'horreur.

6 vérifie qu'une balle est engagée dans le canon et se précipite dans le couloir. Son instinct de flic reprend le dessus.

Accroupi, il s'approche de la porte et la pousse doucement. Les cadrans de M+ clignotent, éclairant la pièce d'une lumière blafarde. La vision d'un caisson grand ouvert lui provoque un rush de panique. Il cherche John Green des yeux.

Pas de trace de l'ex-taulard.

Le crissement s'accentue. Long et strident, à hérisser tous les poils du corps. *6* entre, sans un bruit.

L'ex-flic retient son souffle. Un homme en bas de pantalon Francesco Smalto lui tourne le dos. Il se tient face à un des murs de la pièce. Avec ses ongles, il a gratté avec acharnement la quasi-totalité de la peinture. Sa main recueille les copeaux du revêtement pour les porter à sa bouche avide.

Le troisième bankier de JP Morgan, Dave Montgomery !

L'ancienne terreur de Wall Street est de retour dans la réalité après de longues semaines dans l'enfer de M+.

À quelques mètres de lui, John Green est roulé en boule sur son matelas, la corde au cou.

Mais comment fait-il pour pioncer avec un boucan pareil !

Excédé par le bruit, *6* frappe dans ses mains. « Oh, tu arrêtes, enfoiré ! »

Le bankier se fige, l'ordre le sort de sa léthargie. Quand il se tourne, l'ex-flic crache de surprise. Le mec sue du sang ! Les gouttes suintent des pores de son visage pour couler le long de ses joues. Quand elles parviennent à proximité de sa bouche, il les lape, d'un coup de langue – *oh, c'est dégueulasse !* – Le bankier reste les bras ballants, les babines retroussées. *Je ne peux pas laisser un truc pareil en liberté !* – *6* quitte la pièce, à la recherche d'une corde, abandonnant John avec la bête.

*

Green entend des cris. Loin, très loin.

Réveille-toi !

Mais il n'arrive pas à ouvrir les yeux.

Bouge-toi !

Lâchez-moi la grappe ! Voilà ce qu'il voudrait répondre, mais ses lèvres ne se desserrent même pas.

Une main agrippe finalement son cou, du liquide coule, goutte à goutte sur son front, comme de la sueur visqueuse. Il découvre une face ruisselante de sang à quelques centimètres de son visage. Il gueule de terreur et reçoit les postillons de Montgomery en plein dans la bouche.

D'un coup d'épaule, *6* envoie le bankier valdinguer contre le mur. Sonné, ne tenant plus sur ses jambes, l'ancienne star de JP Morgan s'écroule en poussant des grognements. Quant à John, à quatre pattes, il crache par terre.

« Il m'a postillonné à la gueule, j'en ai avalé ! »

6 court prendre la bouteille de Jack Daniel's posée sur la table en formica. Il la lance à John qui avale et se gargarise.

L'ex-taulard s'en verse sur le visage. Les yeux encore brûlants d'alcool, il découvre le bankier au sol, la bave aux lèvres. Furieux, Green s'apprête à le défoncer mais la chaîne qui lui enserre le cou le rappelle à l'ordre. Il s'étrangle de rage.

« Calme-toi, intime *6*.

– Il m'a vomi son sang dans la bouche ! C'est ta faute !

– Dis pas ça, tu sais que ce n'est pas vrai. J'ai tenté de te prévenir. Désolé pour toi si tu pionçais. En même temps, ce mec ne te refilera rien, il n'est pas malade. Peut-être un peu de fièvre, et encore.

– Tu te fous de ma gueule ?

– T'excite pas. Ce type est en état de choc parce qu'il est resté une éternité dans la machine. Dans quelques jours, il ira parfaitement bien. Tu verras, il tapera la discut' avec toi comme avant !

– Me prends pas pour un con ! » rétorque Green excédé.

Au sol, le bankier est prostré, de l'écume autour de la bouche. *OK, quelques jours ne suffiront pas, mais on ne va pas noircir le tableau, un peu d'optimisme est le bienvenu !*

6, bras croisés, ne s'énerve pas. Vu la situation, rester calme est encore plus terrible que piquer une gueulante. Il laisse Green s'époumoner de rage dans le vide. Pris d'une violente quinte de toux, l'ex-taulard s'étrangle et finit par se taire. Un dernier râle meurt dans sa gorge.

L'ex-flic le toise à la manière d'un père de famille qui rappelle à son enfant les règles de la maison.

« Ce type est inoffensif, si on le tue, on sera coupables de meurtre. Si on se fait choper, c'est la prison assurée. Comment t'expliqueras aux jurés que tu l'as assassiné parce que tu le croyais contagieux après avoir séjourné dans le caisson. Hein, connard, qui gobera ça ? Et moi, les autorités ne me louperont pas. Elles seront trop contentes de planter enfin ma tête de flicard sur une fourche.

– Parce que tu prévois à un retour à la normale ? T'es encore plus idiot que je l'avais imaginé ! »

John crache une nouvelle fois dans l'espoir d'atténuer l'arrière-goût qui tapisse le fond de sa gorge. 6 devine dans ses yeux l'envie de le trucider. *J'en ai rien à battre de ce que tu penses, abruti. Si tu es persuadé que l'on restera coincés à l'ère préhistorique jusqu'à la fin des temps, libre à toi ! Excite-toi tout seul ! Et puis moi, coco, je n'ai pas reçu de postillons dans la gueule et alors même si on est tous les deux dans ce souterrain puant, ma vie est belle, question de point de vue !*

Une chaise tombe au sol. Le bankier a enfin réussi à se mettre debout en s'appuyant dessus. Il se tient au mur et tente quelques pas maladroits avant de gagner en assurance et déambuler lentement dans la pièce comme un pochetron. 6, amusé, s'écarte prudemment. C'est vrai que ce mec, avec sa tronche ravagée, est un brin flippant.

L'ex-star de JP Morgan s'approche du bureau où une bougie est posée. La flamme l'intrigue, il reste planté devant, la langue pendante, comme un chien.

« Ce type est aussi inoffensif qu'un enfant. Maintenant si ça peut te rassurer… »

Sur ces mots, l'ex-flic fouille dans un placard et en extirpe un manche à balai. John le voit attraper ensuite un cintre et le déformer pour façonner un nœud coulant qu'il fixe à l'extrémité du bâton. Il s'approche du mec et, d'un geste précis, coulisse le fil de fer autour du cou. Le type grimace et tente de se dégager.

« On va l'exiler très loin d'ici, voilà ce que je te propose ! J'suis vraiment sympa parce que je sens que tu vas nous piquer une petite crise ! »

D'un coup de pied au cul, *6* oblige l'homme à avancer vers la sortie. Green entend le bruit étouffé de leurs pas et les grognements du bankier qui se répercutent en écho dans tout le souterrain.

Sans réfléchir, Green porte sa main au collier qui l'entrave. Pour *6*, il ne vaut pas mieux que ce mec qui n'appartient plus à l'humanité.

CHAPITRE 65

Ben Goldman observe à travers la fenêtre l'homme discuter paisiblement avec Daizon, tous les deux assis par terre, sans se préoccuper des volutes qui corrompent l'air. Derrière lui, Shane patiente, elle connaît les silences de Ben, elle attend sa réaction. L'inventeur sort de sa torpeur d'une voix incertaine.

« Il dit que je suis responsable de la mort de sa femme et de ses enfants ?

– Il dit beaucoup de conneries, Ben… » le rassure Shane.

Derrière eux, Kenny parcourt à toute vitesse une bande-vidéo.

« Je n'ai rien trouvé, Monsieur Goldman. Mais dans quel film il a été projeté ? Dans *Jaws* ou dans une copie italienne ? J'en sais rien, moi. Faudrait l'interroger et visionner pour vérifier…

– Il a dit qu'ils étaient trois. Un s'est fait bouffer, l'autre est resté dans M+ plusieurs semaines. Quand il s'est enfui, le pauvre homme y était encore… »

Kenny se redresse, sans y croire.

« Sérieux ? Dingue !

– Calme-toi, Kenny ! Moi, ça ne me fait pas rire du tout qu'un fou furieux utilise mon invention pour des conneries pareilles… »

Shane pose la main sur l'épaule du vieil homme.

« Ne vous inquiétez pas Ben, nous ferons le nécessaire. On le retrouvera.

– Comment ? Ce maniaque peut être n'importe où avec ma machine. »

La porte s'ouvre et Daizon déboule, excité comme jamais.

« Asseyez-vous les gars, y a du nouveau ! »

*

Des sièges sont disposés autour d'une table. Les centaines de VHS et le matériel de maintenance de M+ sont posés à même le sol pour gagner de la place. Une chaise est vide, il manque une participante.

Dehors, une silhouette émerge de la poussière, un corps frêle se fraye un chemin à grandes enjambées. Interloquée, Sarah Goldman passe devant Hauser assis par terre au milieu des tourbillons. Elle ouvre la porte à la volée.

« Hey, vous avez vu, ce type, il n'a pas l'air normal… »

« C'est le sujet de notre réunion, installe-toi ma chérie ! »

Sarah s'assied près de son mari et reprend son souffle. Daizon n'attendait qu'elle pour commencer. Le colosse hache les mots, son débit mitraillette traduit son impatience à raconter la déchéance du bankier de Wall Street.

« Ce type, Hauser, est un ancien de JP Morgan. Il a été kidnappé par Green. L'équipe de Hauser lui aurait vendu un placement financier, un genre de *subprimes*, lui faisant croire qu'il deviendrait proprio de sa baraque. Au lieu de ça, les taux ont explosé et il n'a pas pu rembourser. Résultat, une procédure d'expulsion a été engagée. Green a intenté un procès à la banque. Ils ont fait une *class action* regroupant l'ensemble des propriétaires du quartier lésés mais ils ont perdu. Le jour du verdict, la grand-mère de Green est prise d'un malaise et décède, le lendemain, à l'hôpital, vingt-quatre heures après *The Dust*. Green s'est fourré en tête de la venger. Il a dressé une *death list* comprenant tous les pontes de JP Morgan responsables : Hauser, Friedkin, Montgomery et quelques autres. Il s'est fringué en flic et est allé les chercher… »

Sarah Goldman émet un petit sifflement.

« En voilà un qui a de la suite dans les idées…

– Plonger un chacal de banquier dans *Les Dents de la Mer* ou *Horror Cannibal*, perso, je trouve ça assez cohérent… admire Kenny.

– OK, mais comment ce Green a pu mettre la main sur ma machine ?

– J'en sais rien… Mais c'est pas le meilleur ! ajoute Daizon.

– Crache le morceau, Mike, on en peut plus, chéri ! lance Shane, à bout.

– Ce Green s'est fait coincer par un escadron de la mort chargé de capturer tous les ennemis de l'État. Et dans le groupe se trouvait *6*. Hauser est catégorique. »

Shane retient sa respiration.

« Comment Green a pu tomber sur *6* ?

– La police protège les pontes de JP Morgan et les huiles de Washington. Quand ils ont su que des kidnappings avaient eu lieu, ils ont envoyé des patrouilles. Pas question qu'on s'en prenne à eux. Paraît-il que les flics et l'armée ont même engagé des mercenaires pour les aider à faire leur boulot de chien... Et je vous ai gardé le meilleur pour la fin... *6* a été viré de la meute sans avouer qu'il possédait M+ !

– Viré ? interroge Sarah médusée.

– Parce que notre bonhomme est noir.

– D'où l'importance de bien choisir ses amis », lance Shane sarcastique.

Sarah Goldman hoche la tête.

« Plus de nègres dans la police américaine. Ils reviennent à la matrice de leur rêve, une Amérique divinement blanche. »

« La broyeuse est activée, annonce Lisa. Les prochains sur la liste, c'est nous. Nous devons réagir avant que nos maîtres autoproclamés décident de sonner la fin de la récré. Mais surtout, nous devons récupérer M+.

– Lisa a raison, soutient Shane. À un moment ou à un autre, ils viendront nous mater. Il ne faut pas se laisser faire et perdre l'avantage qu'on a. »

Sarah Goldman observe la jeune femme, elle connaît trop ce regard-là.

« Je me charge de *6*. Il est à moi, ajoute Shane d'une voix grave et posée.

– Cette fois-ci, je t'accompagne », déclare Daizon.

Sarah émet un petit sifflement.

« Écoutez-moi bien les enfants, on ne se lance pas dans une vendetta. Shane et Mike, vous allez vous occuper de Rust et de sa clique de salopards. Lisa et Kenny, vous vous chargez de récupérer M+ et de coincer *6*. M+ ne doit pas tomber aux mains des autorités. Ben et moi, on va renforcer nos défenses pour être capables de tenir tête à ce que le gouvernement nous enverra.

– Pourquoi on ne ferait pas le contraire ? Je veux ce flic », dit Shane, doucement, sans s'énerver.

Silence gêné. Shane comprend que tout se joue entre elle et Sarah.

Les deux femmes se toisent. Dans les yeux de Shane, la vieille militante devine l'envie d'en découdre et d'honorer la mémoire de son frère, quitte à s'affranchir de ses promesses. L'impatience électrise déjà son corps.

Sarah, très calme, laisse le silence s'installer pour que ses paroles aient plus de poids.

« Ma chérie, je commence à te connaître. Même si la poussière fait croire qu'on est revenus au temps du Far West, ici, on ne règle pas nos comptes à coups de Winchester. On attrape ces enfoirés et on prépare leurs procès. Parce qu'ils auront droit à des débats équitables que tu le veuilles ou non. Notre communauté ne survivra pas à un manque de justice. Il est essentiel que tu le comprennes, chérie. Que nous le comprenons tous. »

⋆

Des conserves avariées sont cuisinées dans un réchaud, l'odeur est écœurante mais n'empêche pas *6* d'en servir une pleine plâtrée à John avec générosité.

« Tu manges et tu décolles ! Voilà la liste de ce que tu dois rapporter. »

Green se réveille en sursaut. Quand il pose les yeux sur le bout de papier, il voit double. Des armes, de la bouffe et un uniforme de flic.

« Et j'y tiens ! Prends-le bien ajusté, j'aime pas flotter dans mes vestes. »

John ne touche pas à sa gamelle. Le truc cuit et re-cuit lui file la gerbe.

« OK, c'est direction la poubelle. Mais crois-moi, tu n'auras rien de plus. Tu iras là-dedans sans rien dans le bide ! »

6 attrape la laisse et le tire en avant, comme un chien.

« Monte dans M+ et quand tu reviens, tu déposes les armes au sol, compris ? Et je veux te voir en slip, pas question que tu planques un flingue sur toi. Maintenant, va bosser ! »

6 règle M+ sur vingt minutes et appuie sur *On*.

FRONTIÈRE 3

« Mike ? Il a fugué. Ouais, il se barre de temps en temps, généralement il revient après quarante-huit heures, mais c'est vrai que là, ça dure un peu.

– Il est parti depuis…

– Cinq jours, précise l'adolescent en enfilant ses gants de boxe.

– Et personne ne le cherche ?

– Ça sert à rien, le mec se taille tous les mois pour faire le con avec ses potes du tierks. Il revient toujours, après s'être bien roulé dans la boue… »

⋆

Les maisons, les voitures, les passants. Ces visages, ces expressions, tout semble si vrai. Émerveillé, Daizon sort du bus, marche sur quelques centaines de mètres. À sa droite, l'épicerie où il piquait de la bouffe avec ses potes. Au carrefour, la ruelle où il a failli perdre la vie après une partie de cartes truquées. Il coupe par le terrain vague où son ami James a été retrouvé mort dans une voiture incendiée. L'endroit n'a pas changé, le même dépôt d'ordures à ciel ouvert.

À *Bed-Stu*, chaque coin de bitume contient son ADN.

Il s'avance vers un immeuble dont le gris des murs est souillé et s'effrite. Le foyer de son enfance. L'odeur du hall, les cris et les tags de la veille le frappent en plein cœur, et c'est rempli d'une nostalgie presque mystique qu'il toque timidement à la porte d'un des appartements.

« Ouais », dit Denise, sa sœur aînée en ouvrant.

Mike baisse les yeux, troublé. La voir vivante, alors qu'elle est morte depuis si longtemps, lui file un sacré choc.

« Hey, connard, pourquoi tu as sonné ? »

Mike éclate de rire. Ouais, Denise aurait vraiment parlé comme ça à un inconnu. Elle se gênait pas, une grande gueule capable de tout.

La jeune femme observe ce type qui débarque chez elle sans prévenir, un fou tatoué sur la moitié du visage, qui se marre au lieu de s'énerver.

« Je viens voir Mike.

– J'en ai rien à branler de qui tu veux voir, dégage !

– J'ai besoin de lui parler, c'est urgent. Suis un pote d'entraînement. »

Denise jette un coup d'œil aux mains de Daizon. Cabossées, comme sa gueule. Au moins sur ça, il dit la vérité. Elle trouve son regard doux. Il n'a pas l'air aussi fou que son tatouage le laisse supposer et pas si méchant non plus, même si son total look cuir est flippant en plein cagnard de l'été. Le mec doit sacrément cocoter.

« Première à gauche. Et imagine pas te planquer dans mon lit pour qu'on baise, je te préviens tout de suite, je règle ça au couteau ! » menace-t-elle de sa plus grosse voix.

Elle disparaît dans le salon en traînant des pieds. Mike longe le couloir, pousse la porte de sa chambre d'ado. Les posters aux murs, les vêtements, en boule, dans l'armoire, le même bordel que dans ses souvenirs. Sur le lit, tout habillé, Young Mike est allongé, le visage défait.

« C'est moi, mec. Je peux m'asseoir ? »

Surpris, le jeune boxeur se redresse avant de reconnaître Daizon à son tatouage.

« Qu’est-ce que tu me veux ? Tire-toi enculé, j’t’ai pas invité ! »

Daizon ne répond pas, il se connaît. Dans ces moments-là, il se sait capable de tout, d’une explosion de colère comme d’une irrésistible envie de pleurer.

« Je t’ai dit de dégager !

– Je suis venu te parler de ta mère. »

Une frappe vicieuse fuse et Mike encaisse sans broncher. Il reste de marbre, un manque de réaction qui déstabilise complètement l’ado. Il espérait recevoir un coup pour se déchaîner en retour, là il se trouve juste con d’avoir fait du mal à un mec venu lui tendre la main.

Young Mike s’écroule sur son lit et enfouit sa tête dans l’oreiller. Daizon prend une inspiration.

« Tu es allé voir ta mère il y a quelques semaines à l’hôpital, la savoir mourante t’a secoué. Et depuis, tu mens à tout le monde en affirmant que tu la visites tous les jours. »

Young Mike a honte, les larmes coulent. Il ne l’a dit à personne, il s’est empressé de tout effacer de son esprit, hanté par l’idée qu’une personne trop perspicace devine sa peine.

Comment ce type peut savoir ?

« Tu n’es pas mauvais Mike, tu es juste terrifié. Tu crois que la mort de ta mère t’achèvera. »

L’adolescent roule sur le côté du lit. Daizon s’approche et lui caresse les cheveux, un geste d’affection qu’il aurait aimé recevoir sans être capable de se l’avouer.

« Tu dois dire la vérité à ta sœur. Tu dois aussi retourner à Catskills. Ta vie se trouve là-bas, maintenant. »

Le jeune boxeur pleure en entendant ce qu’il redoute. Les larmes coulent et il ne peut les retenir. À ce moment précis, la porte s’ouvre. Denise entre et assiste à une scène étrange, son frère qui sanglote dans les bras d'un inconnu.

« Mike ? »

L'ado se cache le visage entre les mains.

« Frérot, qu'est-ce qui ne va pas ? Ce connard t'a fait du mal ? »

Il secoue la tête.

« Tu veux me parler ? » tente-t-elle, l'inquiétude traversant sa voix.

Young Mike essuie ses larmes, sa parole s'étouffe dans un sanglot.

« Ça va aller... Prends ton temps... » l'encourage l'ancien champion.

Denise regarde successivement Daizon et son frère. Et soudain, un doute l'assaille. Le visage, l'attitude, des similarités qui lui font l'effet d'une image renvoyée par un miroir terni.

Daizon quitte la pièce sans faire de bruit. Alors qu'il claque la porte de l'appartement, il entend, à travers les cloisons, sa voix enfantine entrecoupée de sanglots.

Des heures plus tard, quand Denise croise une infirmière aux soins intensifs de l'hôpital, celle-ci lui demande si un membre de sa famille a un tatouage sur le visage.

« Pourquoi ? répond-elle en retenant sa respiration.

– Parce qu'un homme tatoué est resté trois bonnes heures avec votre mère. Je ne l'ai jamais vue aussi heureuse. Ils semblaient tellement proches. »

*

Un grand échalas déboule, la bave aux lèvres, dans un groupe de jeunes tagueurs du Bronx. Ils ont un mouvement de recul quand Green se jette sur eux pour leur arracher leurs bombes de peinture.

« Mec, tu veux crever ? »

Le jeune, sorti tout droit de *Wild Styles*[52] – casquette *Kangol*, baskets *Nike*, chaîne plaquée or 18 carats – dégaine de sa poche un cran d'arrêt. « C'est notre *turf*, dégage ! »

Ses potes brandissent des bouteilles, des clefs à molette. Green, la morve au nez, ne pipe pas un mot, indifférent à la menace. Il fouille dans son sac, dégaine un Uzi. Le grassouillet de la bande souffle un *Mon-Dieu-Marie-Joseph*.

Green tague calmement une phrase à la bombe. Il recule d'un pas pour admirer le travail.

« Pas touche, OK ? »

Un jeune tend son majeur. Green éclate de rire et projette sur lui un jet de morve. L'ado s'écarte à temps pour éviter le flux de mucosités. Le pus est si épais qu'il bouillonne sur le bitume.

Du fond de sa besace, Green empoigne des billets qu'il distribue au hasard avant de prendre la fuite en courant. Quelques secondes plus tard, il a disparu, avalé par la rue. Médusés, les jeunes considèrent le paquet de thunes à leurs pieds. L'apparition de l'énergumène fut si fugitive qu'elle paraît irréelle. Seule preuve, le gribouillis, le fric et la morve, compacte sur le macadam.

New York, p'tain de ville de chtarbés ! C'est la première fois qu'on les paie pour ne pas effacer une inscription. Gagner du pognon pour laisser un tag ennemi sur un mur est contraire à leur éthique, mais ce truc est tellement fou, qu'ils acceptent de ne pas y toucher.

Le fric servira à acheter des bombes, à bouffer et à baiser des petites meufs. Un sacré bon investissement. Ils s'approchent de la façade pour juger le travail réalisé

52. *Wild Styles*, premier film sur la culture hip-hop, où apparaît notamment Grandmaster Flash.

à l'arrache. Des lettres de traviole, comme tracées sous l'effet de la tremblote du mouton.

6 est dans les égouts de Washington sous le Lincoln Memorial

CHAPITRE 66

« J'ai discuté avec ma mère tout à l'heure… » murmure Mike.

Shane se réveille, surprise.

La chambre est plongée dans l'obscurité. Dehors, le crépitement du sable charrié par le vent. Elle ne bouge pas, de peur qu'une parole ou un mouvement ne le coupe dans son élan.

« Je suis allé à Catskills, Mi… Mike avait disparu… Je l'ai trouvé prostré sur son lit. Il était si fragile. Et je me suis revu à sa place, il y a trente ans, à refuser d'aller visiter ma mère, complètement terrorisé par la crainte de son décès, sans personne à qui me confier… Et moi, je ne sais pas ce qu'il m'a pris, j'y suis allé, dans cet hôpital, lui parler une dernière fois… J'avais une boule au ventre, je voulais lui dire tout ce que j'avais sur le cœur. Pour me donner du courage, je me suis persuadé que cela serait facile, au fond, ce n'est qu'une fiction… Mais en entrant dans la chambre, quand elle s'est mise à pleurer, j'ai eu un doute. Je l'ai serrée contre moi et j'ai senti son parfum. Le souvenir de cette odeur a éclaté comme une bombe dans mon cerveau. Cette femme était ma mère et j'étais le fils qui lui demandait pardon. »

La voix de Daizon déraille. Il revit cette scène irréelle qu'il n'aurait jamais imaginée même sur le divan du plus extravagant des thérapeutes. « Je l'ai fait, Shane. Et même si ce monde n'existe pas, je l'ai fait… »

Shane est prise d'un frisson. Les paroles de Mike, au lieu de la réconforter, lui glacent le sang. Elle se demande si elle aurait aimé parler à son frère décédé. Utiliser M+ comme le divan d'un psychiatre et le retrouver dans son salon pour une dernière conversation – un fantôme tiré d'une photo fanée ou d'un film Hi-8 mal conservé. À quoi ça rime de voir des morts en vie sur une VHS ? À exacerber le désarroi de l'absence ? À se laisser submerger par le doute et la culpabilité ?

« Cela faisait trente-cinq ans que je n'avais pas entendu son rire… Je suis sorti revigoré, comme si un poids s'était allégé… Je ne veux qu'une chose, avoir abandonné là-bas, dans cet univers qui n'existe pas, le fardeau de mes émotions négatives… »

Shane se blottit un peu plus contre son amoureux. Elle sent son corps chaud et la palpitation de son cœur qui tambourine dans sa poitrine.

Ça serait si simple, pense Shane, *un aller-retour dans les parties obscures de sa vie et ressortir vierge, sans avoir fait aucun effort, prête pour un nouveau départ.*

⋆

Kenny regarde à travers la vitre. La tempête se déchaîne, un vent mauvais charrie immondices et saletés.

PIÈCE 1466 Entretien Kenny le Geek

< Après que Mike m'a tiré du lit pour son incursion dans M+, j'ai eu la flemme de rentrer dans mon baraquement. De toute façon, il était genre 4 heures du mat', la pire des heures pour un mec comme moi. Ton corps ne sait pas comment réagir, s'il doit rester debout, pioncer ou bouffer. J'ai décidé de m'accorder un petit plaisir. >

Les doigts de Kenny s'attardent sur son rayonnage de K7 vidéo. La collection est classée par thèmes avec tout un tas de Post-it indiquant le contenu des films.

Ainsi confortablement installé, il enclenche le magnétoscope. L'écran s'illumine, le générique débute, et Kenny sourit déjà. Trois petites filles apparaissent dans un décor bucolique. Elles courent dans un champ, la plus jeune se casse la figure en riant.

Les souvenirs affluent.

Sa mère et lui, seuls dans l'HLM minable trouvée par la mairie. Elle, à la cuisine, à préparer le repas, lui devant la télé, à vivre avec cette famille de substitution. Kenny, le fils unique élevé par une mère célibataire, gagnait subitement trois sœurs.

Il avait adoré l'épisode où ils adoptent un petit garçon. Il s'était monté la tête, seul dans sa chambre, il était presque jaloux de l'autre gamin.

Il s'était dit que ça serait chouette d'être à la place du gosse, même s'il aurait exigé une visite de sa mère tous les week-ends.

Ben, du coup, ce n'est pas vraiment une adoption, comprend Kenny, en découvrant les premières images. Il se demande pour quelle raison il fantasmait sur des trucs pareils quand soudain, une silhouette aux muscles hypertrophiés apparaît à l'image. Massive, elle occupe tout l'écran.

Virale.

FRONTIÈRE 4

Juice gravit la colline en sifflotant. Il porte sur l'épaule son butin – de la came, des armes – à planquer loin de la convoitise des autres gangs. Au loin, dans le brouillard de fin de journée, la petite maison se détache, faiblement éclairée par deux ou trois lampes à pétrole disposées au coin des fenêtres.

C'est le moment qu'il préfère.

La nature endormie, la fumée qui s'échappe de la cheminée, cette tranquillité programmée que rien ne semble perturber. Il pousse la clôture en bois et pénètre dans le jardin de la famille Ingalls. Aucun bruit, pas même l'aboiement du bâtard de Laura. Il pose un pied à l'intérieur de la maison et ressent un méga rush d'adrénaline.

La suite sera géniale, il va niquer Mary Ingalls si fort qu'un troubadour écrira un poème sur cette nuit magique.

Il déboule dans la pièce principale et découvre la salle à manger déserte mais la table dressée. Le culturiste reste interdit, on lui enlève le plaisir de voir les visages des fillettes déformés par la peur. Où sont-elles passées, les garces ?

Il plonge un doigt dans le bol de soupe. Chaude, y a encore de l'espoir.

« Ouhou, les fifilles ! »

La nuit tombe subitement. Les lampes à pétrole posées sur le rebord des fenêtres n'éclairent plus rien. Il pousse la porte de la chambre des gamines. Déserte.

« Charles, ne m'oblige pas à chercher, envoie direct' ta femme et Mary ! Les deux autres, garde-les, je te jure, j'y toucherai pas ! »

Son sac commence à peser. Il aurait dû prendre une torche, il n'y voit rien. Il ne reste plus que la cuisine à vérifier. À tâtons, il ouvre la porte en grand. Un faisceau lumineux l'éblouit. Instinctivement, il porte ses mains à son visage. Il entend un sifflement et sent une brûlure sur sa jambe.

Une flèche s'est fichée dans le haut de sa cuisse. Il recule précipitamment.

Surgie de nulle part, une forme compacte se dresse devant lui. Il fait un pas de côté, pour l'éviter. Le coup de poing le cueille au foie, si puissant qu'il est projeté contre le mur, la respiration coupée.

Le faisceau lumineux balaie la pièce et éclaire brutalement son agresseur.

Mike Daizon.

Juice se lève d'un bond et frappe d'une large droite la tête de l'ancien champion. Daizon plie sur le coup, mais ne tombe pas, il lance, quasi à l'aveuglette, un swing du gauche qui rencontre le crâne du bodybuilder. Les phalanges, dures et bosselées par les milliers d'impacts encaissés, percutent la mâchoire. Juice s'étale de tout son long sur le plancher, les dents brisées. Sous le coup de la peur, il a un soudain éclair de lucidité.

Encore une pêche comme celle-là et il me tue direct.

Il oublie les fanfaronnades, qu'il pèse plus de 135 kilos, qu'il est le chef de meute d'une bande de cinglés. Il est redevenu craintif, peureux, un vrai gosse.

Daizon le voit ramper plus vite qu'un lézard qui cherche à se mettre à l'abri. Avant qu'il puisse l'écraser d'un coup de pied, le bodybuilder ouvre la porte de la cave et se jette à l'intérieur. Il rencontre le sol la tête la première et lâche un jappement de douleur.

La bête doit être achevée, écrasée.

« Je vais me le faire ! crie Mike.

– Non, répond Shane en lui saisissant la main. On est restés trop longtemps. On dégage !

– C'est bon pour moi. Je me sens bien !

– Pas question !

– Et on les laisse seuls ? »

Dans la pénombre, les filles Ingalls. Elles se serrent les unes aux autres, entre leurs deux parents, terrorisées. Shane n'a pas le temps de répondre, elle se sent aspirée. Arraché au sol, Mike n'offre aucune résistance, il se laisse porter par *le flow*. La sensation n'est pas désagréable, aussi enivrante qu'un rush de vie après l'amour.

*

Shane sort la première du caisson, aidée par Kenny. Nauséeuse, au bord de l'évanouissement. À croire qu'elle ne s'y fera jamais. Elle entend une voix, au loin.

« Shane, ma chérie, ça va ? »

Elle fait oui de la tête. Un beau mensonge.

Non, ça ne va pas ! M+, cette petite salope, va me tuer !

Mais c'est impossible à avouer, elle n'abandonnera pas.

Kenny s'est approché de Mike, il lui tend un mouchoir.

« Mike, ta main, elle saigne ! »

Daizon masse son poing droit, déjà bien abîmé par la destruction de la baraque japonaise. Entre les phalanges, dans les jointures, des éclats brillent, plantés dans sa peau. Kenny regarde de plus près.

« Qu'est-ce que c'est ? »

Des dents. Mike les enlève une par une. Les bouts de dents tombent au sol. D'un coup de pied, il les éparpille. La dentition du biker disparaît sous les meubles.

Mike prend Shane dans ses bras, se met à l'embrasser doucement. Shane se love contre sa poitrine, la pulsation dans sa tête, au lieu de s'estomper, repart de plus belle.

« Laisse-moi y aller, ce mec, je peux me le finir seul, t'as pas à t'inquiéter.

– Tu crois faire peur à qui ? T'es un vrai nounours, chéri ! »

Mike l'embrasse en s'esclaffant.

« OK, vas-y champion, va lui mettre sa branlée… »

FRONTIÈRE 5

Daizon, catapulté dans la cuisine, heurte la table et rebondit, sonné. Il se met à respirer – un halètement – rythmé par la pulsation interne de la bande VHS.

Il balaie la salle à manger d'un coup de torche. Vide, les Ingalls ont disparu. Il serre la crosse de son pistolet, le doigt sur la détente. *L'enfoiré n'a pas bougé de son trou, sinon le sol serait tout salopé...* Il pousse la porte de la cave et descend avec précaution les marches de l'escalier, prenant gare de ne pas trébucher. Enfin, il pose le pied sur la terre battue. Sa lampe torche s'éteint brutalement, et l'abandonne dans les ténèbres compactes.

Fallait qu'elle me lâche maintenant, sa mère la pute !

Une odeur corrompue l'oblige à couvrir son nez d'une main.

Ils ont dépecé des cochons ou quoi !

Un courant d'air glacé enveloppe Daizon. L'ancien boxeur plisse les yeux. Par endroit, l'obscurité semble renforcée, comme si un peintre avait rajouté çà et là un coup de pinceau.

Une forme humaine se détache du néant. Les contours d'un corps massif se dessinent. L'apparition tient à la main un objet long et rectangulaire. L'homme actionne le moteur de l'engin.

Une tronçonneuse.

Mike se précipite vers l'escalier, accompagné dans sa course par les vrombissements de l'arme diabolique. Il trébuche sur les marches mais réussit à les avaler en un temps record. Arrivé près de la porte de la cave, il saisit l'horreur de la situation. Elle est fermée à clef. Derrière l'épaisse cloison, il entend la respiration saccadée du biker. L'enfoiré a glissé un meuble sous le loquet, empêchant toute tentative d'ouverture.

Daizon sent un souffle rauque dans sa nuque...

Le monstre est derrière lui.
Leatherface[53] !

★

Mike entend Juice crier à travers la cloison de la porte.
« Ce nègre a violé ta mère ! Encule-le ! »
Hurlement du monstre qui fond sur sa victime. Les dernières marches de l'escalier sont avalées quatre à quatre, tronçonneuse en avant. Mike se plaque contre le mur, vide son chargeur. Le corps increvable ne ralentit pas. Leatherface lance son engin, dans un accès de pure rage pour le scier en deux.
Mike esquive, saute de l'escalier, se foule la cheville. Frénétiquement, il passe ses mains sur les cloisons dans l'espoir de trouver une sortie. Un cri lui échappe. Ce cri, c'est le hurlement d'un enfant qui se réveille dans un lit grouillant de limaces. De la pisse gicle à l'intérieur de son jean et il se souvient brutalement qu'il s'est moqué de Rust quand Shane menaçait de l'égorger.
Soudain, silence total.
Daizon se retourne. Aucun bruit, juste l'obscurité et cette odeur putride, mélangée à la fumée et à l'essence. Puis, l'image de Leatherface immerge lentement.
Le monstre actionne le moteur…
… qui cale.
Mike tâte les piliers de la grange. Il en trouve un plus fragile que les autres, pourri par des années de pluie.
Il prend son élan, arme son poing. Une force destructrice jaillit de son avant-bras. Il bloque sa respiration et défonce les planches d'un coup magistral. Le bois cède, les échardes mitraillent son visage, le léger courant d'air

53. Leatherface, personnage de fiction créé par Tobe Hooper pour le film *Massacre à la tronçonneuse* (1974).

sur sa peau l'encourage à frapper à nouveau. Le volet éclate dans un fracas de clous mal posés.

Il saute à l'extérieur, roule sur le sol et détale vers la colline. Un coup de tonnerre retentit, et Daizon ne peut s'empêcher de se retourner. La cloison pourrie explose et Leatherface traverse le mur, son arme au-dessus de sa tête. Les lames heurtent le poteau principal et le toit s'abat dans une déflagration. La créature disparaît sous un amas de planches.

Daizon retient son souffle. La grange s'effondre par morceaux, chaque pilier cédant les uns après les autres.

Rien ne semble émerger du tas de bois. Le monstre est mort et enterré. Daizon, hors d'haleine, reprend le contrôle de son rythme cardiaque. Leatherface enseveli, cela lui offre un maigre répit.

Mike dévale la colline malgré la douleur qui irradie de sa cheville. Il serre les dents et se force à tenir jusqu'à l'exfiltration.

Soudain, sous ses pieds, le sol vibre. Il se retourne, ne voit rien, pourtant les vibrations traversent son corps.

Bordel, qu'est-ce que c'est encore ?

Le hennissement d'un cheval, au loin. Il s'accroupit. Apparaissent des cavaliers tout de blanc vêtus, torches à la main.

⋆

Daizon court à travers les champs, aussi vite qu'il peut, évitant les pierres et les trous dans le sol, la respiration bruyante de dizaines de chevaux lancés en plein galop dans le dos.

À sa droite apparaît un cavalier.

La silhouette fantomatique de l'homme le domine. Il porte l'uniforme immaculé des *Klansmen*, la tunique blanche terminée par une capuche qui recouvre entièrement le visage. Il tient un lasso qui tournoie au-dessus de sa tête, prêt à frapper.

Daizon a juste le temps de se baisser pour esquiver l'assaut, mais un nouveau sifflement frôle son oreille et la corde l'étrangle. Par réflexe, il interpose ses mains pour éviter que le nœud lui brise la nuque, et, essoufflé, il chute lourdement au sol.

Out !

*

Des dents lui mordillent le nez.

Un porc cherche à lui arracher le visage ! L'ex-champion retrouve toute sa hargne, il ouvre sa gueule et d'un claquement de mâchoire déchire le groin de la bête. Ses plombages en acier sectionnent la chair duveteuse, l'animal se cabre et quand Mike lui rend sa liberté, le cochon se réfugie près de sa femelle dans un concert de couinements.

Un rire fuse.

« P'tain, jamais vu un truc pareil, t'es à ta place parmi eux ! » s'amuse Juice.

Le mec n'a plus de dents ou il faut chercher loin, vers les molaires pour en trouver, mais il a la force de grimacer un sourire. Daizon comprend tout de suite les raisons de l'euphorie de ce salopard. Il est enchaîné dans l'enclos des pourceaux, une corde autour du cou.

Mike découvre une foule qui l'entoure et le scrute, des fermiers des environs avec leurs fourches et leurs fusils, des gosses en salopettes avides d'assister à leur premier lynchage. Sur tous les visages ternes et froids, la même expression vicieuse de haine. Tous sont venus contempler la bête et jouir de sa souffrance.

« Bienvenue au Purgatoire ! »

Rust porte la tunique du Klan et des Ray-Ban malgré la nuit opaque. *Ce salopard est sapé comme jamais*, pense Daizon.

Le gamin est accompagné de silhouettes cagoulées.

« Enlevez vos capuches, pour Mike ! »

L'ex-boxeur découvre les visages de ses agresseurs, des figures fantomatiques, comme tirées de clichés anciens en noir & blanc.

« Ils sortent de *Naissance d'une Nation* ! Tu sais que D.W. Griffith avait embauché de vrais *Klansmen* pour son film ? C'est la famille ! Ils sont là ce soir, pour toi, Mike. »

Le gosse éructe de joie, les torches illuminent son sourire mauvais. Il trépigne, les pieds dans les déjections de porc.

« Tu es à ta place parmi tous ces cramés du ciboulot », rétorque Daizon

Juice lui crache dessus.

« Tu devrais nous montrer du respect ! Tu as commencé ta vie dans les poubelles, tu la finis ici dans l'enclos des pourceaux. Vivre le nez dans la merde, c'est ton karma ! »

Mike éclate de rire.

« Vous êtes de la semence pourrie ! Et toi Rust, je n'oublie pas. Pour le meurtre de Dean, pour la tuerie de Charleston, tu vas manger, 'culé. »

Le gamin hausse les épaules. Il agite la laisse qu'il tient en main.

« Tu te demandes ce qu'il y a au bout ?

– Ta meuf, la truie, en string ? » fanfaronne Daizon.

Avec un rictus vicieux, Rust tire sur la chaîne et Leatherface apparaît. Le monstre redneck, suppôt ultime de l'ordre inversé, le défie du regard. L'abomination veut sa revanche.

Mike s'ancre au sol, profondément. Sa cheville droite le lance mais il trouve la force de se mettre en garde. La bête démarre sa tronçonneuse, et comme un mauvais présage, une fumée noire et âcre s'échappe du moteur.

La respiration de Mike s'accélère.

Pendant des années, tu as cherché ta place. Et te voilà au pire endroit qui existe, parmi les porcs, encerclés par des assassins. À toi de montrer qui tu es vraiment. Trouve la lumière. Sois le champion que ta communauté attend ! Tes actes doivent inspirer la génération future, Mike !

Il sent une tension dévastatrice remonter dans ses biceps. Il pointe du doigt Leatherface et sa voix claque, claire, forte, brutale.

« Tu n'es qu'un amas de celluloïd. Et même si tu étais vrai, je te défoncerais. Tu sais qui je suis ? Je suis *Razor* Mike Daizon ! »

Il se tourne vers Rust.

« Tu crois sincèrement que tu peux faire crever un mec comme moi ? Je suis une légende, gamin. Toi et ta bande de miséreux, vous êtes de la merdaille !

– Tu vas crever légende de mon cul et dans l'enclos à cochons ! »

Daizon bombe le torse.

« Quand le combat est juste, on ne se pose aucune question sur le prix à payer ! »

Daizon jouit de l'instant, il s'entend rire. Ce Leatherface est bien moins terrifiant que le croque-mitaine qui hante ses nuits et a bousillé sa vie. Il fait craquer ses jointures, ferme ses deux poings, il rugit.

« *Come on, fuckin' Motherfucker !* »

★

À la vue du torrent de sang, Shane hurle. Kenny réagit comme un pro, il ne panique pas face au corps mutilé.

« Calme-toi ! Rentre dans le caisson. Tu vas l'accompagner ! »

Shane s'installe et ne demande même pas à Ken où il veut l'envoyer. Elle se fout de se faire griller définitivement le cerveau, elle ne souhaite qu'une chose, sauver Mike.

Ken abaisse la manette de contrôle. Il règle le compte à rebours sur deux minutes. Shane se sent happée, l'accélération est brutale. Le *flow* la transporte.

FRONTIÈRE 6

Shane atterrit violemment sur le sol et la première chose qu'elle entend, ce sont des rires. Affolée, elle tente d'identifier son nouvel environnement, mais le décor reste flou, comme une mauvaise focalisation. Couleur, forme, son cerveau refuse d'enregistrer le moindre contour.

Focus

Elle débarque dans le couloir d'un hôpital.

Seule.

Elle bondit, à l'affût. Mike peut se trouver n'importe où. Dans le plan suivant, la scène finale ou, pire, perdu dans le générique. Et soudain, sans qu'elle ne l'anticipe, le corps de Daizon lui tombe littéralement dessus. Enfin une partie seulement. Sur une chaise qui traîne à l'accueil, le bras gauche de Daizon dégringole, maculant le sol d'une trace écarlate.

Shane gueule aussi fort qu'elle peut.

La porte s'ouvre, une infirmière se plante devant elle, la voit souillée de sang, serrant dans ses bras un homme au membre coupé. Elle hurle. Le cri parfait, très pro, poussé une fois par saison.

« Docteur Ross ! »

Shane retient sa respiration. Elle est dans *Urgences*.

CHAPITRE 67

La première chose que John entend, c'est la voix de *6* qui aboie un ordre. Il jette les armes loin et s'écroule au sol. En slip. Il se sent faible, comme passé à la moulinette. Son nez saigne et ce n'est plus un léger écoulement, ce sont les chutes du Niagara. Un flot continu, comme si une artère avait été sectionnée.

Il se roule dans une couverture pour s'empêcher de grelotter.

Quelque chose en lui est en train de se modifier. Une sensation étrange, qui l'effraie. Quelque part dans cette obscurité glaciale, John aperçoit le flic épauler le M-16, vérifier fébrilement le chargeur, soupeser les grenades en expert. Il entend son rire joyeux.

Un gosse, le jour de Noël.

*

Des mains qui tapent en cadence sur de la carrosserie, des cris et des encouragements.

Quand Rust pénètre dans le garage, l'atelier de réparation ressemble à ces rassemblements étudiants qui se finissent en orgie. La bière coule à flots, des traces de vomi maculent les murs et Candy Crush, une danseuse du *Fifty*, est en équilibre sur le toit de la Firebird. Elle porte autour du cou une pancarte sur laquelle une écriture maladroite a inscrit : « Bienvenue à celui qui visitera mon minou ».

« 4,3,2,1 ! » crie Leslie, les yeux sur son chronomètre.

Bruit de moteur qui meurt, la Firebird est prise d'un dernier soubresaut. M+ s'éteint pour de bon et quand la portière s'ouvre Mitch glisse sur le sol. Il ouvre la bouche pour hurler le mot *victoire*, mais au lieu du flot de consonnes et de voyelles, c'est un épais jet de vomi qui fuse de sa gueule.

Juice est le premier à en rire. Il postillonne sa joie autour de lui. Sa face défoncée est une insulte à ce qui l'a été. Le biker beau gosse a laissé place à un redneck édenté. Le colosse surprend le regard dégoûté de Rust.

« Ma face explosée te fait marrer ?

– Non, c'est t'imaginer te taper la plus belle meuf du coin qui me fait rire.

– Le privilège du mâle alpha, ducon ! »

Les applaudissements couvrent la réplique du culturiste. Mitch amuse la galerie, il brandit trois paquets volumineux que Juice s'empresse de peser.

« Mitch, trois kilos ! Bravo garçon ! »

Le bodybuilder prend une craie et inscrit la performance du biker sur le tableau noir qui sert à noter les commandes de pièces détachées.

Mitch lève son majeur en guise de remerciement et tape dans la paume de Leslie à la manière d'un joueur qui quitte le terrain. L'adepte du complot s'engouffre dans la Firebird, habillé de son t-shirt fétiche, *Pepe the Frog*. Une fois installé dans le véhicule, il vide sa bière d'un trait et jette la canette côté passager.

Juice se tourne négligemment vers Rust.

« C'est le nouveau truc que l'on a trouvé. Si tu pars fracassé par l'alcool, les effets de M+, ben tu les sens pas. OK, tu vomis, mais comparé à la sensation du cerveau haché menu, c'est que dalle. »

Juice règle lui-même le minuteur sur deux minutes.

« Tu veux participer au concours ? Tu peux t'inscrire, la coupe à gagner, c'est les fesses qui se trémoussent sur le capot de la Firebird. »

Candy juchée sur la bagnole adresse un petit salut coquin à Rust.

« Si t'as envie de tremper ton biscuit dans du pain chaud ce soir, je mets ton nom sur la liste. Le gagnant est celui qui rapporte le plus de came en une fois !

– Si on arrêtait les conneries !

– Quoi ? »

Le reste du gang a arrêté les piaillements. Même la fille a cessé de battre la mesure avec son cul.

« Quand débarque-t-on à Anacostia foutre la raclée aux nègres de Washington ? »

Juice ne s'y attendait pas. Rust le provoque, en le fixant droit dans les yeux, une attitude de défi qui lui rappelle leur première nuit de chasse ensemble. Après le viol de la jeune femme noire dans le quartier en flammes, Rust avait ouvert le bec comme si son rang dans la confrérie le permettait. Et là, ce petit con remet ça !

Le culturiste prend à partie son public.

« Reviens sur terre, abruti. Tu es assez fou pour imaginer déloger ces Noirs de chez eux ? Comment tu feras quand ils seront planqués dans leurs maisons – pas des tentes en toile connard, des bâtiments en dur – armés de leur fusil. T'iras sonner à chaque porte pour leur demander gentiment de partir ? L'armée américaine s'en prend plein la gueule quand elle se bastonne avec le tiers-monde, mais toi tu comptes gagner ta petite guérilla tout seul ? Personne ne te suivra sur ce coup-là. Ni la populace du coin, ni mon gang. Risquer sa peau pour mettre son cul à l'abri, oui, mais pour satisfaire l'ego d'un branleur qui s'imagine être le leader du monde blanc parce qu'il a shooté des culs bénis dans une église, je te le confirme, tu ne trouveras personne. »

« Parce que toi, tu préfères rester planqué et organiser des jeux où le gagnant se tape une meuf en string ? T'as pas d'honneur ? »

Juice avale d'un trait son shaker de Whey, le seul aliment qu'il puisse encore avaler. Le liquide protéiné coule sur son menton et vient maculer son t-shirt moulant.

« J'aime le minou et les jeux à la con.

– Je croyais que l'on était réunis pour rétablir le privilège blanc. »

Dédaigneux, Juice hausse les épaules et pointe le tas de drogue disposé sur l'établi du garage.

«Y a deux choses de sûres dans ce monde qui part en couilles, gamin. Le rétablissement de l'ordre et l'augmentation des junkies. Dans le monde d'après, ils seront légion. Je veux bien baiser la gueule de tes négros, en particulier de la chienne peroxydée, mais trouve un autre moyen que d'aller dans leur terrier. Les tueurs du gouvernement s'en chargeront. »

Rust n'a pas le temps de répliquer qu'une secousse agite la Firebird. La caisse s'est soulevée sur ses roues arrière et est retombée dans un nuage de poussière.

« Qu'est-ce qui se passe ? »

Juice se précipite et, d'un coup de patte, nettoie la vitre de la bagnole. À l'intérieur de l'habitacle, Leslie serre le volant à s'en blanchir les phalanges, le visage figé par la terreur. D'un claquement de doigts, Mitch fait signe au culturiste de le rejoindre.

« Juice, mate l'écran de contrôle. »

La brute découvre avec horreur l'enfer dans lequel est plongé Leslie. Rust empoigne la jaquette de la vidéo. Deux flics posent devant une Ferrari Testarossa blanche, le titre, aux couleurs criardes, s'étale en grand : *Deux flics à Miami*.

À l'écran, un night-club très années quatre-vingt. Les clients VIP en tenue de soirée s'éparpillent pour échapper à la fusillade. Parmi eux, Leslie, vêtu de son t-shirt douteux et de ses boots pleines de boue. Le complotiste se glisse sous une table en espérant gagner du temps, jusqu'à l'exfiltration.

L'arrivée de l'antigang le déloge de sa position, il se rue à l'étage pour chercher refuge dans les toilettes. Après avoir enjambé les cadavres et joué des coudes, il se planque dans une cabine.

« Oh, le bordel ! » s'exclame Juice, sa bière à la main.

« Plus que 30 secondes ! »

Le gang s'est réuni tout autour de l'écran et hurle le décompte à l'unisson. La strip-teaseuse est survoltée, Leslie est son préféré. Avec son look d'étudiant, sa coupe au gel et ses petites lunettes, il lui assure chaque soir sa dose d'exotisme.

La porte des toilettes où s'était réfugié Leslie s'ouvre en grand. Un flic l'attrape par le col et le plaque au sol. Juice voit son pote se débattre, écrasé par la masse de celluloïd.

« Fais-le revenir, Mitch !

– Je ne peux pas ! Encore huit secondes ! »

Sur l'écran télé, Leslie apparaît en gros plan, étranglé par le policier. Bouche entrouverte, yeux révulsés, il est à l'agonie. Menotté, il est traîné vers la sortie de la boîte. Hagard, il cherche des yeux une caméra, comme pour s'adresser au gang. Dans son regard, la peur la plus absolue. Sa destination, l'inconnu.

Effaré, Juice coupe le moniteur et l'image disparaît. À l'intérieur du véhicule, Leslie est affaissé sur le siège auto, ses mains sont encore agrippées au volant.

« Pour *Pepe the Frog*, le *Ride*, c'est game over… siffle Rust.

– On peut aller le chercher, faire la nique à la police. Leslie, c'est la famille, je le laisse pas… » murmure Juice.

Rust frappe du poing l'épaule du culturiste.

« Pour le récupérer, faudrait entrer dans le commissariat, défoncer toute une armée de flics enragés. Ça sera plus facile de convaincre le pape de baiser avec toi ! »

Le bodybuilder reste indécis, mais avant qu'il ne réponde, le gamin ouvre la portière d'un coup sec et tire Leslie qui s'écroule pris de tremblements.

Juice saisit Rust à la gorge. D'une voix étranglée, il lui crache à la gueule.

« Qui t'a dit de faire ça, gamin ?

– Un jour, ça sera toi ou moi dans cette machine et quelqu'un prendra la décision d'arrêter les frais. Quand une meuf te largue, tu restes pas dix ans sur son paillasson, à pleurer !

– Aucune meuf me largue, connard ! »

Énervé, le biker secoue Leslie, lui assène de grandes claques dans sa tronche. Aucune réaction. L'ancien videur l'oblige à se lever. Leslie fait quelques pas, en tremblant. Son regard vide est attiré par la télévision allumée. Il colle son visage contre l'écran, au plus près de la neige formée par les millions de pixels.

Leslie le Troll trouve son bonheur face au tube cathodique. Juice n'en revient pas, il ne veut pas croire au désastre devant ses yeux.

« Pourquoi, il est comme ça, merde ? On l'a sorti de la caisse, il devrait être bien !

– Leslie, en ce moment, il est ailleurs, mec, dans un autre monde. Dans un fourgon ou même déjà en cellule. Il fait partie intégrante du film », lâche Rust sûr de lui.

Le culturiste réalise l'étrangeté de la situation. Du vaudou. Le corps est animé de ses fonctions vitales mais l'esprit est loin, désincarné. En l'occurrence dans un épisode de *Deux flics à Miami*.

Rust s'approche du complotiste, une bière à la main. L'attention de Leslie se pose sur la canette métallique qui brille. Il la saisit maladroitement et son bras tremble en zigzaguant jusqu'à son visage. L'alcool gicle, inonde son pantalon avant qu'il n'absorbe la première goutte.

Juice ouvre grand les portes du hangar et les rayons lumineux chassent l'obscurité. Leslie sort de l'atelier de réparation traînant dans son sillage le gang au complet. Il se plante yeux grands ouverts, face au soleil. Il reste une bonne minute avant que le sang coule en abondance de son nez et de sa bouche maculant son t-shirt *Pepe the Frog*. Une mare se forme. Leslie se vide lentement. Le culturiste retourne tranquillement au hangar, prend une chaise, un pack de bières, une pelle.

« T'as voulu l'extraire à la dure, sans tenter de le sauver, alors tu paies. T'attends qu'il crève et tu creuses le trou pour l'enterrer, gamin. »

Rust s'installe sur le siège en plastique cabossé, y médite un moment puis, lassé, finit par se barrer. Leslie reste seul. Il est encore debout quand le soleil se couche.

Rust le retrouve au petit matin, à terre. Le sable a achevé d'avaler ses huit litrons de sang. Ce n'est plus un corps humain, mais une poche vide. Aussi mort qu'un pigeon crevé sur la chaussée. Un avertissement cruel donné à tous ceux qui s'imaginent déflorer des mondes inconnus en toute impunité.

Maintenant, il faut creuser. Putain d'humiliation ! Leslie et *Pepe the Frog* reposeront, pour l'éternité, sous les carcasses des voitures rongées par la rouille et la poussière.

CHAPITRE 68

Un grand coup de balai emporte le sable et la poussière. Des bras transportent des meubles et des mains piochent dans un carton rempli de babioles trouvées chez les uns et les autres.

Tout Anacostia veut participer à l'aménagement du nouveau baraquement.

Kenny, un bouquet de fleurs fraîchement coupé, hésite à le disposer dans le vase ébréché donné par une mamie du quartier. « Ça ne sent pas trop le mausolée ? »

C.J. lui répond par un regard triste qui signifie, *c'est bien ce que c'est, non ?*

Le geek s'approche du caisson relié par des fils électriques au corps principal de M+. À travers la vitre de l'habitacle, un visage lisse et paisible.

Razor Mike.

L'ex-boxeur gît les yeux clos, maintenu artificiellement en vie par la machine créée par Ben Goldman. Sur l'écran de contrôle vidéo, l'image d'une chambre d'hôpital ultramoderne. Mike Daizon est allongé dans un lit, pris en charge par des appareils médicaux dernier cri. Son bras amputé au-dessus du coude est invisible, entouré d'un bandage.

« Est-ce qu'il souffre ? Combien de temps pourra-t-il rester relié à M+ sans séquelles ? »

Kenny ne sait pas quoi répondre à C.J. Il souhaiterait le rassurer, lui affirmer que non, il n'y a pas de souffrance dans ce monde modifié, que tout ira bien, Mike bénéficie des meilleurs médecins, et merde se sont les stars d'*Urgences* ! Et puis, Daizon est le seul de la bande à s'être aussi bien adapté aux univers toxiques de M+. Son passé de boxeur l'a endurci, il ne sortira pas de la machine le cerveau liquéfié ! Mais contempler Mike dans ce caisson le démolit. Depuis des jours, une question tourne en boucle dans son esprit torturé. Aurait-il pu le sauver ? L'exfiltrer plus vite, le tirer des griffes de ce monstre de Leatherface ? Il serre les poings de rage. Lui, le geek, l'expert en vidéo n'a pas anticipé toutes les possibilités de M+ pour la pousser au maximum.

« Je me suis fait baiser, C.J.

– Qu'est-ce que tu racontes ?

– Les salauds d'en face, ils m'ont baisé. Je ne sais toujours pas comment ils ont réussi à infiltrer Leatherface et les Klansmen dans la vidéo de *La Petite Maison dans la prairie*.

– Mec, t'y es pour rien. Ne te sens pas responsable.

– C'est moi que Ben Goldman a mandaté pour utiliser la machine et je n'ai pas anticipé. À quoi je sers ? Putain, on me demande seulement de faire le job assis devant une télé !

– On va faire la peau à ces merdeux, Ken. Dis-toi que l'on va les coincer. Dans M+ ou dans la réalité. Pour mon frère, pour Mike, ils vont payer pour leurs crimes. Je connais une femme qui ne laissera jamais ces deux meurtres impunis. »

Quelques heures plus tard, Kenny, assis sur les marches du baraquement, aperçoit deux silhouettes chaloupées se dessiner au clair de lune.

Shane Wright et Sarah Goldman.

Kenny se lève par respect, le visage grave et tend un paquet enveloppé avec soin. Shane passe devant lui sans un mot et disparaît à l'intérieur du pavillon.

Mal à l'aise, Kenny interroge Sarah du regard.

« Tout va bien Ken, tu n'as pas commis d'impair, elle n'a pas envie de parler.

– Je comprends. J'ai préparé ce qu'elle m'a demandé. »

Lisa défait le paquet et découvre une K7 emballée dans sa jaquette vintage. *Les Meilleurs K.O. de Mike Daizon.*

« C'est un exemplaire de la K7 éditée par HBO en 1986. À l'origine, ce sont les promoteurs qui l'ont réalisée, ils l'ont envoyé aux chaînes de télé. Quand HBO a signé Mike, ils ont commercialisé tel quel.

« Tu es sûr qu'il n'existe pas plus de films sur Mike ? Shane aimerait tous les conserver.

– Oui, j'ai interrogé un fan de Mike, le mec est aussi désolé que moi qu'il n'y en ait pas plus. Tous les autres reportages étaient sur DVD ou uploadés sur le Net. J'ai fait des copies de cette cassette au cas où la bande se casse.

– Tu installeras un magnétoscope dans le salon de Shane, s'il te plaît.

– Bien sûr. »

Kenny salue d'un petit mouvement de tête la jeune femme et s'éloigne.

Sarah Goldman enveloppe soigneusement la K7. Cette VHS est le seul témoignage filmé de la vie de Mike Daizon sur cette terre.

Son testament de celluloïd.

*

Et il est là, dans une cacophonie d'images et de sons, à tous les âges de son existence. Une vie chaotique, projetée façon puzzle.

Enfoncée dans son canapé, Shane se demande pourquoi elle s'inflige ce spectacle désolant d'un homme perdu qui se bat contre ses démons sous le regard du monde entier et qui voit sa vie, disséquée et commentée, lui échapper.

Elle appuie sur pause, quand Jane Stewart, la première femme de Daizon, explique son calvaire, ses peurs face à un mari violent suivi par les psychiatres pour ses multiples addictions.

Shane reprend son souffle, écœurée. À l'écran, le couple est réuni à l'initiative d'une journaliste. Les caméras de télévision captent les moindres expressions de Daizon quand celui-ci terrorisé annonce, en plein exercice de lâcheté, que se sont les médicaments qui lui ont fait péter les plombs. Sobre, jamais, il n'aurait osé frapper sa femme. Et que oui, la pression qu'il subit, il ne la souhaite à personne.

Shane éprouve de la honte et de la colère. Si elle avait croisé ce Daizon, elle lui aurait cassé la gueule, fin de l'histoire. Mais voilà, celui qu'elle a rencontré ne ressemblait en rien à cet oiseau-là.

Elle se souvient de leur première discussion. Dans la cuisine, il la suppliait de lui accorder l'hospitalité. Quelques jours plus tard, dans son salon et, pour la première fois depuis la mort de son frère, elle ressentait ce sentiment étrange de bien-être et de plénitude. Un apaisement soudain et bienvenu après des mois de tensions et de tourments.

Cet homme-là en avait parcouru du chemin pour s'éloigner de son ombre malfaisante. Cette rage a trouver une vocation. Se forcer à prendre part aux réunions, quitte à en sortir fracasser, s'infliger des allers-retours dans M+ pour s'amender auprès de ses proches, il avait puisé le courage d'accomplir ce chemin de croix dans le seul but de tourner le dos à cette vie de mensonges et d'abus. Daizon cherchait la rédemption dans une cause, il voulait l'apaisement après des années de colère et d'auto-destruction. Intégrer la communauté a donné un sens à son existence.

Les images du combat contre Leatherface, visionné après son retour express dans *Urgences*, lui reviennent en tête. Daizon, dans cet enclos à cochons qui se dresse fier et combatif, était la version updatée de Mike, nourri d'une énergie inébranlable, d'une force forgée au contact de sa famille de cœur. Une puissance alimentée par le désir de transformer le monde et de devenir enfin l'acteur de sa propre vie.

*

Kenny boucle son sac en quatrième vitesse et claque la porte de son baraquement. Il court aussi vite qu'il peut vers l'entrée du camp. Il doute d'y arriver, son sprint est ralenti par le sable qui s'accroche à ses semelles. Au loin, il aperçoit Lisa, C.J. et Di, un jeune d'Anacostia, s'engager dans les dunes. Ils sont sur le point de disparaître. Il gesticule pour attirer leur attention.

Kenny réussit le finish de sa vie, et, en passant en trombe devant les gardes postés à l'entrée, il récolte quelques applaudissements. Il finit par s'écrouler au pied du groupe, au bord de la crise cardiaque.

« Je viens avec vous », articule le geek.

Lisa le regarde avec un air ennuyé. D'un geste qui se veut rassurant, Ken balaie ses doutes.

« T'inquiète pas pour ma condition physique, Lisa, je me suis mis à la course dernièrement, ça porte ses fruits…

– On dirait », ironise C.J.

Kenny ne relève pas, il sort la batte fourrée dans son sac.

« … En cas de coup dur, uniquement ! »

Di, un solide gaillard qui s'entraîne avec les autres jeunes d'Anacostia aux techniques de combat, examine le geek comme si c'était un gamin qui proposait ses services aux pontes de la mafia pour le braquage du siècle.

« Il faut pas croire, mais j'ai suivi un cours de défense personnelle à l'université. Le prof n'était jamais là, mais on se boxait entre nous…

– Entre maigrichons, tu veux dire ? » se marre Di.

D'un geste, Lisa fait taire les moqueries.

« Écoute Kenny, je préfère que tu restes au camp.

– Pourquoi Lisa ? Parce que… parce que… je suis blanc !

– Pire, rouquin », ajoute C.J. dans un rire.

Lisa fronce ses sourcils.

« Arrête C.J., tu n'es pas drôle. Elle se tourne vers Kenny, d'un air désolé. Oui, tu es blanc et dans le coin où l'on va, c'est une couleur à ne pas porter en étendard. »

Le jeune homme la regarde, outré.

« Mais bordel, moi je ne la revendique pas ! Il faut absolument que je vienne avec vous, pour montrer que la lutte que l'on mène n'est pas communautaire. Nous, nous ne sommes pas les connards d'en face ! C'est un idéal de justice et d'équité qui nous rassemble. Notre combat n'a rien à voir avec la couleur de notre peau ! »

Di hausse les épaules.

« Va le dire aux Noirs qui sont à la rue. Ceux qui se font tuer. Ton discours est parfait pour une discussion au coin du feu… »

Lisa lui fait signe de se taire.

« Tu as raison, Ken, nous défendons des valeurs universelles. Mais comprends-moi, même s'il est important de montrer notre unité, dehors c'est une tout autre histoire. Si tu viens avec nous dans les quartiers noirs de la ville, nous serons tous en grand danger. On ne peut pas se permettre de perdre un des nôtres, encore une fois. »

PIÈCE 2113 ENTRETIEN KENNY LE GEEK

< Est-ce que j'en veux à Lisa ? Non bien sûr, mais sur le moment, j'ai ressenti une profonde injustice. M'interdire de prendre part physiquement à la lutte me plaçait dans une situation difficile. J'étais Kenny, le geek qui reste enfermé toute la journée dans son baraquement à mater des vidéos. Alors oui, mon travail quotidien est essentiel. Avec Ben, je gère l'équipement, je sélectionne les films dans lesquels on va puiser tout ce qui nous est nécessaire. OK, mais psychologiquement, c'est loin d'être gratifiant. Et puis, une fois le combat gagné, les nouveaux citoyens seront divisés entre ceux qui se sont

physiquement battus et les autres, les planqués. Moi, je n'ai pas envie d'être dans la seconde catégorie.

Quand Lisa est revenue, je me suis expliquée avec elle. Elle a entendu mes arguments. Bien sûr, je n'ai pas refusé le boulot qu'elle m'a confié même s'il nécessitait de rester encore devant mon écran ! Elle avait rapporté de son expédition dans le quartier de John Green plein d'indices le concernant. Elle avait accédé à sa maison. Elle l'avait fouillé de fond en comble et avait ramené plusieurs cartons de son procès contre la Bank. Mais moi, ce qui m'intéressait, c'était ses goûts en matière de cinéma. Son voisin a dit à Lisa que oui, il avait des K7 vidéo chez lui et lui a fait une petite liste. Au moins, j'avais un point de départ pour mes recherches. Je suis persuadé que si Green se balade dans des films, ils sont tous issus de sa collection personnelle. >

CHAPITRE 69

« Putain, c'est pas un salopard de redneck qui m'apprendra mon job ! »

Kenny range les dossiers consacrés à la traque de 6 pour installer devant lui deux téléviseurs. Il examine la console vidéo bricolée en quelques heures. Pour la fabriquer, il s'est inspiré des platines des DJ et de leurs techniques.

Kenny choisit avec soin une K7 sur l'étagère où s'alignent des centaines de vidéos.

Rocky.

« Un mec solide, il va bien résister à l'expérimentation. On va voir si je suis meilleur que les salopards du camp d'en face. Je vais te projeter dans un autre film, l'étalon italien, tu vas adorer », commente le geek à haute voix.

Sans réfléchir, il attrape la VHS de *Rambo*. Il s'apprête à charger les deux cassettes dans M+ quand il est pris d'une inquiétude.

Attends, si je passe Rocky dans Rambo, y aurait-il pas un bug par hasard ? Comme deux espaces opposés qui ne peuvent pas se rencontrer ?

En plein doute existentiel, le geek dépose le film qu'il tient dans sa main.

La réflexion de Lisa Goldman lui revient quand elle a découvert le visage décomposé de douleur de Marylin Chambers, l'actrice de film X violentée par le gang de bikers.

Enfin le personnage de Marylin Chambers, corrige Kenny pour lui-même.

Mais Ken, tu as été témoin toi aussi de la détresse de cette femme. Même si elle n'existe que sur cette K7 posée sur ton étagère, sa souffrance était réelle. Entre toi et moi, tu joues à Dieu à mixer de la pelloche dans ton shaker pour contempler le résultat.

Kenny range les films, dubitatif. Il farfouille dans un sac à même le sol. Il extrait deux vidéos de dessins animés.

Alors là, bravo Kenny ! Tu penses te livrer à tes expériences sur des toons maintenant, comme ces salopards dans les labos qui font des tests sur les animaux ? Si Bug Bunny a une âme, t'es prêt à le sacrifier ?

Kenny secoue la tête.

« Bug Bunny ne m'en voudra pas, pour cette fois, il comprendra… » déclare le geek à haute voix, sourire aux lèvres.

Soudain, le bruit d'une détonation qui éclate le fait sursauter. Il se précipite à la fenêtre pour apercevoir un éclair lumineux. Kenny lâche ses vidéos et sort sur le palier de son baraquement.

Bon sang, je n'ai pas d'arme avec moi, si on vient voler M+, comment je fais ?

L'alarme du camp qui retentit ne le rassure pas. Il est une proie facile pour des mercenaires entraînés. Le geek court chercher le couteau qui lui a servi de couvert pour son repas. Il ressort et le brandit droit devant lui.

Son cœur s'emballe, les yeux plissés, il se force à percer l'obscurité.

Les particules en suspension donnent de la densité à la nuit, empêchant les rayons de la lune d'apporter leur clarté blafarde, puis des silhouettes émergent du néant, deux hommes qui traînent aussi vite qu'ils peuvent un troisième. Ken reconnaît C.J., le jeune garçon lui hurle un ordre.

« Kenny branche M+ ! Ce mec a besoin de soin ! Et lâche la fourchette que tu tiens dans ta main ! »

Le rouquin regarde ce qu'il a attrapé sur la table à manger dans la précipitation. Une fourchette.

C.J. le bouscule, pour le secouer de sa léthargie. L'homme, inconscient, perd beaucoup de sang, une balle a perforé sa jambe.

« Ken, décide-toi ! »

Kenny se reprend.

« On l'envoie dans *General Hospital* ! »

Il commence à bien connaître les hôpitaux de film.

*

Six heures plus tard, l'homme mange une assiette composée d'une demi-boîte de conserve. Il la dévore à grandes bouchées, à peine coupées de respirations sifflantes.

« Désolé, on a que ça à te donner… » s'excuse Sarah Goldman. Elle jette un coup œil à Shane et à sa fille qui lui font un signe de tête qui signifie, *OK pour ce petit bo-*

bard, on ne va pas lui avouer que nos placards sont remplis de bouffes tirées de K7 vidéo éditées par la Paramont.

« Comment vous m'avez soigné ? Un moment, durant l'opération, j'ai repris connaissance, j'étais dans un bloc, avec des dizaines de médecins autour de moi…

– Non, on a bricolé avec ce qu'on a sous la main, commence Ben. Une chance que vous soyez en vie. Par contre, on a pas réussi à enlever le sang de votre visage…

– Ce n'est pas du sang… Ce sont des peintures de guerre. Alors, c'est vrai ce que l'on raconte ?

– On raconte quoi ? crache Shane, agressive.

– Que vous avez des armes. Avant de m'évanouir, j'ai vu vos gardes tirer sur les types qui me poursuivaient.

– T'es en plein délire, mec ! L'Amérique des flingues est morte, chéri ! Et d'abord, t'es qui toi ? »

L'homme sourit et tend une main zébrée d'égratignures.

« Leroy Onroy, W@r pour ceux qui me croisent sur le chemin de la guerre ! ».

La cascadeuse le regarde sans comprendre. Elle détaille sa silhouette maigre, ses cicatrices récentes et sa gueule cassée. Le nouveau venu a subi de nombreux passages à tabac, ses yeux trahissent une douleur à laquelle il s'est habitué. Il l'observe à son tour, et une petite lueur s'allume alors qu'il ajoute, pour éclaircir son propos :

« Je suis de la tribu des Haliwa Saponi[54]. »

PIÈCE 781 ENTRETIEN W@R DES HALIWA SAPONI

< Je fais partie d'un groupe de trente hommes partis en éclaireur dans le pays, nous sommes arrivés, à che-

54. Les Haliwa Saponi sont une tribu d'Indiens d'Amérique résidant en Caroline du Nord.

val, jusqu'à Washington. Là, on s'est fait choper par une milice. Qui étaient ces mecs ? Des flics, des militaires, des mercenaires ? J'en ai pas la moindre idée.

Mes compagnons ont disparu, j'ai été incarcéré dans une prison secrète et interrogé par des experts. Je leur ai uniquement dit que j'étais parti d'Halifax pour chercher des secours. Ils ne m'ont pas cru. Pour eux, j'étais un terroriste fiché pour activisme. Moi, je n'ai jamais eu affaire de ma vie à la police ou à l'État.

Dans ce bâtiment souterrain, d'autres « activistes » étaient retenus, tous placés dans des cellules individuelles pour ne pas communiquer. Mais la surveillance ne s'avérait pas constante. Elle se relâchait – à croire qu'ils subissaient des problèmes d'effectifs ou de discipline – on parvenait à faire passer des infos.

Parmi les détenus, des types chopés dans la rue, des militants de la cause noire fichés par la police, des leaders religieux aussi. Des Blancs parfois et des Hispaniques.

Durant les interrogatoires, ils n'ont cessé de me demander mes relations avec Ben, Sarah et Lisa Goldman, et d'expliciter les raisons de ma venue à Washington. Ils supposaient que mon objectif était de rejoindre la cellule dissidente.

Alors, ils m'ont montré une feuille, un document officiel avec le logo de l'État dessus. Vos noms y étaient inscrits. Une *death list*, signée et tamponnée par le gouvernement.

« On y ajoutera ton nom et ceux des hommes de ta communauté. Elle sera envoyée au commandement et elle sera paraphée dans la minute. » Voilà leurs tentatives d'intimidation.

Qui serait assez con pour apposer sa signature sur un ordre d'exécution ? Les tueurs de l'État communiquent en se chuchotant à l'oreille. Peut-être qu'ils bluffaient pour me ficher la trouille. Ils ont déniché un ordinateur et une imprimante encore en fonctionnement avec lequel ils ont bricolé un document bidon. Peut-être qu'ils s'en fichent, tellement confiants qu'ils condamnent et exécutent à tour de bras.

Une nouvelle Amérique émerge de ses cendres, avec comme fondations illégales, des meurtres légaux.

Peut-être veulent-ils revenir à leur utopie, celle d'une terre consanguine, dont ils sont maîtres où ils auraient, à nouveau, tous les droits. Un Ethnostate.

Je n'oublie pas qu'ils ont qualifié les miens de « sauvages indiens impitoyables » dans la déclaration de 1776. Le colon faisait l'épreuve de son élection divine en nous massacrant. L'homme blanc a toujours eu peur. Il la masque sous de la violence, des menaces de représailles et des affabulations.

Cet État souhaite se reconstruire en éradiquant tous les éléments qui ont ébranlé sa suprématie. Il veut étouffer les voix dissidentes. N'en doutez pas un seul instant, ils chercheront à vous tuer. >

*

PIÈCE 567 ENTRETIEN LISA GOLDMAN

< Après avoir soigné le membre des Haliwa Saponi, nous avons bien réfléchi et décidé d'éditer un flyer.

Sarah a pris la pose devant l'entrée du camp pour la photo qui figurera au verso. Le texte était simple : « À tous ceux qui construisent la nouvelle Amérique, « New Hope » vous tend les bras. Pour la justice et l'équité. Tous rassemblés. Sans aucune exception d'appartenance, de genre, d'orientation ».

Le gouvernement veut notre peau. Peut-être qu'il y arrivera, mais nous, on reste justes et droits.

On a imprimé le document avec les moyens du bord et on a commencé la distribution.

Rapidement, l'info s'est répandue dans les environs qu'un groupe prenait son avenir en main et que tous ceux qui désiraient former un corps de citoyens pouvaient nous rejoindre. Nous espérions grossir les rangs et donner un nouveau souffle à notre communauté. >

⋆

« Alors Lisa, ça te fait quoi d'être sur la *death list* de l'État ? »

La jeune femme a un rire nerveux.

« Ils ont chopé Ben Laden chez lui au Pakistan, alors ils peuvent se faire Lisa Goldman d'Anacostia, les doigts dans le nez ! »

Elle imagine les tueurs envahir le campement de nuit. Exécuter à tout va. Femmes, enfants. Incendier, lyncher. Reprendre le contrôle.

Lisa regarde son amie. Shane a perdu de sa superbe. Elle n'est plus que l'ombre d'elle-même.

« Shane... Parle-moi... »

Elle sent la main de Lisa caresser son visage. Sa voix s'élève, blanche d'émotions.

« Mike est dans un caisson, dans une machine faite à partir de cafetières et de tondeuses à gazon. Il est à l'agonie dans une chambre d'hôpital d'une série télé pourrie... Il va peut-être crever, seul et abandonné, dans un univers créé par un scénariste d'Hollywood...

– On fait tout pour le sauver... »

Shane a un rire ironique.

« Tu veux savoir comment je gère ce merdier ? Je mets l'album de Betty Davis sur la platine, la chanson de notre première soirée... et dans le magnétoscope, la K7 que m'a faite Kenny « *Les Meilleurs K.O. de Mike Dai-*

zon ». Mais je m'en tape de cette K7 ! Mais j'ai plus que ça, Lisa, des souvenirs qui ne m'appartiennent pas. Alors, j'appuie sur pause pour apercevoir son visage. Il a trente ans de moins, une gueule de branleur de ghetto, mais je n'ai qu'une envie, le serrer dans mes bras et m'endormir auprès de lui… »

FRONTIÈRE 7

Barkim trace deux lignes de coke – bien droites, chargées, une vraie œuvre d'art tox.

« Vas-y, arrête de tirer sur le joint, laisse-le pour plus tard, Mike. »

Young Mike pose le blunt dans le cendrier. Il se penche et sniffe. C'est le rituel, se mettre en transe avant d'aller chourer. Barkim jette un coup d'œil à l'album photo que son pote trimballe avec lui, dans son sac de sport avec son matos de boxe. Il tombe sur une série de clichés. Des Blancs à tous les étages de la maison. Des Blancs partout, bordel, jusqu'à l'overdose et Mike, seule tache négroïde de tout l'album.

« Ces sales Blancs t'ont foutu en esclavage ou quoi ? Ils t'obligent à faire le ménage ? Ils te traitent comme leur chienne ? »

Mike secoue la tête.

« Naan, ils sont cool. C'est la famille, ils m'aiment. »

Barkim attrape le joint, incrédule. Ce type reçoit de l'affection et revient à *Brownsville,* dans le trou du cul du Diable ?

« Mais qu'est-ce que tu branles ici, mec ! Rien de bon va t'arriver si tu restes dans le quartier. Vas-y mon pote, tire-toi et vis ta vie ! »

Il peine à comprendre que Mike a droit à tout cet amour par de vieux Blancs, en plus. C'est à devenir fou, cette histoire.

Sérieux, il existe vraiment ce refuge en Amérique où Noirs et Blancs se tapent des barres de rires en se bisoutant le cou ?

Mais quand Barkim creuse la question, Mike reste muet, incapable d'en décrire les merveilles, d'expliquer les raisons de ses visites à *Brownsville*, sa ville natale, où il se conduit comme le pire des vandales. Aimanté par la lose, il refuse d'accepter cette vie meilleure qu'on lui offre. De cette chance inespérée, il en a presque honte.

Young Mike attrape la bouteille de Jack Daniel's, la siffle et la tend à Barkim.

« Viens, on va s'endormir si on reste là. »

*

Le jeune boxeur mate pour voir s'il reste un petit truc à boulotter. C'est son kif, s'introduire chez les gens, piquer tout le pognon et faire la razzia dans leur frigo. Le fric a disparu et en plus, il n'a rien à béqueter. Sa définition du casse de merde absolu.

Il se balade dans la baraque en roulant des mécaniques. Il a les poches remplies de billets. Dans son sac de sport, une chaîne hi-fi et de l'argenterie. La nuit est belle, mais l'excitation n'est pas au rendez-vous. L'envie gronde en lui de faire un truc de dingue, de confronter plus fort que lui. Braquer une crackhouse, dépouiller des dealers.

*

La rue déserte est à eux, ils sont planqués dans un coin, près des poubelles qui débordent. Barkim serre le pistolet à grenaille contre sa poitrine.

« Le mec qui est à l'entrée, c'est ce type à qui y manque un œil, j'sais plus comment il s'appelle… »

Barkim, salement amoché par la gnôle, tente de se rappeler le blaze du borgne. Mike le coupe brutalement.

« On s'en branle. »

Lui, l'alcool et la came, ça le réveille.

« Voilà ce qu'on va faire. »

Mike pointe du doigt la mini-trappe qui permet au guetteur de voir à qui il a affaire sans ouvrir la porte.

« Je frappe, tu tires. T'es OK avec ça, Bark ? »

CHAPITRE 70

Quand Shane se réveille en sursaut, la bande-vidéo s'est arrêtée. Elle découvre Lisa endormie sur un de ses fauteuils.

Elle ne cherche pas à savoir l'heure qu'il est. À l'extérieur, le sable crépite contre les fenêtres, le jour ne semble pas vouloir se lever. De retour dans le salon, elle rembobine la K7. Elle attend quelques minutes et appuie sur *Play*. Le décor familier de la salle de boxe de Catskills réapparaît. Elle se dirige à la cuisine et se chauffe un café. Elle s'allonge sur son canapé. Une tempête s'est levée. Ses yeux se ferment, son esprit s'apaise bercé par la voix de Mike qui lui parvient de très loin. Elle pourrait parler à sa place, elle connaît par cœur les réponses qu'il fournit aux questions de son vieil entraîneur. Mais elle a un besoin terrible d'entendre sa voix. La fatigue envahit son corps, ses bras tombent le long du canapé. Elle s'endort…

Dehors, la nature déchaînée reprend ses droits…

Une bourrasque arrache un volet qui claque…

Une détonation résonne, suivie d'une longue supplique.

Shane se précipite à la fenêtre. Rien, à part le sable et la poussière. Lisa est debout, déboussolée, elle cherche déjà son arme des yeux. Shane se tourne alors vers la télé.

Les gamins multicolores se sont planqués derrière les sacs de frappes. Un des entraîneurs est au sol, à moitié sonné. Des bikers, bardés d'insignes nazies, ont envahi la salle à la recherche d'un gosse en particulier.

Et une figure monstrueuse occupe tout l'écran. Juice, le Hells Angel.

*

Quelques minutes plus tard, Ben Goldman s'assied essoufflé à la table de réunion, la tête ébouriffée de sommeil.

« Qu'est-ce qui se passe, Lisa m'a raconté un charabia incompréhensible !

– Excuse-moi, c'est parce que t'étais dans le coltar que tu n'as rien compris ! » lui lance sa fille sur la défensive.

Kenny dépose une tasse devant le vieil inventeur.

« Un café vous réveillera. Voilà le topo… Des bikers utilisent la machine pour retrouver la version ado de Mike, certainement pour le tuer.

– Oublie-le *certainement,* Kenny », lâche Shane excédée.

Ben n'en revient pas.

« Tuer cet ado dans cette vidéo n'a pas de sens ! »

Shane a un geste d'exaspération. Ben note qu'elle est déjà harnachée pour partir au combat et cette éventualité ne le réjouit pas. La cascadeuse remarque son regard, mais au lieu de calmer le jeu, elle pose la main sur la crosse de son pistolet. Histoire de bien préciser ses intentions.

« Dans leur tête, avance Kenny, c'est pourtant très clair. En exécutant le jeune Daizon dans la vidéo, ils pensent pouvoir tuer le vrai dans la réalité. »

Sarah tente d'éclaircir son propos.

« Comme dans ces films sur les machines à remonter le temps, chéri. Si on assassine ta version du passé et bien c'est comme si tu n'avais jamais existé ! »

Ben secoue la tête, excédé.

« Sérieusement, ce sont vos arguments ? Des nanars de science-fiction comme preuves ? »

D'une voix posée, Kenny tente d'attirer son attention.

« Un des leurs a été tué par Scarface. Peut-être qu'ils ont eu d'autres pertes en utilisant la machine. Ces expériences les ont confortés dans la relation qu'il y a entre notre réalité et les mondes créés par M+, donc il est facile… »

D'un geste, Ben le coupe.

« Ce ne sont que des suppositions ! Ils nous tendent peut-être un piège, ils veulent nous attirer quelque part, pour nous faire la peau ! »

Shane a un haussement d'épaules.

« Eh bien, on va répondre à leur invitation. De toute façon, dans le doute, il faut y aller…

– Pourquoi ? Non, nous ne sommes pas obligés ! »

Lisa regarde son père, horrifiée.

« Et s'ils avaient trouvé un moyen de tuer Mike à travers son double ? On ne peut pas laisser un tel crime arriver !

– Vous ne pouvez pas risquer votre vie sur de simples suppositions ! »

Ben Goldman a un soupir las, il comprend qu'il ne sera pas écouté. La décision a été actée dans son dos. Il se prend la tête dans les mains, les possibilités de la machine qu'il a créée le dépassent.

« Mon Dieu, jamais je n'aurais dû vous faire une démonstration de mon invention. Elle aurait dû rester à jamais dans ma cave ! »

Sa femme le serre contre elle quelques instants.

« Tu n'es coupable de rien, ce sont ces salauds qui pervertissent ta création. Tu devrais être fier, grâce à M+, on a pu survivre. Avoir de la nourriture, du matériel, des armes et même des soins médicaux… Mais il faut assumer nos choix et s'assurer que Mike soit hors de danger… On ne peut pas rester des heures dans M+ à chercher ces nazis. Qui a une idée pour leur mettre leur branlée ! »

Par un petit signe de tête, Kenny demande à Ben l'autorisation de parler.

« Au lieu de courir après eux, il faut anticiper.

– Tu as une solution ? s'impatiente Lisa.

– Peut-être…

– Magne, Kenny, j'ai pas de temps à perdre ! » réplique Shane, à bout.

Kenny attrape une VHS, la charge dans le magnétoscope et lui montre la jaquette.

« OK, OK… Faut que t'arrives à convaincre ce mec de bosser pour toi ! Lui, il mettra la main sur la version celluloïd de Mike ! »

FRONTIÈRE 8

« Vous n'avez pas compris, le boss est en réunion, il ne vous recevra pas ! »

Shelly, la secrétaire, est bousculée par les trois inconnues. Elle pousse un cri et court à quatre pattes se réfugier dans le bureau de son patron. Quand elle relève la tête, le 357 Magnum de son boss est pointé en direction de ses agresseurs.

« On est des clientes, t'excite pas ! » gueule Shane.

Jim Jones, un grand Noir d'un mètre quatre-vingt-dix, range son flingue dans son holster. Il désigne trois sièges recouverts d'un revêtement de mauvaise qualité aux motifs zébrés. Le reste du bureau du privé est à l'image du quartier, un mélange de miteux et de tape-à-l'œil. Le plus célèbre détective de Harlem attrape un cigare et, du coin de l'œil, évalue celle qui a parlé, une bombasse teinte en blonde, pas d'afro, dommage, mais un cul de compet'. L'autre – peau claire, petits seins, bien gaulée – mérite qu'on se penche sur son cas. La seule fausse note du trio, c'est la vieille, pub ambulante pour l'euthanasie. Ce qui la sauve de la crémation, c'est de trimballer ses fesses toutes fanées dans un futal en cuir en se moquant de ce que pense le bourgeois.

« Tu peux arrêter de raisonner avec ta queue, frérot, et te concentrer sur notre business ? » siffle Shane, la mâchoire crispée.

Bien joué. Il s'assied dans son fauteuil, toise Shane. Avec un petit sourire, il balance sa punchline.

« Ma queue, c'est mon associée, chérie ! Quand vous m'embauchez, vous l'embauchez aussi, on bosse *toujours* en duo. Elle et moi, on s'occupe ni des divorces ni des pensions impayées. C'est 110 dollars l'heure, 3 jours d'avance, tarif non négociable. »

Shane éclate d'un petit rire méprisant.

« Elle est surcotée à l'argus, ta queue ! Où tu as cru qu'elle valait autant ? »

Jim Jones ne dit rien. Décidément, cette fille, c'est un morceau. Il tire sur son cigare et attend la suite. Shane claque une photo sur son bureau.

« J'ai besoin que tu me retrouves cet ado ! »

Jones ne prend même pas la peine de regarder.

« J'ai oublié une chose, les fugues de gosses, c'est pas ma came. Pas de chance, bébé. »

Il remarque la vieille fouiller dans son sac et jeter sur le bureau une enveloppe de papier kraft. Jones découvre le contenu, cinq mille dollars. La somme lui décroche la mâchoire et stupéfait, il entend à peine la voix de Sarah.

« Une avance. Tu en auras 15.000 de plus si tu retrouves le gamin dans moins d'une heure ! »

Jones attrape la photo pour observer sa tronche. Le privé demeure abasourdi que l'on puisse dépenser autant de fric pour un môme sorti d'une poubelle de New York.

« C'est qui, ce petit con ?

– Le futur champion du monde des poids lourds et le père de mon enfant, alors mets-toi au boulot, toi et ta queue magique », ordonne Shane, les deux mains posées fermement sur le bureau.

Elle sent le regard de Lisa et de Sarah sur elle. Elle sourit, malgré elle. Pour une annonce de maternité, c'en est une belle ! Quant à Jones, il espère avoir entendu de travers. Cette tarée ne prétend quand même pas s'être reproduite avec un gosse de quinze ans ?

Son sang bouillonne mais il ne sait pas ce qui le met dans cet état. Savoir que Mike Machin Chose s'est tapé la cousine de Foxy Brown ou que la morale marche encore une fois sur la tête. Mais il ne dit rien. Au fond, il s'en bat les steaks. De toute façon la morale n'a jamais payé les factures.

Tout ce pognon gagné sera bien employé. Dans moins d'une heure, il sera le héros de la plus grosse bamboula de l'année. Vingt-quatre heures de cul et de sueur – chacun sa motivation dans la vie !

« Vous avez un numéro où je peux vous joindre ? »

« Non, fait Lisa, quand tu auras retrouvé le gosse, tu écris sur une feuille l'adresse et tu l'épingles bien en évidence sur le mur qui est derrière toi. Ah, encore une chose, quand tu sortiras de ton bureau pour te mettre en chasse, peut-être que tu seras un peu déboussolé, mais accroches-toi coco, pense à ton salaire. Moins d'une heure, perd pas de temps, le chrono est en marche ! »

Jones se retourne et examine le mur comme si quelqu'un y avait ajouté un gadget tiré *Des Mystères de l'Ouest*. Et tandis que les trois femmes partent sans même dire au revoir, il s'adresse, incrédule, à Shelly.

« J'épingle l'adresse au mur ? »

*

Jones dévale les escaliers. Il veut retrouver ce gosse, autant pour le fric que pour sa réputation.

« Ce Mike Daizon, une petite frappe qui a comme base Brooklyn ? OK, je fonce là-bas distribuer quelques claques et c'est plié dans la demi-heure ! »

Mais quand il ouvre la porte de son immeuble situé à deux pas de *l'Apollo Theater*, il reste un instant en suspens. Devant lui, comme une peinture surréaliste, le décor tangue, les murs gondolent et le flot de voitures ralentit puis s'immobilise.

Un mal de tête express, comme une attaque de son cerveau au couteau, l'oblige à s'agripper à un poteau. Quand il regagne le contrôle de ses sens, sonné, sa première pensée est pour cette voiture qui passe dans son champ de vision. Un modèle qu'il n'a jamais vu auparavant. Un truc plus stylé que les caisses du quartier.

Face à cette scène irréelle, il trébuche, incertain. Disparu son décor urbain habituel, ses mille détails qu'il connaît intimement, à la place se trouve une autre ville, aux trottoirs différents où marchent des étrangers en costumes ridicules. Jones frisonne, persuadé de s'être téléporté dans une autre réalité une fois le pas de sa porte franchi. Il avale sa salive, et l'avertissement de la bombasse résonne dans sa mémoire.

OK, aujourd'hui sera le jour des surprises. Chouette, la semaine a été fadasse. Il disparaît dans une bouche de métro et Kenny entend la musique du générique, avec la basse magnétique d'*Isaac Hayes* qui claque, à fond.

*

Quelques interrogatoires musclés plus tard, Jones frappe une dernière fois le type qu'il a éclaté au sol. Une jeune brute fringuée de la tête aux pieds en *Dapper Dan*. Il a choisi le look le plus dégueulasse disponible en magasin – casquette *Kangol*, survêt' *Ghetto Gucci*, sneakers dépareillés – jamais Jones, à l'élégance si travaillée, ne serait sorti de chez lui affublé comme ce clown.

« Tu es sûr de toi ? Tu as droit à une seconde chance », menace Jones dont le pied tremble, signe d'un imminent coup de pied au cul.

« Le mec que tu cherches est là-bas ! Lâche-moi !

– Si tu me balades, enfoiré, je reviens te mettre un pruneau dans la rondelle ! Après, tu auras tout l'espace disponible pour te livrer à toutes tes excentricités ! »

Jones traverse le trottoir, écarte d'un coup de pied le type qui squatte la cabine téléphonique.

« Tu rappelleras ta chérie plus tard ! »

Le type, prêt à cogner, constate que le pied reçu en plein dans le derche appartient à un grand Renoi tiré tout droit des années soixante-dix. Sûrement un barjo expulsé de taule le matin même, avec sur le dos les fringues qu'il portait le jour de son arrestation. Certainement pas le bon mec à faire chier. Il ferme sa gueule, époussette son costume et prend la tangente d'une démarche de crabe.

Passablement excédé, un état permanent depuis le début de sa traque, Jones compose le numéro de son bureau. D'abord, une voix inconnue l'interpelle de l'autre côté du fil, et il est prêt à raccrocher, quand finalement, après un déclic bizarre et un fouillis de grésillements, la voix perchée de sa secrétaire se superpose à la première pour lui entonner un familier : « Bureau de Jim Jooones, j'écoute ! »

De la friture encombre la ligne et brouille la conversation, comme si le détective passait un appel en PCV d'une autre galaxie.

« Shelly, c'est moi ! Écris immédiatement cette adresse sur une feuille et épingle-la sur le mur ! Ne discute pas ! »

Jim Jones entend le griffonnage rapide de sa secrétaire, qui obtempère en toute hâte. Il est dans les temps, constate-t-il soulagé. Plus qu'à espérer que le message soit bien transmis.

Il raccroche.

Encore ces bagnoles qui donnent la trique – sûrement le dernier modèle sorti de chez Ford. Même la musique qui pulse des enceintes de la caisse est d'origine inconnue. Étonné, Jones s'approche d'un conducteur.

« Hey, mec, t'écoutes quoi ? »

Le nouvel interlocuteur mate Jones, les fringues, la coupe afro, les bottines compensées, la totale quoi, et s'esclaffe.

« *Rapper's Delight* ! Faut sortir de ton trou, écouter du bon son, négro, plus les vieilleries de la Motown. L'Amérique change, prend le train en marche, mon pote !

FRONTIÈRE 9

Young Mike cogne à la mini-trappe.

« Ouais, répond la présence derrière la porte.

– Deux doses.

– Vingt dollars.

– C'est bon, j'ai le pognon », assure le jeune boxeur, en sortant les billets de sa poche. Il indique à Barkim de se tenir prêt.

La mini-trappe s'ouvre. Mike recule, Barkim glisse le bras dans la fente, tire. En réponse, l'homme pousse un cri.

Rapide, d'un coup de masse, Young Mike fait sauter le verrou de la porte, comme un flic. Le type gît en état de choc. Barkim le chope par le col et traîne sa grande carcasse tremblante contre un mur. Young Mike déboule dans le couloir sombre. Son excitation retombe quand il aperçoit sa victime se tordre de douleur, la face ensanglantée. La honte le submerge un instant, et ses ardeurs de prétendu gangster s'éteignent. Puis, il remarque, posé négligemment sur une table en ferraille souillée de traces suspectes, le sac de billets. Ses pulsions incendiaires renaissent.

Il se précipite sur le fric, plonge sa main avec délectation dans les coupures, puis tasse le tout au fond de sa sacoche, avant de la charger sur son épaule. Une joie enfantine illumine son visage. Tout ce pognon vient de la rue. Ça le fait bander de savoir qu'il prend sa part dessus, comme un vrai criminel.

À son grand étonnement, Barkim se rue à l'étage. *C'était pas prévu, ça !*

« Hey ! Cassons-nous ! Ils vont rappliquer ! »

Mais Barkim a disparu dans une des chambres. Quand Young Mike se retourne, le gardien est debout, son pistolet à la main. Le type, aveugle, vacille, pointe le canon, au jugé, en direction de la voix qu'il entend.

Young Mike a juste le temps de se jeter au sol que la détonation retentit déjà. La balle creuse un sillon dans un des murs maculés de la crackhouse. Impossible de se carapater par la porte principale, le gardien la bloque et il tire déjà une deuxième fois au hasard. Cassé en deux, Mike se précipite vers l'étage.

Dans le terrier des dealers !

*

Young Mike se trouve dans le noir le plus complet, haletant. Il serre ses deux sacs contre lui, hébété, incapable de se décider. Les fenêtres sont obstruées par des planches clouées, aucune chance de fuir de ce côté-là. La voix du gardien jaillit, forte, cruelle.

« Fils de pute, je vois suffisamment pour te tirer une balle dans les couilles et t'arracher les yeux ! »

L'ado Mike frissonne. Quinze ans, aveugle, castré, et toute une vie pour le regretter. Il ne possède rien d'autre que ses poings pour se défendre. Toutes les techniques apprises sur le ring sont nulles dans la rue, il le sait. Il devra se battre comme un chien, retrouver l'instinct de survie pour se sortir de ce guêpier. De l'obscurité, une porte émerge, telle une issue providentielle.

*

À quatre pattes, Young Mike se faufile dans la pièce en évitant de déranger les camés assommés par la drogue.

Il a l'impression de traverser un charnier. Les junkies ne bougent pas, leur matos serré contre leur poitrine. Le sifflement de leur respiration, comme musique d'ambiance. Le jeune boxeur a peur de croiser un gang prêt à le dépecer.

Il passe une porte et se retrouve dans une nouvelle salle. À aucun moment, il ne s'était imaginé cette crackhouse si vaste.

Ruisselant de sueur, Young Mike rampe sans faire de bruit et tombe nez à nez avec le cadavre de Barkim, couché au sol, la gorge tranchée. Dans ses poings serrés, une poignée de billets. Terrorisé, il retient un cri. Son cœur fait un boucan monstre en tapant dans sa cage thoracique. *Boum, boum*, il n'entend que sa cacophonie assourdissante.

« Tu cherches à fuir, petit ? »

Une montagne s'extrait de l'ombre. Un homme à tête de cochon. Un porc à qui on a arraché les dents.

*

Comment ce Blanc est arrivé vivant dans cette taule pour nègres ?

L'ado Mike frissonne en découvrant l'objet tenu en main par le monstre. Une machette. La lame brille, le sang goutte. Young Mike, ramassé en boule, se met en garde.

« *Peack Boo*, hein ? Tu crois que tu vas t'en tirer en m'explosant la mâchoire d'un crochet du gauche ? »

Comment ce type connaît mon style de combat ? !

Il recule, le rythme cardiaque à 190. Il se rappelle les histoires de Joey sur la mafia de la boxe, comment elle a essayé de le détruire au début de sa carrière, les gros bras qu'elle a envoyés l'intimider.

Ce Blanc est le tueur mandaté pour le mettre au pas. D'une manière ou d'une autre, ces enfoirés ont appris que le petit protégé de Di Maggio se rendrait dans cette crackhouse sinistre, et ils ont décidé de régler le problème une fois pour toutes. À la peur, s'ajoutent la honte et le sentiment de culpabilité. Voilà comment se finit l'histoire, par un coup de machette dans la tête ? Ses rêves valent si peu ?

Juice pointe sa lame, se demande ce qu'il va couper en premier, la main, la jambe ? Le boucher se régale. Cette chasse aux nègres tient de l'expérimentation. Il lève le bras et abat l'arme de toutes ses forces en direction du front de l'adolescent. Mais avant que le coutelas atteigne sa cible, il est intercepté. Un éclair jaillit et le bras de Juice, lancé à pleine puissance, est propulsé en arrière.

« Nom de Dieu ! »

Dans l'ombre, il distingue la silhouette élancée de Shane, un bâton d'un mètre quatre-vingt dans les mains. Elle lance un second coup. Le colosse plie les jambes et rentre la tête dans les épaules. L'extrémité de la canne heurte sa poitrine, pile dans le sternum. Il vacille, le souffle coupé.

« Barre-toi, Mike », ordonne Shane en position de combat.

Comment elle sait mon nom ? se demande l'ado avant de comprendre qu'il ne peut pas se casser, le culturiste bloque la seule issue. Il tente l'impossible, s'aplatir, aussi fin qu'un billet d'un dollar.

Voyant le gosse longer le mur en se faisant tout petit, Juice frappe au jugé. Mike a juste le temps de faire un bond sur le côté pour éviter d'avoir la cuisse tranchée net.

Shane en profite pour asséner un second coup de bâton, plus vicelard que le précédent. La brute se le reçoit sur le sommet du crâne, sans broncher.

Il encaisse bien, le bâtard, enrage Shane.

Elle se déplace lentement, pieds rasant le ciment, précise, concentrée. Tout le contraire du Juice qui se précipite, la bouscule et la chope par la taille. Un *take down* digne d'une finale de l'*UFC*. Au sol, il lui plante sa lame dans la cuisse. Shane gueule de douleur, se cabre, mais réussit à lui filer un coup de pied de sa jambe valide, assez puissant pour envoyer valser le culturiste sur les fesses.

« Barre-toi, Mike ! » hurle Shane.

L'ado détale par la porte grande ouverte.

Elle sent la main du bodybuilder lui enserrer le pied. Il la tire violemment contre lui. Shane aperçoit l'éclat de la lame qui s'abat sur elle.

⋆

Il était à un centimètre de la trancher en deux. Et hop, disparue. Volatilisée. D'un bond énergique Juice se redresse.

Elle a eu un coup de bol terrible, un retour programmé à la seconde près qui tombe à pic.

« Espèce de salope ! » beugle le culturiste, frustré, comme si Shane pouvait l'entendre. Tout est à refaire. Il se dirige vers la sortie d'un pas lourd, ouvre la porte, met un pied dehors.

Détonation.

La balle se fige à quelques centimètres de son visage, explosant la boiserie. Le dealer aveugle à la recherche de sa cible. La main du vigile tremble, hésitation fatale. Le culturiste lance sa machette sans réfléchir. La lame se plante dans la gorge, un flot de sang jaillit, l'index presse à nouveau la détente. La brute se jette, le poing en avant. Il le percute si violemment qu'après avoir explosé la tête, son bras se fiche, tout entier, dans la cloison. Quand il tente de le retirer, des milliers d'échardes lui arrachent la peau. Le voilà coincé.

« *Fuuuck !* »

Un picotement, puis une sourde chaleur. L'air vibrionne autour de lui. Ses pieds quittent le sol, il est happé par le tourbillon, le bras toujours enfoncé dans la cloison pourrie.

⋆

Young Mike court à perdre haleine et ne s'arrête qu'une fois arrivé à Catskills. Il est en nage, les muscles tétanisés. D'un revers tremblant, il essuie la morve qui dégouline de son nez. Dans sa tête, l'image de la masse porcine de son agresseur continue de le poursuivre. L'animal connaissait son nom, il voulait le tuer.

Pour regagner sa chambre au premier étage de la maison de Joey, Mike escalade le mur. Pas le choix. Il laisse toujours la fenêtre légèrement ouverte pour pouvoir revenir, ni vu ni connu, dans la nuit.

« Mike ! » rugit une voix.

Il sursaute. Une forme émerge d'un fauteuil.

Joey.

Mike se jette dans ses bras, des larmes coulent sur son visage.

« *Bullshitttt !* » lance Kevin Maloney.

Mike tourne la tête et voit son entraîneur assis sur son lit.

« On a essayé de me tuer ! »

Il fait un tel raffut que les autres gosses accourent et découvrent Mike Daizon, terreur des rings, gros bébé de quatre-vingt-cinq kilos, dans les bras de son père adoptif.

« Qui a essayé de te tuer ? » demande Joey doucement.

Kevin Maloney n'en revient pas.

« Vous n'allez pas le croire, Joey ?

– Qui a essayé de te tuer ?

– Un Blanc. Un Blanc à tête de cochon ! »

Maloney lui jette un regard de pitié.

« C'est tout ce que tu as trouvé, un Blanc à tête de cochon ? Sérieux ? Pourquoi tu nous dis pas la vérité ? T'es allé faire le con avec tes potes, les zonards. Assume, mec ! »

Les gosses se marrent, moqueurs. Mike hurle.

« Barkim est *dead* ! *Tête de cochon* l'a tué ! »

Joey se plante devant lui.

« Si ton ami Barkim est mort, assassiné par un Blanc, demain, je le saurai. Maintenant, couche-toi et je veux te voir à 5 h 30 en tenue pour ton footing. »

Quand Joey sort de la chambre, d'un pas lourd de désarroi, Maloney le poursuit dans le couloir.

« Sérieusement, vous êtes trop cool avec lui. Il chiale dans vos jupes et vous dites amen à toutes ses conneries.

– C'est qu'un gosse, Kevin. Et quand je ne serai plus là, ça sera à toi de t'en occuper. Tu as intérêt à l'aimer comme tu aimes tes propres enfants. »

⋆

Joey découvre le cadavre allongé sur la table d'autopsie. Barkim, mort, défiguré. Le corps est détruit, explosé par un déchaînement de violence.

« On l'a retrouvé dans une crackhouse de Brooklyn. Vous le connaissiez ?

– Oui. »

Le vieil homme passe sa main dans les cheveux de l'ado. Barkim était venu une fois à Catskills, un vrai gosse de rue, un gangster en miniature. Mike avait tout fait pour qu'il découvre une autre vie. Il avait supplié Di Maggio de l'accueillir dans la grande baraque.

« Il pourrait faire la cuisine, devenir entraîneur, pourquoi pas mon assistant personnel quand j'serai champion ».

Il avait alors compris que Mike s'en faisait vraiment pour son pote. Ça le rendait triste d'avoir un objectif et que Barkim n'en ait pas. Peut-être avait-il honte de toutes les possibilités qui lui étaient offertes et qu'il croyait ne pas mériter.

« Qu'est-ce que vous savez exactement ? demande le policier.

– Pas grand-chose…

– OK, c'est bon, j'ai compris… »

L'inspecteur connaît le vieil Italien. Trente ans que son club est situé au-dessus du commissariat de Catskills, il a eu le temps de se lier à plusieurs générations de flics. Quelquefois, ils lui ramènent un gosse en difficulté dans l'espoir de l'arracher à la rue et de le voir devenir champion. Mais les bons procédés s'arrêtent là. Di Maggio est de la vieille école, on reste cordial avec la police, mais on ne trahit pas la confiance des siens.

« Ça va peut-être vous faire changer d'avis. »

Le flic sort une photo et la tend à l'entraîneur, qui n'en revient pas.

« Comment c'est possible ?

– Certifié sans trucage ! Comment c'est arrivé, aucune idée. »

Sur la photo, un bras, poing fermé, majeur dressé, sort du mur, comme une décoration macabre.

« Le bras a été placé là, comme cautérisé. Et la touche du chef, le majeur bien droit pour dire *Allez vous faire enculer*.

– À qui est ce bras ? »

Le policier se marre doucement.

« Son proprio ? Volatilisé. *Tête de cochon* est…

– *Tête de cochon* ? »

– Ouais, il a un tatouage sur l'avant-bras. *Pighead*. Alors, on l'a baptisé comme ça… »

CHAPITRE 71

6 dévore les huîtres et les langoustes. Il est au bord de l'indigestion. Jamais il n'a dégusté un repas pareil. Si l'odeur abjecte des égouts ne l'indisposait pas, il serait aux anges. Il se marre, se dit que les films italiens ont du bon tout compte fait. Ils servent à ça, se goinfrer.

PIÈCE 2112 ENTRETIEN 6, EX-POLICIER

< Le truc s'appelle La Grande Bouffe. Ce n'est pas un film, c'est la carte d'un restaurant. >

6 observe son reflet dans le miroir posé en équilibre sur la commode récupérée dans la rue voisine. Rasé et parfumé, coupe courte bien dégagée aux tempes, il ressemble à un *poster boy* de la police. Parfait. Il a toujours aimé la rigueur. S'il n'avait pas été flic, il aurait défendu le drapeau d'une autre façon, en s'engageant dans les Marines, par exemple.

Il passe la chemise, enfile le pantalon et noue les lacets de ses chaussures cirées. Il faudrait être aveugle pour ne pas voir qu'il a la classe internationale.

Green dort dans un coin du salon. Dormir est un grand mot, l'ex-détenu est en plein coma. *6* reste de longues minutes à l'observer. Difficile à prendre comme décision. Il a gambergé toute la nuit à la recherche d'une alternative.

PIÈCE 2112 ENTRETIEN *6*, EX-POLICIER

< Lui redonner sa liberté, pas question. Le tuer, impossible, je suis flic. >

Il prend la série de VHS issues de la collection personnelle de Green, posées sur la table, près du tableau de bord de M+.

Scarface, le Parrain, Le Contrat…

Ça n'a aucun sens de l'envoyer dans un film où je serai peut-être amené à le recroiser, pense *6*. On peut tout imaginer. Il pourrait dénicher un médecin qui le rafistole, devenir le chef d'une armée, acquérir des superpouvoirs. Et vouloir se venger. Si je ne le tue pas moi-même, je dois le mener à la mort, d'une manière ou d'une autre. S'il survit tant mieux, sinon tant pis pour lui. C'est déjà bien de lui offrir le choix.

Il sélectionne une VHS et l'enfourne dans la machine – l'enfer où John Green pourrira pour l'éternité. Il s'approche de l'ex-taulard, le touche avec le bout du pied. Aucune réaction. Il le saisit et le fourre dans le caisson. Le mec ne pèse plus rien, M+ l'a drainé.

6 bloque le bouton de retour sur INFINI.

Une nouvelle inscription jamais vue auparavant apparaît sur le tableau de contrôle. Il appuie sans hésiter sur CONFIRMER.

*

6 déboule sur l'avenue pour constater qu'elle est barrée en son milieu. Impossible d'accéder au Camp 01 sans passer par deux ou trois barricades de flics. Ils sont à deux cents mètres, ont disposé des sacs de sable autour d'eux et assurent la surveillance, planqués derrière.

Un vent violent et chargé fouette son visage. Il entend vaguement crier. Un sifflement plus tard, une pierre, grosse comme son poing, s'écrase à deux mètres de lui dans des gerbes de poussières.

6 s'arrête net. Au loin, deux flics extraient du sol des cailloux. En formation serrée, ils progressent en ligne, couvrant leur avancée d'une projection continue de projectiles.

« Je suis flic ! Matricule 947772, je viens voir ton boss ! »

Ils se consultent avant de sprinter vers lui, la tête dans les épaules, comme s'ils pénétraient une zone de guerre. Quand ils s'immobilisent, *6* reste bouche bée. Barbes, cheveux longs et sales, vêtements en guenilles. Des hippies des années soixante, arrachés de leurs demeures de cartons pisseux. Ils portent en protection ce qu'ils ont pu dénicher – une plaque d'acier comme plastron, un casque de moto-cross comme heaume. Dérisoire et humiliante vision des forces de l'ordre post-*Dust*.

Les policiers détaillent avec convoitise son uniforme impeccable, ses chaussures cirées, ses gants blancs et son couvre-chef de cérémonie. Ils n'en reviennent pas.

« Où tu as trouvé ça, enfoiré ! » crie un des hommes en pointant son arbalète sur lui.

Il a une envie subite de déchirer ce type qui arbore une tenue pareille à celle qu'il portait quand sa vie avait encore un sens.

Sous la visière de son casque improvisé, 6 reconnaît l'un de ses collèges qui s'étaient bien marrés quand on l'avait viré comme un malpropre. Un frisson cruel et satisfait parcourt l'ex-flic. *Comme quoi, la revanche est vraiment un plat qui se bouffe froid.*

« Tu te souviens de moi ? »

Le flic le regarde et la connexion neuronale se fait. 6 éclate de rire.

« Je veux voir ton boss, connard ! »

CHAPITRE 72

« Rust, espèce de con ! Où est-ce que tu te caches, je vais te faire la peau ! »

Juchée sur ses talons de dix centimètres, Bee déboule dans l'établi. Le garage est plongé dans l'obscurité, elle peine à distinguer une forme accroupie près du coffre de la Firebird. Elle reconnaît le gamin à sa coupe iroquoise.

Ce mec pète plus haut que son cul, je vais lui apprendre la vie !

La strip-teaseuse dégaine son.45, vérifie qu'une balle est engagée dans le canon et file en évitant à l'instinct tout le bordel laissé par les mécanos. Ses talons de dix centimètres de haut claquent contre le bitume. Un son aussi percutant que le clash à venir. Elle se campe derrière Rust dans une pose de garce vue dans les films du samedi soir qu'elle mate la tête contre l'épaule de son culturiste de bonhomme.

« T'as envoyé Juice se faire charcuter… »

La vue de Bee armée ne l'effraie pas, au contraire. Rust hausse les épaules, désinvolte.

« On a décidé de tester la machine en s'offrant une petite virée sympa. Ça l'excitait d'éventrer ce gamin et la noiraude si elle se pointait par la même occasion. Sur le papier, ça paraissait bien cool. Pas de bol pour Juice, s'il s'est fait coincer !

– Personne ne touche à mon homme ! »

Rust la coupe sèchement.

« Ah, c'est ton mec, sérieux ? Je croyais le gros maqué avec ta mère ! »

La strip-teaseuse enrage.

« Ça te regarde pas ! »

– Ouais, tu as raison sur ce point, vos plans à trois m'intéressent pas. »

Bee pointe son arme en direction du bras de Rust. « La loi du talion, tu connais ? Tu lui as pris son bras, ben, j'prends le tien, connard ! »

Le gamin s'approche lentement de Bee. Ses yeux bleus brillent dans la pénombre, sa bouche s'est retroussée sur deux canines de charognard et quand tout son visage s'anime d'une joie malfaisante, la pole-danseuse frissonne comme traversée par un courant électrique.

La peur de s'être aventurée en territoire inconnu, d'avoir provoqué le diable lui noue les tripes. Elle voulait juste lui filer la trouille, tirer en l'air pour qu'il déguerpisse. Maintenant, elle se demande ce qu'elle fout là, toute seule comme une conne à défier cet enfoiré.

« Tout va bien, Bee, t'es stressée ? Regarde à ta droite, s'il te plaît ! »

« Quoi ? »

Surprise par le ton amical, elle obéit, connement.

Deux yeux agrandis de terreur la fixent à moins d'un mètre. Elle hurle et son doigt presse la détente de l'automatique. La détonation a l'effet d'une déflagration dans le silence du garage.

La petite a failli se loger une balle dans la jambe. La fumée âcre de la poudre lui provoque une quinte de toux. Elle réussit à articuler.

« Qu'est-ce qu'il fout là ? »

L'homme noir est aussi terrorisé qu'elle. Attaché à une Harley, il ne caresse plus l'espoir de sortir vivant du guêpier où il s'est fourré.

« Je peux te demander un service Bee ? »

La strip-teaseuse veut dire non, mais son cerveau bugue et elle s'entend dire oui. Elle regrette déjà, elle voudrait tourner les talons et s'enfuir, mais la peur l'aimante au sol. Elle remarque ce que Rust tient dans les mains. Une caméra HI-8 et un appareil photo de la marque Polaroïd.

Oh mon Dieu, qu'est-ce qu'il a encore imaginé.

Elle craint le pire.

« Tu me filmes, OK ? »

Bee accepte la caméra tendue. Elle braque l'objectif sur le gamin. Elle se persuade qu'en obéissant au doigt et à l'œil, elle détournera l'attention de Rust sur sa petite personne.

Il oubliera même que je l'ai menacé. En fait, c'est presque une chance que ce nègre soit là. Il va se déchaîner sur lui.

Rust prend une photo de l'homme et la place dans le lecteur de la machine situé dans le tableau de bord de la Firebird.

« Tu me filmes toujours Bee ? »

La jeune femme agite la tête et la caméra avec. Rust sort un flingue de sa veste. La danseuse frémit. Elle se demande si elle n'est pas en train de filmer son propre meurtre. Rust l'a deviné parce qu'il éclate de rire. Quand il s'approche, elle recule de terreur. Il la chope par le bras. Le gamin plante fermement Bee face à l'homme, à moins de cinquante centimètres de son visage.

« Tu ne bouges pas de là.

– Mais pourquoi aussi près ? » pleurniche la strip-teaseuse.

Pour toute réponse, les portières de la Firebird claquent. Bee entend la machine vibrionner. Et puis d'un coup, le moteur de la bagnole tourne à plein régime, les phares s'allument et illuminent le couple mixte. L'homme fixe Bee, plein d'espoir. Avec ses cheveux blonds, ses grands yeux bleus et son mètre 55, elle paraît inoffensive. Si on ne regarde que sa tête – et pas ses seins agressifs, sa taille de guêpe et son cul de compet' – ça pourrait être la bonne copine sympa toujours partante pour les soirées pyjama. La petite nana qui parle jusqu'à trois heures du mat' avec le même entrain.

« Détachez-moi, je vous en prie, j'ai une famille, des enfants… »

Bee retrouve sa hargne de roquet devant plus faible qu'elle.

« Ferme-la, si tu savais ce que j'me tape de ta vie… »

Elle veut ajouter une vacherie bien sentie qui viendrait équilibrer la honte qu'elle s'est payée, mais une explosion se produit. Et les mots meurent dans sa bouche.

*

Quand 6 passe devant l'officine du policier chargé de l'accueil du camp, il le découvre en maillot de corps et jean troué. Dans l'open space, c'est pire. Presque aucun bureau et encore moins de personnels. Il ne reste qu'une dizaine de types qui se tournent les pouces. À la vue de 6, en uniforme, les rares occupants se lèvent, vêtus de shorts et de tongs. Il regrette presque l'escadron de la mort, eux, au moins, ressemblaient à des flics.

L'inspecteur qui l'accompagne s'excuse presque.

« L'uniforme est obligatoire seulement pour les cérémonies officielles, dans les murs, on fait ce que l'on peut.

– Vous avez encore des cérémonies officielles ? » ironise 6.

Quand il traverse le couloir menant aux bureaux de la hiérarchie, deux flics, armés de balais, relèvent la tête. Il leur adresse juste un regard, à la façon d'un général qui passe ses troupes en revue.

Le flic montre un siège en formica qui traîne là.

« Assieds-toi, je préviens le commissaire. »

6 s'assied. Aucune agitation dans les murs, un silence à rendre fou. Il s'était attendu à être accueilli par des militaires, mais non, la seule autorité présente est les flics et pas les meilleurs en plus. Le ramassis de la garnison, probablement des types qui ont perdu leur famille et qui sont revenus au bercail la queue entre les jambes.

Tout autour de ses chaussures parfaitement cirées, la poussière s'agglutine. Il les balaie du pied pour faire place nette. Son nettoyage à peine achevé, de nouveaux grains jaillissent du néant. Il en surgit de partout, des minuscules interstices des cloisons, des fenêtres pourtant fermées. Pire, ils semblent flotter dans l'air, en suspension, invisible, pour se matérialiser au sol, par paquets. Délirant.

PIÈCE 3012 ENTRETIEN *6*, EX-POLICIER

< Ma première impression du camp ? Mon Dieu, mais les bidonvilles de Soweto sont plus accueillants ! Sérieusement, vous l'avez vu de vos yeux ? Pour le décrire, c'est très simple, dites-vous qu'il y a plus de confort sur une dune de Washington qu'à l'intérieur de cet espace traversé de courants d'air. Dans les premiers jours, oui, des familles entières ont pu être tentées de s'y réfugier. Lors du premier effondrement – quand les habitations ont été pulvérisées –, un vent de panique avait soufflé sur la ville. À ce moment, on aurait tué pour trouver une place au Camp 01.

À cette époque, des services étaient encore proposés – une assistance médicale et de la nourriture étaient distribuées – mais quand j'y suis allé, non, il n'y avait déjà plus rien. Le camp avait été déserté. Seules quelques familles disséminées avec des enfants sous-alimentés traînaient là à ne rien faire de leur journée. Les autres avaient fui soit pour squatter les quartiers noirs, soit pour s'installer dans la campagne et vivre à la dure. Ma première pensée en voyant ceux qui refusaient d'abandonner ce lopin de sable a été : mais pourquoi restent-ils ? C'est un mouroir qu'on ne quitte que les pieds devant. Eh bien, certaines personnes sont faibles et attendent que la providence vienne les sauver. Elles n'ont pas la force de se dresser contre l'adversité et d'affronter le destin. Alors oui, quand je suis passé devant eux, rasé, parfumé, dans mon uniforme cintré, j'ai vu dans les yeux des parents l'envie de me lyncher. Je ne me sentais pas en danger, même s'ils avaient voulu, ils en auraient été incapables. Ces pauvres ne tenaient plus sur leurs pattes. Au fond de moi, je n'avais pas de colère contre eux, non, ma colère était dirigée contre ceux qui avaient permis cette situation. Comment croire que les politiques réunis dans ce camp étaient encore aptes à prendre des décisions au nom du bien commun. J'étais en guerre contre ceux qui avaient échoué à répondre aux attentes de la population. Ceux qui ont fui ailleurs, dans des abris achetés des millions. Ceux-là mériteraient un procès.

Mais une question a traversé mon esprit. Si l'Amérique blanche souhaite sa revanche, où était-elle ? Où se trouvaient les grands pontes, les donneurs d'ordre, les généraux cinq étoiles ? L'Amérique était-elle devenue ce que je voyais sous mes yeux ou, cachée quelque part, une autre Amérique travaillait secrètement à son renouveau ? >

Au bout du couloir, la porte s'ouvre et l'inspecteur réapparaît.

« Je suis désolé, le maire et le commissaire sont en réunion, ils ne pourront pas te recevoir. Laisse par écrit ce que tu voulais leur dire, je transmettrai.

– Ils se moquent de qui ? »

La colère monte, terrible. Les mecs ne branlent rien, incapables même de tenir l'endroit propre et ne disposent pas d'une minute à épargner pour écouter leur futur sauveur ?

« Laisse-moi un contact, je passerai te voir quand ça sera plus calme… répète le flic.

– Quand vous serez tous morts ? »

Il le pousse sans ménagement et ouvre violemment la porte de la salle de conférence.

Autour d'une grande planche en équilibre précaire sur des tréteaux, une assemblée de barbes et costumes fantaisie s'est réunie. Parmi les figures écarquillées attablées à cette réunion ridicule, sans même papier et stylos, *6* reconnaît le maire de Washington et le commissaire.

Avec délectation, *6* note leur air ahuri quand il le découvre, impeccable dans son uniforme de cérémonie. Il enlève sa casquette et exécute un salut réglementaire parfait. Ses bottes claquent, le son est décuplé par l'écho de la pièce vide. D'une voix claire, il énonce simplement.

« Alors, c'est ça la police de Washington, quatre mecs autour d'une planche pourrie ? »

6 dégaine le pistolet de sous sa veste. Il le pointe en l'air et tire deux fois. Les détonations font sursauter les témoins médusés, stupéfaits, face au canon fumant.

Cinq agents déboulent aussitôt, brandissant comme armes les objets qu'ils utilisaient quelques secondes auparavant – une chaise, un balai, l'un menace même

6 d'une serpillière. Quand les secours aperçoivent le Glock, ils reculent d'un pas, à la fois inquiets et fascinés. Ils s'étaient imaginé ne plus jamais entendre une explosion de leur vie.

« Tout va bien, on s'excite pas, c'est juste une démo », déclare *6,* sourire aux lèvres.

Le commissaire se lève. Il porte une pauvre chemisette à fleurs, un vestige de ses années fac.

« C'est quoi ce cirque ? Où tu as trouvé cette arme ? »

À la grande stupéfaction de *6*, son ancien chef s'est approché pour le bousculer de près, façon clochard qui cherche la bagarre.

Incroyable, ce barbu, en chemise hawaïenne, est tellement imbu de lui-même qu'il croit toujours posséder le leadership. Au lieu de s'énerver, *6* toise du regard le maire.

« Je suis venu faire une proposition. J'équipe tous les flics d'armes dernier cri – Glocks, Smith & Wesson, M16, Uzi, lance-roquette, grenades... J'ai tout en magasin !

– En échange de quoi ? demande le maire moins combatif que le patron de la police.

– Du poste de chef. En clair, j'équipe la police et j'en prends la direction. Les flics dirigent les flics. Y en ont marre des flics-politicards incompétents. Je reviens dans vingt-quatre heures, ça, c'est cadeau. »

Il retire les balles du chargeur et laisse l'arme fumante sur la table.

CHAPITRE 73

Kenny mate une fille – seins XXL, microjupe – courir comme une dératée dans la salle de boxe tenue par Joey Di Maggio. Les gamins venus s'entraîner s'écartent horrifiés. À chaque pas, une traînée de sang se répand derrière elle. Tout son corps en est maculé. Elle dépose une enveloppe sur un des tabourets et lève son majeur bien droit autant pour les gosses que pour un observateur anonyme dont elle chercherait à attirer l'attention. Elle repart aussi vite qu'elle est venue, insensible aux railleries des adultes excités. Cette bombasse qui semble avoir doublé l'actrice de *Carrie* pour la scène principale du film sera le sujet de toutes les conversations post-*training*.

Kenny, incrédule, fixe la silhouette qui trébuche à chaque pas. Il a un petit rire quand la fille se rétame sur le parquet rendu glissant par le sang.

« Te marre pas, cette strip-teaseuse de chiottes fait partie de la portée de rats à écraser, lâche C.J., l'air mauvais.

– Vraiment ? »

C.J. sort un dossier de l'armoire et tend une photo à Kenny.

« Cette photo a été prise par Mike quand Shane et lui ont pénétré dans l'antre du Fifty. Le culturiste, c'est le chef de meute. La petite meuf à son bras, c'est le chihuahua qui garde ce temple de la fesse plate. »

Le geek examine le portrait et le repose, dégoûté.

Et merde, encore une connerie made in Kenny. Elle est peut-être responsable de la mort de Dean.

« Branche M+, Ken, je vais récupérer ce qu'elle a laissé avant que Di Maggio prévienne les flics ! »

*

Shane entre en courant dans le baraquement dédié à M+ et découvre Lisa au bord des larmes.

« Lisa, qu'est-ce qui se passe ? »

Kenny lui fait signe de s'installer devant la télévision.

Le visage de Rust s'étale sur tout l'écran.

« Il y a une demi-heure, je surveillais la salle de Di Maggio au cas où des bikers reviennent pour se venger et la strip-teaseuse du Fifty a débarqué pour déposer cette enveloppe avec cette K7… Je te préviens, c'est violent ! »

Kenny appuie sur la touche *Play* du magnétoscope. Sur la vidéo, Rust prend une photo d'un homme noir ligoté qu'il place dans le lecteur de la machine avant de s'engouffrer dans la Firebird.

« Ces salauds pourrissent ma caisse ! » enrage Shane.

Filmé par la caméra, le visage de l'homme terrorisé s'anime. Elle l'entend murmurer une supplique rendue inaudible par le boucan généré par la Firebird.

La voix de Bee, captée par le micro de la caméra arrache un rictus à Shane.

J'aurais dû lui filer une correction à cette pauvresse !

Soudain se produit une explosion. La tête de l'homme éclate et la masse cérébrale gicle sur l'objectif du camescope qui s'échappe des mains de la strip-teaseuse.

« J'en ai avalé, hurle Bee. J'ai bouffé de son cerveau ! »

Derrière les cris de la jeune femme, le rire de Rust lui parvient, décuple par l'écho. Shane estomaquée, se mord les lèvres pour ne pas hurler devant tant d'horreur.

La caméra s'anime. Un chiffon essuie l'objectif. Une vague forme apparaît à l'écran.

« Voilà, j'espère que vous avez été sensible à ma petite démonstration. Encore une nouvelle utilisation de la machine. Sur ce, les amis, je vous souhaite une excellente journée. »

Kenny arrête le magnétoscope.

« Ce salopard vient de réaliser le premier *snuff movie* de l'ère post-*Dust*… Ce film est la preuve qu'M+ établit des ponts entre la réalité et les univers tirés des photos ou des vidéos. »

Shane enrage.

« Pourquoi tu m'as laissé mater ce truc aussi dégueulasse, Kenny ?

– Pour que tu comprennes l'horreur de la situation », répond Lisa en sortant de l'enveloppe un papier plié en quatre.

Le flyer édité par ses soins quelques semaines plus tôt, avec le slogan – *Nous accueillons tous ceux qui se battent pour une autre Amérique.* Dessus, Sarah pose devant l'entrée d'Anacostia.

C'est dans un endroit improbable que Rust l'a trouvé, ce bout de papier. Caché dans les vêtements d'un homme qui cherchait à fuir la Zone. Sur le flyer, Shane, révulsée, découvre la tête de Sarah entourée au marqueur et une inscription écrite d'une main rageuse.

« *FUCKIN' DEAD !* »

Lisa retire de l'enveloppe une photo et la tend à Shane.

« Et c'est là qu'il veut procéder à la mise à mort. »

Les mains tremblantes, Shane examine le cliché avec attention. Un paysage banal d'une route ou un arbre est planté. Au loin à l'horizon, des habitations floues. Même le panneau indiquant le nom de la ville est illisible.

« Retourne la photo », précise Kenny du bout des lèvres.

Shane retient son souffle en découvrant l'inscription écrite au feutre.

« La vieille, dedans ! Demain, 20 h. »

« Est-ce que ce salaud peut vraiment tuer Sarah en utilisant le flyer ? Est-ce que qu'il a pu truquer le film qu'il nous a envoyé ? demande Shane.

– Non. Rust a assassiné un homme juste pour nous montrer que c'était possible. »

Lisa reprend la photo. Son visage est défait, les traces de larmes sont encore visibles.

« Qu'est-ce que je vais dire à mes parents ? Je ne peux pas avouer à ma mère que ce salaud a prévu de l'exécuter à 20 h demain ! Et si elle ne se pointe pas au rendez-vous, il peut la crever quand il le souhaite ! »

Shane fixe Lisa avec détermination.

« Est-ce qu'on a besoin de les prévenir ? On met la main sur Rust avant qu'il ne passe à l'action. Il veut nous faire mariner, il prendra son temps, on peut encore le coincer.

– On ne sait même pas où il est !

– Il y a une solution radicale. »

Shane ouvre un des placards de la commode où sont rangés des dossiers. Elle sort un vieil exemplaire du *Washington Post*. Le portrait de Rust s'étale en première page.

« Faisons-lui subir le traitement qu'il nous réserve. »

*

Ben ne croit pas ce qu'il entend. De rage, il se lève de son fauteuil. Lisa, hors d'elle, tente d'argumenter, mais face à ses deux parents, elle ne fait pas le poids.

« Lui n'hésitera pas ! Il tuera maman !

– Je suis d'accord avec ton père, Lisa. Vous ne touchez pas au gamin. »

Lisa regarde sa mère comme si elle était devenue folle.

« Tu l'appelles le *gamin* ? On est en plein délire ! Tu veux que je te rappelle ce qu'il a fait ? Vous vous prenez pour des martyrs ? Je ne laisserai pas ce connard vous tuer comme des chiens ! »

Ben, secoue la tête, adresse un air désolé à sa fille.

« On a bien réfléchi, ta mère et moi. Nous avons pris notre décision. Vous ne le tuez pas. »

*

Il fait nuit, le sable cogne à la fenêtre de la chambre. Ben et Sarah sont serrés l'un contre l'autre, faiblement éclairés par la lueur d'une bougie vacillante.

« J'ai peur, Ben… J'ai peur pour Lisa. C'est mon bébé…

– Elle est entre de bonnes mains… Shane, C.J., Kenny et tout Anacostia. Ils sont soudés pour la vie, comme les amis que l'on a eus et qui auraient tout donné pour nous… »

Dans un flash, Sarah repense au corps mutilé de Dean, à Mike sous perfusion sur ce lit d'hôpital qui n'existe que sur une VHS. C'est l'avenir qu'elle souhaite à sa fille unique ?

Ben s'est installé à sa table de travail, devant sa machine à écrire. Et là, Sarah se revoit, des années en arrière, bien avant la naissance de Lisa, dans leur minuscule appartement new-yorkais. À cette époque, c'était elle qui était derrière le bureau en bois récupéré dans la rue. Elle écrivait sans relâche, pleine d'une foi inébranlable pour son combat. Le travail et la réflexion comme héritage. Être le premier de cordée et tracer une voie à explorer. La meilleure des réponses face à un monde devenu fou.

Elle s'approche de son mari, lit la première ligne.

« Moi, Ben Goldman, inventeur de M+, ceci est le testament que je livre à la nouvelle génération… »

★

Ben s'est assoupi devant sa pile de feuilles dactylographiées. Sarah, de son côté, s'est posée dans son fauteuil à bascule et actionne un enregistreur. Elle colle le micro fermement près de sa bouche et parle d'une voix basse, les yeux fermés.

Lisa entre dans la chambre sans faire de bruit, s'assied dans le fauteuil en cuir et observe sa mère, éclairée par la bougie.

« Je suis bien vivante, Lisa... Ne t'inquiète pas.

– Comment tu peux être aussi calme... C'est à moi de te protéger, maman. Ta vie ne vaut pas ce combat... »

Sarah caresse les cheveux de sa fille. Elle prend son temps, avant de lui répondre.

« Ma vie vaut pleinement ce combat. Bien sûr, je ne veux pas mourir, abandonner Ben et te laisser seule sans te savoir en sécurité. Mais c'est aujourd'hui qu'il faut être radical. La radicalité c'est ni la violence ni la vengeance, c'est rester fidèle à ses principes, quel qu'en soit le prix. Si j'ordonne de tuer Rust, qui croira encore à notre combat pour la justice et l'égalité. Si j'abandonne sans combattre, qui, parmi vous, gardera la foi. »

PIÈCE 1033 ENTRETIEN SARAH GOLDMAN

< Lisa était prête à tirer un trait sur ses convictions et à oublier ses idéaux de justice. Nous ne sommes pas Bush ou Obama, nous ne pratiquons pas d'assassinats ciblés.

Ben et moi sommes d'une génération qui a longuement réfléchi à la question de l'autodéfense. Tiraillés entre le Révérend King, Malcom X ou les Panthers. Nous avons appris des erreurs du passé, des atermoiements, des frustrations. Cette réflexion menée pendant des années nous a permis de nous décider.

Chacun se souviendra que, pour préserver nos idéaux, nous avons engagé nos vies. Ce n'est pas un sacrifice, c'est un appel éternel à la réflexion. Le combat que l'on mène est aussi précieux que nos existences.

Je souhaitais appréhender Rust vivant pour le juger. Pas recourir à la vengeance, mais promouvoir la Justice.

Pour que la nouvelle génération ne reproduise pas les fautes des anciennes. Non, nous, les vieux militants ne sommes pas des sacrificiés, nous sommes des précurseurs, les hérauts de cette nouvelle citoyenneté en Amérique. >

PIÈCE 2992 ENTRETIEN C.J. JONES

< Quelques jours plus tard, l'enregistreur de Sarah Goldman s'échangeait de main en main. Chacun en disposait pour se raconter, clamer haut et fort leurs souffrances, partager leurs rêves. Rapidement, il a fallu classer ces témoignages et ces entretiens. C'était fou, tout le monde souhaitait parler. Bientôt, nous avons vu notre histoire s'écrire à plusieurs voix. Elle prenait sens, une communauté noire et fière s'érigeait sur les cendres d'une Amérique moribonde. >

CHAPITRE 74

Lisa sort de l'enveloppe la photo en noir et blanc et le flyer. Ben regarde le cliché et s'adresse à sa femme d'un air faussement innocent.

« "La vieille dedans !" De qui il parle, chérie ? »

Sarah éclate de rire et attrape son mari. Elle l'embrasse en prenant bien son temps. Elle s'arrête pour reprendre son souffle et lâche d'une voix bien rauque.

« Je vais lui casser la gueule, à ce petit con ! Je vais l'atomiser ! »

Ben applaudit, presque avec trop d'enthousiasme, et comme pour se revigorer, il ajoute :

« Ouais, apprends-lui la vie à coups de pied dans le derche ! T'as un vrai talent pour botter les petits culs blancs, chérie, j'dois bien te reconnaître ça ! »

Sarah se marre doucement. Shane examine une nouvelle fois le paysage photographié. Cette longue route, cet arbre planté au milieu de nulle part et de vagues habitations au loin. Shane interpelle Sarah.

« Où est-ce que cela peut être ? Vous avez une idée ? »

Une ombre passe sur le visage de la vieille dame. Sarah reste silencieuse quelques instants, puis elle a un sourire trop engageant pour être totalement sincère.

« Une seule façon de le savoir, y aller. »

Shane observe la vieille militante, inquiète pour sa santé mentale.

« Vous êtes sérieuse, Sarah ?

– On en a déjà discuté. C'est acté, j'y vais. »

En dernier ressort, Lisa implore son père.

« Dis quelque chose ! Tu vas pas la laisser partir ! »

Ben commence par hausser les épaules, fataliste.

« Je ne peux pas l'en empêcher ! Tu sais bien qu'elle ne m'écoute jamais ! »

Lisa, en colère, fixe sa mère.

« Tu n'y vas pas ! Il peut t'attendre à ton arrivée, te tuer d'une balle dans la tête et basta, tu seras morte sur cette route qui mène nulle part. C'est ce que tu veux ? »

Sarah a un regard terrible.

« Lisa ! »

Lisa se tait et réprime ses larmes. Alors, sa mère l'étreint avec douceur, et murmure des mots de réconfort au creux de son oreille, qui sonne comme un testament pour sa fille. Un sanglot lui échappe.

Sarah Goldman sent la main de Shane sur son épaule.

« On sera là, madame. On ne vous laissera pas. »

En réponse la militante sourit. Elle sait que Shane sera à ses côtés, mais ça ne servira à rien. À elle seule d'affronter le destin que Rust lui a préparé.

PIÈCE 2116 ENTRETIEN SARAH GOLDMAN

< La dernière soirée, je l'ai passée avec Ben. On a bu du vin, bavardé jusqu'à pas d'heure et fait l'amour. On a fait ce qu'on a toujours fait avec ce sentiment étrange que c'était peut-être bien la dernière fois. >

FRONTIÈRE 10

Un éclair, une explosion.

Sarah Goldman, soixante-dix ans, percute le sol et s'explose l'épaule. Elle a si mal qu'elle ne crie pas, elle se recroqueville silencieusement. Après une éternité de douleur, elle se relève. Autour d'elle, l'obscurité et le vide.

Un froid étrange l'enveloppe, une brume paralysante. Seule sur cette route aveugle, elle panique à la recherche d'une direction qu'elle trouve dans cette lumière brillant au loin. Une onde remonte le long de son corps et s'empare de son esprit. L'angoisse y ondule comme un serpent. Elle serre les dents pour oublier sa peur, et commence sa marche. Pas besoin de s'en faire, réalise Sarah, ce sont eux qui viendront à moi.

Un flash lumineux et d'un coup, la scène lui apparaît très clairement, comme si le point avait été exécuté, à l'autofocus. L'horrible sculpture qui surgit devant elle, dévorée par les flammes, est une croix fermement plantée au sol.

Et clouée à un arbre, une pancarte avec une inscription qu'elle n'avait plus vue depuis des années.

Négro, ne laisse pas le soleil se coucher sur ta gueule ![55]

Un frisson parcourt Sarah Goldman. Elle connaît intimement cet endroit. Cette chiure de mouche sur une carte routière a retenu son attention durant des années,

55. *Nigger, don't let the sun go down on you in your town!*

lui a provoqué des crises de rage et des torrents de larmes. Elle s'y est fantasmée des milliers de fois pour y réparer le passé. Aujourd'hui, l'occasion se présente de corriger le cours du temps une fois pour toutes.

La ville où son frère Mark a été pendu.

Sarah reconnaît les signes, la fumée, les vociférations, cette panique qui corrompt le cœur et l'esprit. Cette croix qui brûle, ces habitations noires dévalisées et dévastées, ces hommes et femmes tabassés. L'œuvre du Klan.

Un couple de Noirs s'affole près d'elle. Elle entend une voix déformée, un croassement.

« Ne reste pas, va-t'en ! »

Sarah croise des yeux tourmentés. Le visage de la fuyarde trahit une douleur intense, qui permet à la militante de comprendre la nature profonde de la mise en garde. C'est une alerte empreinte de sororité, pour la prévenir du sort guettant celles qui s'attardent.

Le mari l'attrape par le bras et ils se dissipent dans la brume. Au loin, des hommes se regroupent autour d'un arbre. Amas compact, explosif. Sarah entend le bruit d'une voiture derrière elle. La vitre se baisse, une main lui fait signe.

« Il est encore temps. Dernière chance, monte, casse-toi d'ici ! »

Elle regarde cet homme au visage fantomatique. Ce Noir, en chemise blanche souillée de sang, est un mirage, pourtant, il veut la sauver. Dans son ADN de celluloïd est inscrite sa condition. Il est noir et vit dans un monde d'injustice. Il l'a identifiée comme faisant partie de la famille. Mais Sarah ne veut pas être sauvée, elle veut se battre.

Elle reprend son terrible voyage. Elle entend un crissement de pneus et la voiture disparaît.

Aujourd'hui, sur cette route poussiéreuse qui n'existe que sur une photo écornée, elle défie ce qui l'a terrorisée pendant toutes ces années. Elle a la chance de pouvoir renverser le destin. Affronter ce qui a été la genèse de son engagement.

Sarah Goldman le distingue enfin, entouré d'hommes. Il est pareil à ses souvenirs, habillé pour aller à l'église – veste et pantalon sombre. Ses mains sont liées dans son dos, une corde, nouée autour du cou. Sarah se dresse sur la pointe des pieds et hurle aussi fort que ses poumons lui permettent.

« Mark ! »

Par-delà la foule, les fracas de la colère, les gémissements de la terreur, son frère l'entend et son regard fier se tourne vers elle.

Elle avait huit ans quand il est parti venger un père devenu alcoolique et qu'il a perdu la vie, ici, dans cette ville qui a décidé, un jour, de pendre ses nègres.

Sarah oublie que la présence devant elle n'est que le reflet abîmé de son frère. Son esprit la trahit et les souvenirs refluent. Elle sent à peine la corde qui enserre son cou. Elle ne remarque pas la main qui se pose sur son épaule et l'autre qui la prend par la taille. Ses pieds décollent du sol, la sangle se tend, elle se retrouve pendue à une branche, son regard toujours planté dans celui de Mark.

Un des spectres blêmes lui assène une claque violente qui la sort de sa léthargie. La foule grimaçante se resserre pour mieux l'entendre crever. Des mains anonymes, tranchantes et froides, s'abattent sur elle pour la souiller.

« Montre-toi ! » hurle Sarah Goldman.

Il émerge, unique tache de couleur dans cette masse vaporeuse de gris. Rust, coupe iroquoise, veste militaire, se plante devant elle.

Sifflements d'une respiration, un souffle qui se cherche. Mark se tient à ses côtés. Sa bouche est en sang, mais il trouve la force d'articuler un mot.

« Sarah… »

Dans ses yeux, une lumière brille.

« Ma Sarah… »

Il m'a reconnue ?

Rust lui attrape la tête, pour réajuster la corde autour de son cou. Sarah suffoque et Rust rit, sadique, le sang de Mark sur sa veste. À ses pieds, la foule applaudit ce gamin plein de rage. Sarah capte les expressions cruelles, les visages tendus d'excitation, les enfants perchés dans les arbres, pour ne rien perdre du spectacle.

Elle voit un flash lumineux crever l'obscurité de la nuit, un appareil photo tenu à bout de bras. On immortalise la scène, on fera d'elle une carte postale que l'on enverra pour les vœux. Elle figurera en bonne place dans des collections perverses, gardées précieusement comme des reliques de la grandeur passée. Veut-elle se retrouver pour l'éternité figée dans cette position d'humiliation et de soumission ?

Fulgurance du geste, Sarah dégaine de son chignon sa lame et la plante violemment dans la poitrine de Rust. De son autre main, elle tape de toutes ses forces sur le manche, comme un poinçon. L'acier s'enfonce dans la chair, le sang gicle, éclaboussant son visage. Le coup mortel, porté à la bête.

Rust s'effondre sans trouver même la force de crier. La foule manque de le piétiner.

Elle distingue vaguement deux phares d'une voiture, au loin. Des éclairs zèbrent la nuit. Les balles s'éparpillent et les corps tombent comme des quilles, à ses pieds. La meute se disperse, des ombres qui rejoignent l'obscurité.

Elle serre encore la main de son frère quand Shane la décroche. Évanouie, collée à un être vaporeux comme la brume.

*

Shane court dans la nuit, à la poursuite d'un point lumineux. Rust. Seule tache de couleur dans ce monde en noir et blanc. Deux ombres transportent le gamin qui gémit bruyamment. Au jugé, elle pointe son arme, mais une brume soudaine se lève et Rust s'évapore. Il ne subsiste plus rien du garçon, si ce n'est les minuscules gouttelettes de sang que l'herbe refuse d'absorber.

Shane est au milieu du champ, pétrifiée. Elle n'a pas le temps d'être totalement submergée par la douleur, qu'elle se sent avalée. Explosion d'arc-en-ciel, flashs et impression de vitesse. Le vortex l'attire, son cerveau se rétracte et la souffrance se propage.

*

L'habitacle s'ouvre brusquement et Shane s'écroule au sol. Retour au réel. Commotion cérébrale et saignements. Devant elle, Lisa en pleurs est penchée sur le corps immobile de sa mère. La vieille dame a le chignon défait et des marques de strangulation au cou. Shane reste un long moment sans oser respirer.

Une nouvelle vie vient d'être fauchée.

CHAPITRE 75

6 trouve l'ensemble de la brigade au garde-à-vous, en rang, dans le hall. Ils sont crasseux. Lui en impose avec son fusil d'assaut en bandoulière, son pare-balles neuf et ses Glock à la ceinture.

Un flic, en short, ouvre une porte et il découvre, aux côtés du maire de Washington, de nouveaux visages. Il effectue un salut, la main sur la crosse de son pistolet.

PIÈCE 1287 Entretien 6, ex-policier

< Je sais ce dont ils sont capables. D'un regard, j'ai checké si un Seal ou un Ranger était planqué dans un coin, prêt à me trancher la gorge.

Je m'étais juré en cas de coup dur de me faire exploser pour ne pas parler, même sous la torture. Je n'allais pas leur donner M+, je n'allais pas leur faire ce plaisir-là. >

« Vous avez réfléchi aux conditions ? » demande 6, d'une voix assurée.

À la tronche du commissaire, il devine la décision prise.

« On accepte le marché, concède le maire. J'ai convié à notre réunion des membres de la nouvelle équipe pour qu'ils puissent rendre compte à... »

PIÈCE 1287 Entretien 6, ex-policier

< Quand il a prononcé « membres de la nouvelle équipe », j'ai senti un truc se défaire en moi. Je ne dirais pas que le poids des humiliations passées s'est envolé, mais j'ai su que mon calvaire prenait fin.

La page était tournée.

Je suis devenu le commissaire de la police fantôme de Washington, première ville-dune des États-Unis d'Amérique. Une promo arrachée les armes à la main. >

Le commissaire se lève, décomposé, et dans un réflexe, tente de ramasser ses affaires. Mais il n'a rien à récupérer, à part une vieille feuille de papier toute cramée. Ultime humiliation, on lui a signifié son éviction quelques minutes plus tôt quand il a découvert « les nouvelles têtes ». Un dernier coup bas pour la route.

*

Kenny regarde la tempête de sable qui n'en finit pas. Il défait sa cravate, enlève sa veste. Il s'est interdit de pleurer durant toute la cérémonie et les larmes surgissent alors qu'il est seul, sans pouvoir partager sa douleur.

PIÈCE 1455 Entretien Kenny le Geek

< On a perdu le phare qui éclairait nos nuits. Sarah Goldman.

La vie du camp s'est figée.

Ben s'est enfermé dans sa chambre, Lisa à ses côtés.

Certains disent que Ben et Sarah s'étaient tous les deux préparés à mourir. Que leur dévouement était si fort que la dernière soirée passée ensemble, elle lui a fait jurer de ne jamais se laisser aller. Mais après l'enterrement, Ben s'est effondré.

Personne ne le lui reprochera.

Sarah partie, la foi en nous est retombée. Tous ceux qui avaient construit New Hope, par leur esprit, étaient *out*.

Mike.

Shane.

Lisa et Ben.

Nos ennemis étaient à l'affût, tapis, prêts à nous détruire. >

CHAPITRE 76

Une silhouette escalade avec difficulté les dunes qui surplombent New Hope. Dans un dernier halètement, Kenny réussit à rejoindre le petit groupe qui s'entraîne à l'art du combat.

Les jeunes répètent les gammes apprises depuis des mois. Certains sont bustes nus malgré le froid et les bourrasques de sable, d'autres arborent des t-shirts colorés floqués du nom de leur mentor qui leur a été arraché, *Razor* Mike Daizon. Assis, un peu à l'écart, le geek observe une ado aux prises avec deux garçons. Simulation d'une tentative de viol, la fille malmenée place un magnifique coup de pied dans la rotule de son partenaire-agresseur, le garçon chute et malgré la protection, un rictus de douleur s'affiche sur son visage.

Le cours s'arrête quelques minutes pour prendre en charge le blessé. Kenny en profite pour appeler C.J. d'un signe de la main. Le jeune homme est étonné de le voir sur la dune de si bon matin.

« Tu veux t'entraîner avec nous, Ken ?

– Nope, je veux que tu me donnes ton avis sur un truc important… »

C.J. enfile son protège-dents et ses gants.

« OK, je passe te voir après le sparring…

– Non, maintenant, c'est urgent. »

*

C.J. observe la forme à l'écran. La vidéo, comme toutes les images traitées avec M+, est instable. Difficile de discerner avec précision les traits de l'homme prostré en boule.

« T'es sûr que c'est lui ?

– Aucun doute.

– Comment as-tu retrouvé sa trace ?

– Lisa m'avait fait une liste de K7 qu'il possédait… Je me suis maté jusqu'à l'indigestion tous ces films jusqu'à ce que je le retrouve. Je me suis dit qu'il finirait bien par apparaître quelque part !

– Tu mérites vraiment ton surnom de geek ! »

C.J. examine la pancarte que l'homme s'est accrochée autour du cou.

JE SAIS OÙ SE CACHE *6*

« Mais pourquoi devrait-on le croire, Kenny ? Au fond, on ne connaît pas les véritables intentions de ce John Green. Il pourrait nous tendre un piège.

– Il paraît trop mal en point pour ça, il n'arrive même pas à tenir debout. Ce n'est pas ça qui m'inquiète le plus… Regarde ce qui l'entoure. »

C.J. observe les formes autour de Green. Décharnées à faire peur, en haillons. Le visage creusé par le désespoir. Et s'il se retrouvait pour l'éternité avec eux dans ce cauchemar de celluloïd ?

PIÈCE 588 ENTRETIEN KENNY LE GEEK

< Si nous voulions mettre la main sur 6, une incursion en territoire hautement toxique s'avérait indispensable. >

PIÈCE 589 ENTRETIEN C.J. JONES

< Le matin même, on a décidé de rechercher Green. Sans le dire à personne, on s'est armés, Kenny et moi. On a laissé une lettre sur la table. Au cas où. >

PIÈCE 588 ENTRETIEN KENNY LE GEEK

< Pourquoi avoir pris ce risque ? Parce qu'on se voyait comme des planqués. Moi, à part envoyer les autres à la mort dans des univers de celluloïd, je n'ai rien accompli. Je voulais entrer dans l'histoire de notre société comme un membre qui a payé son dû.

Pour C.J., c'est encore plus évident. L'ombre de son frère tombé au combat plane au-dessus de lui. Il devait y aller pour l'honorer, et pour briser tous les adversaires de la communauté. >

FRONTIÈRE 11

C.J. et Kenny se vautrent, sur le plancher du bateau négrier, trébuchant sur des formes enchaînées en fond de cale.

Un sifflement crève le silence, un appel à se mettre à l'abri. Les femmes courent se plaquer contre la coque du navire, les hommes font rempart.

Kenny se dresse devant ce reste d'humanité, une cargaison d'esclaves partie d'Afrique pour rallier le Nouveau Monde maudit.

« On ne vous veut aucun mal ! N'ayez pas peur ! »

Il entend les halètements des respirations, les cris et les pleurs. Ils sont terrorisés devant ce rouquin qui hurle à la mort et ce Noir habillé en survêt *Nike* troué.

Kenny prend une inspiration et beugle aussi fort qu'il peut.

« HEY MEC, SI TU M'ENTENDS, ON EST VENUS TE CHERCHER ! »

★

John Green se réveille brutalement de son demi-sommeil poisseux.

« Y a komme un triic ki se pass'. »

Un truc irrésistible est dans l'air, un fumet, une excitation. Il se lève, trébuche, l'horizon bouché par une forêt de corps décharnés, aussi cassés que le sien.

« SI T'ES LÀ, MEC, BOUGE-TOI LE CUL ET MONTRE-TOI ! »

Green met bien une minute à comprendre que cette voix s'adresse à lui. Il veut répondre, mais, quand il ouvre la bouche, il pousse un misérable gémissement, inarticulé, vide. Il grogne comme le reste du troupeau.

★

« Mec, Green est mort depuis longtemps. Faut se casser avant que ça devienne vraiment chaud… L'équipage va descendre et c'est nous qui allons nous retrouver enchaînés ! s'inquiète C.J.

– Je ne pars pas sans l'avoir débusqué ! »

Kenny inspecte la marée humaine à la recherche de Green. Un corps émerge de la foule. En jean, une seule basket au pied. Les deux jeunes, stupéfaits, découvrent l'épave qui répond au nom de Green. Les yeux vides, il les fixe, désespérément muet.

« Le mec est malade, Kenny. C'est peut-être contagieux. Ne t'approche pas de nous ! »

Comme pour donner raison à C.J., Green demeure immobile, sans réaction. La vache qui regarde le train.

« Hey mec, lève la main si t'as encore un bout de cervelle disponible ! »

Après quelques secondes, Green présente la patte.

« Le mec est avec nous, ce n'est pas perdu ! »

Des cris, et des bruits de course résonnent au-dessus de leurs têtes, puis de clefs dans des serrures.

« Ils s'organisent Kenny, faut s'grouiller ! »

C.J. s'approche de l'écoutille, la kalach prête à faire feu. Les esclaves apeurés se plaquent au sol pour ne pas avoir à toucher cette apparition noire. Pendant ce temps, Kenny considère l'homme qu'il a en face de lui. John Green a le visage ruisselant de sang. Sa mâchoire claque dans le vide, il chancelle, incapable de tenir sur ses pieds. *Qui voudrait emporter un truc pareil chez lui ?* pense soudainement Kenny. Sa place est ailleurs, pour l'éternité. Exilé, au milieu de cet océan, sur ce bateau négrier qui n'arrivera jamais à destination. En un effort surhumain, Green aligne deux phrases dans un murmure grinçant. Le geek comprend à peine.

« Le Keum Ke t'cherche… Est… »

Dans le vacarme de cris et d'alertes lancés à l'étage, les balbutiements de la loque humaine s'avèrent durs à déchiffrer. Kenny a beau se concentrer, il n'en capte que des bribes.

« Vas-y, parle plus fort ! »

Green lui lance un regard noir. Sous le coup de la concentration, une rigole de sang ruisselle sur ses joues et ses vêtements.

« Seigneur, je n'ai jamais vu un truc pareil », déclare C.J. le souffle coupé.

Green fouille dans sa poche, retire un bout de papier tout dégueulasse et froissé.

« Dépose-le au sol ! »

Green cligne des yeux d'incompréhension, puis recule de trois pas et se casse la gueule parmi les Noirs enchaînés. C.J. prend le papier.

« Une liste de films, Kenny… C'est une liste de films…

– Il est quekpart là… dans les égouts de Washington…

– Où dans les égouts ? On va pas chercher sous tout Washington !

– Il est… il est… »

*

6 observe Green s'agiter dans son sarcophage, ses membres déformés sont pris de tremblements. L'ex-flic dégaine son arme, enclenche une balle dans le canon – *le mec va se réveiller ? Briser la vitre et me choper ?* – Green émet des grognements. 6 approche son oreille. Écoute. Le son est audible, mais incompréhensible. Un magma de syllabes sans aucune cohérence.

À l'intérieur du caisson, les yeux vitreux de Green se sont écarquillés. De la salive – morve et sang – suinte de sa bouche. Il enregistre une présence ennemie. Son bourreau.

Le moribond ouvre sa mâchoire et la claque brutalement contre la vitre. Par instinct, celui d'un homme face à une bête sauvage et famélique qui montre les crocs, *6* se retire précipitamment. L'ex-flic a un long frisson. Il applique le canon de son arme contre le vitrage. Il prend une inspiration…

FRONTIÈRE 12

De retour dans le bateau, Green est saisi d'un flash, l'image nette d'un canon appliqué contre son front. Quelques secondes plus tôt, la tête de l'ex-flic était à portée de crocs, mais maintenant, il entend cette voix qui lui paraît si loin…

« Où est ce flic... Dis-nous où il se planque ! »

Green s'approche, babines retroussées.

« Kenny, fais gaffe », avertit C.J.

Kenny se recule vivement, il a constaté également le changement d'attitude de Green. Une bête en cage. La voix de l'ancien détenu émerge enfin, rocailleuse, mais tenue.

« Pas loin du *Capitole*… Faut chercher, faut trouver…

– Il est armé, il a des complices ?

– Oui… non.

– Oui ou non ? » s'impatiente C.J.

Green crachote du sang, l'effort plisse ses yeux. La face crispée par la concentration, il parvient à articuler faiblement. « Armes, oui. Complice, no. »

Kenny éprouve de la pitié. L'ex-taulard fait une tentative surhumaine pour lui parler.

« Qu'est-ce qu'il y a, qu'est-ce que tu veux me dire ? »

Green grogne. Kenny fait un pas vers lui.

« Qu'est-ce que tu veux me dire ?

– Kenny, t'es devant moi, dégage-toi, j'peux pas tirer ! »

Kenny n'écoute pas, il n'est plus qu'à un mètre maintenant. Sa présence dérange les mouches posées sur les joues de Green qui s'envolent dans un bourdonnement.

« Vas-y, crache le morceau ! »

Kenny se penche encore, à quelques centimètres à peine du faciès creusé de son interlocuteur. Green écarte les lèvres, mais au lieu d'un mot, c'est une glaire qui jaillit, s'écrase sur le jean dégueulasse du geek. Le glaviot a libéré la gorge du détenu, car Kenny l'entend enfin distinctement. Claire, limpide, sa voix d'avant.

« Si tu me trouves… Tire-moi une balle dans la tête… »

CHAPITRE 77

Kenny bondit hors du caisson comme un diable de sa boîte.

« Calme-toi, cow-boy », commente Shane amusée.

Puis, elle aperçoit C.J. émerger à son tour de la machine, troublé. Le gamin balbutie :

« On l'a ramené avec nous ?

– Qui ?

– Green !

– Qu'est-ce que vous racontez ! s'emporte Shane soudainement anxieuse.

Kenny regarde à l'intérieur des caissons.

« Juste avant d'être aspiré, Green s'est collé à nous ! »

Pendant une longue seconde de gêne, les deux garçons échangent un regard. Puis, à toute vitesse, ils se désapent.

« J'ai quelque chose ? » s'inquiète Kenny en tournant sur lui-même en slip à la recherche d'une morsure ou d'une égratignure.

« Rien, calme-toi et rhabille-toi », lui répond C.J.

Shane mate le geek, sa peau blanchâtre, ses veines bleues apparentes, son *dad body*.

« C.J. un point, Kenny zéro. Tu devrais prendre le soleil, Ken, et te mettre à la muscu. »

Kenny glousse.

« C'est quoi ce truc dégueulasse que t'as sur le jean ? » interroge Shane.

Kenny voit le glaviot rougeâtre craché par Green collé à son pantalon.

« Merde ! »

Il prend un vieux chiffon et tente de l'enlever. Impossible. La morve s'accroche, comme stratifiée.

« Essaie avec ça ! » propose Shane en lui tendant son couteau.

Mais Kenny a beau racler, le pus ne se décolle pas.

« Je vois qu'une seule solution. »

Kenny se désape, roule en boule son pantalon et va directement dans le jardin, en caleçon. Il y verse de l'essence et craque une allumette. Il observe la toile cramer. La morve est le dernier truc à brûler. Elle grésille longtemps, comme de la friture sur une poêle, avant de disparaître dans un sifflement.

*

6 remet son arme dans son holster. Le visage de Green est calme, apaisé. Le corps est recroquevillé, totalement immobile.

Il saisit sur la commode la jaquette vidéo *d'Amistad*. L'ex-flic reste suspendu à sa décision. Une voix lui intime l'ordre d'exécuter Green d'une balle dans la tête et de brûler son cadavre. D'oublier ses interdits. Personne ne viendra l'emmerder pour savoir dans quelles conditions il a pris la vie d'un ex-détenu en colère, kidnappeur de bankiers. La morale c'était avant, quand il y avait encore la loi et le bâton pour punir. Mais aujourd'hui, qui a le pouvoir ? Lui.

*

Kenny le Geek sort de la douche – un bac trafiqué rempli d'eau de pluie – et tombe nez à nez avec Lisa.

La jeune fille lui tend une serviette. Elle a le visage fatigué, mais elle prend la peine de lui sourire.

« Ça va mieux Kenny ?

– J'ai l'impression d'avoir été violé par un glaviot de morve ! »

Kenny se mord les lèvres – *fais chier, je passe encore pour une chochotte !* – Lisa prend une inspiration.

« C.J. m'a dit que tu voulais retourner sur ce bateau négrier pour délivrer Green et les esclaves enchaînés ?

– Je sais que ce n'est pas une priorité, Lisa, mais leur désespoir m'a flingué. C'était comme s'ils étaient vivants et pleins d'humanité… Je me suis souvenu ce que tu as dit quand Juice et ses hommes ont violé cette actrice porno…

– Que les mecs, la première chose qu'ils font en découvrant M+ et ses possibilités infinies, c'est de violer et…

– Tuer… J'ai pas envie d'appartenir à ce gang-là, de laisser des injustices perdurer… On pourrait trouver à Green un coin où s'installer, dans un film paisible où il serait tranquille… »

Lisa s'approche, le prend dans ses bras.

« Tu fais partie de notre tribu, Kenny le Geek. Te pose plus de questions, tu es définitivement adopté. »

Kenny sent une libération, il en a les larmes aux yeux. Il se reprend, fouille dans ses poches.

« Voilà l'adresse où se cache 6, tu la donneras à Shane de ma part… »

Lisa retient sa respiration.

« Tu as retrouvé 6 ? »

Kenny sourit, fier de lui.

« C.J. et moi… On ne voulait rien vous dire au sujet de la traque, on souhaitait gérer jusqu'au bout. »

*

Lisa rejoint Shane dans son jardin. La jeune femme est assise sur son banc. Elle a la tête baissée, elle remue du pied les milliers de grains de sable qui se posent autour d'elle comme des mini-flocons de neige. Elle prend le temps de serrer son amie dans ses bras.

« Comment va Ben ?

– Il est couché… Il veut rester seul… »

Lisa sort le papier donné par Kenny et le lui tend.

« *6* se cache là, dans ce coin d'égouts, sous Washington… »

Shane ne dit rien, elle ne dédaigne même pas un regard.

« Tu comptes le tuer, Shane ?

– Est-ce que l'on est condamnés à enterrer les gens qu'on aime ? Ta mère devrait être avec nous…

– Elle est avec nous, elle nous montre le chemin…

– Elle est morte Lisa, lynchée par des enculés, et Mike survit dans un caisson, voilà la réalité ! Et puis, je suis enceinte, et ça, c'est un concept, pour une meuf comme moi. Qu'est-ce que je vais laisser à mon enfant ? Des cadavres comme souvenirs, des regrets ? Ils nous ont tout pris, on a tous les droits sur eux…

Lisa enveloppe Shane, la serre dans ses bras aussi fort qu'elle peut. Shane tremble, mais ne pleure pas. Elle sort de sa poche la une du *Washington Post*. Rust, le jour de sa condamnation à mort. Il toise l'objectif, haineux, fidèle à l'image qu'il veut laisser.

« On peut régler le problème une fois pour toutes. »

Lisa regarde le corps à peine sorti de l'adolescence, ridicule dans son costume d'adulte. Il est là, sur cette photo, accessible, à un clic de la mort.

CHAPITRE 78

Bee le sent bien en elle, à son aise, les va-et-vient s'accélèrent. Juice est pareil à tous les mecs qu'elle a connus, égoïstes au lit – et en dehors aussi. Elle ne veut pas qu'il fasse sa *petite affaire* et qu'il la laisse en plan, ou pire, qu'il se casse vite fait pour se glisser ensuite dans le pieu de sa mère. Si c'est pour se finir à la main comme une p'tite crevarde, autant être chez soi, seule, peinarde.

Elle s'abandonne. Les mouvements du Juice s'accélèrent, ça pue la fin de course. Elle va le coiffer au poteau ! Un jet puissant inonde son visage. Bouillant, en plein sur la tronche. Ses paupières sont collées. Elle en a partout, même dans les cheveux ! Ce mec est le pire des porcs ! Elle se demande comment il a pu cracher une quantité aussi énorme.

C'est là qu'elle l'entend beugler, une gueulante de gars passé à la baïonnette.

Dans le miroir, elle aperçoit son propre reflet, couvert de sang. Alors, elle prend peur, et braille encore plus fort que lui.

⋆

Juice, maintenu sur la table de billard par deux motards du *Fifty*, hurle de rage tandis que l'aiguille pénètre sa chair à vif. Le doc, un interne renvoyé de l'hôpital pour consommation de meth, tire sa langue en signe d'application.

Il me charcute en pensant faire un boulot d'orfèvre, le salaud.

Quarante-cinq minutes plus tard, sous morphine, Juice s'examine. Un long pansement zèbre sa poitrine.

« OK, ces putes ont compris comment procéder. Elles vont me découper en morceaux. »

PIÈCE 1854 ENTRETIEN BEE

< Elles lui ont pris son pec. Elles ont raclé le muscle jusqu'à l'os, ces petites salopes. Elles se sont attaquées au côté gauche, parce que le droit est déjà bien amoché.

Juice n'avouera jamais qu'il a pleuré, mais je l'ai surpris dans une des alcôves du club qui accueille les clients qui veulent de l'intimité. Le pauv' chou chialait comme un gosse la perte de son biceps et de son pec. >

*

Quand Candie Crush – une strip-teaseuse du *Fifty* – voit débarquer Juice, elle s'extirpe de l'étreinte de Rust et court se réfugier, à l'opposé. Le bodybuilder arme une baffe monumentale de son bras valide et la tête du gamin dégage en arrière. Comme par miracle, elle reste accrochée et lui debout, sur ses pieds.

« Regarde ce qu'elles m'ont fait ! »

De son seul bras, Juice enlève son t-shirt. Il n'y arrive pas, se retrouve avec le bout de tissu collé contre sa tête. Il est ridicule, s'énerve, gueule quand Rust essaie de l'aider.

« Fous-moi la paix, je ne suis pas encore un putain d'handicapé ! »

Finalement, Rust découvre l'étendue du massacre. Le bras amputé, la dentition pétée et maintenant le pec ravagé. Il applique sa main contre la bouche pour ne pas gerber.

« J'suis dégueulasse, hein, dis que j'suis dégueulasse ? »

Le sang coule sur son torse, la chair meurtrie, mal cousue, semble assemblée en paquets.

« Trouve une solution, gamin. Si je perds encore quelque chose, tu meurs. »

PIÈCE 2117 ENTRETIEN CANDY CRUSH, STRIP-TEASEUSE

< Juice, avant, c'était le genre de Biker que toutes les meufs du club s'arrachaient. Le beau mec qui t'emmène *rider* après t'avoir baisée. Aujourd'hui, même la mère de Bee ne veut plus de lui.

Moi, je sais que je me casserais vite fait si Rust était dans le quart du tiers de cet état-là. Je suis pas sur terre pour voir des horreurs. >

★

Shane voit la pancarte et hausse les épaules.

« Laisse-le mariner dans son jus de salopard. »

À l'écran, Kenny voit Rust agiter le panneau sur lequel est inscrit « Vous voulez quoi, BORDEL ? » Il a un petit rire de dégoût. Il se pose vraiment la question ? Quelques minutes plus tard, Rust a disparu et la pancarte est enlevée par un éboueur qui l'examine, perplexe, avant de la déchirer.

« Qu'est-ce que tu comptes faire, Shane ? »

Shane soulève le caisson de M+.

« Projette-moi, Kenny, j'ai encore un truc à enlever. »

★

Un picotement et une douleur franche comme un coup de ciseaux. Rust émet des râles de supplicié.

« Bordel, qu'est-ce que t'as ? », murmure Candy suspicieuse, à califourchon sur lui.

Elle s'arrache du lit à poil, pour scruter le gamin prostré, les dents serrées.

« Rien, reviens t'allonger… »

Elle s'écarte, terrorisée.

« Fais pas chier, j'ai rien, ramène-toi ! »

Candy obtempère, par peur des représailles, et s'allonge prudemment aux côtés du jeune tueur. À peine sous les couvertures, elle sent un liquide visqueux et tiède couler le long de sa jambe. Du sang. Partout. Elle bondit hors des draps pour s'inspecter de la tête aux pieds. Ouf, elle n'a rien ! Mais Rust… elle se tourne vers son amant, et pointe d'un doigt tremblotant la mare écarlate qui colonise le dessus-de-lit.

« C'est quoi, ça !

– J'ai un problème avec mon pied, on dirait. »

Il ne soulève pas les draps, inutile de compter le nombre d'orteils que ces connasses ont prélevés. Qu'est-ce qu'elles couperont la prochaine fois ?

PIÈCE 2331 Entretien Dylann Rust

< Si j'avais eu une photo de ces deux putes, je les aurais passées à l'acide. Mais j'avais que dalle. >

CHAPITRE 79

PIÈCE 2122 Entretien Kenny le Geek

< Une nuit, Shane m'a réveillé et m'a simplement annoncé : « On part en opération, prépare-toi ». À ce moment précis, je ne vous cache pas que j'ai ressenti une immense fierté. C'était la toute première fois que Shane me sollicitait. La traque menée avec C.J. pour retrouver John Green a changé le regard du groupe sur ma personne. Je n'étais plus Kenny le Geek, le gars un peu chelou qui passe son temps à tripatouiller des vidéos en vidant son stock de gâteaux – oui, M+ me sert aussi à me ravitailler en Oréo ! – mais un membre à part entière de la communauté qui sait prendre ses responsabilités.

Pour répondre à une question que beaucoup se posent, quand j'ai quitté le camp sur ma moto, je n'avais aucun renseignement sur la nature précise de la mission. Cela peut étonner, mais j'avais encore l'impression d'être illégitime pour discuter de plain-pied avec les leaders du groupe. D'ailleurs, pour dire toute la vérité, je n'ai pas vraiment réfléchi. J'y allais la fleur au fusil, porté par un fort sentiment d'exaltation.

Mais quand nous nous sommes arrêtés sur une dune à l'emplacement de l'ancien Capitole, j'ai saisi la nature très particulière de la mission à mener.

Il s'agissait de mettre fin aux agissements de 6, l'ex-policier, coupable, selon nous, du meurtre de Walter Wright. Alors, en m'enfonçant dans les égouts de Washington, un doute m'a assailli.

J'ai repensé avec quelle facilité Shane avait mutilé Rust et Juice et l'absence de remords qu'elle avait eue. Je ne dis pas que Shane Wright est dénuée de morale, mais elle avait une radicalité qui ne faisait pas l'unanimité. Certains parmi nous affirment que cette femme mérite sa vengeance et qu'il est légitime de se faire justice. Je ne partage pas cet avis. J'ai toujours admiré les positions de Ben et Sarah Goldman, elles nous forcent à nous remettre en question. Comme Sarah, je suis persuadé que nos actes engagent notre communauté et qu'il faut porter nos valeurs en étendard, chevillées au corps, pour ne pas chuter dans la médiocrité et l'ignominie. Alors, si je m'étais écouté, je me serais opposé à Shane pour lui donner mon point de vue. Au lieu de cela, j'ai suivi lâchement le mouvement. Plongé dans la puanteur des tunnels de Washington, j'ai oublié mes convictions. Les odeurs immondes n'aident pas à garder l'esprit clair. >

Les égouts nagent dans les ténèbres. Impossible d'y voir à plus d'un pas. Le groupe trébuche sur des immondices, des objets puants non identifiés – les OPNI comme les surnomme C.J. Cela ne fait pas marrer Shane. Elle se concentre, le corps et l'esprit tendus.

Foutus tunnels. Partout, que de l'obscurité et... un claquement de mâchoire. Il retentit à travers la galerie sombre comme un coup de feu. Kenny est le premier à repérer la source, enfermé dans une cage bricolée – un caddie surmonté d'une planche en acier. Le rescapé ne ressemble plus à rien, la moitié de son visage a été déchirée, dénudant les os. L'ancienne star de JP Morgan !

Tant pis pour le bankier, Shane crache de dégoût et continue sa progression dans les miasmes nauséabonds. La cascadeuse remarque rapidement une alarme, et à quelques mètres, dans un renfoncement, une porte en ferraille.

Elle l'a débusqué. Le repaire du chacal.

PIÈCE 1989 ENTRETIEN SHANE WRIGHT

< Il avait piégé une partie du couloir. Je n'avais qu'une crainte, qu'il nous ait repérés et qu'il ait fui. Je me demandais juste si je pourrais arriver jusqu'à lui sans faire une crise cardiaque. Je le voulais tellement, je n'avais plus aucune mesure. >

La porte s'ouvre brutalement sous le coup du bélier. Shane roule à l'intérieur et se relève, électrisée. Sur sa gauche, elle aperçoit trois caissons bricolés. Quand elle s'approche du premier, elle découvre l'objet de sa haine. 6, allongé, vulnérable. Elle prend le temps de respirer.

« Shane... »

Kenny montre du doigt un des caissons. À l'intérieur, un homme tout ratatiné. Son corps est tordu, ses membres déformés.

« John Green », chuchote le geek.

Shane ne dit rien, elle se positionne près de l'ex-flic. Elle vérifie son arme, applique le canon contre l'habitacle. Elle perçoit le souffle des deux garçons dans son dos. Leurs traits se reflètent dans la vitre de M+. Ils restent silencieux quand elle enclenche une balle. Le visage du tueur assermenté est apaisé, endormi. M+ émet un bourdonnement. Un clic se fait entendre.

Le caisson s'ouvre lentement…

PIÈCE 1989 ENTRETIEN SHANE WRIGHT

< À peine le caisson ouvert, je l'ai saisi par le bras. Il ne s'y attendait pas, il a chuté lourdement. Je l'ai bourré de coups, C.J. m'a ceinturée pour que j'arrête. Voilà comment ça s'est passé. Pas de tirs échangés ni de paroles pour la postérité. Une seule chose à retenir.

Ma haine ne s'est pas exprimée, sinon je l'aurais tué. Il serait mort, dans ce caisson et pas seulement esquinté.

Que l'on ne me reproche rien. L'espoir que l'on rende justice à mon frère a été plus fort. À moins que le sacrifice de Sarah Goldman m'ait finalement ouvert les yeux. Je n'en sais rien encore aujourd'hui. >

⋆

Du sable dans le visage, une odeur de cuir qu'il connaît trop bien… *6* émerge, ligoté, pris en sandwich entre Shane et C.J. Il entend la voix du jeune fou d'Anacostia malgré l'épaisseur du casque de moto.

« T'es dans la merde, mon gars, oublie tes rêves de grandeur. Tu es à nous ! »

6 cesse de respirer. Il prend conscience de ce qui l'attend en découvrant les barbelés de *The Hope*. Le portail s'ouvre, le convoi s'engouffre et il se reçoit son premier crachat. Il siffle comme un serpent quand il est traîné jusqu'à un baraquement. Les portes de la cellule claquent, l'obscurité l'enveloppe, il continue d'hurler et croit entendre l'écho des rires moqueurs, loin, de l'autre côté des murs.

CHAPITRE 80

PIÈCE 1123 Entretien Dylann Rust

< J'ai cogité toute la nuit. Il fallait arrêter le massacre, régler cette histoire une fois pour toutes. De toute façon, je n'avais pas le choix. C'était soit se faire débiter comme sur un étal de boucher par ces deux garces, soit être exécuté par Juice et ses hommes s'il perdait un membre. Le matin, je lui ai exposé le plan. Je crois qu'il était heureux que j'aie quelques orteils en moins. Ce con pensait que c'était normal que je paye la moitié de l'addition. >

*

« Vous en pensez quoi ? » s'enquiert Kenny.

Lisa ne dit rien, les yeux figés sur l'écran et la silhouette de Rust qui s'éloigne lentement.

« Fini les conneries, on devrait tuer ces deux mecs et ne pas prendre de risque, déclare sobrement C.J.

– C'est pas le souhait de Ben… Respectons nos valeurs », se hasarde Kenny.

C.J. hausse la voix.

« Je voudrais pas manquer de respect à Ben, mais Rust a tué mon frère, il a tué Sarah. Il nous assassinerait tous, s'il le pouvait. Faut s'en débarrasser, sans prendre de risque. On a assez souffert comme ça ! »

Il regarde Lisa et Shane, guette leur approbation.

« Je suis de l'avis de C.J., neutralisons Rust. Lui et le chef des bikers », conclut Shane.

Lisa ne dit rien.

Elle est l'ombre de la petite nana croisée par hasard dans une rue de Washington. Celle qui l'a tenue dans ses bras alors qu'elle pleurait son procès perdu dans l'enceinte de ce tribunal maudit. Celle qui l'a plaquée au sol quand elle voulait le portefeuille, horrifiée par la vengeance qu'elle demandait. Aujourd'hui, la jeune idéaliste est scarifiée, prête à basculer.

Aider les autres et soulager leurs douleurs ne renseigne en rien sur ce que l'on peut endurer soi-même.

*

Shane tient la main de Lisa, marche devant elle, la guide. Couple étrange de deux femmes qui traversent les allées balayées par les vents. Shane pénètre dans son jardin, s'assoit sur le banc. Le soleil est haut, il y a une accalmie.

« Parle-moi, Lisa... »

La jeune femme a un petit rire, ironique.

« Qu'est-ce qu'il y a ?

– En général, ce sont les autres qui sont muets et moi qui cherche à leur tirer les vers du nez... »

Shane ne dit rien et Lisa apprécie. Elles restent un long moment, main dans la main. Lisa finit par tourner la tête.

« Tu as peur ? »

Shane affiche un rictus de surprise. Lisa passe ses doigts sous le t-shirt et caresse doucement le ventre de son amie.

« S'il me tue, ce salopard m'aura tout pris... » avoue Shane pensive.

Elle saisit une poignée de sable.

« Cette poussière... Mon enfant ne connaîtra que ça...

– Non, il connaîtra peut-être une communauté délivrée de ses démons, si nous prenons les bonnes décisions... »

Lisa fouille dans sa poche et tend à Shane le portefeuille de sa mère.

« Ouvre-le et regarde bien à l'intérieur. »

Étonnée, la jeune femme inspecte les poches et trouve un vieux cliché écorné, jauni. Une route qui mène à nulle part, avec une pancarte dont on ne devine pas l'inscription.

« C'est bien le cliché envoyé par Rust ? demande Shane dans un souffle.

– Oui, mais il ne vient pas de nulle part, il l'a volé dans le portefeuille de ma mère. Rust l'a subtilisée avec l'aide de M+, en utilisant le flyer que nous avions édité… »

Lisa a un rire de dégoût. Elle reprend le cliché des mains de son amie.

« Il y a des années, mon père s'est arrêté sur le bord de la route et maman a dégainé son appareil photo. Dans son esprit, il s'agissait juste d'une preuve qu'elle était bien allée dans la ville où son frère avait été pendu. »

Shane retient son souffle.

« Tu veux dire qu'elle savait où Rust l'envoyait ?

– Oui. Elle savait quel destin cet enfant de putain lui réservait. »

– Elle savait et elle y est allée… Même si je ne veux toujours pas l'admettre, elle a jugé son sacrifice nécessaire. Pour nous montrer les montagnes qui nous restent à franchir. 6, Rust, et ce gang de bikers, ce ne sont que les premiers obstacles que nous devons vaincre. Comment ferons-nous si nous abandonnons dès les premières difficultés l'éthique qui nous anime ? ».

Lisa marque une pause. Shane se demande quelle force Sarah a dû déployer pour aller droit à la mort.

« Ma mère avait raison sur un point, on doit penser à la nouvelle génération. Je dois être exemplaire. Je veux que Rust soit jugé pour ses crimes. Je ne peux pas y arriver seule. J'ai besoin de ton aide. »

Shane retrouve son amie, ce petit bout de femme qui l'avait subjuguée par son énergie et sa loyauté.

« Moi, je l'aurais tué, Lisa. Il faut que tu me promettes que justice sera rendue. Je dois en être sûre.

– Elle sera rendue, Shane. Mais il y aura un procès équitable où toutes les voix auront leur place… Tu es d'accord ? »

Shane regarde son amie, a un sourire.

« On va répondre à leur invitation Lisa, se rendre dans leur terrier et les débusquer. »

⋆

PIÈCE 1245 Entretien Kenny le Geek

< Rust a laissé une K7 sur un banc de la salle de boxe de Joey Di Maggio. Mais il se trompe en pensant que se débarrasser de Shane et Lisa sera aussi simple que d'assassiner Sarah Goldman.

Elles nous ont fait leurs adieux. Je leur ai demandé la permission d'immortaliser ce moment. J'ai pris une photo et, dans la nuit, elles ont enregistré leurs testaments.

Au lever du soleil, nous nous sommes tous réunis.

Ben était là, sa première sortie depuis la mort de Sarah. Il n'a rien dit quand Lisa s'est engouffrée dans le caisson. Les paroles de sa femme résonnaient en lui. Il savait que Lisa ne changerait pas d'avis.

Shane s'est alors tournée vers lui. « Ben, s'il doit m'arriver quelque chose, enterrez-moi et brûlez toutes les images où j'apparais. Que personne ne puisse jamais me profaner. » Si Rust et sa bande triomphent, Shane disparaîtra. Elle vivra dans nos seuls souvenirs.

Le matin, tôt, nous les avons projetées. Les adieux ont été brefs. Elles sont parties sans discuter, sachant que la mort les attendait au bout de cette bande magnétique. >

Shane se fracasse le crâne sur le bitume. Lisa a eu plus de chance, elle roule sur du gazon sans se blesser. L'air est vaporeux, le contour de ce qu'elles voient – maisons alignées, voitures au garde-à-vous – est imprécis.

Focus !

Au loin, un homme agite la main, leur fait signe de venir. Rust.

*

Il se glisse à l'intérieur du pavillon, elle entend sa voix.

« Retrouve-moi dans le salon ! »

Son rire, comme une invitation à coucher.

Les deux femmes considèrent la grande maison à un étage qui se dresse devant elles.

Shane pousse la porte d'entrée et s'engage dans un couloir mal éclairé. La moquette étouffe ses pas, les contours imprécis des objets indiquent qu'elles sont dans un univers tiré d'une vidéo à la bande abîmée.

La cascadeuse sent le souffle de Lisa sur son épaule. Sa présence la rassure, leurs ombres se dessinent sur le mur.

Au bout du couloir, une porte.

« Ils sont certainement derrière », chuchote Lisa.

Shane s'accroupit et sort un chargeur supplémentaire de sa poche pour le glisser dans son ceinturon. Un courant d'air frais l'enveloppe, un léger engourdissement paralyse ses mains. Elle sent comme un nuage d'électricité statique tout autour d'elle.

Elle se retourne, le couloir est vide.

La jeune femme a disparu.

« Lisa ! »

Des rires lui répondent.

Shane n'en peut plus, elle rebrousse chemin, marche droit devant, traverse un couloir encombré, se prend les pieds dans un tas de vêtements qui traînent. Toujours pas de trace de son amie. Elle oublie toute prudence.

Une forte odeur de sueur agresse ses narines, elle les sent avant de les voir. Ils sont quatre et puent autant qu'une équipe de foot au complet. Battes, fusils, couteaux. Sur sa droite, une ombre siffle. Il a pris la pose, adossé au mur. L'effet est désastreux, ce con porte son veston en cuir sans manches. Sa voix lui parvient, déformée.

« T'as pris mon bras et mon pec et pour un culturiste, c'est comme sa trique. T'aurais pas pu faire pire, espèce de salissure de chiottes. »

Juice serre les dents, ses yeux dérivent vers la fenêtre. À travers la vitre, Shane entraperçoit une dizaine de bikers se disperser dans le jardin. Parmi eux, un adolescent – maigre à pleurer, visage émacié de drogué. Shane sait où elles ont été projetées.

American History X. Ce gamin, c'est Danny[56]*, la petite raclure aux idées bien racistes. Il est venu prêter main-forte.* Elle est dans un repaire de néo-Z, la cavalerie appelée en renfort pour l'éliminer. Shane, encerclée, esquive du buste le coup porté en traître. La lame fend l'air, l'assaillant est emporté par son élan, se cogne contre un meuble du salon. Shane défonce son genou et plante sa machette dans son bras. Le sang fuse, il hurle.

Shane ressent la brûlure de l'adrénaline, l'accélération brutale du rythme cardiaque. Elle passe, tête la première, par la fenêtre. La vitre explose en milliers d'éclats qui lui arrachent la peau – elle roule dans le jardin, se retrouve encerclée. Ils sont dix, dont six *fakes*. Elle est électrique, a une telle rage en elle qu'elle n'a pas

56. Danny Vinyard, interprété par Edward Furlong.

conscience qu'elle s'est fait piéger. Juice ajuste son calibre. Un éclair, la balle trace à toute vitesse vers elle…

Mais avant que le projectile ne fracasse son crâne, laissant son corps détruit, un glissement se produit. La terre se dérobe et elle traverse l'espace. Un trou noir totalement opaque, la chute et cette accélération qu'elle connaît trop bien.

*

Lisa s'écrase au sol, sans un cri. Elle se relève, le corps meurtri, regarde autour d'elle, la tête rentrée dans les épaules, comme un boxeur prêt à encaisser une branlée. Dix secondes auparavant, elle suivait Shane dans ce couloir étriqué. Elle s'est sentie soustraite en un clin d'œil. Comme une aspiration brutale suivie d'un voyage bref, mais intense, puis la chute sur ce macadam brûlant.

Rien ni personne sur cette route. Alors, elle commence à marcher, lentement, sous le soleil éclatant. Après de longues minutes, elle distingue une forme imposante plantée dans le sol qui se précise un peu plus à chaque pas. Finalement, l'amas de celluloïd prend sa consistance définitive.

Une église.

Lisa se retourne, surprise par un bruit de moteur. Au loin, soulevant un nuage de poussière, une voiture lancée à cent à l'heure remonte vers elle. Elle sprinte aussi vite qu'elle peut, coursée par ce bolide chromé. Lisa s'explose les poumons, l'église est à cinquante mètres, elle peut y arriver !

Elle pousse la lourde porte, se rue à l'intérieur. Derrière elle, le véhicule a freiné brutalement.

*

Shane atterrit sans douceur sur la carrosserie bien trop dure d'un véhicule. Sensation de chairs explosées, d'os broyés. Elle est au sol, défaite. Elle reste un long moment prostrée et n'entend même pas la voix qui résonne au-dessus d'elle.

Señorita ?

Laisse-la, t'en occupe pas, c'est des ennuis tout ça !

Deux enfants mexicains se disputent au-dessus d'elle. Une main fouille ses poches, tente de lui arracher ses bagues. Soudain, un ordre, puissant, déchire l'espace-temps.

Shane ! Secoue-toi !

Les gamins s'écartent, comme si Shane était en feu.

Faut te lever, magne-toi…

Cette voix qui résonne partout dans la rue provoque la fuite des gosses. Shane déambule le long de voitures brûlées et retournées sur la chaussée. Comateuse, elle découvre un décor d'apocalypse. Où est-elle ? Qui l'a plongée dans ce cauchemar ?

Des flammes s'élèvent au loin d'un bâtiment. Une odeur d'essence, intense, dans l'air saturé. Un soldat apparaît dans son champ de vision… Il est à une trentaine de mètres harnaché, comme à la guerre. Il pointe son arme vers elle, prêt à tirer sur cette nouvelle cible, sans sommation.

Mon Dieu, je suis où ?

Une rafale pulvérise le mur derrière elle. Elle plonge dans les poubelles, disparaît sous les immondices. Bruits de blindé qui se rapproche. Un sprint plus tard et elle se volatilise entre les carcasses de bagnoles cramées. Comme si elle n'avait jamais existé.

Shane, cette bagnole, prends-la ! Clef planquée sous le volant !

La jeune femme pile net, s'engouffre dans la caisse. A un léger sourire en entendant le moteur ronronner.

Shane, c'est Kenny, je vais te piloter ! Reste concentrée ! Direction la mosquée de frère Aziz !

Elle appuie sur l'accélérateur, elle fonce sans savoir ce qu'elle va y trouver…

*

Rust scrute les environs pour deviner dans quel film il a été catapulté. Au loin, des bâtiments en flamme, une odeur de guerre civile.

Juice, appuyé contre un pylône électrique, reprend son souffle. Il s'approche d'une voiture, arrache le rétro pour se voir dedans. Une envie de gerber le submerge quand il découvre son visage massacré. Des dizaines d'éclats de verre sont fichées dans son crâne rasé. Une arête tranchante s'est plantée dans son oreille et en a entaillé un bout. Voilà pourquoi il n'entend plus rien. De rage, il donne un coup de pied dans la bagnole.

À ses pieds, un journal, déchiré, abandonné sur la chaussée. Il parcourt les gros titres. Quand il se retourne, Rust prend peur.

« Tu sais où on est gamin ? À L.A. en 1992 ! Cette conne nous a foutus là pour qu'on se fasse lyncher ! »

L.A. 92' BURN, BABY, BURN !

« Est-ce qu'on ne pourrait pas s'entendre ? Il y a déjà assez de smog à L.A., ce n'est pas la peine d'en rajouter en allumant des incendies. C'est mal. Ça ne sert à rien. »

Rodney King, lors de son intervention télé
pour appeler la population au calme.

FRONTIÈRE 14

< La porte de la mosquée s'est ouverte et on l'a vue entrer et se diriger vers nous comme si elle était au courant de nos magouilles. >

Di, Crips

< Personne n'était au parfum de notre réunion entre Crips et Blood pour établir une trêve, faire la misère aux flics et reprendre le contrôle de notre ville. >

X, Blood

< Elle a débarqué. Une frangine à la cool, teinte en blonde, moulée dans un futal en cuir. Les sistas l'ont regardée de travers comme si elle les plaçait en concurrence, avec son boule de compet'. >

H, Blood

< Quand mon mec l'a matée, j'ai eu envie de me ruer sur elle pour lui apprendre la vie, et puis elle a commencé à parler, et ce qu'elle a dit m'a retournée. >

L, compagne de H, Blood

< Elle a montré des cartes postales, une dizaine. Dessus, des Noirs. Lynchés.

Ça nous a filé la gerbe. Cela ressemblait aux cartes du début du siècle dernier, quand des Blancs ont eu l'idée lumineuse de faire du fric en prenant en photos des lynchages. Faut être grillé du cerveau pour trouver cool de recevoir, pour Noël, un petit mot avec au verso un Noir émasculé pendu à une corde.

P'tain de Blancs !

Sauf que les cartes apportées par Shane étaient des Polaroïds faits de la veille. On est restés comme des cons devant ces saloperies. La colère est montée quand elle nous a déclaré que les nazis responsables de ces massacres se baladaient en ville[57]. >

Triple X, chef des Blood

★

« T'as une solution, gamin ? La nuit va tomber ! »

Autour d'eux, une cacophonie de sirènes, de klaxons et de détonations intermittentes. Los Angeles brûle, la chasse est ouverte. Une voiture passe en trombe, phares allumés, et Rust découvre le regard du bodybuilder. Du mépris, le mec le prend pour un petit con.

Rust crache par terre de rage. Dans un flash, il se revoit des mois auparavant, lors de sa première incursion avec le gang pour envahir le quartier nègre de Charleston. Il était prêt à se faire toute la clique de bikers pour une question de principe. Il aurait dû les planter. Ces mecs sont juste des petits opportunistes qui ne cherchent qu'à baiser, boire et dealer en espérant secrètement que le gouvernement finisse par les tirer du merdier.

---

57. Lors des émeutes de Los Angeles, les gangs de la ville ont signé une trêve et réfléchi ensemble à une action commune. La réunion entre les Blood et les Crips a eu lieu dans une des mosquées de L.A.

« T'as beau peser 140 kilos, t'es comme un gosse qui appelle ses parents après un cauchemar, crache Rust. T'es étonné d'être seul et abandonné ? Mais on a signé pour la vie qu'on mène, alors serre les dents et ferme ta gueule ! »

Le culturiste attend que Rust ait terminé sa tirade et la claque part, terrible. Un coup violent à briser les cervicales. Le gamin s'écroule au sol. Rust prend tout son temps pour se relever. Il n'a pas besoin de se retourner pour savoir que Jeff le tient en joue. Il hausse les épaules, époussette sa veste militaire et s'éloigne, sans dire un mot.

« C'est ça, casse-toi, ducon ! » hurle Juice.

Rust trace. Il s'attend à se recevoir une balle dans le dos, c'est ce qu'il aurait fait. Il n'espère qu'une chose, que ces deux imbéciles crèvent dans l'enfer de L.A.

PIÈCE 2255 ENTRETIEN DYLANN RUST

< Ce mec, Juice, c'est le genre tchatcheur. Il va t'expliquer en long et en large comment il va gagner Mister Univers avec son bras unique et son pec en moins. C'est un impuissant en vérité. Les stéro lui ont bousillé la trique et le cerveau.

Lui et moi, on n'a pas les mêmes perspectives. Je cherche à remettre le peuple blanc au top de la chaîne alimentaire. Lui rêve de remporter un concours de gonflette en slip. >

⋆

Une fois le gosse parti, Jeff, au milieu de la rue, constate au loin les feux qui embrasent les quartiers de la ville.

« Comment nous sommes arrivés là ? »

Juice s'assoit sur le capot d'une bagnole défoncée, les pneus et les jantes ont été volés, même les rétros ont été chourés.

« Ils nous ont fait ce que l'on a fait à l'autre meuf. Ils nous ont éjectés dans un autre film. Le biker est frappé par l'ironie de la situation. Ils ont rapidement compris comment faire. »

Jeff enregistre l'info, mais son cerveau refuse de la valider.

« Juice, je ne reste pas dans le quartier des négros avec ce que j'ai tatoué sur le front ! »

Jeff a à peine terminé sa phrase, qu'une fusillade éclate au loin.

« Tu veux aller où ? Tu crois qu'il y a quelqu'un ici qui va te recueillir comme un chiot abandonné ? »

Penaud, le biker avale douloureusement sa salive, il sort un bandana aux couleurs du club et le noue autour du front pour masquer la croix gammée. Dérisoire, vu les ornements qui lui décorent le gras.

« Me prends pas pour un con ! » râle Jeff.

Le rire de Juice se prolonge, se termine en une quinte de toux. Il crache par terre, le jet balancé à l'aveuglette macule son jean pourri.

« Si on trouvait un endroit où se planquer ? Y a un coréen au coin de la rue… continue Jeff de sa voix nasillarde.

– C'est la première chose que ces négros vont brûler, les Coréens… »

Jeff prend peur en croyant distinguer une ombre planquée à côté d'un tas d'ordures.

« Va pour le coréen, si ça peut te rassurer », concède la brute.

Ils se mettent en branle, sans conviction, vers l'enseigne lumineuse pétée qui clignote par intermittence.

Secoué par la dévastation ambiante, Jeff commence à délirer à haute voix.

« Pourquoi les potes n'ont pas arrêté cette putain de machine pour nous sortir de là ? Je ne vais pas y rester des heures dans ce trou à rats. Je ne veux pas finir le cerveau grillé, moi…

– Ta gueule, Jeff ! »

Juice a beau afficher un air de dur, la raison de leur séjour prolongé tourne en boucle dans son cerveau. Pourquoi son *crew* ne l'a pas ramené dans leur réalité.

C'est à ce moment-là qu'ils voient Rust débouler, en criant. Une voiture, lancée à sa poursuite, percute les bagnoles cramées, dans un concert de tôles froissées. Un corps émerge de l'habitacle, Uzi à la main.

Shane.

Le canon crache une giclée de balles… Jeff et Juice détalent en même temps, en panique totale. Un *drive-by shooting*, la spécialité des excités du coin !

*

Lisa referme prudemment les battants de l'église. Dehors, le nuage de poussière est retombé. La voiture est à l'arrêt, moteur allumé. Elle entend des chuchotements derrière elle.

Quatre petites filles noires sont plantées là, figées dans l'espace, robes parfaitement repassées, Bible à la main. Elles scrutent Lisa comme si c'était elle qui émergeait du néant.

Un bruit de klaxon fait sursauter la jeune femme…

« Qu'est-ce qui se passe, madame ? » interroge une des gamines.

« Il y a d'autres personnes avec vous, des adultes ? »

Les petites filles secouent la tête. La curiosité cède la place à une franche inquiétude. Un homme s'extrait du véhicule, flou, impossible de distinguer clairement son visage. Lisa tente de masquer son anxiété.

« Où sommes-nous ?

– À Birmingham, madame… ».

L'homme se rapproche. Le point se fait, subitement. Jim Jones apparaît, en haute définition.

« Et on est dimanche, si vous voulez savoir… » ajoute la petite boulotte.

Ses camarades pouffent de rire, ce dimanche à l'église sort de l'ordinaire. Soudain, un ordre tonne du ciel. Impérieux, il déchire le silence.

Barre-toi de cette église, Lisa, immédiatement !

Les fillettes ont levé les yeux, l'écho les fait sursauter. D'où vient cette voix ? Du Christ accroché à sa croix ?

Effrayées par le fantôme autoritaire, les gamines s'étreignent, l'une sanglote et renifle.

Elles prennent peur et se mettent à pleurer. Lisa comprend, elle ouvre grands ses bras. Ces quatre petites filles, dans cette église, à Birmingham… C'est leur destin d'être près d'elle.

« Mes chéries… »

Elle les serre, doucement, et leurs larmes se mêlent, abondantes. Lisa songe à son père, seule, et à sa mère, tombée pour la lutte, et Lisa formule une ultime prière.

« Shane, fais ce qui est nécessaire pour que tout cela n'arrive plus jamais[58] ! » La bombe, placée sous les sièges, explose.

---

58. Le 15 septembre 1963, une bombe explose et ravage l'église de Birmingham tuant 4 fillettes noires. Trois hommes proches du Ku Klux Klan sont rapidement identifiés. Les tribunaux sudistes, sous le contrôle du gouverneur George Wallace, condamnent les 4 individus à six mois de prison avec sursis. Le verdict choqua l'opinion. Le FBI, sous la pression médiatique, diligenta une nouvelle enquête et identifia 4 individus, membres de la section

*

Un Noir gît les bras en croix du côté des surgelés. Les propriétaires se sont volatilisés. Tout a été pillé. Juice, Jeff, Rust, hors d'haleine, se retrouvent nez à nez au milieu des étagères vides.

« On va crever dans cette épicerie ! J'aurais dû me barrer de mon côté ! » enrage Jeff, hors de lui.

Malgré ses poumons en feu, Rust parvient à rire quand même.

« Qu'est-ce qui te fait marrer, espèce de con ?

– T'as les tatouages et les muscles, mais t'es pas un guerrier, Jeff ! Ta place est dans les pages centrales d'un magazine pour pédés ! » se marre le gamin de Charleston en imitant le ton haut perché du biker.

Jeff ferme sa gueule. Il a signé pour les meufs, la came et les bagarres *zéro risque* à trente contre un, pas pour une partie *live* de *Counter Strike*. Juice s'est posté devant les fenêtres obstruées de papier journal. Il vérifie le chargeur de son arme.

« Préparez-vous, ils arrivent », annonce sobrement la brute.

*

---

locale du KKK. J. Edgar Hoover, le chef du FBI, décida alors de faire disparaître les preuves de la culpabilité des 4 hommes de peur qu'un nouveau procès serve la cause du mouvement des droits civiques et celle de son leader Martin Luther King. Toutefois, en 1976, un nouveau procès a lieu. L'un des hommes est condamné à perpétuité. Il faut attendre 2001 pour qu'un nouveau procès s'ouvre et condamne les deux membres à la prison à vie (le troisième homme est décédé avant la tenue du procès).

Planquée derrière le tableau de bord, Shane observe l'épicerie. Trente mètres à découvert la séparent de l'entrée. Elle se prépare pour un sprint couru armes à la main.

« Shane, comment tu as su qu'ils étaient dans cette rue ? »

Di, le plus jeune Crips, observe cette femme qui fait honte à sa propre détermination. Shane est un sacré morceau, le genre à être cheffe de gang.

« Hey, qu'est-ce que tu fais ! »

Shane claque la portière et charge vers le magasin, le buste cassé en deux. Les *gangmembers* se regardent, estomaqués. Di hausse la voix.

« On va rester à se bécoter en attendant que cette meuf fasse le boulot ? Non ? On y va ! »

⋆

Sonné par l'explosion, Jones titube jusqu'à l'église. C'est la tempête sous son crâne. Dix minutes auparavant, il était à son bureau en pleine dispute téléphonique avec un de ses ex, quand un papier s'est soudainement matérialisé sur son mur. La lecture du message lui a hérissé l'afro. *Magne-toi de te mettre au volant de ta caisse, il y a une fille à sauver ! Signé : un ami de Shane.*

Ni une ni deux, il avait suivi les indications sans chercher à comprendre. Il s'était glissé dans le flot compact des voitures et, arrivé au niveau de l'*Apollo*, le miracle s'était produit. Dans une déflagration de son et de lumière, il avait déboulé sur une route de campagne avec cette chapelle, comme bout de l'horizon.

Mais cette balade commencée sous le signe de la curiosité et de la bonne humeur vire au tragique.

Quand Jones passe le portail de l'église, il saisit l'horreur de la situation et est persuadé que ces images resteront comme les plus marquantes de sa vie.

L'intérieur est détruit – mobiliers, vitres explosées, plancher défoncé. Étalés sur le mur et le plafond, des viscères, de la chair et des bouts de vêtements écarlates.

Jones découvre Lisa au milieu des décombres. Il s'approche d'elle pour poser sa main sur sa poitrine. Le cœur bat faiblement. Malgré la violence de l'explosion, le corps n'est que partiellement cramé.

Face à ce miracle, Jones demeure un interminable moment abasourdi, puis il comprend, et ses paupières s'humidifient – *voilà que je chiale maintenant.* L'étreinte des petites filles s'est élevée comme un rempart entre la bombe et Lisa. Elles lui ont sauvé la vie.

Mais rien ne garantit encore sa survie, alors Jones gueule :

« Qui que vous soyez, envoyez des secours, y a moyen de la sauver ! »

*

« Planquez-vous », alerte Rust en plongeant sous une étagère.

Les balles défoncent la devanture de l'épicerie. Un déluge de conserves, de boîtes de céréales s'abat sur les Bikers.

« C'est quoi le plan ? hurle Jeff.

– Rester au chaud, tenir bon, attendre qu'on nous exfiltre… réplique Juice.

– Sérieux, c'est ton plan ? Personne ne nous ramènera, t'as au moins compris ça ? » s'emporte Rust, hors de lui.

Jeff relève la tête, ses espoirs s'envolent.

« Reviens sur terre, Jeff ! Les mecs doivent être en cercle autour de la Firebird en se demandant s'ils ouvrent les portières. Quelque chose a dû merder et on est coincés ici. Dans tous les cas, si nous ne sommes pas déjà peinards à la maison, c'est que l'on risque de ne jamais y remettre les pieds !

Juice ne bronche pas. Dehors, les Crips confectionnent un cocktail Molotov avec un bidon d'essence sorti de leur coffre. Après la perte de ses dents, de son bras, de son pec, manquerait plus qu'on mette le feu au reste de sa carcasse.

Rust se précipite vers Jeff.

« Fais-moi plaisir, enlève le bandana de ton front et affiche qui tu es ! Ça me fait gerber que t'assumes rien ! »

Jeff se lève, prêt à le frapper, mais avant qu'il esquisse son coup de poing, un vent glacé traverse la pièce. L'air se dilate. Shane se matérialise face à eux, une grenade dégoupillée à la main.

CHAPITRE 81

Dans son baraquement encombré de fils électriques et de matériels trafiqués, Kenny surveille les deux femmes, vigilant.

J'ai bien fait d'envoyer Jim Jones secourir Lisa, je ne peux pas m'occuper de Shane et de Lisa en même temps. Et ces salauds le savent, c'est pourquoi ils les ont séparées. Pour les affaiblir et pour garder le contrôle de la situation.

La main sur son micro, une antiquité reliée au magnétoscope, il suit Shane slalomer entre les voitures en quête d'un moyen pour pénétrer l'épicerie. Au moment où la cascadeuse prend son élan pour défoncer une fenêtre obstruée par du papier journal, le geek panique et vocifère.

Shane, non ! Ils sont juste derrière, ils vont te cartonner ! Je vais te slider à l'intérieur !

D'un geste précis, Kenny scratche la bande-vidéo. Distorsion de l'image, Shane se téléporte, comme par magie, dans le magasin. Elle dégoupille la grenade et la lance à la face des bikers.

Espèce de petit connard, pense soudainement Kenny en découvrant la tronche du gamin à l'écran, *tu vas te faire déchirer !*

Kenny est prêt à appuyer sur sa manette pour exfiltrer Shane de la boutique, quand il se reçoit une giclée de sang sur les jambes.

Le caisson de Lisa !

Sur son second moniteur de contrôle vidéo, l'explosion de l'église de Birmingham se produit. C'est si violent qu'il en a le souffle coupé. Sa main lâche la commande, il perd le point d'exfiltration. La bande-vidéo de *Riot*[59] défile brutalement jusqu'au générique. Il se met à vouloir la rembobiner, s'embrouille encore plus.

Je vais tout faire foirer !

FRONTIÈRE 15

Rust, tétanisé, suit la grenade rouler entre ses jambes. Il entend une voix sortie de nulle part.

Shane, planque-toi ! Je ne peux pas t'exfiltrer !

La cascadeuse plonge sur le côté. Trop tard. L'engin explose, les criblant d'éclats.

Jeff s'écroule, les bras arrachés. Juice valdingue à terre, le ventre en bouillie. Rust, affalé contre le mur, a la moitié de son visage qui coule sur sa poitrine.

Shane ressent la palpitation de ses viscères à travers son t-shirt. Elle songe à son frère, tué par l'État. À cette femme au regard magnétique, rescapée de l'église de Charleston. Aux Noirs enchaînés sur cette route ensablée. À Mike, à Sarah. Elle formule une prière silencieuse.

---

59. Film américain de 2005 sur les émeutes de Los Angeles réalisé par quatre réalisateurs différents.

Mon Dieu, protégez les vivants, ceux qui vont continuer le combat après moi… Faites qu'ils aient toujours la foi… Qu'aucun crime contre notre communauté ne soit à jamais impuni…

Son cœur s'accélère brutalement. Sa vie s'échappe. Elle meurt dans une épicerie coréenne du quartier sud de Los Angeles.

Rust, debout, fixe le cadavre de Shane.

Cette salope est dead ! Je l'ai tuée, c'est tout ce que l'on retiendra.

La panne est proche, il s'accroche à des idées simples.

Mes exploits sont enregistrés sur VHS pour l'éternité, quelqu'un les matera furieusement pour s'en inspirer. Et on dira, adieu le raté, le petit camé désœuvré. Il a fait du chemin depuis ses années fumettes, quand il se planquait comme un paria dans la voiture de son oncle. On lui érigera une statue, à ce combattant qui a défendu la cause dans les territoires les plus hostiles.

Les limbes l'accueillent, son cerveau s'éteint pour de bon. Rust agonise parmi les boîtes de conserve.

FRONTIÈRE 16

Dans l'église, un sac chute du plafond, au pied de Jones. Il y trouve des compresses, une seringue. Il hésite où la planter.

Dans le cœur !

Suivant les directives de la présence invisible, le détective l'enfonce de toutes ses forces. Le shoot d'adrénaline secoue le corps de Lisa et elle se redresse, comme électrisée.

Jones n'a pas le temps d'achever son soupir de soulagement qu'un courant d'air frigorifiant traverse le lieu saint. Son être se disloque…

Jim Jones traverse l'espace à une vitesse folle. Les électrons de lumière qui l'enveloppent le terrorisent. Brutalement, tout s'arrête. Il est prisonnier d'un caisson. À l'extérieur, des râles et des cris de panique résonnent, et il entraperçoit une silhouette inerte que l'on transporte avec soin.

Quand il reconnaît Lisa, il tambourine de toutes ses forces, mais personne ne fait attention à lui. Réduit au rang d'observateur, son cerveau s'éveille et il se pose la question inévitable : mais où est-il ?

Sauvez Lisa !

À la place de sa voix, un bruit de chaîne métallique...

*

L'éclat planté dans les intestins de Shane se met à bouger. Il s'extrait, traverse la peau et la chair lacérée.

Un flash de vie, une circulation vitale transmet un influx nerveux. Shane hurle, surprise par la douleur intenable. Ses blessures se referment, son t-shirt se reconstitue. En face, comme un reflet déformé, le cadavre de Rust s'agite, il ravale son cri, son visage démantelé se solidarise de nouveau. Les parties mutilées s'unissent. L'hémoglobine s'extrait du sol qui l'avait absorbée pour retourner à sa source d'origine.

Disséminés par terre, les éclats métalliques de la grenade se ressoudent. Elle roule vers Shane, revient dans sa main, mécanisme verrouillé. Rust, debout, l'ajuste, prend le temps de viser. La jeune femme immobile – son corps brisé ne répond plus – voit le canon de l'arme se diriger vers elle.

Pourquoi m'infliger ça une nouvelle fois ? Mon cerveau est grillé. Je m'en sortirai pas.

*

« Tire, Rust ! Shoote-la ! » hurle Juice.

Impossible, son doigt refuse, la transmission nerveuse est *fucked up*. Les dents serrées, il commande à son encéphale de réagir, d'envoyer le peu d'électricité disponible pour presser la détente. Un courant chaud, puissant, traverse la pièce. La température monte et une nuée se forme, des particules fines se solidifient dans l'air.

Une boule lumineuse, des milliers de lucioles !

Rust prend peur, la sphère progresse vers lui. Il est coincé entre les étagères, le frigo et la caisse enregistreuse. Désespéré, il voit Juice et Jeff passer, tête la première, à travers les fenêtres et se barrer, le laissant seul dans ce merdier.

Soudain, Shane l'empoigne. Elle est parvenue à s'extraire de sa prison nerveuse, et elle le martèle de coups. Le gosse tente de repousser cette masse compacte de muscles en furie. Des rafales brûlantes lui courent entre les jambes. La nuée aveuglante les avale, ils se retrouvent piégés tous les deux.

L'étrange luminosité englobe Shane, comme un feu d'artifice permanent. À l'intérieur, la voix de Kenny l'encourage – *Shane, abandonne-toi, c'est fini. Tu rentres à la maison !* – Rust, galvanisé, se rebelle, cherche une issue, mais les vagues de chaleur les absorbent tous les deux.

*

« Juice, attends-moi ! » geint Jeff, à la traîne derrière son chef.

Fuck, man, tu crois que je vais t'aider à mettre un pied devant l'autre ?

Le biker fonce, une course de dératé pour échapper à la masse lumineuse qui le poursuit. Le phénomène a aspiré Rust et Shane, qui ont disparu dans des gerbes étincelantes. Juice tourne au coin d'une rue pour débouler sur une allée déserte.

Plus de flics, de *gangmembers*, juste des bagnoles cramées et cette odeur de guérilla. Il entend un cri, se retourne.

Derrière, Jeff se débat, pris au piège de la nuée. Il réussit à se libérer et roule sur le bitume. La masse l'attire, l'arrache du sol. Alors, Jeff cesse de gesticuler, comme paralysé par un puissant courant électrique. Il disparaît, la bulle grossit, les milliards de pigments glissent lentement vers Juice. C'est à ce moment qu'il les voit. Un groupe de Noirs – huit – mis en joue par la Garde nationale.

Juice charge aussi vite que ses jambes meurtries lui permettent. Il ignore les militaires et leurs armes pointées sur lui.

Les Noirs reculent, terrifiés. D'un côté, une nuée lumineuse semblable à un essaim d'abeilles fluorescent, de l'autre un culturiste à un seul bras, croix gammée tatouée sur le torse. Un père de famille attrape son enfant et sa femme et décampe au plus vite. Il n'espère qu'une chose, que les militaires choisissent la bonne cible.

L'air chauffé se dilate. Des microparticules se solidifient, l'arrachent au sol. Juice bande tous ses muscles et roule sur le macadam. Il s'échappe, mais perd une de ses bottes, qui reste aimantée au bitume.

De sa main valide, il se débarrasse de son calibre, puis hurle en direction des militaires

« Je ne suis pas armé, shootez pas ! »

Il s'agenouille, signe de soumission ultime, mais découvre avec horreur la gueule du conscrit. Un puceau de vingt ans, tout droit sorti du trou du cul de l'Amérique. Ce genre de pécore encombré d'un M16 prend rarement les bonnes décisions. Mais quelle alternative s'offre à Juice ? La sphère scintillante se dirige dans sa direction, soulevée par le vent. S'il bondit pour fuir, il se fait shooter, et s'il reste à genoux, il se fait engloutir. Frénétiquement, il agite la main.

« Je me rends, p'tain, tire pas ! »

L'air s'agite, s'agrippe à lui et le retient. Tant pis, il sprinte. Il se met à courir en direction du militaire, la seule voie de libre, bras toujours levé. La balle arrache sa main. Il se prend les éclats de ses doigts en plein dans la tronche. Il tombe au sol, fusillé de douleur. Quelques secondes plus tard, il est soulevé de terre. Les graviers râpent son visage.

Juice est jeté dans un fourgon de police en compagnie de la raclure de la rue. Un ramassis d'ordures citoyennes, Noirs, Latinos – un Blanc aussi – petite chose fragile qui regarde ses pieds. « Sauvé ! » grogne Juice, qui se laisse aller sur son siège.

« Qu'est-ce que t'as à pousser des cris de meuf ? T'es toute contente de savoir que tu vas me branler avec les deux doigts qui te restent ? » grince une voix dans son dos.

Il entend des rires gras, un « fais gaffe à ce qu'il te les enfonce pas dans le cul ! ». Juice s'en moque. Il adopte une attitude de défi. Menton pointé en avant, regard de dur.

Le Noir et les Hispaniques zieutent avec inquiétude ce grand gaillard au bras unique, à la main en charpie, sans pec, sans dent, avec juste une moitié de croix gammée sur son torse passé à la râpe à gruyère.

En découvrant leur tronche déconfite, Juice cède à l'hilarité la plus totale. Il est au bout de sa vie, son nez ruisselle de morve sur sa gueule de monstre, mais son rire triomphal ne s'arrête pas.

CHAPITRE 82

« Écartez les bras, monsieur. »

Trevor Brown se laisse fouiller en silence, mais quand le garde inspecte son revers de pantalon, il ne peut s'empêcher d'ironiser.

« Quelle arme de destruction massive vous cherchez là ? »

Le vigile ne relève pas et la petite pointe d'humour tombe à l'eau. Chez Brown, le stress agit comme un incubateur à blagues.

Dans quinze minutes, donnez-moi un stylo et un bloc-notes, je vous écris un spectacle de stand-up d'une traite, parce que je n'aurais jamais été aussi angoissé de ma vie. Dommage que New York soit détruit, j'aurai fait un tabac au Comedy Cellar.

« Faites attention où vous mettez les pieds, monsieur l'avocat. L'escalier est traître. »

L'avertissement arrive trop tard, Brown trébuche et manque de s'étaler.

« Tenez mon bras, monsieur ! »

Et le voilà dans la peau d'un grand-père que l'on aide à traverser la rue. Pas la meilleure entrée pour imposer son autorité.

Brown suit le garde et découvre avec stupéfaction un poste de contrôle surmonté d'une pièce d'artillerie. Un canon pointé sur la porte d'une cellule.

Celle qu'il doit visiter.

Une rigole de sueur coule le long de sa colonne vertébrale. À la télévision – cela remonte à loin maintenant ! – il avait vu un doc dans lequel un char tire sur un immeuble en béton armé. Le bâtiment s'était écroulé à la manière d'un arbre, lentement d'abord, puis de plus en plus rapidement. Quel être humain est assez dangereux pour nécessiter l'utilisation de charges explosives ?

Son client, Dylann Rust.

★

Un œil collé au judas de la cellule 31, Trevor Brown tente de comprendre ce qui s'agite devant lui.

S'il devait le décrire à son épouse, il lui dirait, chérie, c'est comme un phare en plein visage. Impossible de le regarder en face.

Shane pose sa main sur son épaule.

« Nous allons ouvrir la cellule, Trevor. Vous êtes prêt ? »

Brown hoche la tête, d'un air timide. La jeune femme tient dans la main un lance-roquettes qu'il aurait été incapable de soulever même à deux bras.

Voilà la guerrière d'Anacostia, celle qui a permis l'arrestation des deux criminels les plus singuliers de l'histoire américaine. Finalement, c'est une bonne chose qu'elle soit à mes côtés. C'est elle, l'arme de destruction massive.

« Vous me protégez, hein, vous ne me laissez pas tomber ?

– On est à vos côtés, ne vous inquiétez pas », le rassure Ben Goldman.

C'est sûr, dès demain, il aura plein d'histoires à raconter à ses petits-enfants.

PIÈCE 1344 ENTRETIEN TREVOR BROWN, AVOCAT

< Avant *The Dust*, j'étais avocat et je le suis toujours, même s'il n'y a plus officiellement de tribunaux. Il y a quelques mois, je me suis entretenu avec Ben Goldman, dans son bureau situé dans l'église d'Acabee. Il m'a affirmé que Rust aurait droit à un procès et moi, j'ai accepté d'être le conseiller du « tueur de Charleston ».

Comment j'allais aborder ma collaboration avec Dylann Rust ? De la même façon qu'avec mes autres clients.

Rust a commis des actes hors-norme, mais pour nous, avocats, défendre, c'est avant tout offrir un rempart à une personne qui est montrée du doigt et permettre que sa voix soit entendue. >

Ben pousse la porte, Brown retient sa respiration. Au milieu de la cellule en béton armé, une silhouette se tient assise sur un tabouret. Enveloppée d'une couverture, on ne distingue d'elle que des éclats de lumière qui transpercent le plaid. Dylan Rust, le tueur de Charleston, ce gamin fadasse aux cheveux blonds incapable d'attirer l'attention, est devenu un feu d'artifice permanent.

La voix métallique – bruits de vaisselle qui tombe au sol – agresse ses oreilles.

« Vous êtes avec eux ?

Qu'est-ce que vous voulez dire ?

– Vous êtes avec eux, oui ou merde ?

– Non, je suis avec vous. »

L'avocat cligne des yeux. Même camouflé sous un plaid, Rust reste brillant comme un diamant.

Brown chausse ses Ray-Ban. C'est mieux, mais la prochaine fois, j'apporte des lunettes de soudeur.

Une quinte de toux agite la couverture. La voix fuse, horrible.

« Pourquoi ils veulent un procès ? Qu'est-ce que ça peut leur foutre de me juger ? Qu'ils me tirent une balle !

– Une balle dans la nuque, ce n'est pas leur définition de la démocratie. »

L'image s'esclaffe. Des postillons de lumière fusent dans la pièce.

« Ces négros… Ils ont construit leur utopie ? Avec les lois qu'on leur a toujours refusées ? Oh, merde, mais de quoi on parle, de la justice des nègres ? Sérieux ! Je veux être remis aux autorités !

– L'autorité, c'est eux.

– Non, l'autorité, c'est nous ! Le vrai peuple américain. »

Rust s'agite sur sa chaise. La couverture glisse, un spot pareil à un phare est projeté sur le mur. Curieux, Brown regarde la forme. La lumière qui fuse en milliers d'arêtes l'éblouit.

« Trump, il fait quoi, il est où ? Pourquoi il ne se bouge pas le derche avec tous les politicards de Washington pour me sortir de là ? Il a gracié tous ses potes, je veux qu'il vienne ouvrir lui-même la porte de ma cellule ! »

La question provoque chez l'avocat une profonde sidération. *Trump, oui, je l'avais oublié celui-là. Dieu seul sait où il est !*

« Vous et vos amis, vous avez tout fait pour anéantir toute représentation d'une autorité juste et impartiale au service des citoyens. Vous avez quotidiennement pourri la démocratie en agitant le spectre du complot et en prêchant la haine...

– Toi et tes négros, vous n'êtes rien ! s'étrangle Rust.

– Je ne vais pas vous défendre si vous continuez à les appeler des négros. Rust, pour que le procès ait lieu, il faut que vous donniez l'endroit où votre corps est caché. C'est un préalable... »

Rust arrête ses gesticulations. Il se découvre et jette la couverture loin de lui. Une lumière incandescente envahit la pièce. Trevor passe un bras sur son visage pour se protéger. La voix métallique du tueur agresse ses oreilles.

« OK, on va parler vrai. Si je donne l'endroit, on deale un accord ! Je fais trois ans et pas une heure de plus ! Et tu me garantis le marché, pas question que je me livre pour qu'on me flingue ensuite ! »

Voilà, le gamin abat enfin ses cartes. Tout son speech agressif du début, une introduction au troc qu'il tente d'imposer.

Il est loin d'être idiot, comme tous les criminels, il cherche à échapper à la condamnation.

« Un accord n'est pas envisageable dans votre cas, Monsieur Rust. Je peux uniquement vous garantir un procès équitable.

– Toujours ces putains de mots : équité, justice. Le monde marche sur la tête ! Que tes nègres aillent se faire foutre ! Jamais je dirai où je suis enterré !

– Il faut que vous reveniez à la raison. »

Le gamin ricane.

« Barre-toi, j'ai pas besoin de toi ! À mon procès pour les neuf nègres de l'église, j'ai assuré seul, sans avocat. Dis-leur que je vais leur en faire baver. Et pour exhumer ma carcasse, ils devront retourner la Terre entière ! »

⋆

« Vous êtes aussi l'avocat de l'autre taré ?

– Il refuse d'être défendu ».

6 hoche la tête, la réponse de l'avocat ne l'étonne pas.

« Au moins, il ne nourrit aucune illusion sur l'issue de ce « procès équitable »... Pourquoi vous avez accepté ce job ? Vous n'allez pas vous faire des amis. Après le verdict, ils vous foutront à la porte, les gamins vous lapideront avec des pierres. Porter une cagoule, ça aide, vous pourrez faire vos courses sans vous préoccuper de votre sécurité. »

6 s'esclaffe, et dire qu'à l'époque, il y avait cru.

« Pas besoin de se cacher. Ici, on fait tout à la régulière. »

L'ex-flic se penche vers l'avocat et détache chaque syllabe de sa phrase.

« J'ai déjà été jugé. Il ne peut pas avoir un nouveau procès !

– Sauf s'il y a des éléments nouveaux qui remettent en cause le précédent jugement.

– Quels éléments ?

– La vidéo montrant l'usage que vous avez fait de votre arme. Selon la partie adverse, vous n'avez pas agi en état de légitime défense, vous avez exécuté Walter Wright…

– Selon la partie adverse ? Celle qui a créé cette machine ? Mais ils maquillent les preuves ! Je n'accepte rien tiré de l'utilisation de cette invention !

L'avocat prend son calepin.

« C'est un point qui devra être soulevé et discuté. »

L'ex-flic baisse la tête, avale difficilement sa salive.

« L'autre taré, il va lui arriver quoi ?

– Et si on parlait plutôt de vous ? » coupe l'avocat en sortant ses notes.

⋆

PIÈCE 1256 ENTRETIEN TREVOR BROWN, AVOCAT

< La première chose que j'ai exigée ? Que le nom entier du prévenu soit utilisé. Je ne pouvais pas accepter qu'on continue à appeler mon client par un numéro.

Roy Johnson a été jugé après un procès intense.

Vingt-six ans de prison ont été prononcés, dont vingt incompressibles. Quinze ans pour le meurtre avec préméditation de Walter Wright, huit pour l'assassinat de Princess Pinky, la prostituée, et trois ans pour avoir mis en danger John Green. Nous n'avons eu aucune preuve d'autres agissements, de sa participation à des escadrons de la mort. Sa prise de fonction comme chef de la police de Washington n'a pas été effective. On ne peut pas lui reprocher des faits qu'il n'aurait pas commis.

Il a été incarcéré dans une prison de haute sécurité qui compte aujourd'hui une trentaine de cellules. Il a décidé de ne pas faire appel.

Huit heures d'enfermement, huit heures de travaux sous surveillance, huit heures de repos. C'est son quotidien. Il le partage avec les autres détenus.

Pourquoi la perpétuité n'a pas été prononcée ? Parce que j'ai su prouver que le tir de Roy Johnson a été conditionné par ses années au sein de la police de *Prince's Georges County*.

On m'a reproché d'en faire une victime. L'État fabrique des tueurs que l'on juge irresponsables ? Vous vous foutez de qui ? J'ai reçu des menaces de mort. On a prétendu que je bossais pour l'ancien système, que j'étais un vendu, un parasite.

Je le vis bien, je n'ai pas de remords. La fonction de l'avocat, c'est permettre le dialogue le temps du procès. Que la société ne se transforme pas en une arène pleine de rage. >

PIÈCE 1302 ENTRETIEN BEN GOLDMAN

< Comment juger Rust alors que nous n'avions que son artefact numérique ? Il n'a jamais avoué où était son corps et le vivait comme une victoire.

Le jour du procès est arrivé et la tension est montée d'un cran quand une femme du jury a hurlé, terrifiée : « On ne veut plus de ce truc immonde parmi nous. Si on ne sait ni le tuer ni s'en protéger, on s'en débarrasse. Foutons-le dans un caisson à la mer, comme l'autre. Oui, je l'ai entendu. Cette opinion a recueilli l'unanimité. Enfouir cette aberration loin de nous, de nos enfants.

Mais qu'est-ce que signifie, se débarrasser d'une image ? Est-ce vraiment possible ? Cette photo de Rust est imprimée au plus profond de nous, de nos êtres, de notre psyché. Non, on ne peut plus s'en « débarrasser ». De nos jours, les artefacts sont aussi vivaces que les vivants. >

PIÈCE 1303 ENTRETIEN SHANE WRIGHT

< La rage des plus jeunes, des plus marqués par l'horreur post-*Dust*, je l'ai vue. J'en suis le témoin et je m'y inclus, dans ces citoyens qui ne croient pas à cette réconciliation espérée par Ben.

Qu'adviendra-t-il quand ce vieux fou passera l'arme à gauche ? Qui portera sa voix, son pacifisme, son putain d'altruisme ? Qui aura raison contre les autres ? Faut pas se leurrer, la démocratie, ce n'est pas l'avis de la majorité. Non, c'est l'opinion du plus bruyant. *Being vocal*, comme dit Lisa.

Sans l'argumentation de Ben, Rust aurait été exécuté, sans sommation. On aurait déniché un moyen, soyez-en certains. Dissoudre la moindre parcelle de son être, la réduire à néant, gommer dans la totalité son passage sur terre. Mais comme le rappelle si souvent Ben Goldman, on n'efface pas l'horreur. On la guérit. >

FRONTIÈRE 17

« Comment vous sentez-vous ? »

Mike regarde le chirurgien.

« Plutôt bien.

– On a évité le pire. D'ailleurs, qu'est-ce qui s'est passé ?

– Un type m'a attaqué à la tronçonneuse…

– À la tronçonneuse ?

– Ouais, j'ai réussi à le désarmer, mais un complice lui a passé une hache et il m'a esquinté le bras.

– OK, OK, je vois… ment le toubib, complètement dépassé.

– Vous avez d'autres questions ? » ajoute Shane avec un petit sourire amusé.

L'interessé fait signe à l'infirmière de sortir. Elle ne se fait pas prier.

« Qui êtes-vous ? demande-t-il en se tournant vers Shane.

– Est-ce que c'est important ?

– OK, parlons sérieusement. Comment allez-vous faire pour payer ? Si c'était moi, je vous laisserais filer sans rien demander, mais je dois rendre des comptes...

– En cash », coupe Shane.

Devant l'air sidéré du médecin, Mike éclate de rire. Shane sort des liasses de billets de son sac qu'elle entasse en pyramide sur la table de chevet.

« Mais moi, je peux pas accepter ça... »

Shane continue à empiler le pognon, elle s'amuse comme un gosse à confectionner un château en grosses coupures.

« Vous avez besoin d'un reçu ? Oui, c'est ça, je vais en chercher un ... »

L'urgentiste quitte la pièce, en secouant la tête.

« Voilà, 32 000 et 5 000 en pourboires... conclut Shane.

– Tu te la joues Pablo Escobar ou quoi ? »

Daizon a un petit rire. Il enfile le pantalon et le t-shirt que la cascadeuse lui tend. Il passe d'abord son bras valide. Il fait bien attention à ce que la prothèse n'accroche pas le tissu. La prothèse en plastique de couleur chair tranche sur sa peau noire. L'ancien champion se regarde dans le miroir de la chambre.

« Tatouages sur la gueule et plastoc rose au bras. Sérieux, t'as voulu me faire une bonne blague ? Tu sais quoi, t'aurais dû m'envoyer dans *L'Homme qui valait 3 milliards*, au moins j'aurais eu un membre bionique...

– Et t'aurais pu te taper Super Jaimie, espèce de salaud ! » glisse Shane avec le sourire.

Mais sa voix la trahit, les larmes inondent son visage. Mike l'attrape par la taille. Shane sent le corps chaud de son amoureux et, contre son bras, le plastique froid de la prothèse.

« Tu as donné plus que tu devais donner, Shane... On va prendre soin l'un de l'autre, tu verras... On sera bien... On sera heureux... »

Il sourit, adresse un vœu au ciel.

« Yo, *Beam me up*, Kenny ! »

Shane se sent avalée, elle entend, au loin, la voix de Mike. Un éclat de rire sonore, de gosse.

CHAPITRE 83

Bruits d'explosions, comme un feu d'artifice, couleurs vives et chatoyantes. Mike Daizon se prépare à une entrée triomphale mais au lieu des étreintes et des retrouvailles, une douleur insupportable et du sang plein la bouche comme un bâillon humide qui l'empêche de respirer.

À l'extérieur de son sarcophage, Mike entend Shane hurler, folle de peur : « On y retourne ! Vite ! »

Quand il tente de percer le voile de la vitre, son regard se perd sur la boucherie de son corps mutilé. La prothèse a disparu, sa blessure à l'abdomen s'est rouverte et un bout d'entrailles pend mollement. Son esprit s'évapore, sa conscience se disloque, mais avant le noir complet, le coup de grâce est porté, Shane claque brutalement la porte du caisson, comme on scelle un cercueil.

Il repart pour de bon dans les limbes.

*

Il n'a pas eu droit au dernier repas du condamné. De toute façon, il ne mange plus depuis bien longtemps. Rust, encadré par une dizaine de gardes armés, traverse un couloir en béton, éclairé faiblement par des néons. Il découvre une pièce souterraine, fermée par une porte blindée. Au centre, une version modernisée de M+.

On l'installe dans le caisson ultra-sécurisé.

Il se demande ce qui se passera, une fois projeté. Si son corps pixélisé explosera en milliers de polygones de chairs numériques. Le ronronnement caractéristique de la machine envahit ses oreilles. Le moment de la punition est venu…

FRONTIÈRE 18

Il se retrouve en pleine campagne, dans une obscurité totale. Cherchant en vain un endroit où aller, il crache par terre de dépit. Sa seule satisfaction : avoir récupéré son corps. Des odeurs nocturnes lui montent aux narines, des milliers de sons inconnus tintent à ses oreilles. Ses sens sortent de leurs veilles et s'ouvrent de nouveau à l'extérieur.

Il s'engage sur la route caillouteuse.

Bruit d'une voiture qui fonce. Il n'a pas le temps de s'écarter qu'une bagnole de police passe à toute blinde, manquant de le percuter. Aussitôt, le véhicule freine et fait marche arrière, sirène hurlante. Rust se jette dans les buissons pour ramper loin des flics. Derrière, deux faisceaux lumineux balaient les herbes folles. Caché dans les fourrés, il entend les bruits de bottes se rapprocher.

Le canon d'une arme se pose sur sa tempe.

« Tu bouges enfoiré, t'es mort. »

La torche, braquée en plein visage, l'aveugle. Il se reçoit une claque qui l'oblige à baisser la tête. Le flic trouve, dans une de ses poches, un papier sur lequel est inscrite une adresse.

« Qui t'a donné cette adresse ?

– Ce papier, il n'est pas à moi ! »

Il se reçoit un coup vicelard derrière l'oreille.

« T'as un papier dans la poche qui n'est pas à toi ? Tu te fous de nous ? Tu te crois dans ta ferme, salopard ? Qui t'a donné l'adresse ? »

Le coup de pied dans les côtes est si violent qu'il s'effondre au sol.

« Tu es attardé mental ? »

Le godillot du flic au-dessus de son crâne menace de s'abattre. Le nez dans la poussière, Rust réussi à articuler.

« Non, monsieur.

– Je crois que si. »

La portière s'ouvre, il est jeté à l'intérieur du véhicule. Quand la voiture s'ébranle, il distingue le visage des deux policiers.

Noirs, tous les deux.

*

Quand les deux flics traînent Rust dans le commissariat, le jeune homme découvre avec horreur l'absence de visages pâles parmi les agents de l'ordre. Ils sont tous noirs. Les seuls Blancs qu'il repère sont menottés, en attente d'un interrogatoire, la gueule boursouflée d'hématomes.

« T'es là pour quoi ? s'inquiète un petit Blanc à qui il manque des dents.

– Je marchais sur la route après 18h. »

Le mec hallucine, comme si marcher sur une route la nuit était une perversion incluant des enfants.

« Pourquoi, on a plus le droit de se balader ?

– T'es un grand malade, toi ! Alors pourquoi tu marchais sur la route ? »

Le mec veut connaître la vraie raison. Rust hausse les épaules, inutile de perdre son temps avec ce mec. Une heure plus tard, il est placé en cellule de dégrisement à côté de poivrots. Blancs, évidemment.

Au milieu de la puanteur de pisse et d'alcool frelaté, quelqu'un l'interpelle. Un flic lui signifie de s'approcher d'un air indifférent. Rust se colle aux barreaux, tend ses mains pour qu'on lui passe les menottes.

Il est de retour dans le bureau de l'inspecteur et découvre assis sur une chaise James Révolta.

Putain, où je suis ?

« Tu devais te présenter à l'usine ce matin, pas traîner sur la route, commence Révolta. Qu'est-ce que tu foutais ? Monsieur Thaddeus Thomas n'aime pas les vagabonds, les buveurs et les fouteurs de merde ? T'es un fouteur de merde ?

– Non », répond simplement Rust qui a compris la leçon.

Révolta est soulagé que le gamin ne gueule pas. Il regarde l'inspecteur et lui fait les yeux doux.

« Je suis désolé, monsieur l'inspecteur, pour le trouble qui a été causé. »

L'officier noir allume sa cigarette et regarde Révolta avec condescendance, comme si ce mec assis face à lui était un vague cousin de l'espèce humaine.

« Affranchis-le sur les coutumes du pays, parce que la prochaine fois, c'est six mois de taule.

– Il va filer droit ! » promet Révolta en prenant Rust par le bras.

Le gamin est traîné hors du commissariat par un James Révolta survolté, qui l'engueule devant les flics hilares.

« Messieurs les policiers viennent me chercher en pleine nuit, mes voisins vont se demander ce que j'ai foutu ! Si tu me refais ça, moi, je te casse la gueule, avant que ces messieurs s'occupent de toi ! »

Une fois dehors, Révolta cesse son petit numéro. Il sort son paquet de clopes, en propose à Rust.

« Tant que tu leur as pas léché le cul entièrement et proprement, ils ne te lâchent pas. Ils veulent te voir ramper et faire dans ton froc, ces enculés. 4 h 45 du matin, trop tard pour retourner se coucher, trop tôt pour se pointer au boulot. T'as faim ? »

*

La serveuse, une vieille Blanche toute décatie, lui verse sa deuxième tasse de café. Mais ce n'est pas suffisant pour le réveiller. Il se demande dans quel film il a atterri. Dans un cauchemar, oui. James Révolta se lance dans une longue et fastidieuse description de l'enfer qui l'attend.

« Le boulot est dur mais, dans l'ensemble, on s'en sort bien. M. Thomas est un chouette type, enfin pas trop con, ça dépend de quel côté tu te places. Il est là pour faire du fric et il veut que tout roule parfaitement. Si tu fais le job, même si t'es blanc, tu peux espérer une promotion. Tu deviendras pas contremaître, non, mais ouvrier qualifié ou chef d'atelier, ouais, c'est dans tes cordes si tu bosses à t'arracher le cul. Nous, les vrais travailleurs américains, on trime dur, quelles que soient les conditions. Ça, personne ne nous l'enlèvera. »

Rust a envie de gerber. Ce *dîner* n'existe pas, la serveuse blanche non plus. Et ce Révolta, rien à voir avec la grande gigue de *Saturday Night Fever*. Celui-là pue le pécore satisfait de son sort.

Cet enfoiré devait avoir sacrément besoin d'argent pour jouer dans une bouse pareille où les Blancs ont la valeur d'un étron, s'emporte intérieurement Rust. *Le mec a signé pour le plus gros caca disponible à Hollywood et je suis coincé dedans*[60].

« Ça va ? T'es tout pâle.

– Fais pas chier », rétorque fait Rust qui se reprend.

Pas question que les négros d'en haut jouissent du moment. Qu'ils aillent se faire foutre, il va leur montrer qui il est vraiment. Il serre les dents et tente un sourire. Une grimace, en fait. Révolta le regarde d'un drôle d'air. Il balance un billet sur la table.

« Lève-toi, faut qu'on y aille. Et c'est la dernière fois que je te sors de taule, enculé ! »

CHAPITRE 84

Kenny voit Daizon faire quelques pas à travers la chambre d'hôpital, prendre un stylo et écrire sur le mur : *Laissez-moi là.* Kenny se tourne vers Shane.

« Il est sérieux ? »

La jeune femme n'arrive plus à respirer, son diaphragme est bloqué. *C'est ça, finalement, sa récompense ? C'est la vie qu'on lui offre ? Où est l'espoir ?* Enfin, les larmes coulent. Kenny lui effleure l'épaule.

« Viens Shane, reste pas là, à regarder ça. »

Ken éteint l'écran et l'image de Mike Daizon disparaît. Shane se retourne et explose.

« Ne fais plus jamais ça, t'entends enfoiré ? Rallume cet écran et fous le camp ! »

Kenny regarde Shane, interloqué.

---

60. *White Man* (1995) réalisé par Desmond Nakano se situe dans une réalité alternative où les Blancs sont en bas de l'échelle sociale et les Noirs au sommet.

« Tire-toi ! »

Penaud, Kenny allume la télévision sans dire un mot et sort, tête baissée. Shane reste debout, haletante. Devant elle, l'ancien champion tourne en rond, dans une chambre aux murs blancs.

*

« Tu n'as rien à te reprocher, Kenny...

– J'ai juste voulu l'épargner... Mais qu'est-ce que je suis con ! Pourquoi j'ai éteint la télé ! »

Lisa caresse les cheveux couleur carotte du geek.

« Tu lui diras que je suis désolé, Lisa ? Tu lui expliqueras ? »

– OK, Kenny, j'irai la voir. Et tu lui parleras, quand elle y verra plus clair...

Kenny fait oui de la tête.

Devant eux, des enfants traversent le jardin. Leurs éclats de rire résonnent alors qu'ils ont disparu depuis longtemps.

FRONTIÈRE 19

L'obscurité puis un flash terrible.

Daizon est projeté avec violence sur le sol, sonné. Il retient son souffle, s'attend à voir sa prothèse se détacher et un geyser de sang jaillir. Non, tout a l'air de rester bien en place. Il regarde autour de lui. Il est au milieu d'un bois, en plein hiver. Il remonte la fermeture éclair de son blouson en cuir et fait quelques pas. La vue se dégage et la maison de Joey Di Maggio apparaît.

Quelques minutes plus tard, il pousse la porte du gymnase et l'odeur de sueur le prend à la gorge. Kevin Maloney, son ancien entraîneur, est assis sur un banc, seul, la tête baissée.

« Yo, mec, qu'est-ce qui se passe, t'as pas l'air bien ? »

Maloney relève la tête, complètement désorienté.

« Ça pourrait aller mieux.

– Quel jour on est ? » demande Daizon, pris d'une intuition.

*

Mike se dirige vers la grande maison en bois et monte directement à l'étage. Tout est à sa place, mobilier, déco, même les garçons qu'il croise sont les répliques de ceux qui partageaient son quotidien.

Il pousse une porte. Sur le lit, allongé tout habillé, Young Mike, la tête enfouie dans les couvertures.

« Yo, Mike ! » dit Daizon, en s'asseyant sur le bord du matelas.

Le jeune homme – cinq ans de plus depuis leur dernière rencontre – a un geste de surprise en découvrant, devant son nez, la face tatouée.

« Encore toi ! J'ai pas envie de causer.

– Je sais.

– Ferme ta gueule ! »

Les années passent et toujours la même brutalité. Daizon se tait. Il se rappelle les jours qui ont suivi la mort de Joey. Physiquement présent, intérieurement évaporé. Il avait mis des mois, des années, à digérer.

« J'ai été boxeur moi aussi.

– Eh bien tu devais être un sacré tocard, ta tête me dit rien.

– Joey s'est occupé de moi pendant des années. »

À l'évocation de Joey, l'ado relève la tête, une lueur pointe dans son regard.

« J'ai dormi où tu dors. »

Young Mike s'est mis debout, la tension monte, il serre les poings.

« Arrête de dire des conneries, enfoiré. »

Daizon s'approche de la fenêtre. Un instant, il profite de cette vue inoubliable.

« Quand je voulais foutre le camp de cette baraque de fous, quand l'entraînement était trop dur, à faire gerber, je mettais les voiles pour aller voir mes potes à Brooklyn. Je la coinçais de cette manière et pendant la nuit, je revenais, ni vu ni connu. Cette fenêtre toute pourrie m'a rendu pas mal de services. Il fallait avoir le coup de main pour l'ouvrir, c'est tout. »

Et il la bloque comme Young Mike l'a fait des centaines de fois pour se barrer. L'ado regarde Daizon comme s'il le voyait pour la première fois.

« Joey, il s'est occupé de toi, vraiment ?

– Pas autant que je l'aurais voulu...

– Qu'est-ce qui s'est passé ?

– La vie nous a séparés... »

Le gamin s'agite, sa respiration s'accélère.

« Je t'ai écouté... Je suis allé voir ma mère avant qu'elle ne meure à l'hôpital...

– Ça t'a fait du bien ?

– C'était trop tard, ça n'a servi à rien.

– Dans des années, tu verras, ce moment comptera... Les *trop tard* font aussi partie de la vie... »

L'ado regarde Daizon, sans comprendre. Mais cette fois-ci, il a envie d'écouter. « Joey est mort il y a deux jours, mec. » Il secoue la tête, comme pour se le rentrer dans le crâne. « Et tu sais quoi, peut-être bien qu'il était un enfoiré, qu'il m'a adopté pour m'utiliser. Il en avait peut-être rien à foutre de moi... »

Mike Daizon pose sa main cabossée sur la cuisse massive de l'adolescent.

« Tu veux venir avec moi ? »

FRONTIÈRE 20

Rust pénètre dans le bâtiment au son de la sirène, il suit la cohorte de travailleurs blancs. Il se retrouve affecté à l'emballage, le boulot le plus dur. À côté de jeunes Redneck qui se tuent à la tâche sans rechigner. À la pause-déjeuner, il revoit Révolta.

« Alors, ça se passe bien ? »

Mais c'est quoi cette question à la con ? J'ai l'air de me marrer ?

« Ce négro m'a frappé ! » accuse Rust, en pointant du doigt le contremaître.

Au mot *négro*, le vide se fait autour de lui. Révolta le saisit par le col et, d'un coup de coude vicieux dans les gencives, déloge une dent de la mâchoire du jeune con, une molaire déjà bien abîmée par le raid dans l'épicerie coréenne.

« Je t'ai dit de pas faire de vague. Si tu bosses mal, c'est normal de te recevoir des pieds dans le derche ! »

Révolta tend une enveloppe et un trousseau.

« C'est une avance sur ta paie et la clef de ton baraquement. Ta piaule, les bars, les restos, les magasins, les routes, tout ce qui est construit ici appartient à M. Thomas ou à ses fils. Alors, n'y fous pas le bordel ! Un dernier conseil, te promène pas la nuit, y a pire que se faire embarquer. »

Rust empoche l'enveloppe avant de comprendre.

Je trime pour lui et je lui refile tout mon fric ? C'est quoi cette embrouille !

« C'est-à-dire *pire que se faire embarquer* ?

– Si tu veux pas te retrouver la gorge tranchée et le pénis ailleurs que dans le slip, te promène pas le soir, c'est aussi simple que ça.

– C'est une blague ? »

Révolta s'esclaffe, tout en se roulant une clope. Il fixe Rust, un regard qui se veut intimidant.

« Je sais pas d'où tu viens pour pas être affranchi sur ça, gamin... Je vais faire ton éducation express. La semaine dernière, un rouquin – ouais, les pires, vraiment – a maté de trop près la fille d'un médecin. Elle est super bonasse – un corps à se foutre en l'air, peau très noire, les yeux en amande et le cul, m'en parle même pas, rond comme un melon ! Son père est fou d'elle ! Quand il a vu le bouseux tourner autour – il était à cinquante mètres, à la reluquer d'un œil, mais crois-moi, pour eux, c'est déjà trop. Avec trois potes, le médecin a débusqué le rouquin chez lui avant de décréter, devant sa femme et ses gosses terrifiés, qu'il s'agissait d'un viol. Le type s'est fait tabasser. Pas passé loin de la corde ! Résultat, jambes cassées, un testicule arraché. Le mec se remettra, t'inquiète, mais depuis, c'est un peu tendu. Avant d'aller picoler, faudra patienter deux semaines que les esprits se calment. En attendant, on vit notre petite vie, dans notre coin. T'as compris le message ? »

*

Daizon fait signe au taxi de s'arrêter. Le véhicule se faufile à travers le flot de la circulation et trouve une minuscule place sur le trottoir.

« Qu'est-ce qu'on fout là ? » demande Young Mike en regardant l'entrée de la *Chase Bank.*

Quelques minutes plus tard, il présente à l'employé un papier où est inscrite une suite de numéros.

« J'aimerais savoir combien il y a sur ce compte.

– C'est vous le titulaire ?

– C'est le jeune homme. »

Young Mike regarde Daizon sans comprendre.

« Montre ton I.D, Mike. »

Young Mike s'exécute. L'employé consulte son fichier et relève la tête.

« La somme totale est de 22.750, 56 dollars.

– C'est à qui ce fric ? À moi ?

– Oui, affirme l'employé amusé.

– Qui l'a mis là pour moi ?

L'employé consulte son fichier.

« Un certain Joey Di Maggio, jeune homme. »

La nouvelle laisse Young Mike sans voix, et les yeux débordant de larmes, il se précipite hors de la banque pour s'affaler sur un banc.

Les passants, étonnés, regardent avec insistance ce gros bébé de dix-neuf ans, fringué comme LL Cool J, qui pleure en silence à côté d'un mec encore plus étrange.

– Joey a ouvert ce compte, l'a alimenté sur la bourse de tes combats et en mettant de sa poche quand il avait du fric devant lui. Ce qu'il voulait ? Que tu aies un petit quelque chose en cas de problème si la boxe ne marchait pas.

– Pourquoi il a fait ça ?

– Parce qu'il se souciait de ton avenir. Joey voulait que tu aies une alternative, le jour où tout s'arrêterait. »

– Qu'est-ce que t'en sais, qu'est-ce qu'il a fait pour toi ? Que dalle, t'es juste un paumé !

– Il a essayé de m'aider, je ne l'ai pas écouté. La boxe m'a tiré vers le bas. Tu ne dois pas devenir champion avant d'être un homme, Mike. »

L'adolescent le regarde, estomaqué. On devient un homme en combattant sur un ring. On gagne le titre, le fric et les femmes, en même temps, c'est bien la preuve, ça !

« Tu sais, continue Daizon, peut-être qu'il voulait que le monde crie *Joey, meilleur entraîneur que la terre ait porté*. Mais est-ce que ça fait de lui un égoïste si tu es le centre de sa vie ? Deviens un homme en t'appuyant sur ses enseignements. Ce qu'il t'a appris dépasse de loin les quatre cordes d'un ring. »

Young Mike essuie ses larmes.

« Je veux retourner à Catskills et reprendre l'entraînement. »

FRONTIÈRE 21

Il fait un rêve.

La peine capitale pour le meurtre des neuf paroissiens a été prononcée. Il est à quelques minutes de sa mort programmée. Il marche dans un couloir interminable, entouré de gardiens, le prêtre à ses côtés. La tête droite, le menton volontaire.

Il aperçoit les familles éplorées à travers la vitre de séparation. Il ne ressent ni compassion ni remords, il se marre même quand le poison s'insinue dans ses veines, et lutte pour garder les yeux ouverts, que l'on se souvienne de lui, pour l'éternité, comme ce jeune mec qui a regardé le néant en souriant.

Le soleil de midi l'éblouit, l'odeur des gamelles lui fout la gerbe. Il se rend compte qu'il est au réfectoire, à côté de ses nouveaux potes de galère. Les rires sont légers, le week-end se profile et les types sont heureux. Bouffer, picoler, baiser la copine après le ciné, la belle vie quoi ! Ils tapent dans leurs mains, chahutent, dans cinq heures ils sont sortis de leur enfer. La perspective de vivre quarante-huit heures de répit leur donne la trique joyeuse.

Un bourdonnement.

Un ordre est gueulé. Les mecs à ses côtés protestent faiblement. La pause est sucrée, ils s'affairent à empiler les cartons dans le véhicule, la tête baissée.

Rust suit le mouvement. Un collègue lui file un coup de coude et lui montre un type fraîchement débarqué. Quand Rust discerne les traits du nouveau venu, une envie de dégueuler le submerge. Il l'a tué. Dans la forêt, il l'a défiguré, enfoncé sa lame dans son œil jusqu'au cerveau. Il a même hésité à lui trancher le pénis et les testicules. Alors comment cet enfoiré est-il vivant à se balader dans son uniforme impeccable ?

Un grand coup de pied dans le derche l'arrache à son délire.

« Arrête de le mater, petite crotte ! »

Rust tombe sous la violence du choc, écrasé par les cent trente kilos du contremaître. L'homme est un ancien champion de lutte, un taureau sous stéroïdes. Le gamin prie pour recevoir un coup qui lui arrachera la tête et le fera crever, pour de bon. Mais la brute le jette au loin, lui fait mordre la poussière. Étouffant un râle de douleur, Rust entend tonner la voix du contremaître.

« Désolé Monsieur C.J., ce connard est arrivé le mois dernier, il n'a pas encore tout compris. On va le mettre au pas, ne vous inquiétez pas ! »

Rust lève les yeux, le visage maculé de merde. Il réprime les sanglots qui l'étranglent. Dix minutes plus tard, il est de retour devant ses conserves qu'il positionne proprement dans un carton avant de le caler dans un camion.

Voilà où va la production, voilà pourquoi on l'a foutu là. Son travail, pour l'éternité, nourrir des nègres affamés. Construire, de sa sueur, de ses mains, de son sang, leur paradis, bien réel. Et ne jamais en voir le bout, se consumer sur place. M+, avatar moderne du goulag.

*

Dans le gymnase de sa jeunesse, Mike observe son double adolescent frapper de toutes ses forces dans le sac – brouillon et sans technique, mais il a besoin de tester sa puissance. Daizon ferme les yeux, porté par la musicalité imparfaite des coups.

La porte s'ouvre, une ombre traverse la salle. L'ado s'arrête de cogner, il pointe du doigt la silhouette élancée qui s'avance d'un pas ferme vers eux.

« Qu'est-ce qu'il y a Mike ? s'inquiète Kevin Maloney.

– Cette femme, c'est elle qui m'a sauvé la vie, qui s'est battue contre *Face De Cochon.* »

La femme adresse un clin d'œil au jeune boxeur, et Maloney comprend enfin que son poulain n'a jamais menti au sujet de son agression. Celui-ci s'est débarrassé de ses gants, qui gisent au sol, et observe, fasciné, le spectacle de Shane et Daizon. Ils s'étreignent comme deux amants séparés par la vie. Leur amour est si fort et si puissant qu'il irradie la conscience de l'adolescent.

Ces deux étrangers m'ont sauvé par deux fois, ce sont mes anges gardiens. Je ne serais plus jamais seul.

Young Mike respire profondément. Une chaleur traverse son corps. Son cerveau lâche prise, les tensions des derniers jours s'apaisent. La voix de Joey résonne. *Une frappe, c'est une visualisation, une énergie*. Tout en relâchement, il projette son poing. Il entend Maloney exploser de joie.

« Oui, Mike, c'est ça ! Mec, tu le tiens enfin, ton coup signature ! »

La vie reprend, tout simplement.

★

Le soir dans sa piaule, allongé sur son lit, Rust a une unique pensée, se tuer. Le suicide comme dernière action politique. Il monte sur un tabouret, attache son drap au-dessus d'une porte, noue le nœud autour de son cou. Sans réfléchir, il envoie valser l'escabeau et vide ses poumons d'un trait pour en finir au plus vite. Ses vertèbres cervicales craquent. Il va crever, c'est sûr ! Son cerveau se révolte, son corps se convulse, tous deux possédés par la peur animale de la mort.

Il s'est souvent demandé s'il pourrait aller jusqu'au bout. Au premier jour de son délire – assassiner des nègres dans l'église historique de Charleston ! – il ruminait cette idée jusqu'à l'obsession. Dans la vieille Pontiac de son oncle, sous bière, sous dope, il fantasmait s'imaginant mourir dans un feu d'artifice.

Après la tuerie, quand les flics ont surgi et l'ont arrêté, il aurait pu leur tirer dessus pour qu'ils répliquent et le tuent. Une balle dans la tête lui aurait également offert une conclusion acceptable. Il en avait même réservé une en prévision.

Mais non, il a sagement levé les mains en l'air. Il a eu peur. À en crever. Cette terreur a toujours été là, moteur inconscient de son existence dédiée à la destruction. Lui qui voulait entrer dans l'histoire des États-Unis d'Amérique à la rubrique des héros de la nouvelle guerre de Sécession restera comme le seul redneck esclavagisé.

L'obscurité noircit sa pupille, un océan de ténèbres l'accueille… Derrière le voile de sa conscience flinguée, il distingue une légère explosion. Une distorsion, l'espace déchiré. Deux mains le saisissent, le remettent sur ses pieds. Un couteau coupe le nœud autour de sa gorge. Il inspire violemment, réflexe involontaire, et l'oxygène pénètre, abondant, le ramenant à la vie.

Ses sauveteurs le jettent sur le lit sans ménagement. Il a compris. Il ne veut pas les voir, eux et leurs petites gueules triomphantes. Quand ils repartent, Rust reste prostré sur sa couche, comme un animal blessé. Il trouve pas le sommeil. Il sait l'Œil au-dessus de lui.

Il va finir sa vie éternelle, scruté et étudié. Amoureusement protégé de la mort par ceux qu'il a tant désiré tuer.

⋆

Shabazz Ali passe les portes de la salle de Joe Di Maggio. Au mur, quelques posters, au centre, le ring miteux où s'entraînait Floyd Hackman, le premier élève de Joey, son premier champion du monde.

Les souvenirs reviennent.

Il était venu dans le temps, histoire de le narguer. Ce Floyd était la caricature du nègre passé par la prison et castré par les Blancs. Tout gentil, tout poli. Et puisqu'il faut au moins aimer un des nègres sur le ring, l'Amérique l'avait choisi. Cette jolie putain adore les Noirs soumis.

Il l'avait défoncé, en douze rounds.

« Bazz ! » crie Daizon.

Ali le repère, avec un gamin à ses côtés et a un choc. *Ce qu'on raconte est donc vrai,* se dit Ali les yeux rivés sur le gosse. *Ce truc, c'est Sheitan, faut pas que je reste dans ce lieu maudit.* La version jeune de Mike le scrute en retour, étonné que son nouveau pote serre dans ses bras cette vieille bique qui n'inspire aucune curiosité. Sans trouver de réponse, il s'éloigne en traînant des pieds.

La tête d'Ali se décroche à force de dévisager tour à tour le modèle jeune et vieux de son ancien protégé.

« C'est toi ?

– Ouais, mec ! »

Le spectacle du jeune Daizon répétant ses gammes sous l'œil de son entraîneur capte un moment l'attention d'Ali.

« Comment ça va là-haut ? » demande Mike.

Là-haut ? On est où ici ? En bas ? Ali commence à se sentir mal à l'aise.

« Ça pue la diablerie ici...
– Faut juste pas s'attarder, sinon on finit coincés...
– Mike, si je suis venu ici, c'est pour te donner quelque chose... »

Mike serre les dents. Cette visite est un crève-cœur. Ali sort une large enveloppe de la poche de son pardessus.

« C'est de la part de Shane... »

Mike regarde le compte-rendu médical. Il ne dit rien, mais son visage s'adoucit. Ali comprend que son élève a fait un sacré chemin depuis leur première rencontre.

« Qui en prendra soin de notre bébé ?
– Shane, Ben, Lisa... toi », tente Ali.

Mais Mike secoue la tête, il n'y croit pas. Ali lui prend la main.

« Mike... Tu seras là aussi pour ton enfant... »

Le pouls de Daizon s'accélère, les larmes coulent. Il aurait préféré ne rien savoir, être oublié. Rester où il est, avec sa nouvelle famille. En tête-à-tête avec sa version chimique.

« Shane aurait aimé te l'annoncer, mais utiliser la machine, dans son état, ce n'est pas prudent. Elle accouche dans quelques semaines... Ne perds espoir Mike, il faut continuer à vivre... »

Vivre...

Rupture brutale de rythme, Mike connaît trop bien la suite. Il serre Ali, un courant électrique parcourt ses membres, l'onde sature son système nerveux. Le corps du vieux boxeur s'efface et disparaît. Mike reste face à son reflet dans le miroir, l'échographie dans les mains.

FRONTIÈRE 22

Juice ne moufte pas quand on lui fait remplir les formalités d'entrée dans la prison de *Los Angeles County*.

Ce sentiment – d'être parfaitement à sa place – il le connaît par cœur. Ce sont ses séjours à l'extérieur qui sont la vraie anomalie. Son existence, la seule qu'il maîtrise, est dans les 8 m^2 d'une cellule. Il prend ses quartiers dans l'aile nord, celle réservée aux détenus blancs et oublie qu'il s'agit d'un gigantesque *fake*. La preuve, quand il s'installe, un prisonnier l'accueille par une gueulante.

« T'es qui, tu viens d'où, t'as fait quoi ?

– Charleston

– Connais pas.

– Tu connais pas tout.

– Fais gaffe à ce que tu dis.

– Toi, ferme ta gueule. Au lieu de souffler des conneries dans mes oreilles, présente-moi au taulier », ordonne Juice sans même hausser la voix.

★

« *Fuck !* »

Juice s'attendait à voir débarquer son avocat, c'est Lisa fringuée d'un baggy et d'un t-shirt *2Pac & Notorious BIG reunited* qui s'assoit. Elle ricane devant l'air ahuri de la brute, et profite du tableau offert par ce corps maché et digéré. De l'ancien chef de bande, du gros macho nazi bodybuildé, il ne reste rien.

Le culturiste la fixe méchamment, s'il avait même une cuillère à sa disposition, il tenterait le coup. Enfoncer la pointe dans sa gorge ou l'énucléer.

« Arrête de me mater, petite salope ! »

Lisa continue de rire, bien calée dans son siège.

« Jouis du spectacle, j'm'en fous ! »

Il a envie de lui cracher à la gueule et d'appeler un gardien pour le ramener en cellule. Mais avant qu'il vocifère, Lisa pose un magnétophone sur la table.

« Ça, c'est un magnéto et ça, crétin, un micro. On veut que tu racontes ton histoire. »

L'ancien culturiste la regarde sans comprendre.

– Raconte tout. Ton enfance de merde, ton entrée dans le gang, comment tu en es devenu le chef, qui tu as tué, pourquoi. Et surtout, on veut savoir ce que tu penses... C'est bien la première fois qu'on te le demande, hein ?

– Ce que je pense de quoi ? » s'emporte Juice en haussant la voix.

Lisa se lève.

« On te laisse une chance de passer à la postérité, pauvre con. »

PIÈCE 1455 ENTRETIEN JUICE

< Jc suis rctourné à ma cellulc en emportant ce foutu magnéto. Je ne sais vraiment pas pourquoi je l'ai pris avec moi, au lieu de le fracasser contre un mur. Je n'y ai pas touché pendant un mois et un soir, j'ai saisi lc micro. Parler... C'est tout nouveau, mais c'est devenu mon truc, on dirait.

Ils vont sûrement falsifier mes propos pour me faire passer pour un con. Je m'en fous. Y en aura toujours qui sauront déchiffrer la vérité. Le fascisme américain n'est pas né ou mort avec moi. Un jour, quelque part, un jeune entendra mon histoire et voudra donner de la voix. Personne n'a envie de devenir le muet de l'Amérique. >

CHAPITRE 85

PIÈCE 1545 ENTRETIEN TIRÉ DE « MOI, BEN GOLDMAN, INVENTEUR DE M+ »

« Je suis concepteur de profession, mais j'ai toujours pensé la technique et la science connectées à la philosophie.

Comme beaucoup, le procès de Rodney King m'a sidéré.

Que se serait-il passé si les avocats de la défense avaient projeté le jury, en majorité blanc, dans la vidéo ? Si l'assemblée entière avait pu vivre cette expérience, et par là j'entends, l'éprouver dans leurs corps, l'aurait-il jugé de la même façon ?

M+ était une réponse à cette situation, un moyen de plonger le spectateur dans une expérimentation impossible autrement. Je pensais naïvement résoudre l'injustice. Pardonnez l'effort puéril d'un vieux fou.

Mais c'est un cri de désespoir qui a insufflé une deuxième vie à M+. Elle offrit à la communauté noire un avantage décisif dans un combat perdu d'avance. Une lutte aussi ancienne que le monde.

Bricolé avec les débris d'ustensiles de cuisine et d'outils ménagers, M+ a contribué à l'émancipation et à la libération des peuples opprimés. Bien sûr, il a été aidé par *The Dust*, cette catastrophe qui demeure inexpliquée.

On pourrait presque dire que le système, pour se réparer, nécessitait l'improbable et l'excentrique comme remède. >

ÉPILOGUE

< Ils sont venus, une nuit.

Sauce Chien, Kompé Lapin, Tant' Titine.

D'une lointaine île. Certains parlaient anglais, d'autres français ou créole.

Nos frères des Caraïbes.

« Nos îles ne sont que poussières, sous l'emprise d'hommes qui ont retrouvé tous leurs attributs. Ils nous ont remis dans leurs champs, à reconstruire leurs maisons, à trimer sous le soleil brûlant. Et ils paradent à nouveau en maître.

Certains d'entre nous sont morts, tués. D'autres se sont suicidés et sont sous nos pieds, mal enterrés. Mais il reste l'espoir.

On parle d'une machine qui donnerait du pain et des armes. Qui nous redonncrait notrc placc. Si on sc décide à lutter.

C'est une requête de femmes et d'hommes épuisés à nos cousins noirs d'Amérique. Pour que les Blancs des îles, ceux qui ont toujours été les maîtres cachés ou officiels, apprennent à respecter la Peur.

Respecter l'Obscurité. Respecter cette Force Noire Inébranlable que vous avez dressée devant eux. Si forte qu'elle a délogé le Mal tapi chez vous depuis son origine. >

Sauce Chien & Tante Titine, frère
et sœur des Antilles françaises

PIÈCE 3455 ENTRETIEN BEN GOLDMAN

< M+, née dans un garage de l'État de Washington, a traversé l'océan pour venir en aide à nos frères des Antilles. >

*

La jeune conférencière pointe du doigt une photo.

« Vous savez qui sont ces hommes ? »

L'assemblée – des hommes, des femmes, des enfants de toutes couleurs ou origines – observe avec attention le cliché d'un autre siècle.

« La seule photo originale des Harlem Hell's Fighters. Qui connaît leur histoire parmi vous ? »

Une main se lève.

« Oui ? »

Le jeune garçon se lance, timide.

« C'est la première division composée uniquement de soldats noirs[61]. Ils ont été envoyés en Europe lors de la Première Guerre mondiale. Ils ont combattu les Allemands...

– Bien, très bien... » la conférencière a un petit sourire, devant elle, le visage des gosses s'est éclairé. « Nous allons passer à la partie que vous attendez avec impatience ! »

Les gamins regardent l'entrée plongée dans l'obscurité. Ils se pressent silencieusement dans la pièce où sont disposés des objets et des images placardées aux murs. Les néons s'allument, les posters se retrouvent subitement éclairés. Une musique tourne sur une vieille platine. James Brown, *Payback* !

La basse claque, les photos semblent s'animer.

« Les New Harlem Hell's Fighters ! continue la conférencière. Sur ce cliché d'origine, vous voyez les cinq membres fondateurs du groupe. Ben et Sarah Goldman issus de la mouvance des droits civiques des années soixante. Lisa Goldman, leur fille, affiliée aux mouvements de défense de la cause noire des années 2000, Shane Wright, cascadeuse, sœur de Walter Wright as-

61. Le 369e régiment d'infanterie a pu connaître quelques soldats blancs même s'il était composé dans sa plus grande partie de combattants afro-américains.

sassiné par la police de Washington, et Mike Daizon, le dernier champion américain de boxe poids lourds... Quelqu'un peut nous dire contre qui ils ont lutté ? »

Raushee Warren ne peut détacher son regard de l'écran vidéo. Son pote, Hakim est sidéré.

« T'as vu la patate qu'il lui met ! Ce mec, ça devait être quelqu'un. Paraît qu'il était un super combattant *dans le temps*... Papy m'a dit qu'il l'a vu, sur un truc qui s'appelait HBO. »

Raushee écoute à peine. Le poing de Daizon percute la mâchoire du boogeyman et le monstre s'écroule dans ce qui ressemble furieusement à un enclos à cochons. Un frisson parcourt le corps du jeune garçon, il se demande ce qu'il aurait ressenti s'il avait été enchaîné parmi les pourceaux. Aurait-il eu la même force, le même courage pour défendre sa communauté, son identité ?

Hakim s'est approché de l'écran principal pour découvrir Lisa face à quatre petites filles noires. Le reste de la classe se regroupe auprès de la conférencière.

« L'église de Birmingham en Alabama. Ces quatre filles ont été assassinées par des membres du Ku Klux Klan en 1960. Il s'agit d'un des épisodes majeurs de notre lutte. Dylann Rust, le tueur de Charleston, a précipité Lisa Goldman dans cette église. Sa façon à lui de nous dire que notre histoire est une boucle sans fin dont il est le maître et que notre mémoire ne sera que douleur. Ces quatre petites filles ont réécrit l'histoire. Elles se sont sacrifiées pour que Lisa Goldman survive... Cette vidéo est une nouvelle page de notre roman national... »

Raushee s'approche d'un troisième écran. La conférencière pointe du doigt le moniteur.

« Là, vous pouvez observer Mike Daizon avec son double de celluloïd dans la salle de boxe de Catskills...

– Vous voulez dire madame qu'il est en ce *moment* à Catskills ? » fait une petite rouquine à couettes, complètement stupéfaite par ce qu'elle voit.

La jeune femme sourit.

« Oui, il est là ! Dans un univers qui n'existe que sur cette VHS précieusement conservée ici. Mais ne soyez pas tristes. Lisez bien le texte laissé par Mike. C'est un message qui s'adresse à vous, la nouvelle génération. Tu veux bien le lire, s'il te plaît... »

Raushee regarde ses camarades et se lance...

« *Being vocal*, message à la nouvelle génération... »

*

« Gamin, on ferme dans dix minutes !

– Je leur dis juste au revoir, m'sieur ! »

Le gardien sourit, les gosses sont tous pareils. Même s'il a vu des adultes pleurer en écoutant le témoignage audio de Sarah Goldman. Raushee se plante devant l'affiche grandeur nature de Shane Wright et Lisa Goldman. Les deux femmes se tiennent la main. Elles sont à l'entrée du camp New Hope à Anacostia où tout a commencé, derrière eux la communauté d'origine, qui a libéré tout l'Est des États-Unis. Une forêt de visages noirs et blancs, souriants.

Raushee pose sa main sur la photo en noir et blanc, écornée, et fait un vœu.

*

Jim Jones regarde le mur de son bureau dans l'espoir de voir une apparition. Mais non, toujours rien ! Sur son bureau, une vieille édition du *Times*, et, sur la photo, les décombres de l'église de Birmingham et, enfin, sur le sol, dans la poussière, son pardessus en cuir. *J'ai pas rêvé, j'y étais. Mais comment est-ce seulement pos-*

sible ? Comment j'ai pu me téléporter dans le passé, dans cette église en 1965 ! La porte s'ouvre, Shelly apparaît une tasse de café dans les mains.

« Ça va, boss ? »

Jones ne la calcule même pas, égaré dans ses pensées. La jeune femme dépose la tasse et quitte la pièce discrètement. Elle s'assoit derrière son bureau. La sonnerie du téléphone la tire de sa léthargie. Au bout du combiné, elle reconnaît la voix enjouée de Betsy, sa meilleure amie.

« Hey bébé, comment va ?

– Ça pourrait aller mieux...

– C'est Jones, hein, dis la vérité ?

– Depuis quelque temps, il n'est plus le même... Il s'est occupé d'une affaire et...

– Il y avait des gonzesses dans le merdier à résoudre ? C'est bien ce que je pensais, chérie... »

À entendre Betsy soupirer, Shelly se mord les lèvres. Elle n'aurait pas dû craquer, sa copine en profite pour lui prodiguer ses grandes leçons de morale.

Betsy est toujours accro. Jones l'a tringlée, il y a une décennie, mais avec lui, il n'y a jamais prescription. Déçue, elle milite pour que jamais une autre ne lui mette le grappin dessus, fût-elle sa meilleure amie. Elle prend le ton professoral de celle qui a su décrypter le *Jones Code.*

« Chérie, tu perds ton temps en croyant que la fois où vous êtes allés dîner, c'était un rendez-vous. Le mec avait juste envie de grailler ! La plante en plastique posée sur son bureau aurait eu deux tétons, il l'aurait invitée, *elle* et l'aurait baisée ensuite !

– Je croyais qu'il avait évolué ! »

Elle entend Betsy s'étrangler au téléphone.

« *Évoluer* ? Mais chérie, y a que Ford qui *update* ses modèles chaque année ! Les mecs, ils restent dans leur jus jusqu'à ce qu'ils crèvent ! »

Betsy ricanne. Des mois auparavant, elle aurait pensé « espèce de garce rageuse ! », là, elle est si résignée, qu'elle ne proteste même pas pour la forme. Elle trouve juste la force d'ajouter.

« Et les billets pour le match ? J'ai promis à mon gamin que Jones venait avec nous. Mon gosse en a pissé de joie.

– Si Jones ne veut pas te baiser – alors que le mec tringle tout, même sa foutue plante en plastoc, n'oublie pas ! – aucune chance qu'il devienne le père d'un gamin qui n'est pas le sien ! »

Shelly ouvre le tiroir de son bureau, sort les billets du match – achetés une blinde au marché noir – et s'apprête à les déchirer.

*

Un crépitement picote le dos de Jones, une feuille de papier se matérialise sous ses yeux et s'accroche au mur. Il manque de souiller sa culotte.

« MonDieuJésusMarieJoseph ! »

Le détective affiche la même tête que les apôtres à la résurrection du corps du Christ. Incrédulité, piété, petitesse. Il n'ose pas prendre la feuille. Il finit par la saisir avec une pince.

Jones, cesse d'être un éternel enfant. Ta vie mérite d'être pleinement vécue, ne la gâche pas. Sers ta communauté, tu as un rôle à jouer. Vois grand ! Et divorce d'avec ta queue ! Signé Shane.

Jones reste sans voix. Il se signe trois fois alors que son dernier passage express dans une église remonte à ses dix ans.

*

Quelques minutes plus tard, Shelly remarque la porte du bureau s'ouvrir et la tête livide de Jones pointer.

« Dis-moi Shelly, c'est bien aujourd'hui le match ? »

Sans y croire, Shelly retient son souffle.

« Tu dis rien, y a un problème ? s'inquiète Jones, anxieux.

– Non, Jim, c'est bien aujourd'hui... »

Est-ce qu'il croit qu'on y va tous les deux ? Quand il va comprendre qu'il y a mon gamin, il va me poser un lapin...

« Je passe vous prendre tous les deux. À 18 h, ça te va ? »

Il voit Shelly sourire, un sourire qui semble ne pas cesser de grandir.

« Oui, Jim, ça *nous* va parfaitement. »

Jim disparaît dans son bureau. Quelques minutes plus tard, il réapparaît, son nouvel imper en cuir sur le dos. Quand il passe devant Shelly, il s'arrête pour la regarder. La jeune femme se demande s'il ne va pas revenir sur sa décision et l'envoyer bouler.

« Quelque chose ne va pas, boss ? »

Jones sourit.

« Faudra peut-être penser à se reconvertir, on a peut-être mieux à faire que traquer la raclure criminelle de New York... »

Il claque la porte, laissant la jeune femme perplexe.

*

Dans la cohue de la rue, Jim Jones regarde la faune qui s'agite autour de lui, les poubelles qui débordent, les immeubles défoncés jamais ravalés, les magasins à *Tout à 99 cents*.

Ces femmes et ces hommes noirs... Sa communauté.

Que fait-il depuis des années ? – *je me suis fait plaisir, j'ai cassé des gueules, remis un peu d'ordre comme on planque la poussière sous le tapis. Le grand ménage doit être fait.* S'attaquer à la racine du mal.

Ce qu'il a entraperçu dans cette église, ces gens venus d'une autre époque, des Noirs comme lui.

Dieu – ou autre chose – a écarté le voile pour lui désigner la voie à suivre.

LA LITTERATURE
ENGAGEE
& ENRAGEE

Imrprimé en République Tchèque
en 2021